冰与火之歌

卷二 列王的纷争 6 [下]

[美] 乔治 R.R. 马丁 著

屈畅 胡绍晏 谭光磊 译

重庆出版集团 重庆出版社

Copyright ©1999 by George R.R. Martin
The Song of Ice and Fire (Book 2)
A Clash of Kings
By George R.R. Martin
Simplified Chinese Translation Copyright © 2012 by Chongqing Publishing House Co., Ltd.
This edition arranged with The Lotts Agency Ltd.through Andrew Nurnberg Associates International Limited.
All rights reserved.

本书中文简体字版通过美国Lotts Agency公司及安德鲁·纳伯格联合国际有限公司独家授权出版
版权所有，侵权必究
版贸核渝字（2011）第209号

图书在版编目（CIP）数据

冰与火之歌. 列王的纷争. 6／（美）马丁
(Martin,G.R.R.) 著；屈畅，胡绍晏，谭光磊译.—重庆 ：重庆出版社，
2012.4
ISBN 978-7-229-04928-7
Ⅰ. ①冰… Ⅱ. ①马… ②屈… ③胡… ④谭… Ⅲ. ①长篇小说－美国－现代
Ⅳ. ①I712.45
中国版本图书馆CIP数据核字(2012)第018039号

冰与火之歌 6
【卷二】列王的纷争（下）

【美】乔治R.R.马丁 著 屈 畅 胡绍晏 谭光磊 译

出版人：罗小卫
责任编辑：傅南寝 邹 禾 唐弋湝
插图：曹 珂
装帧设计：谢颖设计工作室
封面图案设计：罗 烜
责任校对：杨 婧

重庆出版集团 出版
重庆出版社

重庆市南岸区南滨路162号1幢 邮政编码：400061 Http：//www.cqph.com
重庆出版集团艺术设计有限公司 制版
重庆市鹏程印务有限公司 印刷
重庆出版集团图书发行有限责任公司 发行
E-mail:fxchu@cqph.com 邮购电话：023-61520646
全国新华书店经销

开本：880mm×1230mm 1/32 印张：10.5 字数：260千
2012年4月第1版 2015年4月第4次印刷
ISBN：978-7-229-04928-7
定价：29.80元

如有印装问题，请向本集团图书发行公司调换：023-61520678

版权所有 侵权必究

布兰

那声音不过是最微弱的金属碰击，钢铁刮过石面的响动。他抬起靠在前爪上的头，一边倾听，一边嗅着夜晚的气息。

夜雨唤起千百种沉睡的味道，使它们成熟鲜活。青草和荆棘，地上的黑莓，泥土，蠕虫，腐叶，钻过灌木丛的老鼠……一切都清晰可辨。他还捕捉到弟弟那身茸茸黑毛的气味，以及他刚猎杀的松鼠所散发的浓烈血腥。很多松鼠在头顶枝头流窜，用小爪子抠挖树皮，湿润的毛皮，无边的恐惧。一如外面的噪声。

声音又来了，刮动，碰击。他站起来，竖起耳朵，尾巴翘立，放声长嗥。那是一声绵长高亢毛骨悚然的嗥叫，他要唤醒沉睡的人们，然而附近人类的石山依旧黑暗死寂。这是个沉静而潮湿的夜，如此的夜将人类赶进了他们的洞窟。雨已停歇，但他们不想出来，而是躲在阴湿的石山灰洞，蜷缩在火堆边。

弟弟从树丛中钻出来，动作沉寂得让他模糊想起很久之前有过的另一个兄弟，那个一身白毛却血红眼睛的哥哥。弟弟的眼睛如一泓阴影之池，后颈的毛全竖起来。他也听见了声音，知道意味着危险。

刮动和碰击声再次传来，其间还夹杂着滑行的响动，柔软的皮脚在石面上迅捷地拍打。微风把一丝若有若无的男性气息吹到鼻尖。他不认得这气味。陌生。危险。死亡。

他朝声音源头猛扑过去，弟弟紧跟在旁。石山在眼前浮现，又滑又湿。他咧牙露齿，但人类的岩石并不理会。面前是一座门，黑柱条间紧紧盘绕着一条钢蛇。他撞上去，大门颤抖，钢蛇响动，它们摇晃半响，复归平静。透过门上的缝隙，他看见岩壁之间长长的石头洞穴，直通向远方的石头广场，却过不去。他努力想钻过缝隙，办不到。弟弟用牙狠狠撕咬大门的黑骨头，咬不开。他们试图合力在底下挖洞，但地面是又平又大的石头，唯有表面被泥土和棕叶覆盖。

他咆哮着，在大门前奔来奔去，接着再次撞门。它移动半分，又把他"砰"地摔回来。门锁住了，有个声音在低语，被铁链锁住了。他听不出声音从哪里来，更闻不到气味。各个方向都走不通。人造绝壁上的每扇门都关闭，木头又厚又硬。无路可出。

还有一条路，那声音又来了，突然之间，一棵罩着针叶的大树轮廓在眼前浮现，它从黑色的大地中斜斜地长出来，几乎有十个人高。可他抬头四望，什么也没有！它在神木林的另一边，是棵哨兵树，快啊，快啊……

一声戛然而止的闷哼，穿过夜色。

快，快，他急转身子，窜进林中，湿叶在爪下沙沙作响，头顶紧密的枝条不住抽打。快，快。他听出弟弟紧跟在后。他们一同从心树下跑过，绕开泉水，穿越黑莓丛，经过杂乱的橡树、梣树和山楂林，朝树林远端前进……就是那里，就是那棵他从未留意却又历历在目的树，这棵歪斜的树顶部靠上屋檐。就是它，这想法突如其来。他还记得爬树的感觉。针叶无处不在，刮着脸庞，掉进后颈，黏稠的树液会沾上手掌，发出浓烈刺鼻的味道。爬这样的树对小男孩而言很容易，它又斜又弯，枝条密密匝匝好似一座天然的云梯，正好搭上屋顶。

他怒吼几声，绕着大树底部边走边嗅，抬起一条腿撒尿作标记。低垂的枝干扫过脸庞，他反口咬住，扭啊拉啊，直到木头断裂。嘴里满是针叶和树液的苦味，他甩甩头，放声嗥叫。

弟弟靠着他的腰坐下，提起声音，陪他哀鸣，阴沉的声调里充满悲伤。此路不通。他们不是松鼠，也不像淘气的人类，他们柔软

粉红的爪子和笨拙的腿脚不可能攀上枝条，登上大树的主干。他们是奔跑健将，是巡游者，是猎人。

穿过朦胧的黑夜，在包围他们的巨石之外，狗们苏醒过来，一只接一只地开始吠叫，声音越来越大，最后成为合声，发出巨大的喧嚷。他们也闻到了：敌人的气息，恐惧的滋味。

绝望挑起暴怒，紧紧攫住了他，同饥饿的感觉一般狂热。他离开墙壁，朝树林踱去，枝干和树叶在灰色的毛皮上留下斑斑驳驳的暗影……这时他猛然回头，急速冲刺，腿掌踢起湿叶和松针，刹那间他又成了猎人，而前方是一只亡命逃窜的长角雄鹿，他看得见，闻得到，他要尽全力冲刺扑杀。恐惧的气息使他心跳加速，惹起嘴角流淌的唾液。他大步跨越落木，飞上树干，爪子抠进树皮，接着向上跳跃，向上，向上，两次，三次，缓慢而艰辛，直到终于登上底部的分枝。枝条纠缠着脚，鞭打他的眼睛，他挤过灰绿的针叶，身边一片噼啪声响。越走越慢。什么东西缠住了脚，他奋力扭开，大声咆哮。树干越来越窄，越来越陡，几乎成了直立，而且潮湿滑溜，当他用力抠抓，树皮像兽皮一般裂开。终于，他走了三分之一，一半，快了，屋檐几乎伸腿可及……这时他前脚踩空，脚掌在潮湿圆滑的树面滑过，顷刻之间，他身子一斜，绊下树去。在恐惧和愤怒中，他大声号叫，坠落，坠落，他蜷成一团，大地急速上袭，要把他撞个粉碎……

布兰猛然回到孤单的塔楼房间，躺在床上，毯子纠结，呼吸急促。"夏天，"他大声哭喊。"夏天。"肩膀在痛，如同刚刚坠落，他心里明白这是狼的坠落所造成。玖健说得没错，我是头凶兽。门外传来隐约的狗吠。大海涌来，灌进城墙，和玖健的梦一样。布兰抓住头顶的把手，拉起身子，呼喊求救。无人前来。过了好一会儿，他才想起不可能有人来，连他门边的守卫都被带走了。罗德利克爵士把每个成年男子都召集出征，临冬城只剩几个象征性的守卫。

他们八天前出发，从临冬城和附近庄园一共集合了六百士兵，克雷·赛文将带着三百多人于途中和他们会合，而鲁温师傅早前便派出渡鸦，谕令白港、荒冢地乃至狼林深处的领主们调遣援兵。托伦方城正遭到某个叫"裂颚达格摩"的凶残海盗的进攻。老奶妈说这人是杀不死的，有次敌人用斧子把他的头砍成两半，可凶猛的达格摩居然用手把两半压合在一起，直到重新长好。难道这达格摩赢了？不管怎样，托伦方城离临冬城还有很多日路程呢，可现在……

布兰离开床铺，一个把手又一个把手地移到窗边。掀开窄窗时，他的手指不禁颤抖。院子空无一人，四周窗户漆黑一片，临冬城还在沉睡之中。"阿多！"他朝下喊，竭尽最大的音量。阿多这会儿一定在马厩睡觉，吼大声点也许能惊醒他，或其他人。"阿多，快来啊！欧莎！梅拉，玖健，来人啊！"布兰把手围在嘴边。

"阿多多多多多多多多多多！"

身后的门"砰"地撞开，进来的人他却不认识。来人穿一件镶满铁片的皮背心，一手握着匕首，斧头绑在背后。"你想干什么？"布兰惊慌地质问，"这是我的房间。你给我出去。"

席恩·葛雷乔伊跟随此人步入卧室。"我们不会伤害你，布兰。"

"席恩？"布兰因陡然宽慰而眩晕。"是罗柏派你来的吗？他也回来了吗？"

"罗柏离这儿远着呢。他救不了你。"

"救我？"他感到迷惑。"别吓我了，席恩。"

"叫我席恩王子。我们都是王子，布兰。谁曾梦到这样的情形呢？我拿下了你的城堡，王子殿下。"

"临冬城？"布兰开始摇头。"不，你不能。"

"出去，魏拉格。"拿匕首的男子随即退下。席恩坐上床。

"我派四个人用钩爪和绳索爬上城墙,为我们打开小门。就现在,我的人大概把你的守卫都干掉了。我向你保证,临冬城已在我掌心。"

布兰不明白。"可我父亲是你的监护人啊。"

"我现在是你和你弟弟的监护人。听着,等外面的打斗一结束,我的部下会把城里剩下的居民聚到大厅。你和我要去对他们讲话。你必须告诉他们,你已经投降,并把临冬城献给了我,你要命令他们,像服侍和听命旧主一般遵从新的主人。"

"我决不会,"布兰说。"我们会和你打,直到把你赶出去。我不会投降,你强迫不了我。"

"这不是小孩子游戏,布兰,别把我当你的玩伴,我没兴趣。城堡是我的了,可人还是你的。如果王子殿下想保他们平安,最好乖乖遵命。"他起身走到门前。"有人会来给你穿衣服,带你到大厅。在此之前,仔细掂量掂量你要说的话。"

等待让布兰觉得更无助。他坐在窗边座位,凝视着黑暗的塔楼和阴影般的墙垒。一度,他听见守卫室边传来喊叫,以及刀剑交击的声音,但他既没有夏天的耳朵,也没有夏天的鼻子,所以一切都那么朦胧隐约。清醒时,我是个残废,熟睡中,当我成为夏天的时候,我能跑能打能听能嗅。

他以为阿多会来,或至少来个女仆,没想到开门进来的是手执蜡烛的鲁温师傅。"布兰,"他说,"你……知道发生什么了吗?有人通报你了吗?"他左眼上破了皮,鲜血沿着脸颊流下。

"席恩来过,他说他拿下了临冬城。"

老师傅放好蜡烛,擦去脸上的血迹。"他们游过护城河,用钩爪和绳索登上城墙。全身湿漉、手执利刃闯进城来,"他在门边的凳子坐下,头上的血又涌出来。"守门的是啤酒肚,他们偷袭城门塔,杀了他,还伤了稻草头。他们冲进门之前,我来得及放出两只渡鸦。去白港的那只顺利飞走,另一只则被一箭射下。"学士盯着地板的灯芯草。"罗德利克爵士把我们的人都带走了,而我和他负有同样的罪责。我居然没能预见这样的危险,我居然没……"

玖健预见了,布兰心想。"请你帮我穿上衣裳。"

"是,我倒忘了。"从布兰床下沉重的包铁箱里,学士找出内衣,裤子和外套。"你是临冬城的史塔克,也是罗柏的继承人,必须保持尊严。"两人齐心协力,让布兰有了领主老爷该有的模样。

"席恩要我投降,把临冬城献给他。"当老师傅用布兰最爱的白银与黑玉做的狼头别针系披风时,他开口道。

"这并不可耻,领主的首要职责是保护子民。残酷的土地孕育了残酷的人种,布兰,当你和铁民打交道时请牢记这一点。你父亲大人做了他力所能及的一切来驯化席恩,可惜是太少也太迟了。"

派来押送他们的铁民是个矮小的壮汉,炭黑的胡子覆盖大半胸膛。他轻松地提起男孩,但他看上去显然不喜欢这任务。阶梯下,瑞肯的房间半开着,被吵醒的四岁男孩大发脾气。"我要妈妈,"他说,"我要妈妈,还要毛毛狗。"

"你母亲在很远的地方,王子殿下。"鲁温师傅为孩子套上睡袍。"但这里有我,还有布兰。"他牵着瑞肯的手,领他出去。

下方,梅拉和玖健也被一个秃顶男子用根比他人还高三尺的长矛赶出房间。玖健看着布兰,眼睛如一泓注满悲伤的绿池塘。另一位铁民把佛雷们赶出来。"你哥哥丢掉了自己的王国,"小瓦德对布兰说,"现在你不是王子,只是人质。"

"你也是,"玖健道,"还有我,我们大家都是。"

"谁跟你说话,吃青蛙的。"

走在前面的铁民中有一位打着火炬,然而夜雨再度倾泻,很快浇熄火焰。他们快步通过院子,听到冰原狼们在神木林中嗥叫。希望夏天摔下来没受伤。

席恩·葛雷乔伊高高坐在史塔克族长的宝座上。他已经脱下斗篷,精细的链甲衫外罩绣有葛雷乔伊金色海怪纹章的黑外套。他把手安逸地搁在巨大石扶手前端的狼头上。"席恩坐的是罗柏的座位。"瑞肯说。

"别说话,瑞肯。"布兰觉察到四伏的危机,然而弟弟还太小,感觉不出。整个大厅点了寥寥可数的几根火把,壁炉的火也在闪动,但厅堂大部笼罩在黑暗中。长椅靠在墙上,无处落座,所以城堡的居民三五成群地聚在一起,没人敢说话。他看到老奶妈,她无牙的嘴巴不断张合。两个卫士扶着稻草头,他裸露的前胸裹着血迹斑斑的绷带。麻脸提姆不可遏抑地啜泣,而贝丝·凯索的哭腔中带着深深的恐惧。

"你们是什么人?"席恩询问黎德和瓦德们。

"他们两位都叫瓦德·佛雷,是凯特琳夫人的养子,"鲁温师傅解释,"这两位是玖健·黎德和他姐姐梅拉,乃灰水望霍兰·黎德的子嗣,代表他们的人民前来临冬城更新忠诚宣誓。"

"你们来得真不是时候,"席恩道,"不过是我的运气。既然来了,就只好留下。"他腾出高位。"把王子殿下带过来,罗伦。"于是黑胡男人将布兰扔进石座位,活像对付一捆麦子。

人们不断被驱进大厅,铁民们用矛柄敲打他们,吆喝他们。盖奇和欧莎从厨房被赶过来,揉早餐面包的面粉撒了一地,密肯则是满嘴咒骂着被人拖进来的。法兰跛了脚,努力扶着帕拉。她的裙服被撕成两半,只能用握紧的拳头拢好它们,跟着前进,每一步都是挣扎。柴尔学士伸出援手,却被一位铁民击倒在地。

最后一个来的是俘虏臭佬,一身恶臭先于人进了门,浓烈刺鼻。布兰只觉反胃。"这人被锁在塔楼囚室,"押送者道,他是个无须青年,淡黄头发,浑身湿透,无疑是当先游过护城河的敌人之一。"他说人家叫他臭佬。"

"毋庸置疑，"席恩满面微笑。"你一直这么臭呢?还是碰巧操了头猪?"

"从被他们抓住至今，我什么都没操过啦，大人。我真名叫赫克，替恐怖堡波顿家族的私生子效劳，直到史塔克拿利箭当婚礼，射穿了他后背为止。"

席恩觉得很有趣。"他娶了谁?"

"霍伍德的寡妇，大人。"

"那老太婆?他是个瞎子?这女人的奶子和空酒袋没两样，又干又瘪。"

"他要的不是她的奶子，大人。"

铁民"砰"地关上了大厅末端的大门。从高位上望去，布兰算出敌人总共约有二十人。想必在城门和兵器库还留有守卫，即便如此，全部加起来也不过三十人。

席恩举手示意肃静。"你们都认得我——"

"是啊，我们都认得你这坨冒热气的大粪！"密肯大叫，秃顶男子用矛柄给他肚子一戳，接着砸他的脸。铁匠摇晃跪倒，吐出一颗牙齿。

"密肯，不要说话。"布兰试图让自己的声音严厉尊贵，就像罗柏发号施令那样，但声调不知不觉地背叛了自己，言语涌出来成了尖叫。

"听你家小少爷的话，密肯，"席恩道，"他比你懂事。"

领主的首要职责是保护子民，他提醒自己。"我代表临冬城向你投降。"

"大声点，布兰。记得称我为王子。"

他提高音量。"我代表临冬城向席恩王子投降。你们所有人都要服从他的命令。"

"见他的鬼！"密肯怒吼。

席恩不理他的暴喝。"我父亲已戴上海盐与磐石的古老王冠,加冕为铁群岛之王。作为征服者,他有权力归并整个北境,你们都是他的臣民。"

"放屁。"密肯擦掉嘴角的血丝。"我只为史塔克家族服务,决不服侍叛逆的乌贼——啊啊。"在矛柄的重击下,他头先脚后地撞倒在石地板上。

"铁匠都是四肢发达头脑简单,"席恩评论,"但你们是聪明人,只要像服侍艾德·史塔克一样忠心耿耿地为我服务,我保证我是最慷慨的主人。"密肯用手掌和膝盖支撑身子,不住呕血。请停下来吧,布兰衷心希望,可铁匠硬是大吼,"你以为凭一小撮王八蛋就能占领北——"

秃顶男子将矛尖没入密肯后颈。钢铁穿过皮肉,搅动血柱,从咽喉穿出。女人尖叫,梅拉赶紧蒙住瑞肯的眼睛。原来他是被血所淹没,布兰麻木地想,被自己的血。

"谁还有话说?"席恩·葛雷乔伊喝问。

"阿多阿多阿多阿多。"阿多吼道,睁大眼睛。

"帮帮忙,让这白痴闭嘴。"

两位铁民上前用矛柄击打阿多。马童跌倒在地,努力用双手护自己。

"我会像艾德·史塔克一样做你们的好领主。"席恩提高声调,盖过坚木锤击血肉的闷响。"但丑话说在前头,谁怀有二心,我将让他痛不欲生。别以为在这儿见到的就是我的全部兵力。我们很快就要拿下托伦方城和深林堡,而我叔叔正向盐矛滩进发,前去夺取卡林湾。就算罗柏·史塔克能挡住兰尼斯特,他也只好做三叉戟河的王,北境从此属于我们葛雷乔伊家族。"

"史塔克的封臣会反抗您,"那个叫臭佬的男人朗声道,"一个是白港的大肥猪,还有安柏和卡史塔克。您需要更多人手。放了我，我就为您效劳。"

席恩打量了他一下。"你比闻起来机灵，但我受不了这味道。"

"行啊，"臭佬道，"我马上洗洗。如果您放了我。"

"难得一见的明理人，"席恩笑道，"跪下。"一位铁民递给臭佬一把长剑，他将剑放到席恩脚边，宣誓为葛雷乔伊家族和巴隆国王服务。布兰不敢看。绿色之梦果然成真。

"葛雷乔伊大人！"欧莎跨过密肯的尸身，"我也是这里的俘虏。被捉那天您还在场呢。"

我以为你是我的朋友，布兰想，心里绞痛。

"我要战士，"席恩宣布，"不要厨房里的荡妇。"

"派我去厨房的是罗柏·史塔克。过去这大半年，我不得不干些擦壶罐、清油脂的脏活，还帮这家伙暖他的稻草床。"她瞪了盖奇一眼。"我受够了，请让我再度挥使长矛吧。"

"我这儿有支长矛。"杀害密肯的秃顶男子道。他挠挠裤裆，露齿而笑。

欧莎抬起枯瘦的膝盖，猛顶向他两腿之间。"这红红的软东西你还是留着吧。"她扭下对方手中的矛，用尾柄把他击倒。"我要木头和钢铁做的真家伙。"秃顶男子在地上翻滚哀号，其他掠夺者哈哈大笑。

席恩和他们一起笑。"真有你的，"他说，"矛你就留着——斯提吉会找把新家伙。现在跪下，向我宣誓。"

接下来便再无人上前宣誓，于是席恩宣布解散，并警告大家好好工作，不许制造麻烦。背布兰回卧室的任务交回给阿多，因为遭到连续重击，他的脸被打得乱七八糟，鼻子肿胀，一只眼睛睁不开。"阿多。"破损的嘴唇呜咽着，然后他用硕大强壮的胳膊和血淋淋的手掌抱起布兰，带他回到夜雨之中。

艾莉亚

"这儿闹鬼,真的哦。"热派正在揉面包,从手掌到胳膊肘沾满面粉。"昨晚皮雅在储藏室里碰到东西了。"

艾莉亚骂了句粗话。皮雅常在储藏室里见东西。通常是男人。"可不可以给我个果酱派?"她问,"你烤了整整一盘嘛。"

"我需要一整盘。亚摩利爵士就好这口。"

她恨亚摩利爵士,"那我们在上面啐口水。"

热派紧张地东张西望。厨房里满是阴影和回音,其他厨子和下人都在炉子上方巨穴般的阁楼里睡觉。"他会发现的!"

"才不会,"艾莉亚说,"口水又吃不出来。"

"他要是吃出来,挨鞭子的是我。"热派停止揉面。"你甚至不该待在这儿。现在是深夜呢。"

没错,但艾莉亚才不在乎。即使在漆黑的深夜,厨房也不会停止工作,总有人值班:揉面团制作面包,拿长木勺搅汤,或者杀猪来准备亚摩利爵士的早餐培根。今晚轮到热派。

"如果'粉红眼'醒来发现你不在——"热派说。

"粉红眼不会醒啦,"他的真名是梅布尔,但人人都叫他"粉红眼",因为他眼睛老是黏糊糊的,"睡下去跟死猪一样。"他一早起来就拿麦酒配早餐,晚饭后便醉醺醺地睡去,连梦中流淌的唾沫都是酒的颜色。艾莉亚只需等到他打呼噜,便可赤脚悄悄爬上仆人用的楼梯,发出的声响就像老鼠。她已经成了老鼠,大小蜡烛都不用。西利欧曾告诉她,黑暗可以为友,他说得对,月光和星光便已足够。"我打赌,我们能逃跑,我跑了粉红眼也不知道。"她告诉热派。

"我才不要逃呢，在这儿多好，比荒山野林的强多了。我不想吃虫子。来，帮我撒点面粉到板子上。"

艾莉亚竖起耳朵，"那是什么？"

"什么？我没——"

"用你的耳朵听，不是用嘴巴。那是战号，吹了两下，你没听见吗？还有闸门拉铁链的声音，不是有人要出去，就是有人要进来。想不想去看看？"自那天早上泰温公爵率军出发后，赫伦堡的城门还没开过呢。

"我在做早餐面包，"热派抱怨。"而……而且我跟你说了，我讨厌黑暗。"

"那我一个人去看，待会儿再告诉你。给我一个果酱派行不行？"

"不行。"

她还是偷了一个，边走边吃。派皮又薄又脆，其中塞满碎果仁、水果和奶酪，刚刚出炉，还是热的。偷吃亚摩利爵士的果酱派让艾莉亚觉得自己很英勇。光着一双脚，稳健又轻巧，她轻声唱道，我是鬼魂在赫伦堡。

号角将沉睡中的城堡唤醒，大家纷纷走到院子来看个究竟，艾莉亚混在人群中。一列牛车隆隆作响驶进闸门，抢来的财物，她一看就知道。护卫车队的骑手们嘀咕着怪异的语言，甲胄在月光下闪着淡淡的光，她看到两匹黑白条纹的马。是血戏班。艾莉亚往阴影里缩了缩。牛车运进一头关在笼子里的大黑熊，其他车里则载满银器、武器、盾牌、一袋袋面粉、一窝窝尖叫的猪，以及骨瘦如柴的狗和鸡。艾莉亚正计算自己有多久没吃过烤猪肉，这时俘虏们走了进来。

他高傲地昂着头，从举止和衣着看来，一定是位领主。她看到

他破碎的红外衣下闪亮的锁甲,还以为是兰尼斯特家的人,但当他经过火炬旁,她发现他的纹章是银色的拳套,不是狮子。他手腕被绑得紧紧的,脚踝的绳子更将他和身后的人连在一起,绳子互相衔接,整个队列只能以一致的步伐摇晃着缓缓挪动。许多人受了伤,但只要谁停下来,骑手便会跑上来抽一鞭,驱赶他继续前进。她想数数总共有多少俘虏,但数到五十就乱了套,只知道总数至少是这个数的两倍。他们衣服上沾泥带血,映着火炬的光,令人很难分辨纹章印记,但一瞥之下,她还是认出了一部分:双塔,日芒,剥皮人,战斧……战斧是赛文家,黑底日芒是卡史塔克。他们是北方人,父亲的部下,罗柏的部下。她不愿去想这代表什么意义。

血戏班的成员一一下马。马房小弟揉揉睡眼,从稻草堆里爬出来,照料他们累得半死的坐骑。有人大喊着要酒。吵闹声惊醒了亚摩利·洛奇爵士,他来到院子上方拱顶的楼台,左右各有一人执火炬侍候。山羊头盔的瓦格·赫特在下面勒住缰绳。"代理承主大人。"佣兵打声招呼。他的声音浑浊不清,好像舌头太大,嘴里放不下似的。

"怎么回事,赫特?"亚摩利爵士皱眉问。

"抓到俘乳。如斯·波顿想过河,但我们勇士船把他的先头部队打了个踢零八落。杀撕好多,可西波顿跑了。这是他们的现锋管,葛洛佛,后面那个是伊尼斯·佛雷爵士。"

亚摩利爵士用那双小猪眼瞪着下方绑在一起的俘虏。艾莉亚觉得他并不高兴,全城都知道,他与瓦格·赫特不合。"很好,"他说,"凯德温爵士,把这些人丢进地牢。"

外衣有钢甲拳套的领主抬起头。"你保证给我们礼遇——"他开口。

"比嘴!"瓦格·赫特喷着唾沫,朝他嘶叫。

亚摩利爵士转向俘虏们:"赫特的保证与我无关。泰温大人任命我为赫伦堡代理城主,我爱怎样处置,就怎样处置。"他对卫兵打个手势。"寡妇塔下的大牢应该能容纳所有人。谁不愿去,可以死在这里。"

当他的手下用矛尖驱赶俘虏们离开时,艾莉亚看见粉红眼终于出现在楼梯间,在火光下直眨眼睛。若是他发现她失踪,准会大呼小叫地威胁拿鞭子狠抽她一顿,但她并不害怕。他不是威斯。他一会儿威胁打这个,一会儿又要抽那个,但艾莉亚从没见他真正打过人。当然,最好还是别让他瞧见。她环视四周,人们正给牛解下挽具,并从车辆卸货,勇士团的成员嚷着要酒,还有许多好奇的人在围观笼子里的熊。混乱中,偷溜走很容易。她悄悄打来路离开,希望在被人发现抓去干活之前,逃个无影无踪。

在城门和马厩之外,巨大的城堡几乎全部荒芜。吵闹逐渐减弱。旋风刮起,号哭塔的石头缝隙发出高亢悚然的尖啸。神木林已开始落叶,叶子随风飘过废弃的庭院,飘过空荡荡的建筑物,擦着石头,发出轻微的声响。如今赫伦堡再度空旷,声音由是有了诡异的效果。有时石头会吸走声音,将庭院裹进一层沉默的毯子;有时回音有自己的生命,每一次落脚都成为幽灵大军的踏步,每一回远方的话音都成为鬼魂欢宴的笑语。这些奇怪的声响困扰着热派,却不能困扰艾莉亚。

静如影,她安然掠过中庭,绕开恐怖塔,穿过空荡荡的鹰笼——据说在这里,死去猎鹰的鬼魂仍在用虚无的翅膀搅动空气。她觉得好自由,想去哪儿就能去哪儿。驻军不到一百,如此小的一支部队,完全被偌大的赫伦堡所吞没,于是百炉厅连同许多次要建筑一起关闭,甚至号哭塔也废弃不用。亚摩利·洛奇爵士住进焚王塔里的领主套房,和大贵族的居所一样宽敞,艾莉亚和其他仆人也跟着搬进塔下的地窖,以便就近使唤。当初泰温公爵在时,去哪儿都有士兵盘问,但如今一百个人守着一千扇门,谁也不清楚谁在哪

儿,也没人在乎他人的去向了。

经过铁匠房时,艾莉亚听见锤子不断铿锵。高高的窗户,映着暗橙色的火光。她爬上屋顶偷偷往下看,只见詹德利正在打造胸甲,他干活很专心,似乎全世界只剩下金属、风箱和炉火,而铁锤成了手臂的一部分。她看着他胸肌的运动,倾听他用钢铁制造的音乐。他好强壮,她心想。当他拿起长柄钳子,将胸甲夹起浸入回火的水槽时,艾莉亚"哧溜"一声翻下窗口,跳到他身旁的地面。

他看来并不惊讶,"小妹妹,该上床睡觉啦。"他把胸甲浸入冷水,甲胄发出猫一样的"嗞嗞"声,"外面那么吵,怎么回事?"

"瓦格·赫特带回一些俘虏。我看到他们的纹章,里面有个是深林堡葛洛佛家的,是我父亲的人。其他人大部分也是。"突然间,艾莉亚明白自己为何信步走到这里。"你帮帮我,把他们救出来。"

詹德利大笑,"我们该怎么做呢?"

"亚摩利爵士把他们关进地牢,就是寡妇塔下那间大牢房。你可以用你的锤子把门砸开——"

"你以为卫兵会干看着,一边打赌我要挥几下才能砸开?"

艾莉亚咬紧嘴唇。"我们得杀死卫兵。"

"怎么杀?"

"他们没几个人啦。"

"就算只有两个,对你我来说还是太多。在渔村,你还没学到教训吗?你要真去试,包管被瓦格·赫特砍掉双手双脚,别忘了,这是他的作风。"詹德利又拿起钳子。

"你怕了。"

"别烦我,小妹妹。"

"詹德利,那里有一百个北方人呢,也许还要多,我数都数不过来,反正不比亚摩利爵士的人少。嗯,我是没算上血戏班,但只

要放他们出来，我们肯定能夺下城堡，然后逃跑。"

"算了吧，你放不了他们，就像你救不了罗米。"詹德利用钳子翻动胸甲，仔细检查。"就算真能逃，我们去哪里？"

"去临冬城啊，"她立即答道。"我会告诉母亲你是怎么帮我的，你可以留在——"

"我会获得小姐您的青睐？从此为您的坐骑镶铁蹄，为您尊贵的兄弟们铸剑？"

有时候他就是会惹人生气。"你别这样笨啦！"

"一样是流汗出力，我凭什么赌上双脚，拿临冬城跟赫伦堡交换？你认得'黑拇指'老本恩吗？他从小来到赫伦堡，先后为河安伯爵夫人及她的父亲和祖父打铁效力，甚至在河安家接管赫伦堡之前，还为罗斯坦家族服务过。眼下他是泰温公爵的铁匠，你知道他怎么说？剑就是剑，盔就是盔，手伸进火里就会烧伤——这些东西，不管你为谁效力都不变。总而言之，卢坎是个不错的师傅，我要留下来。"

"你会被太后抓到的！'黑拇指'本恩又没人要抓！"

"金袍子要的很可能不是我。"

"才怪！就是你，你明明知道：你是个重要人物。"

"我是个铁匠学徒，有朝一日说不定能成为武器师傅……只要我别干些逃跑的蠢事，然后为此失去双脚甚至丢掉小命的话。"他背过身去，再度举起锤子敲打。艾莉亚无助地握手成拳。"下次你做头盔，把牛角改成骡耳朵！"再不快跑，她就会忍不住要揍他了。就算我揍他，这笨蛋也没感觉啦！好啊，等他们发现他是谁，一刀砍下这骡脑袋，他就会后悔不帮我了。没他参加才好呢，在那个渔村，就是他害她被抓的。

想到渔村，她就想起那一路的长途跋涉，想起仓库，想起记事本，想起那个被钉头锤砸扁脸的小男孩，想起老笨蛋"一切皆为

乔佛里"，想起绿手罗米。我从前是头绵羊，现在成了老鼠，只会躲躲藏藏。艾莉亚咬紧嘴唇，试图寻找自己的勇气。贾昆给过我勇气，他让我成为赫伦堡的鬼魂，而不只是老鼠。

威斯死后她一直在躲避罗拉斯人。奇斯威克的死还好说，谁都可以把人从城墙上推下来，但威斯那条丑陋的斑点狗是他从小养大的，要让这畜生背叛他，想必用了什么黑魔法。贾昆、罗尔杰和尖牙都是尤伦从黑牢里挖出来的，她想起来，贾昆一定干过些可怕的事，尤伦知道，所以才用链子捆着他。如果这个罗拉斯人是巫师，那罗尔杰和尖牙就是他从地狱里召唤来的恶魔，他们根本不像人呢。

贾昆还欠她一条命。在老奶奶的故事里，古灵精怪会让人们许愿，许第三个愿时得特别小心，因为那是最后一个愿望。奇斯威克和威斯都不太重要，第三条命一定得有价值，艾莉亚每晚复诵姓名时都告诉自己。现在边跑边想，她突然怀疑自己犹豫不决的真正原因。是啊，只用一句耳语便能取人性命，她便无须害怕任何人……可一旦用掉最后一个名额，她又要变回老鼠了。

粉红眼已经醒来，她不敢回去睡觉，可又不知该躲哪儿，于是去了神木林。她喜欢松木和哨兵树强烈刺激的味道，喜欢青草和泥土挤进指缝的感觉，喜欢风吹树叶的声响。一条蜿蜒的小溪缓缓流过林间。一棵树木倒落下来，下面有个小坑。

在腐木和扭曲的碎枝下，她找到自己的剑。

詹德利太固执，不愿给她做，她只好自己摘扫帚的须茬当剑用。这剑实在太轻，而且没有握把，但剑尖却还参差锐利。

平日只要得空，她就会偷偷溜过来练习从前西利欧传授的技艺。她光着脚在落叶间移动，劈下枝条，击落树叶，甚至爬到树上，在枝干间跳跃舞蹈。她用脚趾攀住树枝，来回行动，随着平衡感逐渐建立，摇晃不稳的情况日益减少。最好的练习时间是晚上，晚上没有人打扰她。

这次,艾莉亚又爬上树。高高地站在树叶的王国中,她拔出剑来,霎时将亚摩利爵士、血戏班、父亲的部下这一切的一切都抛在脑后,沉醉于脚底粗糙的木枝和空中挥舞扫帚剑的快感中。破枝权变作乔佛里,她不停攻击,直到它掉落下去。太后、伊林爵士、马林爵士和猎狗都只是树叶,她毫不留情地将之一一斩杀,捣成丝丝绿碎片。胳膊挥累了,她便跷脚坐上高枝,在凉爽黑暗的空气中喘气,一边倾听捕猎的蝙蝠发出的吱吱尖叫。透过繁茂的树冠,她看见白骨一般的心树枝干。和临冬城完全一样。难道真是那棵?……难道她只需爬下去,就又回到了家里,甚至还发现父亲一如往常地坐在那棵鱼梁木下。

于是她把剑往腰带里一塞,顺着高低的枝条滑回地面,向鱼梁木走去。月光将它的枝干染成银白,五角的红叶在夜色里却是黑暗。艾莉亚注视着刻在树干上的人脸,那是一张可怕的脸,嘴巴扭曲,眼神凌厉,充满仇恨。诸神就是这般模样吗?诸神也会像凡人一样受到伤害吗?我该向它们祈祷啊,她突然想。

艾莉亚跪下来,却不知道怎么开始。她合拢双手,请帮帮我,远古诸神,她默默祷告,帮我把那些人放出地牢,杀了亚摩利爵士,然后带我回临冬城,回家。让我成为水舞者,成为冰原狼,永远不要害怕。

这样就够了吗?远古诸神听见了吗?是不是该大声说呢?或许……该祈祷得久一点,记得父亲时常祈祷很久很久。可是远古诸神却不帮他,想起这点她很恼火。"你们应该救他,"她忍不住责骂那棵树,"他一直向你们祷告。帮不帮我我倒不在乎,反正就算你们要帮,我觉得你们也没能耐……"

"女孩不可嘲弄众神。"

这声音令她大吃一惊。她拔出木剑,一跃而起。贾昆·赫加尔

站在黑暗中,一动不动,仿佛林中一棵树。"某人来听名字。一个两个三个。某人要把该做的事做完。"

艾莉亚垂下破剑,指着地面。"你怎么知道我在这儿?"

"某人的眼睛会看。某人的耳朵会听。某人洞察真相。"

她怀疑地瞪视他,难道是诸神派他来的?"你怎么让狗杀威斯?罗尔杰和尖牙是不是你从地狱里召唤来的?你真的叫贾昆·赫加尔吗?"

"有人名字很多。黄鼠狼。阿利。艾莉亚。"

她朝后倒退,直到背脊抵住心树。"詹德利说的?"

"某人洞察真相。"他重复,"史塔克小姐。"

也许他的出现真是诸神对她祈祷的回应。"我要你帮忙,把那些人放出地牢。放了那个葛洛佛,还有其他所有人。我们得想办法杀死卫兵,打开牢门——"

"女孩忘记了,"他平静地说,"她有三条命,至今要了两条。要杀哪个卫兵,说出他的名字。"

"一个卫兵是不够的,得把他们通通杀死,才能打开牢房。"艾莉亚狠狠咬住嘴唇,不让自己哭出来。"我要你像我救你一样救那些北方人。"

他低头看着她,不带一丝同情。"女孩取走三条本属于他的命。女孩就得拿出三条命来偿还。不可欺瞒神灵。"他的声音既像丝绸又像钢铁。

"我没有欺瞒。"她想了一会儿。"名字……我说出任何人的名字?你都会杀他?"

贾昆·赫加尔点点头。"某人言出必践。"

"任何人都可以吗?"她重复,"男人,女人,小孩,或者泰温公爵?或者总主教?或者你父亲?"

"某人高堂早已去世,如果他仍在世,你又说得出他的名字,他的生死便由你支配。"

"你发誓,"艾莉亚说,"对诸神发誓。"

"奉海洋与空气中一切神祇之名,更奉火神之名,吾立此誓。"他将一只手放进鱼梁木嘴里。"奉新生七神及诸多远古神祇之名,吾立此誓。"

他发誓了。"即使我说的是国王……"

"名字出口,死亡降临。也许次日,也许隔月,也许来年,死亡将不离不弃。某人无翅不能飞,但一步接一步,终有一天会达目的,国王亦将死去。"他跪在她身前,他们面对着面,"女孩如果害怕,可以悄悄地说。快快说出来吧,是不是乔佛里?"

艾莉亚将嘴唇凑近他耳朵。"是贾昆·赫加尔。"

即使在燃烧的谷仓,四周是咆哮的火海,身体又被铁链束缚,他也没有此刻惊慌。"女孩……开玩笑。"

"你发过誓。诸神听到了你的誓言。"

"众神听到了,"他手中突然出现一把小刀,刀身像她小指头那么细。艾莉亚不知他要杀自己还是杀她。"女孩会哭泣。女孩将失去唯一的朋友。"

"你不是我朋友。是朋友就会帮我。"她退开一步,把身体平衡放在脚尖上,以防他万一射出小刀。"我不杀朋友。"

贾昆的笑容一闪即逝。"如果朋友肯帮忙,女孩也许可以……换个名字?"

"女孩也许会,"她说。"如果朋友肯帮忙。"

小刀消失。"跟我来。"

"现在?"她没料到他立刻就要行动。

"某人听到沙漏的低语。女孩不收回名字,某人便睡不安宁。快来吧,恶毒的孩子。"

我不是恶毒的孩子,她心想,我是冰原狼,是赫伦堡的鬼魂。

她将扫帚剑藏回原处,跟着他走出神木林。

虽然已是深夜,赫伦堡中却生气勃勃,只因瓦格·赫特的抵达完全打乱了日常作息。此刻庭院里车辆、牛和马匹都已消失不见,只有关熊的笼子还在。它被挂在分隔外庭和中庭的拱桥上,用沉重的铁链吊着,离地数尺,一圈火炬将它沐浴在亮光中。几个马房小弟正朝熊扔石头,惹得它咆哮怒吼。院子对面,光线从兵营大厅的门中透出,伴随着杯盏交碰和呼喝要酒的声音。十几个人在唱歌,用一种喉音的语言,艾莉亚觉得很怪异。

他们入睡前要大吃大喝一番,她意识到,粉红眼会叫我起床服侍,然后发现我不在床上。不过此刻他大概正忙着给"勇士团"及加入狂欢的驻军倒酒,无暇他顾了吧。

"某人若付诸行动,饥饿的众神今晚将享受鲜血的盛宴,"贾昆说,"可爱的女孩,仁慈温柔的女孩,收回那个名字,说出另一个吧,撇开这疯狂的梦。"

"不。"

"那好吧。"他似乎放弃了。"某人从命,但女孩得遵从指示,某人无暇多说。"

"女孩会遵从,"艾莉亚道。"我该做什么?"

"一百个俘虏饿着肚子,得吃东西,大人下令要肉汤。女孩跑去厨房,告诉她的卖派小弟。"

"我去要肉汤,"她重复。"你呢?"

"女孩帮忙做汤,然后等在厨房,某人会来找她。去吧。快跑。"

她冲进厨房时,热派正把面包从烤箱里拿出来,但这里不再是他独自一人,厨子被全部叫醒,为瓦格·赫特和血戏班做饭。仆人们忙着把热派做的一篮篮面包和果酱派端出去,大厨在切凉火腿,司炉的小弟在翻转烤兔,洗锅小妹们则给它们涂蜂蜜,厨娘在切洋葱和胡萝卜。"你干吗，黄鼠狼？"大厨看到她便问。

"肉汤，"她宣布，"大人要肉汤。"

他用切肉的刀朝火上的黑铁锅指指。"你以为那是什么？告诉你，我会先往里面撒泡尿，然后端去给那山羊。让人睡一晚安稳觉都不行！"他愤愤不平地说。"好了，你不用管，回去告诉他锅子催不得。"

"我就在这里等，直到它煮好。"

"那就别碍手碍脚，或者帮点忙。这样吧，你去储藏室，把山羊大人要的黄油和奶酪拿来。叫醒皮雅，告诉她，如果想保住双脚，这次就给我利索点儿。"

她竭尽全力飞奔。皮雅已经醒了，但还睡在阁楼，在一个血戏班成员的身子下呻吟。当她听见艾莉亚叫喊，立即穿回衣服，把黄油罐及包在布里一大块一大块臭烘烘的奶酪装满六个篮子。"来，帮我一把。"她告诉艾莉亚。

"我不帮，你最好自己快去，不然瓦格·赫特会砍掉你的脚。"不等皮雅抓她，艾莉亚拔腿就跑。回去的路上，她突然纳闷，为何没有一个俘虏被砍掉手脚呢？难道瓦格·赫特害怕罗柏？可他看起来真是天不怕地不怕呀。

艾莉亚回到厨房时，热派正拿长柄木勺搅锅子，她抓起另一把勺子来帮忙。片刻之间，她寻思该把计划告诉他，随后想起渔村里的事，便决定不要说。他只会再投降一次啦。

接着，她听见罗尔杰刺耳的嗓门。"厨子，"他喊，"我们来取该死的汤。"艾莉亚惊慌失措地放下勺子。糟糕，他们怎么参加了！罗尔杰戴着铁盔，护鼻掩盖了脸上的空洞。贾昆和尖牙跟在他后面。

"该死的汤他妈的还没好，"大厨道，"还要炖一炖，洋葱刚放进——"

"闭上臭穴，否则我用烤肉叉叉你屁眼，涂上蜂蜜烤你几圈。我说要汤，现在就要！"

尖牙嘶声怪叫，一边从铁叉上撕下一大块烤得半焦的兔肉，用尖牙一口咬下，蜂蜜从指间滴落。

大厨屈服了。"那就把该死的汤拿走，如果山羊怨东怪西，你自己解释。"

尖牙意犹未尽地舔舔指间的油脂和蜂蜜，贾昆·赫加尔戴上一副厚垫手套，将另一副交给艾莉亚，"黄鼠狼来帮忙。"肉汤煮得滚烫，锅子又重，艾莉亚和贾昆费尽全力才抬起一个，罗尔杰自己搬一锅，尖牙则提了两锅，他的手被锅柄烫到，嘴里痛苦嘶叫，手上却没半分松劲。他们将锅子搬出厨房，穿过庭院。两个卫兵在寡妇塔门前站岗。"这是什么？"其中一个询问罗尔杰。

"一锅滚烫的尿，想不想尝尝？"

贾昆露出迷人的微笑，"我们给俘房送吃的。"

"没人说过会——"

艾莉亚打断他。"这是给他们，又不是给你。"

第二个卫兵挥手示意通过。"那就拿下去吧。"

门内是一条蜿蜒的楼梯，向下直通地牢。四人中罗尔杰引路，贾昆和艾莉亚断后。"女孩躲远点。"他告诉她。

楼梯尽头是一个狭长的石地窖，潮湿阴暗，没有天窗。近处有几支火炬在支架上燃烧，一群亚摩利爵士的士兵围坐在一张破木桌旁玩牌聊天，沉重的铁栅栏将他们和挤在黑暗中的俘房分开。他们刚进来，肉汤的味道便将许多俘房吸引到栅栏前。

艾莉亚数了数，一共八个卫兵。他们也闻到肉汤的香味。"你是我这辈子见过最丑的侍女，"他们的队长对罗尔杰说，"锅里是什么？"

"你的老二和蛋蛋，味道怎么样？"

有个卫兵本来在踱步，另一个站在栅栏旁，又一个靠墙坐在地板上，但食物将他们通通吸引到桌边。

"他妈的也该吃饭了。"

"里面有洋葱？"

"面包在哪儿？"

"见鬼，我们需要碗，杯子，勺子——"

"不，你们不需要。"罗尔杰用力举起滚烫的汤锅，泼过桌子，全浇在他们脸上。贾昆·赫加尔也依法而为。尖牙则像扔盘子一样飞出锅子，锅子旋转着穿过牢房，汤汁如雨洒落。队长正要起身，却被回旋的锅子砸中太阳穴，像沙包一般倒下去，一动不动了。其余人或痛苦惨叫，或乞求饶命，或企图偷偷溜走。

艾莉亚贴紧墙壁，罗尔杰开始割人喉咙，尖牙则用一双惨白巨手抓住卫兵们的后脑和下巴，一下子便扭断脖子。只有一个卫兵来得及拔剑。贾昆舞蹈般地闪过他的攻击，抽出自己的剑，几个突刺将那人逼至角落，然后一剑穿心，毙人性命。罗拉斯人提剑走到艾莉亚跟前，剑上流淌着心脏的热血，他用她的衣服前襟把血擦净。"女孩该沾血。这是她的手笔。"

牢房钥匙挂在桌边墙壁的钩子上。罗尔杰将它取下，打开牢门。首先出门的是那个外衣上有钢甲拳套纹章的领主。"干得好，"他道，"我是罗贝特·葛洛佛。"

"大人。"贾昆朝他一鞠躬。

一获自由，众俘立即夺下死卫兵的武器，提在手中，冲上楼梯，后面的人空着手蜂拥跟随。他们全都行动迅捷，一言不发，当初瓦格·赫特赶他们进城门时带的伤全都不药而愈。"汤的办法真是妙，"葛洛佛说，"我倒没想到，这是赫特大人的主意？"

罗尔杰哈哈大笑，笑得鼻涕从原来是鼻子的那个洞里飞溅出来。尖牙坐在死人身上，抓起一只软绵绵的胳膊，啃尸体的指头。

齿间嘎吱作响。

"诸位是什么人?"罗贝特·葛洛佛额现褶皱。"诸位并未跟随赫特大人来到波顿大人的营地,敢问诸位可是勇士团的成员?"

罗尔杰用手背擦掉下巴上的鼻涕。"我们现在是了。"

"此人很荣幸是贾昆·赫加尔,从罗拉斯自由贸易城邦而来。此人无礼的同伴是罗尔杰和尖牙。大人看得出谁是尖牙。"他将手一挥,指向艾莉亚。"这位——"

"我是黄鼠狼。"她赶紧道,以免他暴露她的真实身份。她不想在这儿说出自己的名字,叫罗尔杰、尖牙和一大群不认识的人听到。

葛洛佛根本不在乎她。"很好,"他说,"我们来了结这出血淋淋的戏剧吧。"

他们爬上蜿蜒的楼梯,发现门口的卫兵已倒在血泊中。北方人冲过庭院,艾莉亚听见叫喊。兵营大厅的门骤然打开,一个受伤的人一边尖叫一边跌跌撞撞地跑出来。另外三个人在后面追赶,最后用长矛和剑让他闭了嘴。城门楼附近有战斗,罗尔杰和尖牙跟随葛洛佛冲过去,但贾昆·赫加尔在艾莉亚身边跪下。"女孩不明白?"

"我明白。"她说,虽然她并不真正明白。

罗拉斯人从她脸上看了出来。"山羊无忠心,狼旗将升起。某人要听某个名字被收回。"

"我收回那个名字。"艾莉亚咬住嘴唇。"我还有第三条命吗?"

"女孩很贪心。"贾昆摸摸死去的卫兵,给她看染血的手指。"这是第三个,那是第四个,下面还躺着八个。债已还清。"

"债已还清。"虽不情愿,但艾莉亚不得不同意。她感到有些悲哀,自己又成了老鼠。

"红神是债主。某人必须死。"贾昆·赫加尔唇边泛起一丝奇特的微笑。

"死?"她困惑地说。他什么意思?"我已经收回名字了呀。你现在不需要死啦。""某人必须死。某人时辰已到。"贾昆把手由上至下抹过脸庞,从额头直到下巴,所经之处发生了变化:面容变得丰满,双眼靠得更近,鼻子成了鹰钩,一条前所未有的疤痕出现在右颊。他甩甩头,那又长又直、半红半白的头发消失不见,变成一头整齐的黑卷发。

艾莉亚张大了嘴。"你到底是谁?"她低声说,惊讶得忘记了害怕。"你怎么弄的?难不难?"

他咧嘴一笑,露出一颗发亮的金牙。"跟换名字一样简单,只要你了解方法。"

"教我,"她冲口而出,"我想学。"

"如果你要学,就得跟我走。"

她犹豫了,"去哪儿?"

"很远很远的地方,狭海对岸。"

"我不去。我想回家。回临冬城。"

"那我们就得分开,"他说,"我有使命在身。"他牵起她的手,把一枚小硬币塞进她掌心。"拿着。"

"这是什么?"

"一枚珍贵的硬币。"

艾莉亚咬了咬。好硬,似乎是铁。"它够买马吗?"

"不够。"

"那有什么用?"

"生亦何欢,死亦何苦?如果有一天,你要找我,请把这枚硬币交给任何一个布拉佛斯人,并对他说——Valar morghulis。"

"Valar morghulis。"艾莉亚重复。这并不难记。她用手指紧紧握住硬币。院子另一端,不断有人死去。"请你别走,贾昆。"

"贾昆死了,阿利也死了,"他悲哀地说,"我有承诺必须遵守。Valar morghulis,艾莉亚·史塔克,请跟我再说一遍。"

"Valar morghulis。"她跟着念,然后穿贾昆衣服的陌生人朝她鞠了一躬,转身退进黑暗,斗篷飘荡。艾莉亚独自一人留在死尸旁。他们该死,她告诉自己,想起亚摩利·洛奇爵士在湖边庄园的屠杀。

她回到自己的稻草床时,焚王塔下的地窖空无一人。她对着枕头轻声复诵姓名,念完之后,又用轻柔细小的声音加了一句:"Valar morghulis",却不明白是什么意思。

破晓后,粉红眼和其他人都回来了,只有一个男孩在战斗中被杀,没人说得出原因。粉红眼独自上楼,去看白天分配下来什么工作,边爬楼梯边抱怨自己这把老骨头经不起折腾。回来后,他告诉大家,赫伦堡被占领了。"血戏班趁亚摩利爵士的人睡觉时下手,还有的人喝得烂醉后死在桌旁。太阳下山前,新领主就会率领大军抵达。他从荒凉的北方来,是长城边上的贵族,据说很严厉。你们这些懒虫给我听好,不管领主换成哪个,该干什么活儿还得干什么活儿。谁敢偷奸耍猾,瞧我不拿鞭子狠抽掉你一层皮。"他边说边看艾莉亚,但关于她昨晚的去向,一个字也没问。

整个早上,她都在观看血戏班搜刮死者身上的钱物,然后将尸体拖到流石庭院,并在那儿堆好木柴,准备焚烧。"小丑"夏格维砍下两个死骑士的脑袋,拎着头在城堡里神气十足地到处挥舞,还让它们表演对话。"你咋死啦?"一个脑袋问。"喝了滚烫的黄鼠狼汤。"另一个回答。

艾莉亚被派去拖地,擦掉干涸的血迹。没人对她多说什么,但她不时注意到人们奇怪的眼光。罗贝特·葛洛佛和其他人想必把地牢里发生的事传了出去,然后夏格维和他会说话的蠢头颅便开始到处宣扬黄鼠狼汤。她想去叫他闭嘴,却不敢这么做。小丑半疯半傻，听说有次杀人就因为对方没有为他的笑话而发笑。他最好闭嘴，否则我把他加入名单，她一边擦拭红棕色的血渍一边想。快入夜时，赫伦堡的新主人才到达。他相貌平凡，没有胡子，唯一引人注目的是那双淡得出奇的怪眼。他不胖不瘦，也不强壮，穿着黑色锁甲和一件粉红斑点的披风。他旗上的图案似乎是个血人。"恐怖堡伯爵驾到，下跪！"他的侍从高喊，那是个跟艾莉亚年纪相仿的男孩。整个赫伦堡都跪下了。

瓦格·赫特迎上前。"大人，赫伦堡属于您了。"

领主开口作答，但声音太轻，艾莉亚听不到。罗贝特·葛洛佛和伊尼斯·佛雷爵士上前加入，他们刚刚梳洗整洁，穿着崭新的上衣和披风。简短对话之后，伊尼斯爵士引见罗尔杰和尖牙。看到他俩还在，艾莉亚吃了一惊，她还以为贾昆一走，他们也会跟着消失。她听见罗尔杰刺耳的嗓门，却听不清说话的内容。突然夏格维跳到身边，拽着她穿过庭院。"大人，大人，"他牵着她的手腕大声唱，"这是煮汤的黄鼠狼！"

"放手。"艾莉亚边说边用力挣脱。

领主注视着她。头不动，眼睛转，瞳仁淡白，好似玄冰。"孩子，你多大？"

她都忘了，不得不想了一会儿。"十岁。"

"十岁，大人，"他提醒她。"你喜欢动物吗？"

"有些动物我喜欢。大人。"

他嘴角现出一抹淡淡的微笑。"看来不包括狮子。也不包括狮身蝎尾兽。"

她不知如何应对，因此什么也没说。

"他们叫你黄鼠狼。这可不行。你母亲给你取什么名？"

她紧咬嘴唇，努力搜寻一个名字。以前罗米叫她"癞痢头"，珊莎叫她"马脸艾莉亚"，父亲的手下给她取的绰号则是"捣蛋鬼

艾莉亚",但她认为这些都不是他想听的名字。

"娜梅莉亚,她叫我娜梅莉亚,"她说,"平日简称娜娜。"

"跟我说话时要称我为'大人',娜娜,"领主温和地说。"我认为你还太小,不能加入'勇士团',而且性别也不对。水蛭是你害怕的动物吗,孩子?"

"水蛭不过是小虫子,大人。"

"看来我的侍从该向你学习。常用水蛭放血是长寿秘诀,一个人应该常常清除自己的脏血。我就把这个工作交给你了。我留在赫伦堡一天,娜娜,你就是我的侍酒,负责在餐桌上和居室里伺候。"

这次她知道别开口讨要马厩的工作。"是……我是说,是,大人。"

领主挥挥手。"把她收拾得像样点儿,"他不特定对谁地说,"教她倒酒,别洒出来。"他转身抬起一只手,"赫特大人,换掉城门楼的旗帜。"

四个勇士团的成员爬上城墙,扯下兰尼斯特家金色的狮子和亚摩利爵士黑色的狮身蝎尾兽,升起恐怖堡的剥皮人和史塔克家的冰原狼。当晚,一个叫娜娜的侍酒一边替站在楼台上的卢斯·波顿和瓦格·赫特斟酒,一边看着勇士团押解赤身裸体的亚摩利·洛奇爵士穿过中庭。亚摩利爵士紧紧抱住押送者的腿,一边乞求一边抽泣,最后罗尔杰把他拉开,夏格维将他一脚踢进养熊的坑。

黑色的熊,艾莉亚心想,和尤伦一样。她倒满卢斯·波顿的杯子,一滴也没有洒出来。

丹妮莉丝

丹妮满心期待，以为不朽之殿会是光辉之城里最为光辉的建筑，没想到走出舆车，看到的却是一座古老的灰色废墟。

大殿长而低矮，没有塔楼和窗户，像一条巨大的石蛇盘绕在黑树皮的林中。林中树木长着深蓝的叶子，魁尔斯人称为"夜影之水"的魔法饮料正是用它们制成。附近没有其他建筑。黑瓦覆盖着大殿屋顶，其中许多已坠落或破损，石块间的灰泥也大都干燥碎裂。她终于明白札罗·赞旺·达梭斯为何称它为尘埃之殿，甚至连卓耿也不安起来。黑龙嘶嘶呐喊，烟雾从利齿间渗出。

"吾血之血，"乔戈用多斯拉克语说，"这是个邪恶的地方，鬼魂和巫魔在此出没。它吸掉了明媚的朝阳，在它吸掉我们之前，快快离开吧。"

乔拉·莫尔蒙爵士走上前。"他们住在这种地方，能有什么力量？"

"听从那些最爱你的人儿，听从他们睿智的语言哪，"札罗·赞旺·达梭斯在舆车里懒洋洋地说。"男巫是一群难以相处的怪物，他们从尘土和阴影中摄取养分。他们能给您的只有虚无，因为他们一无所有。"

阿戈一只手搭上亚拉克弯刀。"卡丽熙，据说进入尘埃之殿的人很多，却没有几个能出来。"

"对。"乔戈赞同。

"我们是汝血之血，"阿戈说，"发誓与您同生共死，并肩作战，保护您免于危难。请让我们跟您一起进入这黑暗的地方。"

"有些地方，即使卡奥也必须独自去闯。"丹妮说。

"那就带上我，"乔拉爵士劝道，"不要太冒险——"

"丹妮莉丝女王必须独入，只此一途。"男巫俳雅·菩厉从林中走出。他一直在那儿吗?丹妮疑惑地想。"此刻她若转身，智慧之门将永远向她关闭。"

"此刻我的豪华游艇还在等待，"札罗·赞旺·达梭斯高呼，"放弃愚行吧，最最固执的女王。我的笛手将用美妙绝伦的音乐抚平您烦躁不安的灵魂，我那歌声婉转的小歌手，她的嗓音将令您叹息，把您融化。"

乔拉·莫尔蒙爵士酸酸地瞪了巨商一眼。"陛下，别忘了弥丽·马兹·笃尔。"

"我不会忘，"丹妮说，她突然下定了决心。"我记得她有智慧。而她本人只是个小小的巫魔女。"

俳雅·菩厉淡淡一笑。"这孩子说话如老妪一般睿智。来，挽住我的手，让我为您带路。"

"我不是孩子。"但丹妮还是挽住了他的手。

黑树林比她想象中更黑暗，路也比她想象中更漫长。大路从街道直通宫殿大门，但俳雅·菩厉很快走上岔道，她询问缘故，男巫道："前门之路有进无出。注意听我说话，女王陛下。不朽之殿非为凡人所建。若您珍惜灵魂，请谨遵吾言，格外小心。"

"我会照你的话做。"丹妮承诺。

"您进去之后，将发现房里有四道门，除了进口，还有另外三扇门。请走右边，每次都选右边第一扇门。遇到楼梯，就往上爬，决不向下，也决不要走右边第一扇门之外其他的门。"

"走右边的门，"丹妮重复。"我明白了。当我离开时，就反其道而行之?"

"万万不可，"俳雅·菩厉说，"来去相同，总是向上，永远走右边的门。其他的门或许会自动开放,您将看到许多搅乱思绪的事物:有的美丽,有的可怕,有的惊奇,有的恐怖。种种图像和声音,或存在于过去,或尚未到来,甚或不会发生。您经过时,房间的主人和仆从会跟您说话,您可以回答,也可以不予理睬,一切悉听尊便,但到达觐见室之前,决不能进入任何房间。"

"我明白了。"

"当您最后来到不朽者的房间,请千万保持耐心。我们短暂的生命对他们而言如飞蛾扑火一般渺小。您只需仔细倾听,将每个字铭记在心。"

于是他们来到门前——那是一张椭圆的大嘴,嵌在一堵人脸形状的墙上——一位丹妮毕生所见最矮的侏儒正等在门口,身高还不到她的膝盖,脸皱巴巴地挤成一团,鼻子则高得出奇。他穿着紫蓝相间的华丽服饰,粉红小手中托着一个银盘,上面放了一只细长的水晶杯,内盛浓稠的蓝液。这便是夜影之水,男巫的美酒。"喝吧。"俳雅·菩厉催促。

"我的嘴唇会变蓝吗?"

"一杯只会使您耳聪目明,如此方能感受展现在前的真理与智慧。"

丹妮举杯至唇。呷第一口的滋味就像混合墨汁的腐肉,恶心无比,但当她吞咽而下,它却在她体内活动起来。一丝丝卷须在胸中扩散,仿佛烈焰缠绕心脏,舌尖则油然而生蜂蜜、茴香和奶油的味道,既像母亲的乳汁和卓戈的精液,也像鲜红的肉、温热的血和熔化的金。它尝起来有她所知的一切滋味,却又非其中任何一种……随后杯子就空了。

"您可以进去了。"男巫说。丹妮将杯子放回仆人的托盘,走了进去。

她发现自己进入一间石厅,四面墙上各有一扇门。她毫不犹豫地踏进右边的门。第二个房间和第一个房间完全相同。她再次选择右边的门，推开后，看见的是又一间四扇门的石室。我身处巫术之中。

第四个房间不是方形，而是椭圆形，墙壁也不再是石头，而是虫蛀的木板。它有六个出口而不止四个。丹妮照旧选了最右边那个，进入一条长而昏暗的走廊。天花板很高，右边是一排冒烟燃烧的火炬，发出橙色的光芒，但所有的门都在左边。卓耿展开宽阔的黑翼，扇动陈腐的空气。它飞了二十尺，突然"砰"的一声，狼狈地栽下来。丹妮大步跟在后面。

脚下发霉的地毯曾经华美艳丽，织物上的金纹装饰隐约可见，在暗淡的灰色与斑驳的绿色之间断续地闪烁光芒。这残破的地毯吸收了她的脚步声，却不能屏蔽其他声音。丹妮听到墙内有响动，那是一种细小而忙乱的抓刨，让她想到了老鼠。卓耿也听见了，它的脑袋跟着声音转动，当声音停止，便发出恼怒的尖叫。更令人不安的声音从一些紧闭的门后传出，其中一扇被撞得摇晃，仿佛有人要破门而出，另一扇后面传来刺耳的笛声，龙一听之下便疯狂地摇尾巴。丹妮赶紧快跑。

并非所有的门都关着。我不看，丹妮告诉自己，但诱惑实在强烈。

在一个房间，有位美女展开四肢，赤裸裸躺在地上。四个小人趴在她身上，他们有老鼠一样的尖脸和粉红小手，跟夜影之水的仆人一样。其中一个在她股间抽送，另一个在摧残她的胸部，把乳头放进潮湿红润的嘴里撕扯咀嚼。

再往前，她见到一场死尸的盛宴。参与者都是遭到残忍屠杀后的尸体，它们东倒西歪地趴在倾倒的椅子和劈烂的高架桌边，躺在一摊摊正在凝结的血液中。有人断手断脚，有人失去头颅。无主的手掌紧握着血淋淋的杯子、木勺、烤鸭和面包。上方的王座坐着一个狼头死人，戴一顶铁冠，握一条羊腿，好似国王握着权杖。他的眼神紧随丹妮，仿佛在无声地控诉。

她从他面前逃开，随即在下一扇门前停步。我认得这扇门，她心想。她记得那些雕刻着栩栩如生的动物脸庞的巨大木梁，还有窗外那棵柠檬树！眼前的景象令她既向往又心痛。这是那栋红漆大门的房子，是她在布拉佛斯的家。这时，老威廉爵士拄着拐杖沉重地走出来。"小公主，您回来了啊，"他的声音沙哑而慈爱，"过来，"他说，"到我这里来，我的小姐，您到家了，安全了。"他皱巴巴的大手朝她伸来，如旧皮革一般柔软，丹妮想抓住它，握紧它，亲吻它，仿佛那是她一生中最大的愿望。于是她缓缓向前挪去，接着突然想到：他死了，他死了，亲切而魁梧的老人，他很早以前就死了。她往后退却，赶紧跑开。

长廊一直往前延伸、延伸，左边是无穷无尽的门，右边只有火炬。她不知跑过多少门，其中有的关闭有的开启，有木门也有铁门，有的门雕刻精细，有的则很普通，有的门带把手，有的则是锁或门环。卓耿用翅膀抽打她的背，催促她前进。丹妮一直奔跑，直到喘不过气来。

最后，一对巨大的青铜门出现在左边，比其他所有门都宏伟。随着她走近，门自动打开，她不由得驻足观看。门内是她这辈子所见最大的石殿，高墙上挂着众多死龙的头颅，冷冷地俯瞰下方。一位华服老者坐在一个高耸而多刺的王座上，眼神暗淡，头发银灰。"让我君临焦黑骨骸和烤熟血肉，"他对下面一个男人说，"让我成为灰烬之王。"卓耿尖声嘶叫，爪子嵌入丝绸和肌肤，但王座上的国王充耳不闻，于是丹妮继续前进。

当她再次停下，第一个念头是：那是韦赛里斯！但仔细一看，却发现不是。那人有哥哥的头发，却比哥哥高大，眼睛靛蓝，而非淡紫。"就叫他伊耿，"他对大木床上正为新生婴儿哺乳的女人

说。"对君王而言,这不是最好的名字吗?"

"你会为他写一首歌?"女人问。

"他已经有了一首歌,"男人答。"他就是预言中的王子,他的歌便是冰与火之歌。"他边说边抬起头,视线与丹妮交汇,仿佛看到了门外的她。"还有一个,"他说,她不知他是对她还是对床上的女人讲话,"龙有三个头。"他走到窗边座位,拿起一把竖琴,用手指轻轻拨弄银弦。忧郁而甜美的音乐充满房间,男人、妻子和婴儿如晨雾一般消退。乐声徘徊,催促她赶紧离开。

好似又走了一个钟头,长廊终于到了尽头,眼前是一道陡峭的石梯,向下直通黑暗。丹妮回望身后,每一扇门,不论开着还是关闭,都在她的左边。同时,她惊恐地意识到,火炬正依次熄灭。只剩二十支在燃烧,最多三十支。就在观望期间,又有一支熄灭。无声无息的黑暗,沿着长廊步步进逼。她凝神倾听,似乎还有别的东西拖着沉重的步伐,沿着褪色的地毯,缓缓走来。她心中充满恐惧。她不能回头,留在这里危机四伏,可要如何前进呢?右边没有门,楼梯则往下,不是往上。

她站着思考,又一支火炬熄灭,模糊的脚步声也越来越大。卓耿伸长蛇一样的脖子,张嘴尖叫,烟雾从齿间升起。它也听到了。丹妮再次探察右边空白的墙壁,依旧一无所获。会不会有扇暗门,或是一扇我看不见的隐形门?又一支火炬熄灭。又一支。右边第一扇门,他说永远走右边第一扇门。右边第一扇门……

她突然想到……就是左边最后一扇门!

她猛撞进去。门内又是一间四扇门的小屋。她走右边的门,右边,右边,右边,右边,右边,右边,直到头晕眼花,气喘吁吁。

当她再次停下,发现自己身处一间阴湿的石室……对面有扇椭圆的门,状如张开的嘴,俳雅·菩厉站在门外树荫下的草地。"这么快就跟不朽者谈完了?"他看到她,难以置信地问。

"这么快?"她疑惑地说,"我走了好几个小时,却没找到他们。"

"您肯定拐错了弯。过来,让我给您带路。"俳雅·菩厉伸出手。

丹妮犹豫了。她右边有扇门,紧紧关闭……

"那条路不对,"俳雅·菩厉坚定地说,蓝嘴唇呈现严肃的否定。"注意,不朽者不会永远等待。"

"不,我们短暂的生命对他们而言如飞蛾扑火一般渺小。"丹妮想起来。

"顽固的孩子,你会迷路的,再也走不出来。"

她离他而去,走向右边。

"不,"俳雅尖叫。"不,过来,到我这里,到我这里里里里——"他的脸向内塌陷,逐渐变成苍白的蛆。

丹妮抛开他,进入一个楼梯井,开始攀爬。不久后,腿酸疼起来,她随即想到,不朽之殿似乎没有塔楼。

楼梯终于到头,右边半敞着一排宽大的木门。它们由黑檀木和鱼梁木制成,黑白相间的纹理扭曲盘旋,构成奇特的图案。它们很美,但不知为何又有些恐怖。我是真龙传人,丹妮对自己说,她乞求战士赐予她勇气,乞求多斯拉克马神给她力量,随后逼自己迈步向前。

门后是个大厅,里面有群衣着华丽的巫师。他们有的穿着白貂皮,红宝石色的天鹅绒及金布制成的奢华长袍;有的套着镶嵌宝石的精致铠甲;有的戴着缀满星星的高尖帽。他们之中也有女性,服饰美丽异常。一束束阳光斜射进玻璃彩窗,厅内演奏着世间最美妙的音乐,连空气也仿佛因之活泼。

一个貌似国王的华袍男子站起身来,朝丹妮微微一笑。"坦格利安家族的丹妮莉丝,欢迎欢迎,请过来参加永恒之宴,我们便是

魁尔斯的不朽者。"

"我们等了你很久。"他身边的女人说,她穿着玫瑰红与银色的衣服,按魁尔斯风俗裸露的一侧胸脯完美无瑕。

"我们知道你会来,"巫师之王道,"早在一千年前就已知晓,一直等到现在。彗星是我们送出的指引。"

"我们将知识与你分享,"一个穿着闪亮祖母绿铠甲的战士说,"教你使用魔法的武器。来吧,快过来吧,你通过了所有测试,只需和我们一起欢宴,无数疑问终将解答。"

她前跨一步。卓耿从肩上跃起,飞到黑檀木和鱼梁木的门顶,开始啮咬雕刻。

"淘气的家伙,"一个英俊的年轻人笑道,"要我教你神秘的龙语吗?过来,快过来。"

怀疑攫住了她。大门如此沉重,丹妮费尽全力,才将其推动半分。门后隐藏着另一扇门。陈旧灰暗的木门,裂痕斑斑,普通平凡……却位于她的右边。巫师们用比歌唱更甜美的声音召唤她,但她离开他们。卓耿飞回她身边,他们通过窄门,进入一间沉浸在黑暗中的屋子。

一张长石桌填满了房间,上面悬浮着一颗人类的心脏,腐烂肿胀,颜色淤青,但仍然是活的。它在跳动,每跳一下都发出一种深沉的颤音,散射一波深蓝的光芒。围在桌边的身形不过是些蓝色的影。丹妮走向桌子末端的空椅,其间他们没有动,没有说话,也没有转头。除了那颗腐烂心脏在缓慢低沉地跳动,房里没有别的声音。

……龙之母……一个声音响起,半是低语半是呻吟……之母……之母……之母……阴暗中泛起一片回音。有男音,有女音,甚至有一个童声。悬浮的心脏继续跳动,时而发出微光,时而一片黑暗。在如此诡异的气氛下,她很难鼓起讲话的心思,只得勉强背诵操练的词句："我乃坦格利安家族的风暴降生的丹妮莉丝,维斯特洛七大王国的女王。"他们听得见吗?他们为什么不动?丹妮坐下来,双手叠放膝盖。"请给予我忠告,用你们征服死亡的智慧来教诲我吧。"

透过昏暗的蓝光,她辨出右边一位不朽者枯瘦的身影。这是位极老的老人,满脸皱纹,没有头发,皮肉是一种饱满的蓝紫色,嘴唇和指甲则更蓝,近乎于黑。他连眼白都是蓝色的,这双眼睛直勾勾地瞪着桌子对面一位老妇,她却好像视而不见。老妇苍白的丝袍已和躯体烂在一起,一侧萎缩的胸脯仍按魁尔斯风俗赤裸,露出一个尖尖的蓝乳头,如皮革般坚硬。

她没有呼吸!丹妮倾听着一片静寂。他们都没有呼吸,不会移动,目不视物。难道不朽者死光了?

一个比老鼠胡须还细的声音轻轻作答……我们活着……活着……活着……无数低语在回应……我们无所不知……不知……不知……不知……

"我来寻求真理,"丹妮说,"在长廊里,我看到的景象……是真实还是虚幻?是过去还是未来?它们究竟意味着什么?"

……影中之影……明日之形……啜饮冰之杯……啜饮火之杯……

……龙之母……三之子……

"三?"她不明白。

……龙有三个头……幽灵般的和声在她脑海里回响,却没有一片嘴唇在动,也没有一丝呼吸搅动静止的蓝空气……龙之母……风暴降生……低语变成回环的歌咏……命中注定你将燃起三团火焰……一团为生,一团为死,一团为爱……她自己的心跳不知不觉与面前悬浮的蓝色腐心的律动趋向吻合……命中注定你将骑乘三匹坐骑……一匹床第,一匹恐怖,一匹为爱……他们的嗓门越来越响，她的心跳却越来越慢，甚至她的呼吸……命中注定你将经历三次背叛……一次为血，一次为财，一次为爱……

"我不……"她的声音几乎成了细语，和他们先前的话语一样微弱。我怎么了？"我不明白，"她说，声音终于大了一点。为什么在这里说话如此困难？"帮帮我。告诉我。"

……帮帮她……低语声嘲弄道……告诉她……

接着，靛蓝色的颤影在黑暗中出现。韦赛里斯痛苦地嘶喊，熔化的黄金顺着脸颊流淌，填满他的嘴。一个古铜色皮肤、银金色头发的高大英雄站在奔马旗下，背后是燃烧的城市。红宝石般的血滴从濒死王子的胸口喷出，他跪倒在水中，用最后一口气呢喃出一个女子的名字……龙之母，死亡之女……红色的剑如夕阳一般耀眼，举在一位没有影子的蓝眼国王手中。人群围着旗杆上飘扬的布龙欢闹。石巨兽从一座冒烟的塔上展翅腾飞，喷出阴影之火……龙之母，谎言杀手……她的银马踏过草原，来到一条黝黑的小溪，上方是星之大海。一具尸体站立船首，僵死的脸上有一双闪闪发光的眼睛，灰色的嘴唇悲伤地微笑。冰墙的裂缝开出一朵碧蓝的玫瑰，散发出无比甜美的气息……龙之母，烈火新娘……

影像出现得越来越快，一个紧接着一个，仿佛空气有了生命。影子在帐篷里盘旋跳舞，飘逸不定，可怖骇人。一个小女孩光脚奔向一座红门的大宅。弥丽·马兹·笃尔在火焰中尖叫，一条龙从她额头进出。银马拖着一具血淋淋的赤裸男尸，在崎岖的地面弹跳。一头白狮在比人高的草丛中奔跑。圣母山下，一行赤裸的老妪从大湖中走出，颤抖着跪在她面前，低下灰色的头颅。一万名奴隶高举血手，她骑在银马上，风一般飞驰而过。"母亲！"他们高喊，"母亲！母亲！"他们挤到她身边，触摸她，拉她的披风和裙边，拉她的脚、她的腿、她的胸。他们爱她，他们要她，他们需要火和生命，于是丹妮喘着气张开双臂将自己交出……

就在此刻，一对黑色的翅膀突然猛拍她的脑袋，一声愤怒的尖叫划破靛蓝的空气，影像即刻全部消散，退遁无形。丹妮的喘息变成了惊恐。不朽者们环绕在她周围，如蓝色的寒影，一边轻声低语，一边向她靠近，用冰冷干瘪的手拉扯、抚摩、拖拽她的衣服，触摸她的身体，手指缠绕她的头发。她四肢的力量一齐消失，动弹不得，甚至连心脏也停止了跳动。她感到一只手伸上她赤裸的乳房，揉拧着乳头。牙齿压上她柔软的咽喉。一张嘴袭向她的眼睛，又舔，又吸，又咬……

随后，靛蓝变成橙红，低语化为尖叫。她的心怦怦飞跳，抓她的手脚陡然消失，一股热气冲刷肌肤。突如其来的强光令丹妮眯起眼睛。只见龙在上方，展开翅膀，撕扯那颗可怕的黑心脏，将腐肉撕成条条碎片。它的头猛地前伸，嘴里喷出火焰，明亮而炽热。她听见不朽者燃烧时发出的尖叫，他们用早已消失的语言呼喊，尖细的高音如薄纸一般。他们的血肉像羊皮纸一样碎裂，骨头如浸泡在油脂中的枯木。他们手舞足蹈，被火焰吞噬；他们跌跌撞撞，翻腾扭转，高举燃烧的手，指头像火炬一样明亮。

丹妮站起身来，从他们中间穿过。他们轻如气体，不过是些空壳，一触即散。她走到门口，整个屋子成了一片火海。"卓耿。"她喊，他穿过火焰，朝她飞来。

门外是一条漫长而幽暗的通道，在她面前蜿蜒伸展，唯一的光源是身后闪烁不定的橙色火光。丹妮起步奔跑，寻找出口，右边，左边，任何一扇门都可以，但什么也没有，只有不断弯曲的石墙。脚下的地板仿佛也在缓缓移动翻滚，想要将她困住。她稳住情绪，拼命地跑，突然一扇门出现在前方，好似张开的嘴巴。

她跌入阳光中，明亮的光线令她步履蹒跚。俳雅·菩厉正用某种未知的语言叽里呱啦，双脚轮换着跳来跳去。丹妮回头一看，烟雾如藤蔓一样从尘埃之殿古老的石墙缝隙中和黑瓦屋顶上渗出。

俳雅一边嚎叫咒骂，一边抽出匕首朝她扑来，但卓耿跃到他脸上，接着她听见乔戈的皮鞭"噼啪"一响——真是世上最悦耳的声音。匕首飞出，转瞬间，拉卡洛将俳雅打倒在地。乔拉·莫尔蒙爵士跪在凉爽的青草地上，环住她的肩膀。

提利昂

"你若是愚蠢地送命,我就拿你的尸体喂山羊。"石鸦部正从码头出发,提利昂边看边威胁。

夏嘎大笑。"半人没山羊。"

"为了你,我会特地弄几只。"

天色已然破晓,河面上淡淡的亮光随着波浪闪烁,在撑篙下碎裂,待小船驶过后又重新聚拢。两天前提魅便带着灼人部进了御林。昨天黑耳部和月人部也去了。今天轮到石鸦部。

"你怎么做都行,就是不能正面开仗,"提利昂说,"骚扰他们的营地和车队,伏击斥候,迂回消灭落伍的士兵,把尸体吊在他们行军道路的树上。此外,我要你时时发动夜袭,要频繁,要突然,教他们不得安寝——"

夏嘎将手搭上提利昂的头,"这些我长胡子以前就从霍格之子多夫那儿学到啦!在明月山脉,仗就是这样打的。"

"御林不是明月山脉,你也不是跟奶蛇部或画犬部作战。你必须听从我指派的向导,他们像你们了解山区一样了解这片森林。接受他们的建议,方能行动自如。"

"夏嘎会听从半人的宠物。"原住民庄严承诺,然后牵着矮种马登上小船。提利昂注视他们离岸,撑起篙子朝黑水河心而去。望着夏嘎渐渐消失在晨雾中,他的胃奇特地痉挛。少了原住民,他好像没穿衣服似的。

他身边还有波隆雇的人,至今已近八百,但佣兵素来反复无常,不可信赖。提利昂已用尽一切办法收买他们的忠诚,他向波隆

及其手下十几个能手许下承诺,战斗获胜后,给予他们土地与骑士称号。他们喝着他的酒,欣赏他的玩笑,彼此以"爵士"相称,直到醉得东倒西歪……波隆本人除外,所有人醉倒后,他带着一贯傲慢暧昧的笑容对他说:"他们会为骑士头衔杀人,但不会为此而死。"

提利昂没有这种错觉。

金袍军也同样靠不住。拜瑟曦之赐,都城守备队增加到六千人,但其中可依靠的不超过四分之一。"少数人是不折不扣的叛徒,还有些捣乱分子连你的蜘蛛也查不出来,"拜瓦特警告过他,"剩下的人中有不少比春天的青草还嫩,他们加入全为了面包、麦酒和有人保护。没人愿成为同伴眼中的懦夫,因此战事一开,当号角震天、旗帜飘扬时,他们会勇于作战。但只要势头不妙,他们将即刻崩溃,逃之夭夭。一个人扔下长矛,一千个人就会学样。"

当然,都城守备队里也有经验丰富的骨干,两千名成员的金袍从劳勃那里得来,而非得自于瑟曦。可是……守卫不算兵,这是泰温·兰尼斯特公爵经常的教诲。除此之外,提利昂手中的骑士、侍从和普通士兵加起来不过三百。他希望父亲另一句格言得到验证:高踞坚城,以一抵十。

波隆率卫队等在码头下,旁边是成群的乞丐、游荡的妓女和叫卖渔获的渔妇。渔妇的生意比其余所有人加起来还好。人们拥挤在桶子或货摊周围,为田螺、蛤蜊和梭子鱼讨价还价。由于没有其他食物进城,所以鱼价成了战前的十倍,并还在持续上升。手里还有钱的人每天早晚都来河边,希望带条鳗鱼或一罐红蟹回家;没钱的人,要么在摊位之间游走,盘算着偷窃,要么就凄惨无望地站在城墙下观看。

金袍卫士用矛杆推开群众,在人潮里清出一条路。提利昂尽力不去在意那些嘀咕和咒骂。一条腐烂而滑腻的鱼从人群中飞出,落在他脚边，裂成碎片。他小心翼翼地跨过它，爬上马背。身后，肚腹鼓胀的孩子们已为臭鱼的碎片厮打起来。

他骑马望向河岸。清晨的空气中锤声激荡，大批木匠群聚烂泥门，为城垛加添木板。进展不错。但另一方面，码头后方滋生的那堆摇摇欲坠的建筑，又令他相当不快。它们紧贴城墙，活像附在船身上的贝壳，其中有鱼饵仓、食堂、仓库、商铺、酒馆，以及便宜娼妓的勾栏。必须清空，半点不留。有了这些，史坦尼斯连搭云梯的工夫都省了。

他把波隆叫到身边。"组织一百人，烧掉从河边到城墙之间所有的东西。"他挥挥粗短的手指，将肮脏贫穷的码头区整个圈进去。"一干二净，视野内不准任何东西矗立，明白吗？"

黑发佣兵转头，评估了一下差事。"只怕业主们不太高兴。"

"他们怎样也不会高兴，随它，正好给他们新的理由来诅咒畸形小魔猴。"

"有人会反抗。"

"确保他们失败。"

"这里的居民怎么办？"

"给他们足够时间转移财产，然后全部清走。尽量别见血，他们不是敌人。还有，诸神保佑，不许再强暴妇女！把你的人管好，真该死。"

"他们是佣兵，不是修士。"波隆说，"下次你就要我让他们禁酒了。"

"好主意。"

提利昂恨不得将城墙增高两倍，加厚三层。但那有什么用呢？高塔厚墙救不了凤息堡，救不了赫伦堡，甚至连临冬城也救不了。

他记得上次见到临冬城的情景。它不若赫伦堡那么荒诞地庞大，也不如凤息堡那么坚不可摧，但石墙里自有一股蕴涵的力量，让置身其中的人觉得安全。此城陷落的消息让他深感震撼。"诸神一手付出，一手收取。"瓦里斯告诉他时，他喃喃低语。他们把赫伦堡交给史塔克家，同时取走临冬城。一次拙劣的交换。

当然，他应该高兴。从今往后，罗柏·史塔克不得不用兵北方——如果连自己的堡垒和家园都守不住，他算哪门子国王？看来兰尼斯特家西境根据地的形势暂缓，然而……

对席恩·葛雷乔伊，在作客北境的短短时间，提利昂只有极模糊的记忆。他是个乳臭未干的小子，很爱笑，擅用弓；很难想象他竟成了临冬城主。临冬城主一直都是史塔克啊。

他想起他们的神木林：高大的哨兵树以灰绿的松针作铠甲，还有大橡树、山楂树、铁树、岑树及士卒松。心树挺立于核心，好似冻结在时光之中的白巨人。他仿佛还能闻到那里沉静的乡土气息，那种酝酿千年的味道，那片树林纵然白天亦是阴暗。那片树林就是临冬城。那片树林就是北境。当我在林间行走，从未有过的格格不入感油然而生，仿佛自己就是一个不受欢迎的闯入者。不知葛雷乔伊家的人会不会有同感。城堡也许由他们掌控，但那片神木林绝不会。一年不会，十年不会，再过五十年仍不可能。

提利昂·兰尼斯特策马缓缓朝烂泥门骑去。临冬城与你无关，他提醒自己，它的陷落是你的幸运，该留心的是自己的城防。城门大开，三座巨大的投石机并排矗立于市集广场，如三头站着的巨鸟，向城垛外张望。投掷臂由老橡树的树干制成，铁箍以防断裂。金袍卫士戏称它们为"君临三妓"，它们即将给予史坦尼斯公爵热情的欢迎。至少我如此期望。

提利昂脚后跟一踢马，快步穿过城门，迎上人潮。走过"君临三妓"后，人群变得稀疏，街道开阔起来。

回红堡的路上风平浪静，但在首相塔的会客室，十来个愤怒的商船船长正等着他，抗议他征用船只。他诚恳致歉，并许诺一旦战争结束就给予赔偿，但话语安抚不了他们。"您输了怎么办，大人？"一个布拉佛斯人问。

"赔偿之事转交史坦尼斯国王呗。"

好容易摆脱他们，钟声却又响起，他就快错过授职典礼了！于是提利昂一路小跑，摇摇摆摆地穿过庭院，挤进圣堂后的人群。乔佛里正给御林铁卫两名新成员的肩头系上白丝袍。典礼进行中众人起立，因此提利昂只看得到一排尊贵的屁股。话说回来，当新任总主教带领两名骑士完成庄严的宣誓，并以七神之名为他们涂抹圣油后，他所在的位置倒利于抢先溜走。

他相当满意姐姐选择巴隆·史文爵士代替被杀的普列斯顿·格林菲尔爵士。史文家族是边疆地的大领主，高傲而谨慎。古利安·史文伯爵称病留在家堡，不加入任何一边，他的长子原本追随蓝礼，眼下投效史坦尼斯，幼子巴隆则在君临效力。如果他有第三个儿子，八成会送去罗柏·史塔克那边。方法虽不荣誉，却很合理：不管将来谁取得铁王座，史文家族都能存续。年轻的巴隆爵士出身高贵，英勇温文，武艺娴熟；他精于长枪，擅长流星锤，射箭更是一等一的好手。对王室而言，他会是勇敢而忠贞的战士。

可惜提利昂无法赞同瑟曦的另一选择。奥斯蒙·凯特布莱克爵士的模样看起来令人敬畏。他高六尺六寸，一身强横肌肉，鹰钩鼻，浓眉毛，铲子似的棕色大胡须，不笑时，就是一副凶悍外表。凯特布莱克原本出身低微，不过是个雇佣骑士，前途和晋升全赖瑟曦，她因此选择他。"奥斯蒙爵士既勇且忠。"提名时，她告诉乔佛里。后半句被她不幸言中。这位可靠的奥斯蒙爵士一直对波隆的钱忠心耿耿，从受雇于她的第一天起，就把她所有的秘密和盘出卖。这点提利昂当然不会告诉她。

想来他不该抱怨。这一任命等于为他在国王身边安插了另一耳目，却不为瑟曦所知。纵然奥斯蒙爵士真是个懦夫，也不会比如今

待在罗斯比地牢的柏洛斯·布劳恩糟糕。当初柏洛斯爵士护送托曼和盖尔斯伯爵，途中被杰斯林·拜瓦特爵士率金袍卫士伏击，倘若老巴利斯坦·赛尔弥爵士看到他竟如此爽快地交出王室成员，定然大为震怒，正如怒火万分的瑟曦。"御林铁卫的骑士应为捍卫国王和王室成员而死！"姐姐坚持要乔佛里以反叛和怯懦的罪名剥夺布劳恩的白袍。如今她换上又一个名不副实的家伙。

祈祷宣誓和涂抹圣油几乎耗了一上午，提利昂的腿开始酸疼，只好不断将重心从一只脚换到另一只。他看到坦姐伯爵夫人站在前面几排，但她女儿没跟她一起。他真希望见到雪伊，瓦里斯说她情况很好，但他想亲眼看看。

"嗯，做小姐的女仆总比厨房小妹强。"当提利昂把太监的计划告诉雪伊时，她说，"我可不可以带上我的银花腰带和金项圈，就你说上面的黑钻石像我眼睛的那条？你不许，我就不带。"

提利昂虽极不愿令她失望，但不得不指出，即使坦姐伯爵夫人算不上聪明女子，可若女儿的使女拥有的首饰比她女儿本人还多，一定会起疑心。"只能挑两三件衣服，不能再多，"他命令她。"可以选上好的毛料，但不能要丝绸、织锦和毛皮。这些我会收在自己屋里，你来的时候穿。"这不是雪伊想要的答案，却能保她安全。

当授职典礼终于结束，乔佛里在新披白袍的巴隆爵士和奥斯蒙爵士的护送下走出去，而提利昂留下来跟新任总主教（此人是他选的，够聪明，知道在他面包上涂蜂蜜的人是谁）聊了几句。"我要诸神站在我们这边，"提利昂直截了当地说，"告诉大家，史坦尼斯立誓焚毁贝勒大圣堂。"

"真的，大人？"总主教问，他是个精明的小个子，消瘦的脸上长着稀疏的白胡须。

提利昂耸肩。"谁知道?史坦尼斯烧毁了风息堡的神木林，作为向'光之王'的献礼。他既已冒犯旧神,为何放过新神?就这么向他们公布道,告诉他们:协助篡夺者不仅是背叛合法的国王,同时也是背弃正道诸神。"

"遵命,大人。我还会要求大家为国王和首相的健康祈祷。"

提利昂回到书房时,火术士哈林正要见他,法兰肯学士也送来信件。他决定首先阅读渡鸦传来的信件,让炼金术士再多等会儿。有封过时信件出自于道朗·马泰尔之手,警告他风息堡已然陷落,另一封有趣的信由巴隆·葛雷乔伊手书,他在信上自封为铁群岛与北境之王,并邀请乔佛里国王派遣使节前往铁群岛,以划定两国边界,商讨可能的同盟。

提利昂把信读了三遍,然后搁置一边。巴隆大王的长船足以对付风息堡方面的舰队,但它们远在千里之外,维斯特洛大陆的另一侧,退一万步讲,割让半壁江山也不是轻易能作决定的小事。也许我该把这封信的内容透露给瑟曦,或把它带去御前会议。

此时他才容许哈林报上炼金术士们最新的账目。"这不可能,"提利昂边翻账簿边说。"将近一万三千罐?你把我当傻瓜?我警告你,我不可能用国王的钱去购买空罐子或蜡封的污水坛!"

"不,不,"哈林夸张地尖叫,"数目完全准确,完全准确,我发誓!我们,嘿嘿嘿,很幸运,首相大人。我们找到罗萨特大人当年隐藏的又一批存货,一共三百多罐,就在龙穴底下!一些妓女利用废墟接客,其中一个恩客踩到一块腐烂的地板,落进地窖。当他摸到罐子,还以为是酒,他当时醉得很厉害,便打开封条喝了一点。"

"从前有个王子也这么做,"提利昂冷淡地说,"城里没有飞龙,看来这次也无效。"雷妮丝丘陵顶的龙穴已荒废一个半世纪,想来要存放野火,那里比较合适,但他还是希望已故的罗萨特大人将这个消息早点公布。"你说三百罐?三百罐也无法解释这个总数,这比上次见面时你告诉我的最高估计还多出几千罐。"

"是的,是的,是这样没错。"哈林用黑红条纹长袍的袖子擦擦苍白的额头,"但我们工作得非常努力,首相大人,嘿嘿嘿。"

"难怪'这种物质'最近产量大增。"提利昂微笑着用大小不一的眼睛牢牢盯住火术士。"但我不免产生一个疑问:为何你们到现在才开始努力工作?"

哈林的脸色本就苍白得像蘑菇,所以很难描述是否变得更白。他强作镇定道:"我们一直很努力,首相大人,我向您保证,我和我们的智者、助手从一开始便日夜劳作,所以,嘿嘿嘿,这种物质制造得多了,我们似乎变得,嘿嘿嘿,更加熟练,而且"——火术士不安地挪了一下——"有些法术,嘿嘿嘿,是我们公会古老的秘密,非常微妙,非常繁琐,但为了制造这种物质,却是必不可少,嘿嘿嘿,它们本来……"

提利昂不耐烦起来。杰斯林·拜瓦特爵士多半已经到了,铁手不喜等待。"是是,你们有些秘密法术,它们很了不起,那又怎样?"

"它们,嘿嘿嘿,它们似乎比以前有效了。"哈林虚弱地微笑,"照您看,龙应该不存在了吧?"

"当然,莫非你在龙穴下顺便还找到一头?为何这么问?"

"哦,抱歉,我只是偶然想起老智者波立特告诉我的一些故事。当时我还是个助手,我问他为什么我们许多法术,呃,不如卷轴上记载的有效?他说,这是因为龙的死去,魔法也随之离开这个世界。"

"很遗憾,我没见过活龙,只知道王法必须遵守。若是你卖给我的这些水果里面有一颗装的不是野火,你就等着接受制裁吧。"

哈林落荒而逃,差点撞上杰斯林爵士——不,是杰斯林伯爵,这点必须记住。谢天谢地,铁手如往常一般直率。他刚从罗斯比返回，带来一批从盖尔斯伯爵领地内新召的枪兵，并重新执掌都城守备队。讨论完城防之后，提利昂问："我外甥可好？"

"托曼王子健康又快乐，大人，他还养了一头小鹿，是我的手下打猎时带回来的。他说他以前养过一头，但乔佛里剥了它的皮做背心。他有时会问起母亲，还常动笔给弥赛菈公主写信，只是从来没有写完过，对哥哥倒是一点也不挂念。"

"假如我们失败，一切都安排好了吗？"

"我对心腹部下作了交代。"

"交代什么？"

"您命令我不能告诉任何人，大人。"

听罢此言，他露出微笑，"我很高兴你还记得。"倘若君临陷落，他很可能被活捉。上哪儿去找乔佛里的继承人，他还是不知道的好。

杰斯林伯爵离开后不久，瓦里斯出现。"人类真是没有诚信的生物。"他以此作为问候。

提利昂叹口气，"这次的叛徒又是谁？"

太监递出一张羊皮纸。"真卑鄙啊，称得上时代的挽歌。难道荣誉已随我们的父辈而逝了吗？"

"我父亲还没死。"提利昂扫视名单。"我认得几个名字，这都是些有钱人。做买卖的、匠人、店家一类。他们为何造反？"

"墙头草呗，他们相信史坦尼斯会赢，希望分享他的胜利。对了，他们自称'鹿角民'，立志追随宝冠雄鹿。"

"该有人去通知，史坦尼斯换了徽章，他们应易名'热心人'。"说笑归说笑，事情本身必须严肃对待；看来这些"鹿角民"武装了数百人，一旦战斗爆发，就准备占领旧城门，放敌人进城。名单中，盔甲大师沙罗利恩赫然在列。"看来我不会收到那顶可怕的恶魔头盔了。"提利昂倾诉，一边潦草地签下逮捕令。

席恩

前一秒还在熟睡，突然之间，他惊醒过来。

凯拉依偎在身旁，一只手轻搁在他体侧，乳房紧贴他的背脊，均匀而柔顺地呼吸。罩在他们身上的被褥凌乱不整。现在是深夜，卧室漆黑一片，沉寂无声。

怎么了？我听见了什么？难道有什么人？

晚风在窄窗上微声叹气。从远处，某个角落，他听到猫咪激动的叫声。除此之外，什么也没有。睡吧，葛雷乔伊，他告诉自己。城堡如此宁静，你还派出了守卫不是？在卧室门外，在城门边，在军械库都有人值班呢。

也许是刚做了什么噩梦，然而现在却想不起来。凯拉让他筋疲力尽。被席恩招来之前，她是个从未踏进城堡半步的十八岁少女，一辈子都在避冬市镇仰望临冬城的高耸墙垒。她又湿又软又饥渴，活像头黄鼠狼。不可否认的是，在艾德·史塔克公爵的卧床上操粗鄙的酒馆妓女实在别有一番情趣。

席恩滑开她手臂的搂抱，下床之时，凯拉发出几声睡意惺忪的呢喃。壁炉里几点余烬在燃烧。威克斯睡在床脚地板上，裹着自己的斗篷，一动也不动。一片寂静。席恩走到窗边，把高处的窄窗一扇扇打开。夜晚伸出冰凉的手指，使他不禁浑身起了鸡皮疙瘩。他倾身靠近石窗台，望向外面黑暗的塔楼，空旷的广场，乌黑的天空和那数到一百岁也算不清的无垠繁星。半个月亮从钟楼后面爬上来，玻璃花园的顶棚反射它的光芒。没有警报，没有话语，就连一两声脚步声都听不到。

一切正常,葛雷乔伊。你难道觉察不出四周的宁静?还是及时行乐吧。用不到三十个人,你拿下了临冬城堡,这将是被永远歌颂的丰功伟绩。于是席恩返回床边,决定把凯拉翻过来,再干一次,以此驱散那些无谓的幻影。她的喘息和娇笑是对这片寂静最好的回应。

他忽然停住。早已习惯冰原狼嗥叫的他,对此几乎充耳不闻……然而体内的某个部分,某种猎人的本能提醒他,这声音消失了。

把门的是乌兹,一个身负圆盾的强壮男子。"狼怎么安静了下来?"席恩对他说,"去看看他们在干什么,然后立刻回报。"想到冰原狼可能逃跑,他就觉得浑身不适。他还记得那天在狼林,当野人们攻击布兰时,夏天和灰风将他们活活撕成了碎片。

他用脚尖踢醒威克斯,男孩坐起身来,直揉眼睛。"去,看看布兰·史塔克和他小弟还在不在床上,跑快点。"

"大人?"凯拉困倦地叫唤。

"继续睡吧,不关你的事。"席恩给自己满上一杯葡萄酒,灌下去。他一直在倾听,满心希望能听见一声狼嗥。人手太少了,他酸酸地想,我只有这几个手下,如果阿莎还不来……

威克斯飞快返回,头摇得像拨浪鼓。席恩破口咒骂,捡起之前因急着上凯拉而扔了一地的衣服裤子。他在外衣外罩上一件镶铁钉的皮背心,并把长剑和匕首拴在腰际。头发乱得像草丛,但和令他恐惧的大麻烦相比,这反而无关紧要。

这时乌兹也回报:"狼全部失踪。"

像艾德公爵一样冷静沉着,席恩提醒自己。"把城堡里的人都叫起来,"他说,"赶进院子,所有人都不准缺席,我们立刻检查。告诉罗伦,盘查各处城门。威克斯,跟我来。"

他不知斯提吉此刻抵达深林堡没有。此人虽不像他自称的那样

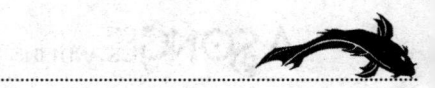

精于骑术——铁民之中无人擅长鞍马之道——但算时间也够了。阿莎应该在路上。假如她知道我丢了两个史塔克……其后果简直不堪设想。

布兰的卧室空无一人，下方瑞肯的卧室亦房门大开。席恩不禁咒骂自己。早该派人看住他们，我却鬼迷心窍，认为巡逻城墙和保护城门比看守两个小孩——其中一个还是残废——重要得多。

外面传来呜咽声，城堡的居民们正被硬生生从床上拖起，驱赶到广场。我会让他们哭个痛快！我待他们多么亲切，他们回报我的却是如此。他两个手下为着侵犯兽舍小妹的缘故，被他鞭打得血肉横飞，这不足以展示他的公正无私么？然而，他们却把这次强暴，还有旁的所有事，统统归咎于他，真是太不公平！密肯是自己多嘴多舌才送命的，就和本福德一样。至于柴尔，他总得奉献点什么给淹神啊，他的人都看着呢。"我对你并无恶意，"他们把修士扔进中庭的水井之前，他开口道，"只是你和你的神已不能在此容身。"本以为其他人会心存感激，为着他不肯波及他们的缘故，然而事实却大相径庭。真不知有多少人参与了这次的脱逃密谋。

乌兹和黑罗伦一道返回。"猎人门出事了，"罗伦道，"您最好去看看。"

为方便出行，猎人门开在兽舍和厨房旁边，直通田野和森林，往来不必经过避冬市镇，是打猎的专用出口。"那儿归谁守卫？"席恩质问。

"邓兰和斜眼。"

邓兰是对帕拉动手动脚的两人之一。"倘若他们竟把俩小孩放跑了，这回别想背上脱层皮就了事，我起誓。"

"没必要。"黑罗伦简略答道。

的确。他们发现斜眼面朝下漂浮在护城河中，内脏在身后游荡，活像一窝苍白的蛇。邓兰半裸身子倒在城门楼里专用来操纵吊桥的暖和房间。从左耳到右耳,他的咽喉被划开一道巨大的口子。他身穿一件粗糙外衣,遮住背上未愈的鞭伤,但靴子散乱在草席,马裤也褪到脚底。门边的小桌放着奶酪和喝干的酒瓶,以及两只杯子。

席恩拿起一只,嗅嗅底部残余的酒液。"负责巡城的是斜眼,对不?"

"对。"罗伦道。

席恩扬手将杯子掷进壁炉。"邓兰这白痴一定是拉下马裤想插女人的时候,反被那女人给插了。依这里的状况看,凶器是切奶酪的刀。来人,找杆枪,把另一个白痴给我从河里钓出来。"

另一个白痴的情形比邓兰糟糕得多。黑罗伦将他拖出河面,大家当下发现此人一只手臂从肘部齐齐扭断,半边颈项不见踪影,原本是肚脐和私处的地方只剩一个黑窟窿。罗伦叉他上岸,长枪贯穿肚肠,臭气熏天。

"冰原狼的杰作,"席恩道,"两匹一起上,应该是。"他满心作呕,便走回吊桥。临冬城有两道花岗岩厚墙,一条宽阔的护城河横亘其间。外墙八十尺高,内墙高度超过百尺。由于人手不足,席恩只好放弃外层防线,仅把守卫安置在更高的内墙上。在城堡随时可能变乱的情况下,他可不敢冒险,把有限的兵力放在护城河的另一边。

至少有两个人参加此次行动,他认定。一边由女人勾引邓兰,另一位则释放冰原狼。

席恩要根火把,领部下循阶梯登上城墙,然后放低火炬,扫视前方,寻找……就在那里,城墙内部,两个城齿之间的宽阔垛口上。"血迹,"他宣布,"没擦干净。据我推测,那女人杀了邓兰后立即放下吊桥。这时斜眼听见锁链的叮当声,走过来查看,然后送了命。接着他们把尸体从这个城垛推下护城河,以防其他哨兵发现。"

乌兹顺着城墙看。"可下一座守卫塔离得不远啊。上面的火把还在烧——"

"有火把，但没守卫，"席恩暴躁地说，"临冬城的守卫塔比我的人还多。"

"大门有四个守卫，"黑罗伦道，"巡城的加上斜眼共有六人。"

乌兹说："他怎不吹号角——"

老天，我手下净是些白痴。"试想想，换你在这儿，会怎么做，乌兹？外面又黑又冷，而你巡逻了好几个钟头，只盼早点下哨。这时只听一声异样的响动，于是你走向城门，突然，楼梯尽头有两双眼睛，火光下闪着绿光和金光。两个阴影以迅雷不及掩耳之势扑下来。你看见利齿的寒光，放低长矛，接着便被'砰'地撞倒。他们撕开你的肚腹，像咬棉花一样咬开皮甲。"他用力一推乌兹。"你头朝下倒在地上，内脏流得到处都是，还被一匹狼咬着脖子。"席恩勒住对方瘦如柴的颈项，收拢指头，冷笑道，"你倒是告诉我，像这样要怎么吹你妈的号？"他粗暴地推开乌兹，使他跟跄着绊倒在城齿上，不住揉搓咽喉。进城那天我早该把这两匹野东西除掉，他恼怒地想，我见过他们杀人，明知他们有多危险。

"必须把他们抓回来。"黑罗伦说。

"天黑时办不到。"席恩无法想象在暗夜里追逐冰原狼：自以为是猎人，却成了猎物。"我们等天亮。在此之前，我有话要对我忠顺的臣民们讲。"

他下到院子，男人、女人和儿童都被驱赶到墙边，挤成一团，惶恐不安。很多人来不及穿戴：有的仅用毛毯裹住身子，更有的裸着躯体，只胡乱披件斗篷或睡袍。十几个铁民包围他们，一手执火炬一手拿武器。狂风呼啸，忽隐忽现的橘红亮光映在钢铁的头盔、浓密的胡须和无情的眼珠上。

席恩在囚徒之前走来走去，审视他们的面容。在他眼中，每个人都是叛徒。"丢了几个？"

"六个。"臭佬踏步走到他背后，浑身散发着肥皂的味道，长发在风中飞舞。"包括两名史塔克，泽地男孩和他姐姐，马房里那个白痴，还有你的女野人。"

果然是欧莎。他看见两只杯子时就怀疑她了。我该多个心眼，不应盲目相信她。她和阿莎一样诡计多端，她们连名字也这么像。

马厩清点过吗？

"阿加说马一匹不少。"

"小舞也在栏里？"

"小舞？"臭佬皱眉，"阿加只说所有的马都还在。唯有那个白痴丢了。"

那么，他们是徒步前进。这是他醒来之后最好的消息。无疑，布兰被装在阿多背上的篮子里；欧莎得去背瑞肯——仅靠他幼小的腿脚可走不了多远。这下席恩确信他们还在掌握中。"布兰和瑞肯逃跑了，"他对城里的人大声宣布，扫视他们的眼睛。"有谁知道他们去了哪儿？"无人应答。"他们不可能独立逃走，"席恩续道，"没食物，没衣服，没武器，他们是逃不了的。"他早已搜光临冬城里的每一把剑、每一斧，但肯定有人藏匿武器。"我会查出谁帮助过他们。我也会查出睁只眼闭只眼的人。"只有风声。"当晨光初露，我就出发把他们抓回来。"他的拇指勾住剑柄。"我需要猎手。谁想要块上好的狼皮过冬？盖奇？"每次他打猎归来，大厨总是兴高采烈欢迎他，瞧瞧他有没有带什么野味猎获，然而现在却一言不发。席恩回头继续踱步，一边想从人们脸庞巡视出一点蛛丝马迹。"荒山野岭那不是跛子待的地方。想想瑞肯，半大小孩，怎么能撑下去？奶妈，你说他现在该有多害怕。"老妇人在他耳边唠唠叨叨了十年，给他讲过无数的故事，但而今她只朝他打呵欠，似乎根本不认得他。"我本可以把你们这些男人全杀光，然后把你们女人送给我的士兵享用，但我没有，我反而极力保护你们。你们就这样来感谢我么？"从前教他骑马的乔赛斯，教他驯狗的法兰，成为他第一次的芭丝——酿酒师傅的老婆……人人都避开他的目光。他们恨我，他终于意识到。

臭佬靠过来。"剥了他们的皮，"他力促，厚厚的嘴唇闪着寒光。"波顿老爷常说：裸体的人少有秘密，但被剥皮的人没有秘密。"

席恩知道，剥皮人是波顿家族的纹章；远古时代，他们家族的族长们甚至拿敌人的皮来作披风。无数的史塔克以这样的方式惨死。暴行大概在千年之前得以终止，那个时候波顿家族最终臣服于临冬城。话虽如此，但古道不死，我的人民不也一样。

"只要我还在临冬城主政一天，就不允许北境发生剥皮这样的惨事。"席恩朗声道。在你们和他的怪癖之间，我是唯一的屏障啊，他直想大叫。他无法炫耀，只希望有人够聪明，赶快汲取教训，明白事理。

城墙边缘，天空渐渐变成灰色。黎明不远了。"乔赛斯，给笑星上鞍，为你自己也准备一匹马。穆齐，加斯，麻脸提姆，你们也一同出发。"穆齐和加斯是城堡里最好的猎人，而提姆则精于箭术。"阿加、红鼻、葛马、臭佬、威克斯，他们也来。"他需要自己的人担任后卫。"法兰，我需要猎狗，你来指挥它们。"

头发灰白的驯兽长抱起手臂。"凭什么要我去追捕我真正的主人，凭什么要我去抓几个孩子？"

席恩走近他。"因为现在我才是你真正的主人，也只有我能保护帕拉。"

法兰眼中的挑衅逐渐消散。"是的，大人。"

席恩踱回去，一边仔细盘算。"鲁温师傅。"他宣布。

"我对捕猎之道一窍不通。"

没错，但我不放心把你留在城里。"你早该学学。"

"也带我去。我想要那张狼皮斗篷。"一个男孩走上前，他年纪比布兰还小。席恩想了半天才忆起他是谁。"以前我常打猎，"瓦德·佛雷说，"我打过红鹿和麋鹿，甚至猎过野猪呢。"

他表哥嘲笑道："他是和他爸爸一起去的，他们甚至连野猪的面也没让他见着。"

席恩怀疑地看着男孩。"想来就来，但要是跟不上，别以为我会过来哄你。"他转向黑罗伦。"我不在时，临冬城由你负责。假如我们没有返回，你可以机动行事。"你们这些操他妈的混蛋就祈祷我得胜归来吧。

当第一缕苍白曙光掠过钟楼顶时，人们在猎人门前集合完毕，呼吸在清晨的寒气中结霜。葛马装备一柄长斧，长柄足以使他在狼近身前加以打击，而沉重的斧刃能将狼一击毙命。阿加戴上护胫铁甲。臭佬提着一杆猎猪矛以及一口装得满满的洗衣妇用的袋子，天知道里面是什么。席恩则带上了他的长弓——别的他不需要。曾经，他用一支飞箭救过布兰的命，他不希望用另一支箭做相反的事，然而真到情非得已的关头，他别无选择。

十一个男人，两个小孩和十二只狗一同越过护城河。外墙之外，软泥地上的踪迹清晰可辨：狼的爪印，阿多沉重的步履，还有两个黎德留下的较浅足迹。及至走到林边，碎石和沉积的落叶使追踪变得困难，这时便轮到法兰的红母狗用鼻子上场了，它果然没有令他失望。其他猎狗紧跟在后，又嗅又吠，一对庞大的獒犬则担任后卫。他们的体型和凶猛在对付冰原狼时可以派上用场。

他起初猜想欧莎会带他们南下去找罗德利克爵士，然而眼前的踪迹却是向着西北，一直深入狼林。席恩对此深感忧惧。假如史塔

克们径直投向深林堡,真不啻于莫大的讽刺——他们会正好落入阿莎手中。与其那样,我宁可让他们死,他苦涩地想,被当成暴君总比被看做蠢蛋好。

缕缕苍白的迷雾在林木间穿梭。这里的哨兵树和士卒松比城里的粗厚,四季常青的森林是世上最黑最暗的地方。地面崎岖不平,散落的松针遮住柔软的草皮,使得行马变得危机四伏,他们不得不放慢速度。但再怎么说,不会比肩耿残废的男子走得慢,比个瘦骨嶙峋、背负四岁小孩的泼妇也要快。他告诉自己千万耐心,日落之前,一定能追上。

他们追到一条峡谷的边缘,鲁温师傅策马跑近。"迄今为止,这场猎捕和林间放马没两样,大人。"

席恩微笑道:"的确很相似。但不同在于,猎捕要以鲜血来画上句号。"

"非得如此吗?他们逃跑是件蠢事,但您就不能发发慈悲?我们追踪的可都是您的养兄弟呀。"

"除了罗柏,没有史塔克以兄弟之礼待我。只是对我而言,布兰和瑞肯活着比死了有用。"

"黎德们不也如此?卡林湾就在泽地边缘,霍兰大人如果有心,满可以奇袭您叔叔,但只要您握有他的继承人,他只能按兵不动。"

席恩没想到这一点。事实上,除了瞄过梅拉一两眼,怀疑她到底是不是处女以外,他根本没把泥人们当回事。"也许你说得对。如果事态允许,我就饶过他们。""我希望您也饶过阿多吧。这孩子是个老实人,您也知道,他只是照着别人的命令行事。想想他为您喂过多少次马,洗过多少次鞍,擦过多少次甲吧!"

阿多对他而言无足轻重。"他肯束手就擒,就让他活命。"席恩抬起一根指头。"别为那野人求情,否则我让你和她一起死。她对我发过誓，却弃如草芥。"

学士低下头颅。"我不会为背誓者辩解。您看着办吧。我很感激您的慈悲。"

慈悲，看着鲁温走回队列，席恩静静地想：这是个无情的陷阱，给得太多他们说你软弱无能，给得太少你便成了残暴野兽。不过他心里也明白，学士刚才的谏言确是忠告。父亲满脑子只想打仗征服，但如果守不住，打下一片江山又有什么意义呢？而单凭武力和恐怖是做不到这点的。可惜奈德·史塔克把他的女儿都带去了南方——否则席恩任娶一个，便足以把自己和临冬城牢牢拴在一起。珊莎是个可爱的小东西，现在也该成熟到能上床了吧。但她偏偏在千里之外，身处兰尼斯特掌中。真遗憾哪。

愈往深处，森林愈加浓密。松树和哨兵树让位给庞然而黑暗的橡木。纠结的山楂丛隐蔽了危险的沟渠和小溪。多石起伏的小丘一座连着一座。他们经过一间佃农的茅屋，荒废已久，杂草丛生，围绕着一条满满的水沟，静止的水流像钢铁一般放出灰光。此时狗们突然狂吠起来，席恩确信亡命者们已近在咫尺。他一踢笑星，快马加鞭，但走近之后发现的却是一只幼鹿的尸骸……业已支离破碎。

他下马细看。鹿刚死不久，明显看出是狼干的。猎狗们急切地在它四周嗅闻，一只獒犬则把头直接埋进死鹿尸首，大快朵颐，直到法兰吼着把它赶走。这动物根本没被切割，席恩寻思，狼吃过，但人没有。就算欧莎不敢冒险生火，也该割走几块肉啊，没道理把上好的食物扔在这里腐烂。"法兰，你确定我们跟对了？"他询问，"有没可能你的狗追逐的是别的狼？"

"我的母狗很清楚夏天和毛毛的味道。"

"希望如此。姑且信你。"

快一个小时之后，追踪者们跟随痕迹下到一个斜坡，朝一条因最近的雨水而泛滥泥泞的小溪奔去。就在溪边，猎狗失去了线索。

法兰和威克斯带它们涉过溪流,无功而返,狗们则在对岸茫然失措地上下游荡,嗅来闻去。"他们到过这里,大人,但我不知道他们接下来去了哪儿。"驯兽长说。

席恩下马,跪在溪边,伸出手沾了点水。溪流冰凉。"他们不可能长久地待在里面,"他说。"带一半的狗去下游,我去上——"

威克斯突然响亮地拍掌。

"怎么了?"席恩道。

哑巴男孩伸手指点。

水边的土地湿润而泥泞。狼的足迹清晰可辨。"爪印,是的。所以?"

威克斯把脚陷进泥土,左右扭转靴子,挖出一个深沟。

乔赛斯明白过来。"阿多是个大块头,在泥地里定会留下深深的脚印,"他说。"尤其他还负着孩子。但这里所有脚印都是我们自己的。您瞧瞧。"

席恩大吃一惊,旋即发现对方所言非虚。两匹狼是独自走进了褐色的泛滥溪流。"欧莎一定老远便调转了方向,很有可能,在那匹鹿之前便与狼分道扬镳。她让狼照原路前进,好诱我们继续追赶。"他在他的猎人面前踱步。"假若你两个胆敢骗我——"

"一路上没有别的踪迹,大人,我发誓,"加斯辩解。"况且冰原狼决不可能离开孩子,至少不会离开太久。"

这倒不假,席恩想,夏天和毛毛狗应是出去捕猎,饱餐之后便会回到布兰和瑞肯身边。"加斯,穆齐,你们带四条狗折回原路。阿加,你盯住他们,以防他们耍花样。法兰和我继续追踪冰原狼。大家有所发现便吹一声号。倘若直接见到那两只野兽,就吹两声。只需盯住他俩,定能找到他们的主人。"

他带上威克斯、佛雷家的小孩及"红鼻"加尼往上游搜查。他和威克斯在一边，红鼻和瓦德·佛雷在对岸，双方各带一对猎狗，因为狼在两岸都可能出没。席恩刻意搜寻足印、痕迹、断裂枝条等等，企图通过线索来揭示狼从何处离水上岸。他轻易发现公鹿、麋鹿和獾的足迹。威克斯吓跑一只饮水的狐狸，瓦德追逐草丛中三只奔逃的兔子，努力想射一只。他们看见大熊在一棵高大白桦的树皮上留下的爪印。偏偏冰原狼的痕迹半点也无。

继续前进，席恩鼓励自己，过了这棵橡树，爬上那道缓坡，通过前面溪流的弯道，我们一定能发现些什么。他一直这么克制自己，走了许久，终于明白是该回头的时候了。不断加剧的焦虑在腹中噬啃。日近中午，他扭转笑星的马头，恋恋不舍地转了几圈，旋即放弃追踪。

欧莎和那两个小坏蛋不知想出什么法子，始终能在他面前躲来躲去。可这不可能啊，他们是步行，何况还有残废和幼童。然而他每多浪费一个钟头，对方逃脱的机会就越大。若是给他们找到村庄……北方人不会拒绝奈德·史塔克的儿子，罗柏的兄弟。他们会送马，送食物，更有人会为保护少主这样的荣誉而战。甚至整个该死的北地都会团结在他们周围，重整旗鼓。

够了，狼只是去了下游，他紧抓这个念头不放。红母狗会嗅出他们离水登陆的地点，我们很快便能找到他们。

但当他们与法兰的团队重新会合，席恩只消看驯兽长一眼，便知他的希望已彻底粉碎。"这些臭狗该拿去喂熊，"他恼怒地说，"如果我有熊的话。"

"不是它们的错。"法兰在一只獒犬和他心爱的红母狗之间跪下，手放在他们身上。"流水无法留存气息，大人。"

"狼总得在什么地方上岸吧。"

"这当然。要么在上游要么在下游。我们只要继续搜，一定能发现，现在的问题是，走哪边？"

"从没听说狼能逆流跑几里路的。"臭佬道,"人还行,当走投无路时,或许能行。狼怎么成?"

话虽这么说,席恩还是怀疑。这两只野兽决不等同一般的狼。当初就该剥下这挨千刀的怪物的皮。

同样的故事在他们与加斯、穆齐和阿加会合时再度上演。两个猎人把到临冬城的路折回了一半,却丝毫没有发现史塔克们离开冰原狼独自行动的迹象。法兰的狗变得和主人一样深感挫折,孤注一掷地在树林和岩石间闻嗅,不时还暴躁地互相撕咬。

席恩不能接受失败。"我们回溪边,再搜一次,这一次尽可能扩大搜索范围。"

"找不到的啦,"佛雷家的男孩突然开口,"只要吃青蛙的还跟着他们就找不到。泥人都鬼鬼祟祟,他们不像正派人一样光明正大地打,而是躲在暗处,施放涂毒的箭矢。你看不到他,可他看得到你。追他们进沼泽的人没一个回来过。他们的房子会动,就连他们的城堡灰水望也会动。"他紧张兮兮地警瞥四周密密匝匝的林木草丛。"搞不好他们正在附近,听我们说话呢。"

法兰以大笑来表示他的感受。"只要是这片林里的东西,我的狗没有嗅不出来的,连你刚才放的屁也不例外,臭小子。"

"吃青蛙的身上的体味和人不一样,"佛雷坚持,"他们带着沼泽的臭气,就像青蛙一样,混合了树木和泥水的味道。他们腋下长的不是毛,是青苔,饿的时候,可以不吃东西,只吞泥巴过活,甚至能在泥水底下呼吸呢!"

按捺不住的席恩刚想痛斥对方这堆奶妈讲的鬼话,鲁温学士却插进来:"历史上,绿先知们曾作过巨大努力来引水入颈泽,从此以后,泽地人和森林之子建立了深厚的友谊。或许他们确然从中获得秘密的知识。"

刹那间,整个树林似乎突然黯淡了几分,就如浮云遮日。不懂事的孩子乱讲一通是一回事,但知识渊博的学士说的话分量不同。"我只关心奈德之子布兰与瑞肯,"席恩说。"回溪边去。立即出发。"

一开始谁也没动,他以为人们会抗命,但北方人的责任感最后占了上风。虽然勉强,大家还是沉闷地跟上。佛雷家的小孩变得和他刚才追逐的兔子一般神经质。席恩把人员分散到两岸,顺流而下。他们骑行无数里,放慢速度,仔细搜查,每遇危险地段便下来牵马过去,然后继续搜寻,每个树丛都让那群"该拿去喂熊"的猎狗嗅闻探察。有个地方,倒塌的大树堵塞流水,追猎的人们不得不绕过一泓极深的绿池塘,可如果说冰原狼也做了同样的事,他们却没有留下任何脚印或痕迹。看来,这俩野东西一直在游泳。等抓到他们,我让他们游个够,非把他们一起献给淹神不可!

林间逐渐黑暗,席恩·葛雷乔伊明白自己被打败了。不管是泽地人使用了森林之子的魔法,还是欧莎施展出某种野人的伎俩,总之他是失败了。他逼迫人们在暮色里继续前进,当最后一丝阳光也消逝无踪后,乔赛斯终于鼓起勇气开口:"这不会有结果,大人。我们只会扭到马,摔断腿。"

"乔赛斯说得没错,"鲁温学士道。"仅凭几根火把在森林里搜寻犹如大海捞针,毫无意义。"

席恩觉出喉头胆汁的苦味,胃里则仿佛有一窝毒蛇在缠绕扭打。就这么两手空空地折回临冬城,那他以后干脆换身小丑服和尖帽子得了——整个北境都会把他当成笑柄。如果父亲知道了,如果阿莎……

"王子殿下。"臭佬催马靠近,"或许史塔克根本就没走这条路。换作我的话,不用说,会往东北,去投靠安伯家。大家都知道,他们对史塔克是很卖命的。然而他们的领地离此很远,这些孩子会先就近避避风头。或许我知道他们在哪儿。"

席恩怀疑地看着他,"说。"

"您知道那座老磨坊吗,就是孤零零地立在橡树河边的那座?当我身为俘虏被带回临冬城的途中,曾在那里稍事停留。磨坊主的老婆卖干草给我们喂马,押解我的老骑士还逗她的小孩呢。说不定史塔克就藏在那儿。"

席恩知道那磨坊,甚至还和磨坊主的老婆做过一两次。那里没什么特别,她也无甚特长。"为什么在那里?这磨坊周围有十几个村子和庄园。"

那双淡色的眼睛里闪动着几分揶揄。"您问为什么?这并不重要。他们就是在那儿。我有预感。"

席恩受够了对方兜圈子式的回答。他这双唇还真像两条火热交配的蠕虫。"你到底是什么意思?有什么敢瞒着我的——"

"王子殿下?"臭佬翻身下马,并示意席恩也照办。两人都下马后,他打开从临冬城背来的布口袋。"您看看。"

天色已暗,什么也看不清。席恩不耐烦地把手伸进口袋,在柔软的兽皮和粗糙的羊毛之间摸索。一根尖刺戳痛了他,他合拢指头,手中之物冰凉又坚硬。原来是一枚狼头胸针,由白银和黑玉制成。他忽然明白过来,不禁握紧拳头。"葛马,"他叫道,一边揣测谁可信赖。一个都不行。"阿加,红鼻,跟我们走。其他人带上猎狗自行返回临冬城。用不着你们了,我已知道布兰和瑞肯的所在。"

"席恩王子,"鲁温学士恳求,"您可还记得您的承诺?发发慈悲,您答应过。"

"慈悲是早上的事。"席恩说。被惧怕总比受嘲笑好。"现在他们惹怒了我。"

琼恩

夜色中的篝火，在彼端的山坡放光，犹如坠落的星星。其实它比群星更加明亮，但不曾闪烁，只是有的时候膨胀舒展，有的时候堕落阴郁，犹如遥远的花火，微弱而暗淡。

它就在前方一里远、两千尺高的地方，琼恩估算，居高临下，峡口动静一览无余。

"风声峡的守望者，"他们之中最年长的人开口。此人年轻时当过国王的侍从，所以黑衣兄弟们至今仍叫他"侍从"戴里吉。"如此明目张胆，曼斯·雷德到底在怕什么？"

"我看他若知道这些杂种生火，非扒了他们的皮不可。"伊班道，他虽矮胖秃顶，却肌肉壮硕，活像一堆岩石。

"高山上，火是生命之源，"断掌科林说，"也是取死之道。"奉他指示，自深入山区后，队伍便不再弄出明火。大家以生冷的腌牛肉、硬面包和更硬的奶酪为食，睡觉时则挤在斗篷和毛皮下和衣而卧，彼此取暖。这段经历让琼恩不由得忆起很久以前在临冬城度过的寒夜，那时他和兄弟们同床而眠。如今这些人也是他的兄弟，只是共享的床铺换成了岩石和土地。

"他们一定配有号角。"石蛇道。

断掌说："一个他们永远吹不了的号。"

"好高的山，晚上爬真是既漫长又要命。"伊班道，一边透过掩护大家的岩石中的裂缝观察遥远的火焰。天空无云，锯齿状的山峰黑压压地拔高爬升，直到极顶，围绕顶峰的极度冰雪在月光下发出苍白的辉芒。

"如果不慎，也是一段漫长的坠落。"断掌科林说，"依我看，两个人就行。那边也该是两人看守，轮流值班。"

"我来。"绰号石蛇的游骑兵率先报名，经过这段时间的相处，琼恩已知他是队中最佳的登山手，此次任务自然非他莫属。

"我也去。"琼恩说。

断掌科林望向他。狂风穿过头顶高高的峡口，发出哭嚎——风声峡正因此而得名。某人的坐骑嘶鸣开来，扬腿踢打他们藏身的山洞中多石的薄泥。"狼留下，"科林道，"白毛在月光下太显眼。"他转向石蛇。"事成之后，扔下火把。我们立刻跟上。"

"开始吧。"石蛇说。

两人各拿一大卷绳索。石蛇还带了一袋铁钉，一个顶端包裹厚毛毡的小锤。他们把马、头盔、铠甲和白灵一块儿留下。临出发时，琼恩跪在冰原狼面前，任狼用鼻子拱他。"留下来，"他命令，"我会回来找你。"

石蛇带头。他是个矮瘦男子，将近五十，胡子灰白，但身体比外表看上去要结实得多，也是琼恩所认识的人中夜视能力最佳的一位——今晚正好派上用场。白天，群山一片蓝灰，覆盖冰雪，当太阳消失在参差的峰峦后，一切又成了黑色。而今，明月高挂，将它们染成银白。

这一对黑衣兄弟走在漆黑岩石中的漆黑阴影里，朝峭壁行去，留下弯曲的轨迹，呼吸在漆黑的空气中结霜。没穿盔甲的琼恩觉得自己赤裸无依，所幸行动更加便利。一路艰苦又缓慢，只因若是匆忙，就得冒摔断膝盖甚至更大的危险。石蛇似乎本能地知道如何下脚，但在这破碎不平的大地上，琼恩只能步步为营，加倍小心。

风声峡是一长串名副其实的峡谷，漫长而曲折，时而环绕连绵起伏的风雪群山，时而成为不见天日的隐蔽峡道。自从离开森林上山以来，除了自己的伙伴，琼恩未见其他活人。霜雪之牙是诸神所造最为残酷无情之处，对人类饱含敌意。这里风如剃刀，在寒夜中发出尖啸，仿佛母亲在痛悼孩儿；这里的树寥寥无几，且短小猥琐，狼狈地挤在岩缝和裂沟中；小径上方常悬层层岩片，边沿挂着冰柱，远远观之，好似雪白的獠牙。

即便如此，琼恩并不后悔走这一遭，因为这里也是奇迹之地。他们走过陡峭的石壁边缘，见识了阳光在覆着薄冰的瀑布上闪耀的美景；他们游历长满秋日野花的山间草坪，有蓝色的冰心花、猩红明亮的冷霜火，还有人立起来、赤褐金黄的笛手草；深邃漆黑的洞穴，他简直以为其直通地狱；他还骑马穿越历经风蚀的天然石桥，两边除了无尽长空，什么也没有。老鹰在绝壁上筑巢，到峡沟中捕猎，不知疲倦地张开雄健的蓝灰翅膀，盘桓飞扬，几乎和天空融为一体。有一回他甚至目睹影子山猫猎袭公羊，它如山腹中缓缓溢出的流动烟雾，等待，然后扑杀。

现在轮到我们扑杀。他希望自己能像影子山猫一样坚定而沉寂，毙敌干净利落。长爪背在后背，但他担心使用的空间，于是也准备好小刀和匕首。对方会有武器，而我没穿护甲。他不禁怀疑今晚谁是影子山猫，谁又来扮演公羊的角色。

他们沿着小径走了许久，在山的侧面蛇行、蜿蜒、转折，不断向上、向上。某些时候，群山相互包庇，无从窥见远方的篝火，但只要走下去，它必在前方重复出现。石蛇挑选的道路根本不容马行，有的地方连琼恩也不得不将背脊贴上冰冷的石头，如螃蟹般拖着脚一寸一寸地钻过去。路径变宽往往不是好事：那将出现大得能吞噬人脚的深洞，无数绊人的碎石以及白天流动、夜晚冷凝的水坑。一步一个脚印小心走，琼恩告诉自己。一步一个脚印，我决不会摔落。

自离开先民拳峰，他便没有修面，如今唇边的胡须已被霜雪冻成一块。经过两个钟头的攀登，寒风变得如此猛烈，他只能使出全

身力气拼命挪动,攀附峭壁,心里默默祈祷不被吹下去。一步一个脚印,当狂风暂时止息,他又对自己强调。一步一个脚印,我决不会摔落。

没过多久,他们所达到的高度便不允许往下察看了。身下为无尽黑暗,头顶是皓月繁星,天地之间,别无他物。"大山就是你的母亲,"几天前,当他们攀登不这么险峻的山峦时,石蛇便告诉过他。"紧紧搂住,将你的脸庞贴紧她的乳房,她决不会遗弃你。"当时琼恩开了个玩笑,说自己一直在找寻生母,没想到在霜雪之牙和她团聚。如今这变得不那么好笑。一步一个脚印,我决不会摔落,他心想,抓得更紧了。

窄路在一块突出的厚重黑花岗岩前戛然而止。明亮的月光下,岩石撒下的阴影黑如洞窟。"直着上,"游骑兵平静地说,"爬到他们顶上去。"他摘下手套,塞进腰带,将绳子一头捆住自己腰部,另一头捆住琼恩的腰。"绳子绷紧就跟上。"游骑兵不等回答立即出发,手脚并用,动作快得超乎琼恩想象。长长的绳索缓慢释放。琼恩靠近来观察,认真学习对方移动的姿势,记下每个落脚支撑之处。当最后一卷麻绳也被松开,他连忙摘下手套跟进,速度则迟缓了许多。

石蛇将绳子绕上平滑突出的山石,人在旁边等候,一俟琼恩接近,便又放松开来,继续前进。这一次当绳子拉张完毕,却没了适宜的岩石,于是他拿出毛毡包裹的锤子,轻轻敲打,将铁钉凿进山石。声音虽轻,但每一击都在岩壁间回荡,使得琼恩不住畏缩,以为野人们定能听见。当铁钉扎好,石蛇将绳子系牢,琼恩便即跟进。吮紧大山的奶子,他提醒自己。别低头。重心放脚上。别低头。盯着眼前的石头。这钉子很牢,是的。别低头。撑到那块悬壁就能喘口气,所以快走!决不低头。

他一度一脚踩空,胸膛里的心脏顿时停止了跳动,但诸神保佑，没有摔下去。岩石里的寒气渗进指尖，他却不敢戴上手套——不管它们看起来多紧密，毛皮和布料在皮肤与石头之间摩擦，都是会打滑，害他送命的。烧伤的手掌逐渐僵硬、疼痛。不知何时，拇指甲也掉了，手到之处便留下一抹抹鲜血。他只希望到达终点时十指还健全。

他们向上攀登，向上，向上，犹如两道蠕动在月光照耀的岩墙上的黑影。任何站在峡谷的人都能轻易发现他们，但高山遮挡了野人的营火。他们应该很近了，琼恩感觉得到。但他心中所想却不是毫无防备、等候着他的敌人，而是临冬城里的兄弟。布兰那么爱攀爬，我要有他十分之一的勇气就好了。

岩墙在三分之二高的地方被一道冰石裂沟所横断。石蛇伸手助他攀越。见他已重戴手套，琼恩也照办。上顶之后，游骑兵扭身向左，他俩在平台上爬行近三百尺，直到透过峭壁边缘，看见昏暗的橙色光芒。

野人们将营火生在谷口最窄处上方的一道浅凹里，其下有根垂直的岩柱，后方由山壁遮挡狂风。两个黑衣兄弟正好利用防风壁缓缓爬行，匍匐前进，直到俯视对手。

一人睡着了，紧紧蜷身，埋在小山似的毛皮底，琼恩只能看见篝火下鲜红的头发。第二人紧靠火堆而坐，正往里添树枝，一边唠唠叨叨地抱怨寒风。最后一人守望峡道，虽然现在没什么可看，只有环绕积雪峰峦的无尽黑暗，但他并未松懈。号角正在他身上。

三个人。琼恩不免有些惴惴不安。本以为是两个，好在一人正睡着觉。不过不管下面是两个、三个还是二十个，他都必须履行自己的职责。石蛇碰碰他胳膊，指指持号角的野人，琼恩则朝火堆边的人点点头。挑选牺牲品，感觉真奇特。可他半生舞剑习盾，不就为了这一时刻？罗柏第一次上战场是否也有相同的感觉？他不禁好奇，但现下无暇仔细思考。石蛇的动作迅如其名，伴着如雨的卵

石,他跳进野人营地。琼恩长爪出鞘,紧跟而前。

一切都发生在瞬息之间,事后琼恩无比钦佩那名宁肯吹号角、不愿拿武器的野人的勇气。他本已把它举到唇边,但石蛇抢先一步掷出短刀将号击飞。琼恩的对手跳起身,顺手抓起燃烧的木头就朝他脸捅来。他连忙闪躲,只觉热气扑面而至,同时眼角余光见到沉睡者也开始了行动,心知必须速战速决。火棍再次扫来,他矮身跳前,双手握紧长柄剑突刺。瓦雷利亚钢穿透皮革、毛皮,羊毛和血肉,但野人在倒下之前,仍奋力争夺,扭下琼恩的剑。那边的熟睡者已在毛皮下坐起身。琼恩拔出短刀,抓住对方头发,将刀锋伸向他的下巴,伸向他的——不,她的——

他的手猛然停住。"女的。"

"守望者,"石蛇道,"野人。解决她。"

他看见她眼中的火焰和恐惧。短刀割伤了她白皙的脖子,鲜血顺着锋刃一滴一滴往下流。一刀解决她,他告诉自己。他们彼此靠得很近,他能闻到她呼吸里的洋葱味。她比他年轻,虽然长得和艾莉亚完全说不上形似,但怀有的某种特质却让他想起了小妹。"你投不投降?"他问,一边将刀子转开些。她要是不投降怎么办?

"我投降。"她的吐词在冷气里结雾。

"那……你就是我们的俘虏。"他把短刀从她咽喉柔软的皮肤旁拿开。

"科林没吩咐抓俘虏。"石蛇说。

"他也没禁止。"琼恩放开女孩的头发,她急促后退,远离他们。

"她是个矛妇,"石蛇指指她刚才睡觉的毛皮褥子边放着的长柄斧,"刚才正要抓武器。你若慢半拍,早被她砍翻。"

"我不会慢半拍。"琼恩一脚将斧头踢到女孩够不着的地方。"你有名字吗?"

"耶哥蕊特。"她用手揉揉喉头，双手一片血红。她吃惊地望着血迹。琼恩收刀入鞘，从被他杀死的男人体内拔出长爪。"你是我的俘虏了，耶哥蕊特。"

"我给你讲了名字。"

"我是琼恩·雪诺。"

她不由一缩。"邪恶的姓氏。"

"私生子的姓氏，"他说，"我父亲是临冬城的艾德·史塔克公爵。"

女孩警惕地望着他，石蛇则讽刺地轻笑道："没弄错吧？该作口供的是俘虏。"游骑兵把一根长枝条插进火中。"不过她什么也不会说，野人多半宁可咬舌自尽也不回答问题。"枝条末端愉悦地燃烧起来，他上前两步，将其扔下峡谷。火枝旋转着落入夜空，消失无踪。

"火葬死者。"耶哥蕊特突然开口。

"这点火不够，而加柴会暴露目标。"石蛇转过头，朝着黑漆漆的远方看去，搜索亮光的痕迹。"附近还有野人，对不对？"

"烧了他们，"女孩顽固地重复，"除非你想再杀一次。"

琼恩猛然想起死去的奥瑟和他冰冷的黑手。"或许我们该考虑她的建议。"

"办法多着呢。"石蛇跪在他的受害者身边，脱下对方的斗篷、靴子、腰带和背心，用自己的瘦肩扛起尸身，带到悬崖边，随后念念有词地投掷下去。不一会儿，下方远处传来一声含混、沉重的闷响。这时游骑兵又把第二个死人剥了个精光，拖到边沿。琼恩过来提起野人的脚，两人合力将其抛进无尽的黑暗中。

这期间，耶哥蕊特一直冷眼旁观，沉默不语。经过仔细观察，琼恩发现她并非那么年幼，或许有二十岁，只是与年龄不相称地矮小，外弯的膝盖，圆脸，小手，还生了个狮子鼻，一头乱蓬蓬的红

头发朝着四面八方延伸。她蹲在那里显得很臃肿，其实是层层毛皮、羊毛和皮革造成的错觉，事实上，毛料下的她说不定和艾莉亚一般瘦骨伶仃。

"你们被派来监视我们?"琼恩问她。

"监视你们，以及其他东西。"

石蛇用篝火暖手。"峡谷那边有什么?"

"自由民。"

"有多少?"

"几百几千呢，包你大开眼界，乌鸦。"她笑了，牙齿虽不整齐，却洁白异常。

她根本不懂计数。"你们干吗在那儿集合?"

耶哥蕊特沉默。

"你的国王到霜雪之牙做什么?你们不能久留，那里没有食物。"

她扭头不看他。

"你们打算进军长城?什么时候?"

她望向火焰，只当没听见他的话。

"你知道我叔叔，班扬·史塔克的消息吗?"

耶哥蕊特无动于衷，石蛇哈哈大笑："待会儿她要是咬舌自杀，可别怪我没警告你。"

一声隆隆的低吼在山石间回荡。影子山猫，琼恩立刻明白。他起身时又听见另一只的咆哮，近在咫尺，于是他旋身拔剑，侧耳聆听。

"它们不会过来，"耶哥蕊特说，"它们专为尸体而来。这些猫能在六里之外闻到血腥。今晚，它们会盘桓在尸体边，把它啃得一干二净，连骨髓也不放过。"

琼恩清晰地听见它们进食发出的回音，这让他很不舒服。篝火的温暖让他意识到自己的疲惫，但他不敢睡。他捉到了俘虏，就有责任保护她。"他们是你亲人吗?"他轻声问她。"就我们杀的那两个?"

"不比你亲。"

"我?"他皱眉,"什么意思?"

"你说你是临冬城的私生子。"

"是啊。"

"那你母亲是谁?"

"我不知道……反正是个女人。"这句话有人对他说过,但他想不起来是谁。

她第二次笑了,洁白的牙齿一闪而过。"难道她没给你唱过'冬雪玫瑰'?"

"我没见过我母亲,也没听过这首歌。"

"歌是'吟游诗人'贝尔所写,"耶哥蕊特说,"他是很久很久以前的塞外之王。自由民人人会唱他写的歌,不过你在南方可能没机会听到罢了。"

"临冬城不算南方。"琼恩辩驳。

"不,对我们而言,长城以南就是南方。"

他从没这样想过。"看来,说法取决于所处的位置。"

"是啊,"耶哥蕊特同意,"一直都是。"

"你讲讲这个典故,"琼恩催促她。等科林上山还有几个小时,听听传奇或能让他保持清醒。"我想听。"

"这故事恐怕你不会喜欢。"

"没关系。"

"好个勇敢的黑乌鸦,"她嘲弄道。"好吧,那我就说说。从前,贝尔在当上自由民的国王之前,曾是一位了不起的掠袭者。"

石蛇哼了一声,"换言之,杀手、土匪和强奸犯。"

"说法取决于所处的位置。"耶哥蕊特道,"当时临冬城的史塔克领主悬赏贝尔的人头,却总是抓不到,失败的滋味让他无比苦恼。有一天,他恼羞成怒地指责贝尔是个只会欺负弱小的懦夫。消息传来,贝尔发誓要给这位领主一个难忘的教训。所以,他翻越长城,走上国王大道,在一个寒冷的冬夜抵达临冬城。他手执竖琴,自称来自斯卡格斯岛的斯戈里克。斯卡格斯岛是海豹湾中的大岛,由于偏远,只在名义上归顺于史塔克。而'斯戈里克'一词在古语中是'骗子'的意思,那是先民的语言,巨人们至今仍在用它。"

"天南地北,歌手们总是处处受欢迎,所以贝尔受邀参加史塔克大人的宴席,为身处高位的领主弹奏作乐,直到深夜。他弹奏古老的歌调,唱出自己谱写的新曲,表演得非常动人,以至于结束之后,领主提议要他自行挑选东西作为奖赏。'我只要一朵花,'贝尔回答,'临冬城的花园里绽放得最鲜艳的那朵花。'"

"那个时候,恰逢冬雪玫瑰怒放之刻,没有花朵比它更为珍贵和稀有。所以史塔克大人立刻命人前去自己的玻璃花园,摘下最美丽的冬雪玫瑰,作为歌手的报酬。人们以为一切就此结束,但当黎明到来时,歌手却神秘地失了踪⋯⋯同时消失的还有布兰登大人的闺女。她的床空空荡荡,只在睡过的枕边有贝尔留下的玫瑰花,碧蓝如霜。"

琼恩从没听过这个故事。"是哪个布兰登?筑城者布兰登活在英雄纪元,大概比贝尔早了几千年。还有焚船者布兰登和他父亲造船者布兰登,可是——"

"这位是'失女者'布兰登,"耶哥蕊特尖刻地说。"你到底想不想听故事,嗯?"

他绷起脸:"说吧。"

"布兰登大人只有这一个孩子,所以他心急如焚,派出成百的黑乌鸦到北方来搜索。但他们既没找到贝尔,更没发现他女儿的踪影。徒劳无益地寻找大半年之后,领主大人伤心得一病不起,而史塔克家族的血脉似乎要在此断绝。但某天晚上，正当布兰登大人静卧等死时，却听见了婴儿的啼哭。他一跃而起，循声而去，居然在女儿的卧房里找到了女儿，她正在熟睡，怀中有个婴儿。"

"贝尔带她回来了？"

"不。他俩一直都在临冬城，藏在城堡下死人的地窖里。歌谣中说，那位少女深爱着贝尔，以至于愿为他怀孩子……不过实话实说，贝尔写的曲子里每个少女都爱他。不管怎样，贝尔终究留下这个孩子，作为对他不告而摘的玫瑰的回报，而这个孩子长大之后也成为下一任史塔克大人。所以说——你身上有贝尔的血统，跟我一样。"

"这故事不是真的。"琼恩说。

她耸耸肩。"或许是，或许不是。但总之，那是首很美的歌。我妈常对我唱。她也是个女人，琼恩·雪诺，跟你妈一样。"她揉揉被他短刀割伤的脖子。"歌谣唱到人们找到婴儿，便告一段落，不过整个故事却有个悲惨的结局。三十年后，贝尔当上塞外之王，率领自由民大举南下，年轻的史塔克大人领军在冰霜渡口迎战他……并杀了他，因为贝尔在决斗中无法对儿子下手。"

"所以儿子杀掉了父亲。"琼恩说。

"是的，"她道，"但诸神诅咒弑亲者，即便他是无意犯下的过错。当史塔克大人作战归来，他母亲远远望见儿子枪尖上贝尔的头颅，便在悲伤之中纵身从高塔跳下。做儿子的也没活多久，他后来被手下某位领主剥了皮，并拿皮当斗篷。"

"你说的这个贝尔在撒谎。"琼恩告诉她，这怎么可能？

"不对，"耶哥蕊特说，"我只能说诗人承诺的真相和你我心目中的真实并不雷同。反正，你要我说故事，我也告诉了你。"她转头不再看他，闭上眼睛，似乎要睡了。

天亮之时，断掌科林终于赶到。东方的天空变为靛青，漆黑的山岩由黑转蓝。石蛇首先发现跋涉而上的游骑兵们，琼恩便弄醒他的俘虏，捉住她的胳膊，下去会合。谢天谢地，这里有其他道路通往山峦的北方和西方，且都比来时攀登的途径好走。前进一段之后，他们等在一个狭窄的隘口，直到兄弟们牵马出现。白灵嗅到气味，跑在最前。琼恩连忙蹲下，任冰原狼用嘴咬住他的手腕，使劲拖来拉去，这是他们之间常玩的游戏。但当他抬头，却发现耶哥蕊特望着他，眼睛睁得鸡蛋似的又大又白。

断掌科林对新来的俘虏未作评论。"上面有三。"石蛇告诉他。别的无须多言。

"前两个我们在路上刚见过，"伊班道，"至少见到了猫留下的残骸。"他乖僻地打量女孩，怀疑清楚地写在脸上。

"她投降了。"琼恩发现自己必须解释。

科林表情冷漠，"知道我是谁？"

"断掌科林。"女孩在他面前犹如半大小孩，却大胆地回望。

"说实话，要是我落到你们手里，然后投降，能得到什么？"

"死得快一点。"

高大的游骑兵转向琼恩。"我们没有多余的食物，更不可能分配人力来看守。"

"前路艰险，小子，"侍从戴里吉说，"当需要安静的时候一声喊，咱们就全完了。"

伊班抽出匕首。"钢铁之吻让她永远闭嘴。"

琼恩只觉喉咙干燥。他无助地看着其他人。"她对我投降了。"

"那你就得做你该做的事，"断掌科林说，"记住，你是临冬城的血脉，守夜人的汉子。"他望向其他人。"走吧，兄弟们。让他自己完成。咱们不在场会让他好过些。"说完他率领人们踏上险峻扭曲的小径，迎着粉红的阳光，朝山峰隘口走去。不久之后，原地只剩琼恩、白灵和野人女孩。

他以为耶哥蕊特会逃跑，但她只是站在那儿，一动不动，盯着他瞧。"你没杀过女人，对不对？"他摇摇头，她接着说，"我们和男人一样会死。不过，你不必杀我。听我说，曼斯会收留你，我知道他会。这里有秘密通路。那些乌鸦永远抓不到我们。"

"我和他们都是乌鸦。"琼恩道。

她点点头，做出听天由命的姿势。"之后，烧了我？"

"我做不到。烟雾会被发现。"

"没错。"她耸耸肩，"好吧，葬身影子山猫肚腹还不算最糟的死法。"

他将长爪拔出肩。"你怕不怕？"

"昨晚很怕，"她承认。"但如今太阳已然升起。"她拨开头发，露出脖子，跪在他面前。"狠狠地、照准了斩，乌鸦，不然我做鬼也来找你。"

长爪不若父亲的寒冰那般顾长沉重，但依旧是瓦雷利亚钢制成。他久久触碰刀锋，估算挥击的位置，此时耶哥蕊特开始颤抖。"好冷，"她说，"快，动手吧。"

他把长爪高举过头，双手紧握。只需利落一刀，用尽全身力气。至少，我能让她痛快干净地死去。我是父亲的儿子。不是吗？不是吗？

"动手，"半晌之后，她再次催促。"私生子啊，快动手。我不能永远勇敢下去。"当那一击始终未曾落下，她终于回头来看他。

琼恩垂低长剑。"走。"他嘀咕道。

耶哥蕊特凝视他。

"快，"他说，"趁我的理智还没恢复，走。"

她跑了。

珊莎

南方的天空浓烟密布。乌黑的烟柱从远方成百火堆中盘旋升起，黑色的手指掩盖星辰。黑水河对岸，火焰占满地平线，彻夜燃烧，而在这一边，小恶魔点燃整个河滨地区：码头和仓库，民宅和妓院，城墙外的一切统统焚毁。

即使身处红堡，空气中也有灰烬的味道。当珊莎在宁静的神木林里找到唐托斯爵士时，他看到她的红眼睛，便问她是否哭过。"只是烟尘的关系，"她撒谎，"似乎半个御林都在燃烧。"

"史坦尼斯公爵想把小恶魔的野人熏出森林。"唐托斯说话时摇摇晃晃，一手扶住栗树树干，红黄相间的小丑装上沾染一片酒渍。"他们杀死他的斥候，袭击他的辎重车队，还到处放火。我听小恶魔对太后说，史坦尼斯得训练他的马儿吃灰烬，因为他将找不到一片叶子。以前身为骑士，听不到这许多事，如今成了弄臣，他们却对我视若无睹，谈话时当我不存在。我告诉您——"他俯身靠近，酒气直喷到她脸上"——八爪蜘蛛花钱收买一切琐碎消息，我想月童已为他服务好多年了。"

他又喝醉了。他自称可怜的佛罗理安，果真名副其实。但现在我只能指望他。"史坦尼斯公爵真的烧了风息堡的神木林？"

唐托斯点头。"他将树木积成一个巨大的柴堆，奉献给他的新神，红袍女祭司要他这么做的。听说他现在灵肉都归她驱使，甚至发誓一旦夺取君临，便要焚毁贝勒大圣堂呢！"

"烧就烧吧。"珊莎初次见到大圣堂的大理石墙和七座水晶塔时，真以为这是世上最美的建筑，但自乔佛里在圣堂讲坛上将父亲斩首后，她对之则是满心厌恶。"烧干净最好。"

"嘘，孩子，诸神会听见的。"

"怎么会？他们从不听我祈祷。"

"他们在听，所以才派我来，不是吗？"

珊莎用手抠抠树皮，觉得自己头晕眼花，似乎有点发烧。"就算他们派你来，又有什么用呢？你答应带我回家，可我一直走不了。"

唐托斯拍拍她手臂。"我跟某个人谈过了，他是我的好朋友……也是您的朋友，小姐。等时机一到，他便会雇艘快船，送我们去安全的地方。"

"现在正是时机，"珊莎坚持，"现在开战在即，没人会注意我。我想我们只要行动，就一定能溜出去。"

"孩子呀，孩子。"唐托斯摇摇头。"溜出红堡很简单，我们能做到。但每道城门都戒备森严，何况小恶魔还封锁了河道。"

这是事实。如今黑水河比以往任何时候都空旷。所有渡船都撤到北岸，而商船要么逃走，要么被小恶魔扣留，用于作战。放眼望去，唯一的船是国王的战舰。它们不断来回穿梭，保持在河中央的深水区，与南岸史坦尼斯的弓手飞箭往来。

史坦尼斯公爵本人还在行军，但他的先锋部队已于两天前趁一个月黑风高的晚上先行抵达。早上醒来，全君临都看到了他们的帐篷与旗帜。珊莎听说他们有五千人之多，几乎相当于城里金袍卫士的总数。敌人营地里飘扬着佛索威家族的青苹果旗和红苹果旗，伊斯蒙家族的海龟旗以及佛罗伦家族的狐狸鲜花旗，他们的指挥官是古德·莫里根爵士，一个著名的南方骑士，从前是蓝礼的绿衣卫。他的旗帜乃是一只飞鸦，在风雨欲来的碧绿天空中大展黑翅。但最令整个城市揪心的还是那些淡黄的旗，长长的旗穗拖在后面，如火焰一样摇曳，原本该是家族纹章的地方放着神的标记：光之王的烈焰红心。

"大家都说，等史坦尼斯亲临城下，他的人马将达到乔佛里的十倍。"

唐托斯捏捏她肩膀。"亲爱的，兵力多寡并不重要，他们在大河对岸，没有船过不来。"

"可他有船，而且比乔佛里的多。"

"风息堡到这儿路程遥远，舰队需经马赛岬，穿过喉道，进入黑水湾。或许正道诸神会卷起风暴，把他们统统抹去。"唐托斯充满希望地微笑。"我知道您很不容易，但是孩子，千万得耐心。等我的朋友回到都城，我们就会有船。您不要怕，请相信您的佛罗理安吧。"

珊莎的指甲深深掐进掌心，肚子里则有恐惧绞动抽搐，一天比一天强烈。弥赛菈公主离去那天的经历一直在梦中纠缠不休，梦魇黑暗而令人窒息，令她每每在深晚惊醒，拼命喘气。群众的尖叫萦绕耳际，不成词句，活像动物的嘶喊。他们把她团团围住，各种东西朝她扔来，还想将她拉下马，若不是猎狗杀开一条血路来救她，后果不堪设想。想想看，他们将总主教撕成碎片，用石头砸扁了艾伦爵士的头。您不要怕！他居然要我别害怕！

其实全城都陷入了恐慌。珊莎在城堡围墙上看到，老百姓们统统关闭窗户，上好门闩，似乎这样就能保住性命。上次君临城陷，兰尼斯特家肆意奸淫掳掠，带走几百条人命，那一次还是开城投降的。而今小恶魔试图抵抗，城破之后的下场可想而知。

唐托斯还在喋喋不休。"如果我还是骑士，就得穿上盔甲，和其他人一起守城。我真该亲吻乔佛里国王的脚，真心实意地感谢他的安排。"

"你去谢他把你变成弄臣，他就会让你再做回骑士。"珊莎尖刻地说。

唐托斯咯咯笑道:"我的琼琪是个聪明姑娘,不是吗?"

"乔佛里和他母亲说我很笨。"

"他们这样想就好,亲爱的,这样您更安全。瑟曦太后,小恶魔以及瓦里斯这些人当彼此是毒蛇猛兽,像老鹰一样互相盯得紧紧的,到处花钱雇人探听消息,但坦妲伯爵夫人的女儿就没人劳神关心,对不对?"唐托斯捂住嘴巴,打了个嗝。"诸神保佑您,我的小琼琪。"他的泪水涌上来,是酒的缘故。"快给您的佛罗理安一个小小的吻吧。一个幸运之吻。"他摇摇晃晃地向她靠近。

珊莎避开他探出的湿润双唇,轻轻吻在他胡子拉碴的脸颊上,并跟他道晚安,竭尽全力才没有哭泣。最近她哭得太多。这样很不体面,她知道,但就是控制不住。有时为了一些琐事,眼泪便掉下来,怎么都收不住。

梅葛楼的吊桥无人看守。小恶魔将大部分金袍卫士调去守城,而白袍的御林铁卫们而今也忙得不可开交,无暇步步尾随她。只要别离开城堡,珊莎想去哪儿就可以去哪儿,但她哪儿也不想去。

她穿过布满尖锐铁刺的干涸护城河,走上狭窄的高架楼梯,当到达卧房门口时,居然不想进去。房间的墙壁让她窒息,明知里面窗户大开,她仍然感觉空气稀薄。

于是珊莎转回楼梯,继续攀登。浓烟遮掩了群星和一轮纤细的新月,堡顶黑糊糊的,满是阴影。但从这儿看出去,全城尽在眼帘:红堡高耸的塔楼和巨大的角堡,下方如迷宫般的城市街道,西面南面是奔流的黑水,东面则是海湾,以及一丛丛烟柱和灰烬,火,到处都是火。近处,士兵擎着火炬,像蚂蚁一样爬满城墙和从城垛延伸出的塔楼。烂泥门下,飘荡的烟尘中依稀可辨三座投石机的轮廓,这是前所未有的巨型投石机,高过城墙足足二十尺。但这一切都不能减轻她的恐惧。一阵尖利的刺痛突然袭来,珊莎紧捂肚子,眼泪夺眶而出。她差点摔下去,幸亏一个影子突然闪出,用强有力的手紧扣她的胳膊，将她稳住。

她仓皇地抓向城垛寻求支撑，指头在粗糙的岩石上乱扒。"放开我，"她大喊，"放开！"

"小小鸟认为自己真的长翅膀，是吗？还是想学你弟弟一样当瘸子啊？"

珊莎想挣脱他的抓握。"我不会掉下去。我只是……被你吓了一跳，如此而已。"

"我吓着你了？我还是把你吓着了？"

她深吸一口气，稳定心神。"我以为只有我一个人，我……"她瞥向别处。

"算了吧，小小鸟，你还是不敢正眼看我，对不对？"猎狗放开她。"呵呵，当你被暴民围住时，倒挺高兴看见我的脸啊，记得吗？"

这一切，珊莎记得再清楚不过。她记得他们的吼叫，记得鲜血从被石块砸破的额角沿着脸颊流淌而下，记得那个想把她从马上拉下去的男人嘴里喷出的刺鼻蒜味。她仍能感觉那几根冷酷的手指钳着自己手腕，让她失去平衡，摇摇欲坠。

她以为自己就要死去，但那只手忽然一阵抽搐，五根手指一起抽搐，手的主人像马一样尖声嘶叫。胳膊落地，另一只手，另一只更强壮的手将她推回马鞍。大蒜气味的男人倒在地上，手臂断处血流如注，但周围还有许多人，有的甚至手拿棍棒。猎狗策马相迎，长剑舞成一片钢铁幻影，所经之处血肉横飞，人们四散奔逃。他所向披靡，仰天长笑，那张烧伤的可怕脸庞似乎顷刻间变了形。

而今，她逼自己再度正视那张脸庞，真正地看。这是礼貌，贵妇人必须随时随地都要记得有礼貌。其实最可怕的不是那些疮疤，甚至不是他嘴唇抽搐的模样，最可怕的是他那双眼睛。她从没见过如此一双充满怒火的眼睛。"我……我想我事后该去找你，"她吞吞吐吐地说，"当面向你道谢，因……因为你救了我的命……你真勇敢。"

"勇敢?"他的笑声好似咆哮。"狗追老鼠有何勇气可言?他们三十个对我一个，却无一人敢直视我的眼睛。"

她讨厌他说话的方式，总是那么刺耳，那么怒气冲冲。"你觉得吓唬老百姓很令你愉快吗?"

"不，杀人才让我愉快。"他的嘴巴再度抽搐。"你爱怎么皱脸都行，但在我面前，不要故作虔诚。你出身世家，可别告诉我艾德·史塔克公爵从没杀过人啊?"

"他只是履行责任，没有喜欢过。"

"他这么告诉你?"克里冈再次大笑。"看来你父亲不是个骗子便是个傻瓜。杀戮才是世上最美好的事。"他拔出长剑。"这就是真实。想必你尊贵的父亲大人在贝勒大圣堂前深有体会。瞧啊，临冬城公爵，国王之手，北境守护，了不得的艾德·史塔克，传承八千年之久的血脉……却被伊林·派恩一剑斩首，不是吗?你记不记得，当人头落地时，他的躯体还手舞足蹈地痉挛?"

珊莎突然感到一阵寒意，于是抱住自己。"你为何总这么讨厌?我是在感谢你……"

"没错，你把我当做那些你喜欢的'真正的骑士'。算了吧，小妹妹，你以为骑士有什么用?成天穿着黄金铠甲，一心博取女士欢心?我告诉你，骑士唯一的用处就是生来被我杀。"他将长剑锋刃抵住她脖子，就在耳朵下面，她可以感觉它的锋利。"我从十二岁时开始杀人，至今刀下之鬼已数不胜数。不论历史悠久的世家豪门，一身天鹅绒的肥佬富翁，趾高气昂的贵族骑士，是的，还有女人和小孩——人为鱼肉，我为刀俎。他们尽可以占有土地，神灵和金钱!他们尽可以彼此高呼'爵士'!"桑铎·克里冈朝她脚边啐了一口，以示不屑。"我只要这个，"他边说边把剑从她咽喉举

起,"有了它,世上我什么都不怕。"

除了你哥哥,珊莎心想,但她控制情绪,没说出口。看来,他正如他自己所说,真是一条狗,一条坏脾气的疯狗,谁想摸他反而被咬,谁想伤他主人,他也和谁拼命。"河对岸那些人你也不怕?"

克里冈转头望向远处的火焰。"火,"他还剑入鞘,"火是懦夫的武器。"

"史坦尼斯公爵不是懦夫。"

"但也没他哥哥的气概。区区一条小河,难不倒劳勃。"

"他要是过了河,你怎么办?"

"战斗。杀人。也许被杀。"

"你不害怕吗?你犯下这么多罪孽,人死以后,也许会被诸神罚下七层地狱呢。"

"罪孽何在?"他大笑,"诸神何在?"

"诸神创造了我们所有人呀。"

"所有人?"他嘲讽地笑道。"那你告诉我,小小鸟,什么样的神会创造出小恶魔那样的怪物?什么样的神会容忍坦妲伯爵夫人的女儿那样的弱智?如果这世上真有神灵存在,他们只是创造绵羊好让狼不挨饿,创造弱者来给强者愚弄。"

"真正的骑士会保护弱者。"

他嗤之以鼻。"真正的骑士和诸神一样,都不存在,活在人间,倘若无法自卫,就是死路一条,必须为别人让道。刀剑和强权统治着这个世界,千万别相信旁的说法。"

珊莎从他身边踉跄退开。"你好恐怖!"

"我很诚实,恐怖的是这个世界。好了,快飞吧,小小鸟,你不敢面对我,我则受不了你的偷看。"

她一声不吭地跑开。她害怕桑铎·克里冈……然而,她心中又忍不住希望唐托斯爵士有一点点猎狗的桀骜。诸神是存在的,她告诉自己，真正的骑士也存在。所有的故事都不是谎言。

当晚，珊莎又梦到了暴动。暴民们朝她蜂拥而来，大声尖叫，像一头疯狂的千面野兽。不管她转向何方，眼前都是一张张扭曲的脸孔，仿佛戴着凶残的怪兽面具。她哭着告诉他们，告诉他们自己是个乖女孩，但他们还是照样将她从马上拉下来。"不，"她高喊，"不，求求你们，请不要，不要啊！"没人理会。她大声呼唤唐托斯爵士，呼唤她的兄弟，呼唤死去的父亲和冰原狼，呼唤那曾献给她一朵红玫瑰的英勇的洛拉斯爵士，但无人前来救她。她呼唤歌谣中的英雄，呼唤傻子佛罗理安、莱安·雷德温爵士以及龙骑士伊蒙王子，但他们都听不见。女人们像黄鼠狼一样涌上前，把她围住，掐她的腿，踢她肚子，还有人打她的脸，牙齿碎裂开来。然后是钢铁闪耀的光芒，匕首刺进肚腹，一刀一刀又一刀，直到她整个人支离破碎，只剩丝丝潮湿闪亮的肉片。

她醒了。苍白的晨光斜射进窗，但她只感到恶心疼痛，好像一夜没睡似的。双股之间有些黏黏的东西，掀开毯子一看，原来是血。一时之间，她只想到噩梦成真。她还记得刀子在体内扭转撕割的滋味。于是她恐惧地挪动，想踢床单却滚到了地上，赤裸身子，喘着粗气，下体流血，满心恐惧。

但当她趴着蜷在地上，忽然明白了过来。"不要，千万不要，"珊莎呜咽着，"求求你，千万不要啊。"她不要自己发生这种变化，不是现在，不是在这里，不是现在，不是现在，不是现在，不是现在！

疯狂攫住了她，她撑着床柱站起身，走到水盆边清洗大腿，擦掉那些黏黏的东西。腿是清干净了，水却成了粉红。女侍一进门就会发现。然后她想到床单，于是冲回床边，惊恐地瞪着那摊暗红污渍，她所有的秘密就清楚明白地摆在那里。怎么办？怎么办？必须抢在别人看见之前处理掉，否则就晚了。她不要被逼着跟乔佛里结

婚,她不要跟他睡在一起啊!

珊莎抓起匕首,切割床单,把污渍挖下来。她们问起这个洞,我要怎么说呢?热泪从脸上滚落。她将撕破的床单扯下,发现毯子上也有血。我把它们全烧光。她将证物聚成一团,塞进壁炉,用床边油灯里的油润湿后,点火焚烧。然后她意识到血早就一路透过床单渗进羽毛床垫,因此她把床垫也抱来。它又大又重,很难移动,珊莎费尽全力,才塞了一半进火里。正当她双膝跪地,拼命将床垫往火焰里推,浓密的灰烟在四周旋转,充溢房间的时候,门猛然打开,她听见女侍倒抽一口气。

最后,三人合力才将她拖开。之前的一切都白费工夫。床单虽已焚毁,但当她被架开时,两条大腿又是血迹斑斑。她仿佛用身躯向全世界展开一面兰尼斯特家族的绯红旗帜,明目昭彰地将自己出卖给了乔佛里。

火被扑灭以后,她们抬走焦黑的羽毛床垫,驱散屋内烟尘,然后拿来浴盆。女人们进进出出,低声细语,都用奇怪的目光看着她。她们将浴盆注满滚烫的热水,替她沐浴冲头,还给她一块布裹在两腿中间。此时珊莎已经冷静下来,不禁为自己的愚行感到羞愧。浓烟把大部分衣服都毁了。有个女人出去带回一件绿色羊毛连衣裙,大小基本合身。"这不如您自己的东西漂亮,但只好凑合着用,"她一边说一边将它从珊莎头上套下。"您的鞋还完好,您至少不用光脚去见太后。"

珊莎被带进瑟曦·兰尼斯特的书房时,她正在吃早餐。"坐下,"太后和蔼地说,"饿不饿?"她指指桌上,有粥,蜂蜜,牛奶,白煮蛋和脆皮炸鱼。

她一见食物就想吐,好似肠胃打了结。"我不饿,谢谢您,陛下。"

"哼,咱们的提利昂和史坦尼斯公爵闹得每样食物都有灰烬的味道。不过你也放起火来了，想做什么呀？"

珊莎低头，"血把我吓坏了。"

"血是你成为女人的标志。凯特琳夫人应该早告诉过你做好心理准备。你的初潮到来，仅此而已。"

珊莎从没感觉如此语穷词短。"母亲大人是告诫过我，可我……我以为不是这样。"

"那是怎样？"

"我不知道。应该不会这么……脏乱，应该比较神奇。"

瑟曦太后忍俊不禁。"等生个孩子，珊莎，你就明白了。女人的生命九分脏乱，一分神奇，你很快就会知道……而表面上神奇的部分往往最为脏乱。"她啜一口牛奶。"那么，你现在是女人了，有没有一点概念，知道这意味着什么？"

"意味着我已适合同房共枕，"珊莎说，"并为国王怀孩子。"

太后苦笑，"你已不像从前那样期盼这个了，我看得出来，也不会怪你。乔佛里向来不太听话，甚至连他出生……我整整辛苦了一天半才把他生出来。你无法想象那种疼痛，珊莎，我的尖叫声如此之大，想必劳勃在御林里都能听见。"

"国王陛下没陪在您身边？"

"劳勃？劳勃在打猎。这是惯例，每当我产期一近，我的王夫便带着猎人和狗逃进森林。回来的时候，他送我一堆毛皮或一只鹿头，我则给他一个孩子。"

"我提醒你，我可不想他留下。我有派席尔大学士和足以组成一支军团的助产妇，以及我弟弟。他们不让詹姆进产房，他笑问：谁敢拦他？"

"乔佛里恐怕就不会这么爱你了。这你该去感谢你妹妹——如果她还没死的话。他永不会忘记在三叉戟河畔她是如何当你的面羞辱他，他会羞辱你作为报复。不过，你比外表看上去要坚强，估计能挺住一点点的羞耻。瞧，我不就挺过来了吗？你也许永远不会爱上国王，但你会爱着他的孩子。"

"我全心全意地爱着国王陛下。"珊莎说。

太后叹口气。"你最好多学点谎话，而且要快。史坦尼斯大人不会喜欢这一句，我向你保证。"

"新任总主教说，诸神反对史坦尼斯公爵，因为乔佛里才是真正的国王。"

一丝奇特的微笑闪过太后脸庞，"他是劳勃的嫡子和继承人，但劳勃每次抱起他，他都会大哭，令国王陛下很不喜欢。他那群杂种不但总开心地对他咯咯傻笑，当他把手指放进那些低贱的小嘴时，他们还会高兴地吮吸。劳勃向来渴望欢乐和笑颜，他总是如此，哪里能找到这些他就去哪里，所以去找了他的朋友和他的婊子。劳勃想要被爱。我弟弟提利昂也有同样的毛病。你想被爱吗，珊莎？"

"每个人都想被爱啊。"

"看来初潮也没让你变聪明，"瑟曦道，"珊莎，容我在这个特殊的日子里跟你分享一点做女人的智慧。爱是毒药，虽然甜蜜，但依旧能杀人。"

琼恩

  风声峡中一片黑暗。一天中的大半时间，两旁的巨石山峦遮蔽阳光，人马行在阴影下，吐息在冷气里结霜。覆冰的水流自头顶的积雪堆中涓涓滴落，掉在地上，形成冻结的小池，随即被马蹄踩踏而碎。几根杂草从乱石缝隙中挣脱出来，间或还有几点苍白的地衣，但此地没有青草，而他们正在森林之上前进。

  小路既陡且窄，盘旋上升，到了山上，狭隘得只能单列前进。侍从戴里吉走在最前，长弓在手，远眺侦察。据说他的视力守夜人军团上下无人能及。

  白灵焦躁不安地跑在琼恩身旁，不时驻足回头，竖起耳朵，仿如听见什么事物在尾随。琼恩知道影子山猫不会攻击活人——除非实在饿得难受，但仍旧拔出长爪，仔细戒备。

  峡道最顶点是块风蚀的灰拱石。从这往下，道路变宽，逐渐下落，直达乳河河谷。科林宣布团队在阴影增长前将于此休息。"影子是黑衣人的朋友。"他说。

  对此琼恩深以为然。在阳光下骑行——任山区的艳阳洒落斗篷，驱散浸骨的寒意——固然令人陶醉，却充满危险。峡口既有三个守望者，越是深入一定更多，随时可能遭遇。

  石蛇蜷进破烂的毛斗篷，几乎立刻睡着了。琼恩和白灵分享腌牛肉，而伊班和侍从戴里吉则喂养马匹。断掌科林背靠岩石坐下，缓慢而无休止地磨着长剑。琼恩盯着高大的游骑兵看了一会儿，才提起勇气走上前。"大人，"他说，"关于那女孩，您还没过问我后来的经过呢。"

"我不是大人,琼恩·雪诺。"科林用只剩两根指头的手掌平稳地握石磨刀。

"她要我跟他走,她说曼斯会收留我。"

"她说的没错。"

"她甚至宣称我跟她是亲戚。她给我讲了个故事,关于……"

"……吟游诗人贝尔和临冬城的玫瑰。石蛇已对我说了。恰好我也听过这首歌。从前,曼斯每次巡逻归来都会唱它。他很喜欢野人的音乐,唉,还有他们的女人。"

"您认识他?"

"我们都认识他。"他语调悲哀。

他们曾并肩作战,亲如兄弟,琼恩明白了,如今却成为不共戴天的仇敌。"他为什么背誓离开?"

"有人说他为个婊子,有人说他为顶王冠。"科林用拇指试试剑锋。"曼斯很爱女人,而且也属于那种不爱向别人屈膝的人,这些都没错,但他离去的理由更深刻。比起长城来,他更爱荒野。那是他的血液、他的天性。他生来便是野种,是我们从截杀的掠袭者怀中留下的孩子——这种孩子守夜人为之取姓'雷德'[①],离开影子塔对他而言不过是回家。"

"当年他是个好游骑兵吗?"

"他是咱们这批人中最棒的一个,"断掌说,"但从某种意义上而言,也算得上最糟糕的一人。琼恩,只有索伦·斯莫伍德那样的傻瓜才鄙视野人,他们其实和我们一样勇敢,一样强健,一样迅捷,一样聪明,只是缺乏纪律。他们自称为自由民,每个人都以为自己似国王一般伟大,如学士一样睿智。曼斯正是如此,他从未学会服从的含义。"

[①] 在英语中,"Rayder"雷德是"Raider"掠袭者的变体。

"和我一样。"琼恩静静地说。

科林精明的灰眼睛似乎能看穿他。"你放了她。"他的语气没有一丝一毫的惊讶。

"您知道?"

"刚知道。告诉我,你为何放过她?"

这很难说明白。"我父亲从不用刽子手。他常说,如果你要取人性命,至少应该注视她的双眼,聆听她的临终遗言。当我望向耶哥蕊特的眼睛,我……"琼恩埋下头,无助地望着双手。"我知道她是敌人,可她眼里没有邪恶。"

"之前那两人也没有。"

"可当时他们跟咱们是你死我活的关系,"琼恩说,"如果被他们发现,如果他们吹响号角……"

"野人便会对我们穷追不舍,斩尽杀绝。这不结了?"

"但后来石蛇拿到了号,我们也取走耶哥蕊特的小刀和斧头。她跟着我们,一路步行,手无寸铁……"

"应该不构成威胁,"科林同意,"我真想她死,早留下伊班去办,或是亲自动手。"

"那您为何命令我去?"

"我没有命令你。我只让你做你自己该做的事,一切由你自行考虑。"科林站起身来,长剑收回鞘中。"要攀登高山,我会叫石蛇;要在刮着强风的战场上射穿敌人眼睛,我会派侍从戴里吉;而伊班能让任何人吐露秘密。知人才能善任,琼恩·雪诺,我现在对你的了解比今晨时更深。"

"假如我杀了她呢?"琼恩问。

"她死,而我了解你的目的也同样达到。好,话不多说,你应该睡一会儿。前面还有好多里格的路,危险着呢,你需要保存体力。"

琼恩知道自己睡不着,但明白断掌确是好意。他在一块高悬的岩石下找到避风之所,和衣躺下,斗篷权当毯子。"白灵,"他唤道,"过来,到我这儿。"通常只要大白狼偎在身边会睡得比较香甜,他的气味让琼恩心安,那身蓬松的厚白毛更能带来久违的温暖。但这一次,白灵只看了他几眼,便转头绕着马儿小跑,旋即飞速逃开。他想打猎,琼恩心想,山里面说不定有山羊,影子山猫总得靠什么过活吧。"别太勉强哦,抓猫可不太好。"他呢喃道。即使对冰原狼而言,影子山猫也是个威胁。他拉起斗篷盖住自己,在岩石遮蔽下摊开身体。

闭上眼睛,他梦见了冰原狼。

六狼一体,五狼残存,分割天涯,互不联络。他只觉深沉的空虚和撕裂的疼痛。森林辽广清寒,他们如此渺小,如此失落。他知道兄弟姐妹就在某地,却嗅不出气息。于是他蜷身而坐,向着黑暗的天空仰天长嗥,叫声回荡在森林,成为悠长孤寂的哀叹。余音渐衰,他竖起耳朵,等待答复。唯一的回应是吹雪的叹息。

琼恩?

身后传来一声呼唤,虽微如耳语,却坚定依然。呼喊也可能静寂吗?他忙回头,寻找他的兄弟,期望瞥见林间消瘦的灰影,但对面什么也没有,除了……

一棵鱼梁木。

它自坚固的岩石中萌生而出,苍白的树根从无数裂沟和细缝间螺旋而上。初时这棵鱼梁木比同类来得纤细,几乎只能算树苗,但它在眼前陡然生长,枝干变粗,直向云霄。他警觉起来,小心翼翼地绕着平滑的粗白树干行走,正好撞见树的脸庞。只见红色的眼睛盯着他,目光凶猛但愉悦。原来这棵鱼梁木的脸生得和弟弟一模一样。弟弟一直都有三只眼吗?

不是一直,静寂的呼喊再度传来,是乌鸦到来之后。

他嗅嗅树皮,闻到狼、树和男孩的气息,除此之外,蕴涵有更深远的味道:浓重的棕味是温暖的大地,坚硬的灰味是冰冷的石头,还有别的、更可怕的气味……死亡,他明白过来。他闻到的是死亡的气息。他猛然缩后,毛发直立,露出利齿。

别害怕,我喜欢身处暗处的感觉。别人看不见你,你看得见别人。但你首先必须睁开眼睛。明白吗?就像这样。大树弯下腰来,触碰了他。

猛然间,他又回到群山之中,只见自己站在一道巨大的悬崖边,爪子深深地插进雪堆。前方,风声峡已到尽头,展开成为无垠的空旷。一道长长的V字形河谷摆在身下,充盈着秋日午后所有的色彩。

谷地尽头,有一道硕大无朋的蓝白巨墙,紧贴着山,好似要把两山挤开。一时之间,他以为自己梦回黑城堡,但随即发现这不过是道数千尺高的冰川。寒光闪烁的冰壁下,有一个雄伟的湖泊,蓝钻般的深水映射着四周雪峰的辉芒。峡谷里有人,他看清了:有好多人,成千上万,拥挤不堪。有的在半冻的土地上挖大坑,其他人则操练战斗。他看见大群骑兵冲击一道盾墙,胯下的马如蝼蚁般渺小。演习的声音好似铁叶瑟瑟拂动,轻微地悬荡在风中。他们的营地毫无规划,杂乱无章:既无沟渠,更无尖桩,连马匹也未整备成列。随处可见土制陋屋,兽皮帐篷萌生出来,犹如大地这张脸上长的痘疹。他望着凌乱的干草堆,闻到山羊、绵羊、马、猪和狗发出的浓郁气味,黑烟如卷须般自千堆营火袅袅上升。

这哪是一支军队,分明是一座闹市。四面八方的人都聚集而来。

长湖对面,一座土墩正在移动。他目不转睛地盯着它走近,赫然发现那并非泥土,而是活物,是一只有着蛇样鼻子、行动迟缓的毛茸怪兽,那对獠牙比他所见过最壮观的野猪牙都庞大。骑着它的

东西也同样巨大，不过形体有些奇怪，腿臀极粗，不太像人。

突如其来一阵寒风，吹得他毛发直竖，翅翼的尖啸令天空战栗。他抬眼望向白雪皑皑的高峰，只见一道阴影自半空垂直而下。恐怖的呐喊撕裂长天，灰蓝的巨翅向外伸展，遮天蔽日……

"白灵！"琼恩大喊一声，坐起身来。他仍能感觉那利爪，那疼痛。"白灵，回来！"

来的是伊班，他捉住琼恩，摇晃不休。"安静！你打算把野人都引下来吗？你是哪里不对劲，小子？"

"梦，"琼恩无力地说，"梦中我成为白灵，站在悬崖边俯瞰结冻的河流。接着有东西攻击我。是只鸟……鹰，我想……"

侍从戴里吉笑了，"咱常梦的都是漂亮妞儿，真该多发发梦的。"

科林走到身旁。"你是说，结冻的河流？"

"乳河发源于冰川底部的深湖。"石蛇插话。

"那里有棵树，长着我弟弟的脸庞。有野人……成千上万的野人，我从来不知他们有那么多，还有骑长毛象的巨人。"透过天光的变化，琼恩判断自己已睡了四五个钟头。他头痛欲裂，后颈处因爪牙的攻击而灼痛。可那是梦啊。

"把你还记得的东西都告诉我，从头到尾，巨细无遗。"断掌科林道。

琼恩糊涂了。"那不是梦么？"

"那是狼梦，"断掌说，"卡斯特告诉总司令，野人们正在乳河源头集结。或许因为这个，你做这个梦；或许你是真看见了等待着我们的东西，远远提前于我们的脚步。不管怎样，告诉我实情。"把这些事说给科林和其他游骑兵听，让他觉得自己像个蠢蛋，但必须服从命令。奇怪的是，听完之后，没一个黑衣兄弟笑话他，连侍从戴里吉也收起笑容。

"易形者?"伊班严峻地说,一边望向断掌。他指的是老鹰?琼恩思量,还是我?易形者和狼灵只出现在老奶奶的故事里,并不属于这个他所降生的世界。但在此地,在这一片陌生凄冷的岩雪荒原中,什么都不难相信。

"冷风正要吹起,莫尔蒙感觉到了,班扬·史塔克也感觉到了。死人行走,树眼重现。狼灵和易形者又有什么难以置信的呢?"

"莫非咱的梦也能成真?"侍从戴里吉道,"雪诺大人就留着他的长毛象好了,我要我那些女人。"

"我从小到大为守夜人服役,巡逻次数比旁人都多,"伊班说,"我见过巨人遗骨,听过许多奇怪的传说,却从未看过实物。眼见为实,如今我要好好瞧瞧。"

"小心,别让他们瞧见你,伊班。"石蛇道。

直到人们再次前进,白灵也未现身。这时阴影已完全覆盖峡道底部,太阳正朝着游骑兵们称为"叉梢"的两座尖锐的孪生巨峰急速下落。如果梦是真的……这念头想想都吓人。难道白灵真的伤在老鹰爪下?难道被推下悬崖了吗?还有那棵长着弟弟脸庞的鱼梁木,它怎么会有死亡和黑暗的气息?

最后一缕阳光隐没在"叉梢"之后,黄昏的朦胧笼罩风声峡,气温似乎刹那间便下降许多。他们不再攀登,事实上,道路缓缓下降,虽然粗拙却不陡峭。路上充满裂缝、碎岩和大块落石。天很快就要全黑,白灵仍不见踪影,这种感觉快把琼恩生生撕裂,偏偏他不能像平日一样呼唤冰原狼,因为此地危机四伏。

"科林,"侍从戴里吉轻唤道,"那儿。你看。"

一只老鹰栖息在头顶一道岩脊上,衬着逐渐暗淡的天空。我们常见到鹰,琼恩心想,这不可能是我梦见的那只。

虽然如此,伊班还是搭箭弯弓,侍从拦住他。"那鸟远在射程之外。"

"我不喜欢它盯着我们。"

侍从耸肩,"我也是,但你管不了它,只会浪费一根上好的羽箭。"

科林坐在鞍上,长时间观察老鹰。"我们继续。"最后他说。于是游骑兵们继续下坡。

白灵啊,琼恩只想高呼,你到底在哪儿?

他刚想跟上科林和其他人,不觉瞥见两颗大石之间白光一闪。是堆积的残雪罢,他正这么想,只见那堆"雪"抖了抖。这次他立刻翻身下马,跪倒在乱石间。

白灵抬头,颈项闪烁着潮湿的反光,当琼恩摘下手套抚摩他时,也没发出半点声音。鹰爪撕得皮开肉绽,血肉模糊,幸好没有折断脖子,致他死命。

断掌科林站在琼恩身边。"有多严重?"

白灵似乎想作答,挣扎着起身。

"好强壮的狼,"游骑兵道,"伊班,水。石蛇,你的酒袋。琼恩,把他按紧。"

众人协力,总算清掉冰原狼毛皮上的凝血。科林将酒倒入鹰爪留下的一片血红模糊的伤口时,白灵竭力挣脱,咧牙露齿,然而琼恩紧紧抱住,呢喃安慰的话语,终于使狼平静下来。最后,他们从琼恩的斗篷撕下布条,为狼包裹伤口。四野全然黑暗,一抹星光将漆黑的天空和漆黑的山岩区分开来。"我们继续?"石蛇想知道。

科林走向坐骑。"不,回头。"

"回头?"琼恩讶异得一愣。

"鹰眼比人眼尖锐。我们被发现了,得赶快逃。"断掌在头上绑条黑长巾,翻身上马。

其他游骑兵互看一眼,无人争辩。接下来他们一个个上马,朝家的方向掉头。"白灵,过来。"他呼唤,于是冰原狼跟上来,犹如穿梭夜色的一道白影。

他们整夜骑行，踏着蜿蜒上升的峡道，穿越破碎的土地。风势渐强。天地间时时骤然漆黑，只能下马步行，一边牵引坐骑。伊班曾建议引火照明，但科林断然拒绝："不能有火。"到达顶峰石梁后，他们接着下行。黑暗之中，有只影子山猫在愤怒咆哮，吼声于山谷间回荡传扬，好似成打的猫遥相呼应。琼恩一度看见头顶峰巅上有对炽热的眼眸，大如圆月。

黎明前的黑暗时分，他们终于停下来饮马，一匹喂一把燕麦、几撮干草。"离咱们杀野人的地方不远了，"科林说，"那里可以以一当百，只要人选正确。"他望向侍从戴里吉。

侍从低头一鞠躬。"弟兄们，把多余的箭都留给我。"他敲敲长弓。"回家以后记得给我的马喂个苹果。可怜的家伙，那是它应得的奖励。"

他要留下殉死，琼恩明白。

科林用戴手套的手紧握侍从的前臂。"若老鹰从天上飞下……"

"……它就得换身羽毛。"

琼恩看见侍从戴里吉的最后一眼是他的背影，手脚并用，直上峰峦。

天亮后，琼恩抬眼望向无云的天空，一个斑点在蓝幕上移动。伊班也发现了，禁不住咒骂，科林要他静声，"听。"

琼恩屏住呼吸，侧耳倾听。在他们身后，辽远的地方，传来一声猎号的呼唤，游荡于群山之间。

"他们来了。"科林说。

提利昂

为今晚这场磨难,波德特地给他穿上一件柔软的长毛绒外衣,颜色是兰尼斯特的绯红,还拿来那条代表他职位的颈链。提利昂将它留在床头桌上。他是国王之手,而姐姐不喜欢别人提醒她这点,没必要去火上浇油。

穿过庭院时,瓦里斯追上来。"大人,"他有些气喘吁吁地说,"你最好赶紧看看这个。"他柔软白皙的手递上一卷羊皮纸。"北方来的报告。"

"是好是坏?"提利昂问。

"不该由我判断。"

提利昂展开羊皮纸,院子依靠火炬照明,不得不眯眼阅读上面的词句。"诸神保佑,"他轻声道,"两个都……?"

"恐怕是的,大人。多可悲,多令人伤感啊。他们年纪那么小,那么天真无邪。"提利昂还记得史塔克家那男孩坠落后,冰原狼们如何哀嚎。不知此刻他们是何光景?"有没有告诉别人?"他问。

"还没有,当然我瞒不了多久。"

他卷起信。"我去告诉姐姐。"他想看看她对此的反应,很想看。

这晚,太后看上去格外迷人。她穿了一袭深绿天鹅绒低胸礼服,与眼睛的颜色相衬,金发披在裸露的肩头,腰上系一条镶祖母绿的织带。提利昂等自己坐定,仆人送上一杯红酒之后,方才将信递上,一个字也没有说。瑟曦朝他无辜地眨眨眼,接过羊皮纸。

"相信你很满意,"她边读他边说。"我知道,你想要史塔克家那孩子死。"

瑟曦表情不悦,"将他丢出窗外的是詹姆,不是我。他说为了爱情,好像就能取悦我,其实这根本是件蠢事,危险极了。我们亲爱的兄弟什么时候停下来思考过?"

"那孩子看到你们了。"提利昂指出。

"他只是个孩子,我吓吓他就能让他闭嘴。"她若有所思地看信。"为什么每次史塔克家的人扭到脚指头都来怪我?这是葛雷乔伊干的,与我无关。"

"我们就祈祷凯特琳夫人会这么想吧。"

她瞪大眼睛,"她不会——"

"——杀死詹姆?怎么不会?如果乔佛里和托曼被杀,你怎么做?"

"珊莎还在我手里!"太后宣告。

"在我们手里,"他纠正,"我们得好好看紧她。好啦,你答应我的晚餐在哪儿,亲爱的姐姐?"

不可否认,瑟曦准备了一桌美味食物。他们从奶油栗子汤、脆皮热面包和拌苹果与松子的菜蔬沙拉开始。接着是鳗鱼派、蜜汁火腿、黄油胡萝卜、白豆培根,还有塞满蘑菇和牡蛎的烤天鹅。提利昂极为恭谦,每道菜都把最好的部分奉给姐姐,并只等她吃过后,自己才开动。他不是真认为她会下毒,但小心一点没坏处。

他看得出,史塔克家的消息令她心情烦乱。"苦桥那边还没消息?"她焦虑地问,一边用匕首叉起一块苹果,优雅地小口咬着吃。

"没有。"

"我从不信任小指头。只要对方出价够高,他转眼间就会改换门庭。"

"史坦尼斯·拜拉席恩是个一本正经的家伙,收买之道他一窍不通,反过来对培提尔这样的人而言,他也不是个合格的主君。战争造就了不少怪诞组合,但不管怎么说,让这两人睡一张床?不可能。"

他切下几片火腿,她道:"我们该感谢坦妲伯爵夫人的猪。"

"爱的信物?"

"是贿赂。她请求返回自己的城堡——向你我二人同时请求。我想她是怕你在半路拦截,像对盖尔斯伯爵干的那样。"

"她也想带王座继承人一起逃走?"提利昂先为姐姐奉上一片火腿,再给自己一片。"把人留住,她若缺乏安全感,正好将史铎克渥斯堡的驻军都召来都城,有多少召多少。"

"真这么缺人,你干吗还把你的野人派走?"一丝恼怒渗入瑟曦的声调。

"这是利用他们的最佳方式,"他坦诚相告,"他们虽凶猛,毕竟不是士兵。在正规战斗中,纪律比勇气重要。他们在御林里为我们带来的好处,远超过留在城墙上能派的用场。"

享用天鹅肉时,太后问起"鹿角民"的阴谋,对此她似乎恼怒甚于担忧。"为何有这么多人谋反?兰尼斯特家到底哪里得罪了这些卑鄙的家伙?"

"一点也没有,"提利昂道,"但他们想站在胜利者一边……所以当了叛徒,也成了傻瓜。"

"你确定把他们统统挖出来了?"

"瓦里斯很确定。"天鹅肉太油腻,不合他口味。

瑟曦白皙的额头上皱起一波纹路,恰好在那对漂亮碧眼之间。"你太信赖那太监了。"

"他很好地为我服务。"

"他让你如此相信而已。你以为他只向你一人偷偷倾诉秘密?他对我们每个人都这么干,刚好足以让我们认为没有他就不行。这套把戏，从我嫁给劳勃的那天开始，他就对我玩，多年以来，让我以为他是我在朝中最真诚的朋友，但现在……"她朝他的脸审视片刻。"他说你想把猎狗从乔佛里身边遣开。"

该死的瓦里斯。"我有更重要的任务交给克里冈。"

"没什么比国王的生命更重要。"

"国王的生命没有危险，小乔身边有咱们英勇的奥斯蒙爵士和马林·特兰爵士。"他们别无他用。"我需要巴隆·史文和猎狗统率突击队，以确保史坦尼斯无法在黑水河北岸立足。"

"詹姆会亲自率军出击。"

"从奔流城?好伟大的出击。"

"小乔还是个孩子，得保证他绝对安全。"

"他是个急切想参战的孩子，难得有这么懂事的时候。我不会把他放在激战场合，但必须让大家看见他。人们会为一个与他们风雨同舟的国王奋战，却不会拥护一个躲在母亲裙下的君主。"

"他才十三岁呀！提利昂。"

"还记得十三岁时的詹姆吗?如果你想他成为父亲的儿子，就得让他扮演该扮演的角色。小乔穿的是世上最好的盔甲，身边始终有十二名金袍卫士护卫。况且只要都城有一丝一毫陷落的迹象，我会即刻派人护送他回红堡。"

他以为这样能打消她的疑虑，想不到那双碧眼里却毫无喜色。"都城会陷落?"

"不会。"如果当真陷落，那就祈祷我们能坚守红堡，好让父亲大人发兵解围吧。

"你对我撒过谎，提利昂。"

"都是善意的谎言，亲爱的姐姐。我和你一样希望彼此和睦友好，为此，我已决定释放盖尔斯伯爵，"他留着盖尔斯就是为了示好，"你想召回柏洛斯·布劳恩也行。"

太后抿紧嘴巴。"柏洛斯爵士烂在罗斯比也无所谓,"她道,"但托曼——"

"——也得留下。杰斯林伯爵的保护比盖尔斯伯爵要周全许多。"

仆人们撤下几乎没动的天鹅。瑟曦招呼上甜点。"希望你喜欢黑莓甜饼。"

"甜饼我都喜欢。"

"噢,这点我很久以前就了解。你知道瓦里斯为何这么危险?"

"玩猜谜游戏?我不知道。"

"因为他没有那话儿。"

"你也没有。"这不就是你最深恶痛绝的吗,瑟曦?

"或许我也算个危险人物,但你呢?你跟其他男人一样,大傻瓜一个,一半时间是用两腿之间那条软虫在思考。"

提利昂舔舔手指上的碎屑,他不喜欢姐姐的微笑。"是的,此刻我的软虫在想,也许该告辞了。"

"你不舒服吗,老弟?"她倾身向前,漂亮的胸脯正对着他。"怎么突然紧张起来了?"

"紧张?"提利昂朝门口瞥了一眼,外面似乎有响动,他开始后悔孤身一人前来了。"我只是奇怪,你以前对我的那话儿从不感兴趣。"

"我感兴趣的当然不是你的那话儿,而是它插进去的地方。我不像你,凡事都依靠太监,我有自己的渠道挖掘情报……尤其是挖掘那些别人不想让我知道的事。"

"你想说什么?"

"很简单——我搞到了你的小妓女。"

提利昂伸手去拿酒杯,以换取一点收拾思绪的时间。"我以为男人更合你口味。"

"你真是个小丑，告诉我，你有没有跟这一位结婚啊？"见他不答，她哈哈大笑，"那父亲就放心了。"

他肚里好似装满鳗鱼。她如何找到雪伊？瓦里斯出卖了他？还是那晚他冲动地直奔宅邸，使得所有的警惕防范统统白费？"我选谁来暖床，关你什么事？"

"兰尼斯特有债必还，"她说。"自你来到君临的第一天起，就处处跟我作对。你卖掉弥赛菈，偷走托曼，现在还想加害小乔，对不对？你想害死他，然后以托曼之名号令天下。"

哎呀，早知道我就顺应波隆的暗示。"你这样做太蠢了，瑟曦，史坦尼斯不日即到，你需要我。"

"要你做甚？你会打仗？"

"没有我，波隆的佣兵决不会战斗。"他撒谎。

"噢，他们会的。他们看上的是你的金子，不是你畸形的脑袋。但你别怕，他们不会失去你。非是我不想割你喉咙——我经常这么想——而是如果这么做，詹姆永远不会原谅我。"

"那么，那妓女呢？"他不愿称呼她的名字。假如能让她以为雪伊对我不重要，或许……

"只要我儿子们没事，她自会受到一定优待。不过，若出了什么岔子，小乔被杀，或托曼落入敌手，你的小婊子会死得很痛苦，惨到你无法想象。"

她居然真的相信我意图伤害自己的亲外甥！"你的儿子们很安全，"他疲倦地向她保证。"诸神在上，瑟曦，他们是我的骨肉啊！你把我当成了什么人？"

"无耻小人。"

提利昂凝视着酒杯底的沉淀。换作詹姆，会怎么做？多半会跳起来宰了这贱人，之后再考虑后果。可提利昂没有黄金宝剑，就算有也不会用。他喜欢哥哥的不顾一切、率意而为，但他要效法模仿的是父亲大人。岩石，我必须成为岩石，就像凯岩城，坚硬牢固，岿然不动。若经不住考验，只能证明我和杂耍戏班的怪物无异。"就我看来，她已被你杀了。"他说。

"你想见见她？我就知道。"瑟曦穿过房间，打开沉重的橡木门。"把我弟弟的妓女带进来。"

奥斯蒙爵士的弟弟奥斯尼和奥斯佛利活像一个豆荚蹦出来的豌豆，都是高个子，鹰钩鼻，黑头发，唇边挂着残酷的微笑。她被他俩悬架在中间，黝黑脸上那双深色眼睛瞪得又大又白，血从碎裂的嘴角淌下，透过撕裂的衣服，他看得见淤伤。她的双手被绳子绑着，他们还塞住她的嘴，让她无法说话。

"你说她会受到优待。"

"她反抗。"跟兄弟们不同，奥斯尼·凯特布莱克把胡子刮得干干净净，所以脸上的抓痕清晰可见。"这家伙的爪子利得跟影子山猫似的。"

"淤伤会很快愈合，"瑟曦不耐烦地说，"这婊子不会死，只要小乔没事。"

提利昂想朝她大笑。那会很痛快，非常非常痛快，但他要以大局为重。你输了，瑟曦，凯特布莱克兄弟比波隆认定的还蠢。他真想把这些说出来。

但他只盯着女孩的脸道："你保证战斗结束后放了她？"

"是的，只要你释放托曼。"

他站起身。"你就留着她吧，但必须确保她的安全。若这些畜生想打她的主意……那么，亲爱的姐姐，容我提醒你，天平可以往两边倾斜。"他的调子镇静平淡，显得事不关己；他寻求父亲的语气，并达到了目标。"她发生的任何事都会在托曼身上重演，包括殴打和强暴。"你把我想成怪物，我就来表演一番。

瑟曦有些不知所措,"你敢!"

提利昂逼自己缓缓作出一个冰冷的微笑,一碧一黑的眼睛嘲弄着她。"不敢?我会亲自动手。"

姐姐扬手朝他脸打来,但他抓住手腕,往后扳去,直到她尖叫出声。奥斯佛利上前营救。"再走一步,我就扭断她的胳膊,"侏儒警告,他停下来。"记不记得我叫你不准再动手,瑟曦?"他将她推倒在地,然后转向凯特布莱克兄弟。"给她松绑,把嘴里的东西拿掉。"

绳子绑得太紧,以至于隔断手上的血流,当血管恢复流通时,她疼得叫出声来。提利昂温柔地替她按摩手指,直到知觉恢复。"亲爱的,"他说,"你一定要勇敢。我很抱歉他们伤了你。"

"我知道你会来救我,大人。"

"我会的。"他承诺。于是爱拉雅雅弯腰亲吻他,碎裂的嘴唇在他前额留下一抹血渍。我受不起这个血吻,提利昂心想,若非为我,她决不会受伤。

他带着她的鲜血俯视太后。"我没喜欢过你,瑟曦,但你是我亲姐姐,因此我不肯伤害你。可你今天竟然走到这一步,令我再也不能容忍。我现在还不知该怎样做,但时间会给我答案。总有一天,当你自以为平安快活时,喜乐会在嘴里化成灰烬,到那时候,你将明白债已偿还。"父亲曾经教诲他:两军对垒时,只要一方出现瓦解逃逸的迹象,战斗就告结束。纵然对手还如之前那般阵容强盛,全副武装,但兵败如山倒,再也不能构成威胁。瑟曦正是如此。"滚出去!"这是她唯一能作的应答。"滚出我的视线!"

提利昂鞠了一躬。"那么,晚安。祝你好梦。"

回首相塔的路上,他脑中似有千军万马在踏步行进。我早该料到会有这一天,取道沙塔雅的衣柜迟早会导致这种后果。或许一直以来他只是不愿去想。爬楼梯让腿疼得厉害,他叫波德去拿一壶酒,然后费力地走进卧室。

雪伊跷脚坐在遮罩床上,一丝不挂,高耸的胸脯前有那条沉重的金链子,金手环环相扣。

提利昂没料到她会来。"你来做什么?"

她笑着抚摸链子。"我想用手摸摸乳房……可这些小金手好冷哦。"

一时之间,他实在说不出话。他要如何告诉她:另一个女人替她挨了打,假如乔佛里在战斗中遭遇不幸,还可能替她殉死呢?他用掌心擦去额上爱拉雅雅的鲜血。"洛丽丝小姐——"

"——睡着了。这头大母牛,睡觉是她的最爱。她一天到晚吃饱了睡,睡够了吃,有时吃着吃着就睡着。食物掉一床,而她在上面打滚,最后由我来给她清洗身体。"她扮个鬼脸。"她只不过被干了几次而已。"

"她母亲说她病了。"

"怀孕啦,就这么回事。"

他仔细扫视房间。房内和离开时一模一样。"你怎么进来的?密门在哪儿?"她耸耸肩。"瓦里斯大人让我戴上头罩。我看不到,除了……在某个地方,我从头罩下偷瞄了几眼,地板都是瓷砖,你明白吗,那种拼出图画的?"

"马赛克?"

雪伊点头。"有黑砖和红砖,我想它们拼出了一条龙。除此之外,我什么也没看清。我们先爬下楼梯,走了很长一段,弯来拐去,我都糊涂了。途中我们停下来,他打开一道铁门上的锁,进门时我摸了摸,门上似乎也有龙的图案。然后我们又爬上梯子,顶端是一条隧道。我不得不弯腰,瓦里斯大人则在爬行。"

提利昂绕着卧室走了一圈。墙上某个烛台看来有些松动,他踮起脚竭力去转它。它刮着石壁缓缓移动,上下颠倒之后,蜡烛头掉出来,而冰冷石地板上的草席没有任何变迁的迹象。"大人不想跟我上床?"雪伊问。

"马上就来。"提利昂打开衣橱,拨开衣服去推后面的壁板。妓院的故技也许会在城堡里重演……不对,木头坚固结实,纹丝不动。紧接着,窗边座位旁一块石头吸引了他的注意,但推拉戳刺都徒劳无功。最后他满腹沮丧郁闷地回到床上。

雪伊替他宽衣解带,搂住他的脖子。"你肩膀坚硬得跟岩石似的,"她喃喃道,"快,我想感觉你在我里面。"她的腿锁住他的腰,他却欲振无力。雪伊感到它变软了,于是滑到被单下,把它放进嘴里,却怎么也唤不起它。

过了一会儿,他制止她。"怎么了?"她问。全世界的甜蜜天真都写在她年轻的脸庞。

天真?傻瓜,她是个妓女,瑟曦说得没错,你用那话儿思考,傻瓜,大傻瓜!

"睡吧,亲爱的。"他摸摸她的秀发,劝道。雪伊听话入睡之后很久,提利昂自己还清醒地躺着,倾听她的呼吸,手指绕在她小小的乳房。

凯特琳

奔流城的大厅对两个孤苦晚餐的人而言，显得非常空寂。长影洒在墙上。一支火把悄无声息地熄灭，只余三支残留。凯特琳默默地坐着，瞪向面前的酒杯，唇边美酒无味而酸楚。布蕾妮坐在对面，两人之间，父亲的高位同厅堂里其他座位一般空旷无人。连仆人们也都离开，她准许他们去参加庆祝。

城堡的墙垒异常厚实，虽然如此，院子里人们的狂欢仍隐约可闻。戴斯蒙从酒窖里搬出二十桶酒，以供平民们庆祝艾德慕即将的凯旋和罗柏对峭岩城的征服。大家举起装满褐色啤酒的角杯，开怀痛饮。

我不能责备他们，凯特琳想，他们都不知情。就算他们知道，又与他们何干？他们根本不认识我的孩子，不曾提心吊胆地看着布兰攀爬，骄傲和揪心成为密不可分的孪生兄弟；不曾听过他的欢笑；不曾微笑着看待瑞肯努力模仿兄长们的举动。她看着面前的晚餐：培根裹鳟鱼，芫菁、红茴香和甜菜做的色拉，豌豆、洋葱和热面包。布蕾妮有条不紊地用餐，当吃饭是又一件有待完成的工作。我真是个乏味的女人，凯特琳心想，美酒和好肉提不起兴致，歌谣与欢笑让我陌生。我是悲伤与尘埃的怪物，胸中只有仇恨，从前心之所在的地方，而今是一片空荡。

另一位女人吃食的声音让她难以忍受。"布蕾妮，别只顾陪我，有心的话，参加庆祝去吧，喝角麦酒，随雷蒙德的琴声跳跳舞。"

"我不适合那个，夫人。"她用大手撕下一块黑面包，然后呆呆地望着面包块，似乎忘了这是什么。"如果是您的命令，我……"

凯特琳觉察到她的窘迫。"我只是觉得，你该找个比我好的伴儿。"

"就这样挺好。"她拿面包吸吸炸鳟鱼上的培根油。

"今早上又来了只鸟。"凯特琳不知自己为何开口。"学士立刻叫醒我。这是他的责任，却不体贴。一点也不体贴。"此事她不想告诉布蕾妮，此事只有她和韦曼学士知道，她打算保守秘密直到……直到……

直到何时啊?蠢女人，你以为把秘密留在心中，它就不再真实?你以为不提它，不告诉别人，它就只是一场梦，甚或连梦都不是，只是半梦半醒间的一场惊吓?噢，要真能那样，诸神可太仁慈了。

"关于君临的消息吗?"布蕾妮问。

"是就好了。鸟儿从赛文城飞来，由我的代理城主、罗德利克爵士亲手放出。"黑色的翅膀，黑色的消息。"他召集了能召集的一切力量，正向临冬城进军，将把城堡夺回来。"这一切是多么的无关紧要啊。"但他说……他写道……他告诉我，他……"

"夫人，他说什么?有您儿子们的消息吗?"

如此简单的问题，如此简单的答案。凯特琳试图作答，言语却哽在喉咙。"除了罗柏，我没有儿子了。"她竭力挤出这几个可怕的字眼，竟然没哭，不禁暗自庆幸。

布蕾妮惊骇地瞪着她。"夫人?"

"布兰和瑞肯企图逃跑，结果在橡树河边一座磨坊被抓。席恩·葛雷乔伊把他俩的头挂在临冬城城墙上。席恩·葛雷乔伊!这个打十岁起便和我家同桌吃饭的人!"我把话说出来了，诸神饶恕我，我说出来了，如今它变成了真实。

泪眼望去，布蕾妮的面孔一片模糊。只见她从桌子对面伸出手,但指头始终没有碰到凯特琳,似乎犹豫如此的触碰不受欢迎,"我……不知该怎么说,夫人。我的好夫人。您的儿子们,他们……他们现在与诸神同在。"

"是吗?"凯特琳尖刻地说,"什么样的神灵允许这种事发生?瑞肯还是个小婴孩,为何就难逃一死?而布兰……当我离开北境时,他自坠楼后还没睁开过眼睛。我在他醒来之前离去,如今再也不能回到他身边,再也听不到他的欢笑。"她张开手掌,让布蕾妮看看她的手指。"这些伤疤……布兰昏迷不醒时,他们派来杀手,想乘机割他喉咙。布兰差点就没了命,我也会和他一起死,幸亏他的狼撕开来人的喉咙,救了他一命。"她顿了一会儿。"想必席恩连狼也杀了,一定是的,否则……我知道只要那些狼一息尚存,我的儿子就很安全,正如灰风之于罗柏……可我的女儿们都没有狼了。"

突然的话题转换让布蕾妮有些迷惑。"您的女儿们……"

"从三岁起,珊莎便是个小淑女,随时随地都有礼貌,讨人欢心。她最爱听骑士们的英勇故事。大家都说她长得像我,其实她长大后会比我当年漂亮许多,你见了她就明白。我常遣开她的侍女,亲自为她梳头。她的头发是枣红色,比我的浅,浓密而柔软……红色的发丝如火炬的光芒,像铜板一样闪亮。"

"而艾莉亚呢,呵呵……奈德的客人们若未经通报径直骑进中庭,总把她当成马房小弟。不得不承认,艾莉亚是个棘手的孩子,一半是男孩,一半是小狼。你越不准她做什么,她就越是想到了心坎里。她继承了奈德的长脸,一头褐发乱得跟鸟窝似的。我费尽心机想让她成为淑女,却一事无成。别的女孩收集玩偶娃娃,她收集的却是一身伤疤,说话又总不经思考,冲口而出。我想她已经死了。"这话贸然出口,好似巨人在挤压她的胸膛。"布蕾妮,我希望他们统统死去。首先是席恩·葛雷乔伊,接着是詹姆·兰尼斯特、瑟曦和小恶魔,每个人……每个人都死去,一个不留。而我的女儿，我的女儿……"

"太后……她也有个小女儿，"布蕾妮笨拙地说。"她也有儿子，和您的儿子们年纪相仿。当她听到这消息，或许……或许会同情您，然后……"

"把我的女儿平平安安送回来？"凯特琳哀伤地笑了。"这只是你甜美单纯的想法啊，我的孩子。我也这么希望……但那不会发生。如今只能靠罗柏去为他的弟弟们报仇，但愿寒冰也像烈火一般致命。你知道吗？从前奈德的佩剑就叫寒冰，那是瓦雷利亚钢剑，其上有千道螺旋的波纹，锋利得让我不敢触碰。罗柏的剑与寒冰相比就如棍棒似的，恐怕要他去砍葛雷乔伊的头不太容易。史塔克家是没有刽子手的，奈德常说，判人死刑者必须亲自动手，杀戮是他的责任，但他从未从中获得喜乐。但我会的，噢，我会的！"她看着手上的刀疤，五指开开阖阖，最后缓缓抬眼。"我给他也送了壶葡萄酒。"

"葡萄酒？"布蕾妮不知所云。"给罗柏？还是给……席恩·葛雷乔伊？"

"给弑君者。"这伎俩在克里奥·佛雷那里奏了效。我希望你也口渴难耐，詹姆，我希望你的喉咙又干又燥。"我希望你陪我一起去。"

"一切听您吩咐，夫人。"

"好。"凯特琳突然起身，"留在这里，好好用餐。晚些时候我会来找你，大约午夜时分。"

"这么晚，夫人？"

"地牢没有窗户，昼夜毫无分别，反正对于我，所有时刻都和午夜无异。"说罢凯特琳步出大厅，脚步声空洞地回响。她朝主堡顶霍斯特公爵的病房登去，一路只听外面众人呼喊："徒利万岁！""干杯！为少年英雄的公爵大人干杯！"我父亲还没死，她

只想朝他们吼。我儿子虽死了,但我父亲还活着,你们真该死,他还是你们的公爵大人。

霍斯特公爵睡得很沉。"他刚喝下一杯安眠酒,夫人,"韦曼学士道,"用来制止疼痛。现在他并不知道您来了。"

"没关系。"凯特琳说。看着父亲的样子,与其说是活着,不如说他已死,然而相比我那两个苦命的爱子,他又是实实在在地活着。

"夫人,我能为您做点什么吗?或许,您也要一帖安眠药?"

"谢谢你,师傅,我什么都不要。我不会以睡眠来逃避悲伤,那样对布兰和瑞肯不公平。你离开吧,去参加庆祝吧,我想和父亲独处一会儿。"

"如您所愿,夫人。"韦曼一鞠躬,然后离开了她。

霍斯特公爵躺在床上,嘴巴张开,呼吸微如口哨,仿佛叹息。他的一只手垂在床边,枯瘦苍白,血肉无存,然而当凯特琳触碰上去,仍能感觉温暖。她把自己的手指穿过父亲的手指,紧紧握拢。不管我握得多紧,都不能留住他,她悲伤地想,就让他去吧。但她不愿松手。

"爸爸,我找不到人倾诉,"她告诉他,"我祈祷,但诸神不愿回应。"她轻柔地吻着他的手。肌肤还很温暖,苍白透明的皮肤下,蓝色的脉络盘根错节,一如远方的江河。门外大江滚滚东流,红叉河和腾石河交汇在一起,奔腾不息,但父亲手掌里的河流却做不到这样,不久便将干涸殆尽。"昨晚,我梦见咱们从海疆城回家的情景,就我和莱莎在半途迷路那次,您可还记得?一阵奇特的浓雾包围过来,咱俩落到队伍后面。举目四望,一片灰蒙,打马鼻子往前,一尺都看不清。我们找不到大道。树木的枝干像长长瘦瘦的手臂,围住我们,搔抓我们。莱莎哭了,我喊了半天,声音却被浓雾吸收。只有培提尔知道我们在哪儿,他一个人回来,找到了我们……"

"这一次，没有人会来找我，对不对？这一次，我必须自己寻找自己的路，这好难啊，真的好难。"

"我一直牢记史塔克家的族语。凛冬将至，爸爸，对您来说是如此，对我来说也是如此。如今罗柏不但要对抗兰尼斯特，还得用同样的劲头对阵葛雷乔伊，可这又为了什么？为一顶金冠和一张铁椅子？毋庸置疑，这片土地已经血流成河了啊。我想要女儿们回家；我想要罗柏放下刀剑，去瓦德·佛雷那边挑选一位朴实无华的姑娘，生儿育女，快乐幸福地生活下去；我想要布兰和瑞肯回来；我想要……"凯特琳耷拉下头。"我想要。"她重复着这个词，这个词须臾便随风而去。

良久之后，蜡烛闪烁，终归熄灭。月光从窄窗间的缝隙流泻而进，在父亲脸上留下斑驳的银色花斑。她听着他吃力地呼吸所发出的轻弱低语，听着永无休止的湍激波涛，听着院里飘来竖琴弹奏的微弱的情爱歌谣，伤感而又甜蜜。"我爱上一位艳如秋阳的佳人，"雷蒙德唱道，"落霞洒在她的发梢……"

歌声已止，凯特琳却没有察觉。一个又一个时辰转眼即过，但布蕾妮敲门之前仿佛一切只是微不足道的一瞬。"夫人，"她轻声宣告，"午夜已至。"

午夜已至，爸爸，她心想，我必须去履行我的责任。她放开他的手。

狱卒是个鬼鬼祟祟的矮子，鼻上满是破损的脉络。进门时，此人正趴在一大杯麦酒和吃剩的鸽子派旁边，看样子醉得不轻。他眯起眼睛，怀疑地打量她们。"请您原谅，夫人，艾德慕老爷有令在先，除非持有他的印信授权状，任何人均不得探望弑君者。"

"艾德慕老爷？莫非我父亲死了，而我还不知情？"

狱卒舔舔嘴唇。"没有，夫人，当然没有。"

"那好，你要么打开牢门，要么和我一起去霍斯特老爷的书房，当面解释你凭什么拒绝我。"

他垂下眼睛。"一切照夫人吩咐。"他的镶钉皮腰带上挂了一大串钥匙，他咕咕噜噜找了半天，才拿出开启弑君者牢门的那把。

"回去喝你的酒吧。"她命令。一盏油灯挂在低矮天花板的钩上，凯特琳把它取下，点燃火焰。"布蕾妮，别让任何人打扰我。"

布蕾妮点点头，手按剑柄圆头，在牢门外站定。"夫人需要我时，出声便行。"

凯特琳用肩膀顶开厚重的铁木门扉，踱进一片污秽的黑暗中。这里可算是奔流城的"肚肠"，也和肚肠的味道一样难闻。许久未换的稻草散落一地，踩上去沙沙作响。墙上有一块块硝石补丁，看不出颜色。透过石壁，传来腾石河水微弱的脉动，在昏黄的灯光下，一边墙脚有一只装溢粪便的提桶，另一边则有个缩成一团的形体。酒壶放在门边，根本没动。看来这次要开动脑筋。庆幸的是那个狱卒没有多嘴贪杯。

詹姆抬起一只胳膊遮脸，手腕上的铁镣叮当作响。"史塔克夫人，"他太久没说话，嗓子有些嘶哑。"我这样子，恐怕不能招待您呢。"

"看着我，爵士。"

"光线刺痛了眼睛。您乐意的话，请稍等一会儿。"自那晚在呓语森林被俘以来，詹姆·兰尼斯特便连刮面也不被允许，那张和太后如此神似的面容而今被蓬松的胡须所覆盖。灯光下，长须闪着金光，他看上去就像硕大的金黄猛狮，虽然被铐住，依然很雄伟。未梳洗的头发纠结垂肩，身上衣物业已破烂，面孔则苍白枯槁……但这位男子依然充满了力与美。

"你似乎不领我的情。"

"突来的慷慨让人怀疑。"

"想砍你脑袋轻而易举,我何必下毒?"

"服毒丧命可被认作自然死亡,脑袋却不会自动搬家。"他躺在地板,眯眼往上瞧,灵猫一般的碧眼逐渐适应了光线。"我该请您坐下,可惜您老弟忘了安排椅子。"

"我站着就好。"

"行吗?我得说,您的脸色糟透了。或许是灯光的缘故。"他戴着手铐脚镣,并互相连接,使得他无论是坐是站都很不舒适。脚镣还钉在了墙上。"我的手镯够沉吧?您还想再加点料吗?要不要我用它们来演奏呢?"

"全是你自作自受,"她提醒他,"我们让你以符合自己身份和地位的方式舒舒服服待在塔楼囚室,你却以逃跑来回报。"

"囚室就是囚室,虽然这里和凯岩城底下某些地方相比,还真算得上阳光明媚的花园。或许有一天,我让您去见识见识。"

如果他也会恐惧,至少隐藏得很好,凯特琳心想。"一个手脚被铐住的人应该客气一点,管好嘴巴,爵士。我到这儿不是来听你恐吓的。"

"不是?那您八成想和我出轨喽?难怪他们说寡妇难守空闺。虽然咱们御林铁卫发誓永不婚配,但只要您玉口一开,我还是会勉为其难。来,倒两杯酒,把裙服脱掉,看我有没有反应吧。"

凯特琳满心厌恶地俯瞰他。世上还能找到别的人像他这般美丽却又如此可鄙吗?"这番话若给我儿子听见,他非把你宰了不可。"

"除非他还让我戴着这些玩意儿。"詹姆·兰尼斯特把铁链弄得叮当响。"咱们都心知肚明,那小孩根本不敢和我战斗。"

"我儿虽年轻,但你若把他当做莽夫,那就大错特错……在我看来,当你统率大军时,为何来不及向他挑战呢?"

"算啦,古代的冬境之王也只会在妈咪裙子后面躲躲藏藏

吗?"

"我懒得跟你废话,爵士,此次来有事相询。"

"我干吗回答?"

"为保住小命。"

"您以为我怕死?"他似乎颇觉有趣。

"你会的。诸神有眼,你所犯下的滔天罪行将使你死后在七层地狱的最深渊永远受苦。"

"诸神在哪儿,凯特琳夫人?难道是那些您老公成天顶礼膜拜的树?我老姐摘他脑袋时,他们做什么去了?"詹姆咻咻笑道,"如果这世上真有神灵存在,为何还充满苦痛与不公?"

"因为有像你这样的人。"

"没人能像我。世上只有一个我。"

他疯了,除了狂妄自大和匹夫之勇外一无所有。我真是浪费时间。如果他身上曾有那么一点点荣誉的火花,也早已熄灭。"你实在不想说,那就算了。这壶酒你是喝下还是撒尿进去,爵士,我都无所谓。"

她伸手推门时他开了口,"史塔克夫人,"她转过身来,等待。"在这阴湿的鬼地方什么都生锈,"詹姆续道,"连人的礼貌也不例外。留下来吧,我能给您答案……如果您开得起价。"

他毫无廉耻。"俘虏没有讨价还价的权利。"

"噢,我很公道。您的狱卒只会说庸俗的谎话,还前后不一。前一天他说瑟曦给剥了皮,第二天又成了我父亲。好吧,您回答我的问题,我给您您要的答案。"

"真实的答案?"

"噢,您要真相?小心啊,夫人。提利昂常说大部分的人宁可否认事实,也不愿面对真相。"

"不管你说什么,我都有那份承担的坚强。"

"但愿如此,但愿如此。那好吧,您能不能发发善心……把酒给我,我喉咙干着呢。"

凯特琳将灯挂在门边,把杯子和酒壶拿过来。詹姆先把酒在嘴里漱了漱才咽下去。"又酸又烈,"他说,"不过算啦。"他背靠墙壁,膝盖提到胸前,盯着她看。"凯特琳夫人,您的第一个问题是?"

不知这场游戏要持续多久,她没有时间可以浪费。"你是乔佛里的爹吗?"

"知道答案又何必问。"

"我要听你亲口说。"

他耸耸肩。"乔佛里是我的种,瑟曦所有子女都是我的。"

"你承认是你姐姐的情人?"

"我一直爱着老姐。您现在欠我两个问题。我的亲人可还安好?"

"据说史戴佛·兰尼斯特爵士战死在牛津。"

詹姆无动于衷。"老姐叫他呆瓜叔叔,真是实至名归。我只在乎瑟曦、提利昂和我父亲大人。"

"他们还活着,三个都活着。"但活不长的,诸神保佑。

詹姆继续喝酒。"下一个问题。"

凯特琳不知他敢不敢面对她的下一个问题,或只轻描淡写来句谎话。"我儿布兰如何会摔下去?"

"被我从窗边扔出去的。"

答得如此轻巧,竟让她半晌说不出话来。若是有刀,我立刻宰了他,她想着想着,直到想起了女儿们,于是竭力平息嗓音:"你可是骑士,发誓要保护弱者和无辜之人。"

"他弱是够弱,无辜却说不上。他在偷窥。"

"布兰决不会做这样的事。"

"那就怪您那些宝贝神灵吧，他们把这孩子领到窗边，看到了他不该看的事。"

"责怪神灵？"她难以置信，"是你亲手把他扔出去。你想让他死。"

铁镣轻响。"我把小孩从塔顶扔下当然不是让他锻炼身体。是的，我要他死。"

"但他没死，你知道你的危险更大，所以付给杀手一袋银币，以确保布兰不会苏醒。"

"我？"詹姆举起酒杯，灌下一大口。"我不否认我们谈论过这档子事，但您日夜陪在他身边，您家学士和艾德大人也时不时来探望，还有守卫，以及那些该死的冰原狼……要去的话大概得从半个临冬城的人马里杀出一条血路。何况我干吗操这份心？当时那小孩和死人有什么差别？"

"你不老实，谈话到此结束。"凯特琳摊开手掌，让他看看指头和掌心。"这就是那个想割布兰喉咙的人留下的。你敢发誓与此无关？"

"以我身为兰尼斯特的荣誉。"

"你兰尼斯特的荣誉比这个还不如。"她踢翻粪桶。肮脏难闻的褐泥散了一地，被稻草所吸收。

詹姆·兰尼斯特尽镣铐所能允许地远离污物。"是的，我打心眼儿里瞧不起什么狗屁荣誉，但我决不会雇人来替我杀人。信不信随您，史塔克夫人，倘若我要杀您的布兰，定会亲自动手。"

诸神慈悲，他说的是真话。"不是你派的，那就是你姐姐的安排。"

"若是那样，我一定会知道。瑟曦与我之间没有秘密。"

"那么是小恶魔的所为。"

"提利昂和您家布兰一样无辜啊。他长得虽也不高，却不会爬到别人窗边,窥来看去。"

"杀手为何带着他的匕首?"

"什么匕首?"

"这么长,"她边说边比,"样式普通,做工却很精细,刀刃是瓦雷利亚钢,把柄是龙骨。在乔佛里王子命名日庆典的比武大会上,你弟弟从贝里席伯爵那儿把它赢了过来。"

兰尼斯特倒酒,喝干,又倒一杯,然后盯着杯子瞧。"这酒似乎越喝越有味儿,起码我这样想象。听您形容,我似乎记得这把匕首。您说他赢过来的?怎么赢?"

"你挑战百花骑士时,他下注在你身上。"话一出口,她顿时明白出了问题。"不对……难道不是这么回事?"

"您说得没错,提利昂一贯支持我,"詹姆道,"可那天洛拉斯爵士却把我打落马下,真不走运,我太小看这小孩了。算啦,没关系。您瞧,我弟弟当天是输家……对,但是劳勃的确赢过一把匕首,晚宴时还拿它跟我炫耀呢。陛下就爱在我伤口上撒盐,尤其是喝得醉醺醺的时候。哎,他什么时候不醉呢?"穿越明月山脉途中,记得提利昂说过同样的话,当时她拒绝相信,因为就这事培提尔发过誓——那个可算她兄弟的培提尔,那个为了爱她、牵她的手不惜决斗的培提尔……然而詹姆和提利昂口径一致,这意味着什么?她简直不敢去想。这对兄弟自临冬城一别,一年多未谋面了啊。"你想骗我?"一定是陷阱。

"我连把您的宝贝小淘气掷出窗外都认了,何苦在一把匕首上遮遮掩掩?"他又灌了一杯酒。"信不信随您,我早不在乎别人怎么评价我了。现在轮到我问,劳勃那两个老弟出兵了吗?"

"是的。"

"瞧,多吝啬的回答,说详细点,否则您的下个答案也一样简略哟。"

"史坦尼斯正向君临进军，"她勉强开口。"蓝礼死了，被他哥哥在苦桥谋害，用的是某种我不明白的黑色技艺。"

"可惜，"詹姆道。"我挺欣赏蓝礼，至于史坦尼斯嘛，就完全是另一回事了。提利尔站哪边？"

"起初支持蓝礼。现在，我不清楚。"

"看来您家小子孤独得很。"

"罗柏前几天刚满十六岁……他现在是堂堂男子汉，更是位王者，战无不胜。据最新消息，他已拿下维斯特林家族的峭岩城。"

"他没跟我父亲正面交手，对不？"

"就算和他交锋，罗柏也能像击败你一样击败他。"

"啧啧，他不过乘我不备。这是懦夫的诡计。"

"你还有脸说诡计？你弟弟提利昂居然让恶棍扮成使者，打着和平的旗帜混进来！"

"倘若今天换成您儿子躺在这里，您想他的兄弟会怎么做？"

我儿没有兄弟了，她心想，但不愿在这个怪物面前流露痛苦。

詹姆喝下更多葡萄酒。"和自身的荣誉相较，兄弟的性命如何衡量，嗯？"他又吮一口。"总算提利昂够机灵，知道您儿子不会同意我付赎金。"

这点凯特琳无法否认。"罗柏的封臣们巴不得你死得越快越好，尤其是瑞卡德·卡史塔克。你在呓语森林害了他两个儿子。"

"那两个白色日芒徽的愣头青，对不？"詹姆耸耸肩。"说实话，我想宰了您儿子，扭转战局，不料其他家伙跑来挡道。我在战场上光明正大地击杀他们，何苦大惊小怪？换作别的骑士也一样会下手。"

"你怎么还能自称骑士？你背弃了发下的每句誓言！"

詹姆拿过酒壶又倒一杯。"是啊，好多好多誓言……他们让我一次又一次地发。捍卫国王。服从国王。保守国王的秘密。执行国王的命令。为国王献身。还有，服从你的父亲，爱护你的姐妹。守护无辜之人。保护弱者。敬重神灵。遵守律法……太多太多了。不管你怎么做，迟早不是犯了这条便是叛了那条。"他呷一口酒，闭目养神半晌，头枕在墙壁的硝石补丁上。"十五岁……我是有史以来最年轻的白袍骑士。"

"白袍所谓何在？你是最年轻的无耻叛徒，弑君者！"

"弑君者。"他一字一顿地复诵。"那是个什么样的国王啊！"他举起酒杯。"敬坦格利安家族的伊里斯二世，七国统治者和全境守护者！敬割开他喉咙的宝剑！您知道吗？那是柄黄金宝剑。剑上染了他的血，正是兰尼斯特的颜色，红与金。"

他笑的时候，她明白酒已生效，詹姆几乎喝完一壶，现在醉了。"只有像你这种人才会不以为耻反以为荣。"

"我说了，没人能像我。我问您，史塔克夫人——您的奈德到底有没有告诉您他老爸是怎么死的？有没有告诉您他老哥又是怎么死的？"

"他们当着父亲的面绞死布兰登，接着杀了瑞卡德公爵。"丑陋的故事，且过了十六年，他干吗现在提它？

"杀了，没错，怎么杀的？"

"多半是绳子或斧头吧。"

詹姆猛灌一口，揩揩嘴巴。"奈德一定不想让您听了难过，纵然不是处女，毕竟是他年轻貌美的新娘。好，您要真相，就问我吧，我们达成了协议，我不会拒绝您的问题。问吧。"

"死者已逝。"我不想探究。

"布兰登和他老弟完全是两种人，对不对？他血管里流的是热血，而非冰水，他像我。"

"布兰登和你一丁点儿都不像。"

"您这么以为就随您。别忘了，您和他本是一对。"

"他当时正赶来奔流城成婚,途中……"奇怪,这么多年之后,说起这件往事依旧让她口干舌燥。"……听到莱安娜的消息,便赶去君临。走得非常匆忙。"她记得口信传到奔流城时父亲多么暴跳如雷。充英雄的傻瓜,他如此称呼布兰登。

詹姆倒出最后半杯酒。"他只带几个伴当就急匆匆闯进红堡,大呼小叫要和雷加决斗,可惜王太子当时不在。伊里斯命御林铁卫以叛国和阴谋杀害王太子的罪名逮捕了他和他的随从,记得那几位也都是大贵族的子嗣。"

"伊森·葛洛佛是布兰登的侍从,"凯特琳道,"也是唯一一位幸存者。其他还包括乔佛里·梅利斯特,凯勒·罗伊斯,艾伯特·艾林——琼恩·艾林的外甥和继承人。"真是诡异,她竟还记得这些名字,这么多年了。"伊里斯用叛国罪指控他们,并挟以为质,召他们的父亲入宫受讯。结果人到君临,未经审判便遭处死,父子无一幸免。"

"其实当时有审判,只是形式不同。瑞卡德公爵要求比武审判,得到国王批准。那天史塔克披盔戴甲,全副武装,以为将面对一名御林铁卫——或许,他想遇到我——却被带到王座厅,吊在屋椽,伊里斯手下两名火术士在他下面升起火炉。国王告诉他:火是坦格利安家族的斗士。瑞卡德公爵要证明清白就必须……哈,不被烧着。"

"火焰熊熊之际,布兰登被带进来,双手铐在背后,脖箍一圈湿皮索,一端连在国王从泰洛西买来的某种装置上。他全身上下只有双脚自由,而他的剑,放在面前刚好够不着的地板上。"

"火术士们缓缓烧烤瑞卡德公爵,翻过来,又铺开,小心翼翼,让火苗均匀细致地烤。他的披风首先着火,接着是外衣,很快身上就只剩金属和灰烬。烹调会继续,伊里斯保证……除非儿子能拯救父亲。布兰登很努力,可越是用力,脖子上的绳索便箍得越紧,最后生生扼死了自己。"

"至于瑞卡德公爵,他的胸甲成了樱桃的红色,马刺上的黄金纷纷熔化,滴入火焰之中。当时我穿着白袍白甲,就站在铁王座下面,拼命用瑟曦填满脑子。事后,杰诺·海塔尔把我拉到一旁,告诉我:'你要记住,你发誓守护国王,而非评判其是非。'这便是白牛,鞠躬尽瘁直到最后一刻,是个比我好太多的大丈夫,大家都知道。"

"伊里斯……"凯特琳只觉胆汁涌到喉头。这故事如此可怕,她简直难以怀疑其真实性。"伊里斯疯了,举国上下人人皆知,你莫非要我相信你杀他就为给布兰登·史塔克报仇雪恨……"

"我没那个意思,史塔克对我来说根本无足轻重。我要说的是,这世上虽有一个人为我从未付出的善意爱着我,却有很多很多人因我最大的恩惠而辱骂我,对此我早已习以为常。在劳勃的加冕仪式上,我被迫和大学士派席尔、太监瓦里斯一起跪在他高贵的脚底,好让他在接受我的服务之前,先行'赦免'我的罪行。您那奈德呢,本该亲吻这双结果伊里斯的手,却非要轻蔑那张他来的时候替劳勃暖过位子的屁股。我只能说奈德·史塔克爱劳勃胜过爱自己的父兄……甚至超过了爱您的程度,夫人。他对劳勃无比忠实,对不对?"詹姆醉态可掬地笑了。"过来,史塔克夫人,你不觉得这一切太可笑了么?"

"有何可笑,弑君者?"

"又提这个名字。行了,不来算了,我终究不会干你的,小指头干了你的第一次,对不?我可不喜欢到别人盘里抢食吃。更何况,你还没我老姐一半可爱。"他的笑容戛然而止。"除了瑟曦,我这辈子没睡过别的女人。我有自己的行事之道,比您的奈德更诚实、更忠贞。可怜的死了的老奈德。我倒要问你,到底是谁把荣誉当狗屁?他生的杂种叫什么名字?"

凯特琳后退一步。"布蕾妮。"

"不对不对，不是这个名字。"詹姆·兰尼斯特举起酒壶倾倒，细流横贯脸庞，明亮宛如鲜血。"雪诺，这才是他的名字。好清白啊……就像我们朗诵那堆漂亮誓言时披上的漂亮披风一样。"

布蕾妮猛推开门，闪进牢内。"您叫我，夫人？"

"拿剑来！"凯特琳伸出手。

A SONG OF ICE AND FIRE

席恩

　　天空乌云密布，森林死寂阴沉。席恩亡命逃窜，树根攫住他的脚，枯枝抽打他的脸，在颊间留下猩红的细长血条。他浑然不觉，跌撞前行，撞碎无数林间的垂冰，只觉无法呼吸。*发发慈悲*，他啜泣。身后传来一阵雷霆般的怒嗥，让他血液凝固。*发发慈悲，发发慈悲*。他回头瞥去，他们来了，马一样大的狼长着小孩的头颅。啊，*发发慈悲，发发慈悲*。焦油一般墨黑的血从他们口中滴落，掉入雪地，溶出孔洞。他们越奔越近。席恩用尽全力奔跑，双腿却不听使唤。周围的树长了人脸，统统在嘲笑他，笑声与嚎叫交织一起，穷追不舍的野兽喷出炽热的呼吸，带着硫黄与腐败的恶臭，充斥他的鼻腔。他们死了，死了，我亲眼见他们死了，他想纵声高呼，我亲眼看见他们的头浸进焦油。他张开嘴巴，却只能发出断续的呻吟，接着什么东西撞上来，他急速躲避，呼叫……

　　……跌落之中慌忙抓住一直放在床边的匕首。幸亏预作准备，摔得并不严重。威克斯飞快闪开他。臭佬站在哑巴身后，高举的蜡烛映得脸庞闪闪发光。"干吗？"席恩叫道。*发发慈悲*。"你想干吗？你怎么在我卧室？你想干吗？"

　　"亲王殿下，"臭佬道，"令姐刚抵达临冬城。您吩咐过，她一到达立刻通知您。""真慢。"席恩咕哝着用手指梳理头发。他本已怀疑阿莎要任他自生自灭了。*发发慈悲*。他瞥瞥窗外，黎明的第一束朦胧曙光正扫过临冬城的塔楼。"她在哪儿？"

　　"罗伦把她和她手下带去大厅吃早餐。您现在就见她？"

　　"对。"席恩摔开毯子。炉火已成灰烬。"威克斯，打热水。"不能让阿莎瞧见他这副衣冠不整、浑身是汗的模样。长着孩子头的狼……他禁不住打战。"关窗！"卧室跟梦中的森林一般寒冷彻骨。

近来他所有的梦都奇寒无比，而且一个比一个恐怖。昨晚他又梦回磨坊，跪在地上给死人着装。他们四肢已近僵硬，当他用半冻僵的手指摸索行动时，尸体似乎在无声地抵抗。他为他们拉上裤子，系好裤带，把毛边皮靴套进僵直的脚，将镶钉皮带捆上他们的腰——那腰细得他双手就可握拢。"我不想这样做，"他边做边告诉他们，"但别无选择。"尸体没有回答，只是愈来愈冷，愈来愈沉。

前天晚上，梦见的却是磨坊主的老婆。席恩早把她的姓名抛诸脑后，但还记得她的身体，记得她柔软舒适的乳房和小腹上的胎记，记得交欢时她在他背上搔抓。前晚的梦中，他们再度共枕，但这次她的嘴唇和下体都生了利牙，撕开他的喉咙，咬断他的老二。这真是太疯狂了。他也亲眼见她死了。当时她向席恩哭喊慈悲，却被葛马一斧砍翻。走开，女人。杀你的人是他，不是我。他不也偿命了吗？幸好葛马没来梦中扰他。

直到威克斯端水进来，他才稍感心安。席恩洗去周身大汗和睡意，换上最好的服饰。阿莎让他等了个够——现在轮到她等。他挑选一条黑金条纹的绸缎上衣，一件银纽扣的上好皮背心……这才想起可恶的姐姐更看中刀剑而非华服，于是一边咒骂，一边脱下衣服，重新换装。这次他穿上粗糙的黑毛衣和锁甲，并在腰间捆好长剑和匕首——对那晚她在父亲桌前给予他的羞辱，他没齿难忘。哼，你的乳儿宝宝，有何得意？我也有刀，而且用得比你好。

最后，他戴上王冠。那是一圈细如手指的冷铁，上缀沉重的黑钻石和天然金块。手工有些误差，冠冕显得丑陋，但这是没办法的事。密肯已葬在临冬城的墓园，新铁匠只会钉钉子和打马蹄铁。这只是亲王的冠冕,席恩安慰自己,等当上国王,一定会做新的。

门外,臭佬、乌兹和科蒙一道候着他。席恩带上他们。这些日子来,他无论到哪儿都带着卫士,甚至上厕所都不例外。临冬城的人个个都要他死。从橡树河归来当晚,"严厉的"葛马就跌下楼梯,摔断了背。翌日,阿加莫名其妙地被割了喉咙。"红鼻"加尼紧张过度,以至于拒绝喝酒,连睡觉也是全副武装,裹着头巾和头盔,还把兽舍里最吵的狗带在身边,生怕有人趁他睡着偷偷接近。不过一切都是徒劳,某天清晨,全城被小狗狂野的吠叫声惊醒。他们发现小家伙疯了似的在水井边打转,红鼻漂在水中,咽了气。

他当然不能让谋杀肆无忌惮地继续,否则一切便全乱套了。法兰有最大的嫌疑,于是席恩亲自主持审判,定他的罪,判他死刑。然而这却带来意想不到的尴尬。当驯兽长跪下,把头伸进木桩时,说道:"艾德大人一定会亲自动手。"席恩不愿被看轻,只得亲自操斧。他满手是汗,下斩时斧柄滑脱掌握,第一击竟砍在法兰双肩之间。接下来,他又连劈三次,方才割断骨头和肌腱,把头颅与身躯分离。他只觉天旋地转,眩然欲呕。从前他们同席而坐,把酒言欢,畅谈猎狗和捕猎的往事历历在目。我别无选择啊,他想对尸体尖叫。铁种守不了秘,他们非死不可,其后总得有人为此负责。他愧疚的是没能让他死得干脆。奈德·史塔克砍人头颅从来只需利落一击。

法兰死后,谋杀便告终止,但他的手下却变得愈来愈紧张和阴郁。"大伙儿不怕上战场,"黑罗伦告诉他,"如今的问题是看不见摸不着,我们就居住敌人之中。谁也不知这里的仆妇是想亲你还是想杀你,谁也不知侍童给你满上的是美酒还是毒药。我建议赶紧撤离。"

"我是临冬城亲王!"席恩破口大骂,"这是我的地盘,谁也不能把我赶走,谁也不能!天王老子都不行!"

阿莎。这都是她的所为。我亲爱的姐姐，愿异鬼杀了她。她要我完蛋，才好名正言顺地成为父亲的继承人，所以一直慢慢吞吞，毫不理会他多次催促命令，任他在这里枯坐愁城。

此刻她坐在史塔克族长的高位上，用手指撕阉鸡。她部下正和席恩的人一起喝酒，分享往来故事，喧嚷弥漫整个大厅，以至于无人注意他的来临。"其他人呢？"他询问臭佬。长桌边的人不满五十，一大半还是他的。临冬城的厅堂足够容纳十倍于此的人数呢。

"全部人手都在这里，亲王殿下。"

"全部——她带来多少人？"

"据我计算二十个。"

席恩大踏步走向懒洋洋躺卧着的姐姐。阿莎本来正为手下的俏皮话哈哈大笑，看他逼近便即止住。"看哪，临冬城亲王登场喽。"她把手中骨头掷给大厅里嗅来闻去的狗们，鹰钩鼻下的大嘴扭出一个嘲弄的微笑。"还是傻瓜亲王到了？"

"好个吃飞醋的女人。"

阿莎咂咂指头的油脂，一缕黑发垂到两眼之间。她的手下闹着要面包和培根，人只有几个，发出的声音却很吵。"吃醋，席恩？"

"难道不是？只用三十个人，我一夜之间便拿下临冬城。你带一千精兵，却花了整整一个月才取得深林堡。"

"是啊，我比不上你，伟大的战士。可是，弟弟——"她一口喝下半角杯麦酒，用手背揩揩嘴。"——我方才瞧见你挂在城门上的人头。跟我说实话，谁的武艺比较高强啊，跛子呢还是婴儿？"

席恩只觉热血直往脸上冲。对这些头颅他感不到半分乐趣，把两具无头童尸展示在全城人面前更觉得万分揪心。当时，老奶妈静静地站着看，柔软无牙的嘴无声地张合。法兰则死命地朝他扑来，如他手下的猎狗一般咆哮狂吼，直到乌兹和卡德威用矛柄把他打得毫无知觉。他们为什么这么对我?他站在两具苍蝇密布的尸身前,百思不得其解。

只有鲁温师傅压住肝火走上前,这灰色的矮男子挺着石头样的表情,恳求席恩准许将孩子的头缝回身体,好让他们和其他史塔克族人一起安眠于地下墓窖之中。"不行,"席恩告诉他。"不能葬在墓窖。"

"为什么,大人?毫无疑问,他们现在妨碍不了你了。而他们生来便属于那里,那里有所有史塔克故人的遗骨——"

"我说不行。"他得把头颅挂在城墙,而两具无头躯体当天便连同华服一起烧成灰烬。之后,他跪在碎骨和灰烬之中找到融化的残银断玉——布兰的狼头胸针仅存的部分。他一直留着这个。

"我给了布兰和瑞肯优遇,"他告诉姐姐,"这是他们自作自受。"

"你自己不也一样,小弟弟。"

他的耐心到了尽头。"你只带来二十个人,要我怎么守住临冬城?"

"十个,"阿莎纠正,"剩下的得护送我回去。你总不会忍心让你亲爱的姐姐孤身一人在原始森林犯险吧,好弟弟?听说林子晚上有冰原狼出没哟。"她从宽大的石座位里挺身站起。"走,我们找个隐秘的地方私下谈谈。"

她是对的,席恩意识到,然而令他恼怒的是自己竟不得不听从她的决定。我根本不该来大厅,他后悔不迭,我本该召她来见我。

现在说什么都迟了。席恩别无选择,只得带阿莎到奈德·史塔克的书房。进屋之后,望着熄灭的炉火灰烬,他脱口而出:"达格摩在托伦方城吃了败仗——"

"不错,老骑士击溃了他安排的盾墙。"阿莎冷静地说,"你以为怎样?这个罗德利克爵士熟悉地形,裂颚则一无所知,很多北方人还骑马。铁种没有坚守面对铁甲马队的纪律。庆幸的是,达格摩还活着,他率领残部逃回了磐石海岸。"

她所知的比我多得多,席恩意识到,这让他更加愤懑。"胜利终于给了兰巴德·陶哈足够的勇气出城加入罗德利克的军队。我还得知曼德勒伯爵派出十几只驳船顺白刃河而上,满载骑士、步兵、战马和攻城机械。安柏家的部队也在末江对岸集结。月圆之前,我必须拥有一支军队来保卫城池,你却只给我十个人?"

"我一个人也不该给你。"

"我命令你——"

"父亲命令我占领深林堡。"她打断他,"没叫我救援我的小弟弟。"

"去你妈的深林堡,"他说,"不过是荒山上的木尿壶。临冬城才是北地的中心,可我没军队怎么守得住?"

"那是你夺城之前就该想好的事。噢,干得挺机灵,我祝贺你,但你也不过如此。你本该把城堡夷为平地,然后押两个小王子回派克作人质,你本可毕其功于一役,为我们赢得整个战争。"

"你巴不得我这样干,是不?你巴不得把我的猎物变成废墟和灰烬。"

"你的猎物会毁了你。海怪生于大海汪洋,席恩,难道说你这些年和狼崽待在一起已经忘得一干二净了?我们的力量在于我们的长船。我的木尿壶靠近海洋,因而能够接受补给,需要时也能获得援兵。临冬城呢,深入大陆几百里格,四周包围着森林、山丘和敌方的庄园与城堡。你别搞错,此地方圆千里之内都是你的敌人。是你亲手促成的——当你把那些头颅挂上城门楼的时候。"阿莎摇着头。"你他妈的怎么变成了这种蠢货?把孩子……"

"他们公然冒犯我!"他冲她大吼,"这也是血债血偿,你忘了艾德·史塔克是怎么害死罗德利克和马伦的吗?"这句话不经意间仓皇而出，席恩立刻明白父亲会接受这个缘由。"一命换一命，我已让我哥哥的魂魄得到安息。"

"我们的哥哥，"阿莎提醒他，似笑非笑的表情显示出她对复仇言论不屑一顾。"你把他们的魂魄从派克带来了么，弟弟？我还以为他们俩只去纠缠父亲呢。"

"含羞的少女哪里懂得男人复仇的欲望！"没错，即使父亲不赏识临冬城这份大礼，也会肯定席恩为哥哥们复仇的举动啊！

阿莎一笑置之。"你想过没，这罗德利克爵士此刻也有同样的欲望哟？算啦算啦，席恩，不管你是什么德行，毕竟算我的血亲骨肉，我是为着生出我们两人的母亲的缘故才来的。跟我回深林堡吧，趁现在还来得及，一把火烧掉临冬城，快快脱身。"

"不，"席恩整整头上的王冠。"城堡是我的，我要守住它。"

姐姐良久地注视他。"你要守就守吧，"她说，"下半辈子都守在这儿吧。"她叹口气。"我说你是个傻瓜呢，也罢，含羞的少女懂什么呢？"走到门边，她给了他最后一个嘲讽的微笑。"要知道，这是我见过最丑陋的王冠了。自己动手做的？"

她任他浑身发抖地站在原地，大摇大摆地走了，并果然在把马喂饱饮足后便撤离了临冬城。她如约留下半数部下，接着穿过布兰和瑞肯用来脱逃的猎人门绝尘而去。

席恩站在城墙上，目送他们离开。看着姐姐消失于狼林的薄雾中，怀疑从心底油然上升：自己为何不听她的话？不跟她一起去？

"她走了，是吧？"，臭佬就在身边。

席恩没听到他接近的响动，也没闻到他的气味，此刻最不想见的人就是他。这家伙知道得太多，听凭他晃来晃去真有些不自在。我怎不把他和其他人一起干掉？这念头让他焦虑。旁人容易被臭佬的外表迷惑，其实他能读会写，更狡猾过人，真不知他何时会出卖自己。

"亲王殿下，请容我多言两句：令姐抛弃您的举动实在令人寒心，这十个人，远远不够。"

"我很清楚。"席恩道。这不正是阿莎的目的？

"哎……或许我能帮您，"臭佬说，"给我一匹骏马，一包钱币，我去为您募集帮手。"

席恩眯起眼睛。"能募多少？"

"或许一百，或许两百。甚至更多。"他笑了，淡色的眼睛闪着光。"我是个土生土长的北方人，小有名气，有很多人会为我臭佬卖命。"

两百人算不上一支军队，但临冬城这么坚固的城堡也无需成千守卫，只要他们知道用长矛的哪一头去杀人，便足以扭转大局。"那好，你说到做到，我一定慷慨大方。说吧，事成之后，要什么奖赏？"

"这个嘛，殿下，自打跟随拉姆斯大人以来，我就没碰过女人。"臭佬说，"我盯上那个帕拉很久了，虽说她已被开苞，不过嘛……"

他已和臭佬走得太远，无法回头了。"带两百人回来，她就是你的。少了一个，我就让你去操猪。"

夕阳落山之际，臭佬出发了，带走一袋史塔克的银币和席恩最后的希望。聊胜于无，只怕我是再也见不着这滑头了，他苦涩地想，只是心里不肯放弃这最后一根稻草。

今晚他梦见的是劳勃国王抵达临冬城那天奈德·史塔克举行的欢迎宴会。洋溢歌声和欢笑的大厅，寒风在外呼啸。起初，席恩只是喝美酒、吃烤肉，边开玩笑边打量来往女仆，满心欢愉……突然发现整个厅堂暗下来，连音乐也不再悦耳，一阵不和谐的嘈杂之后，便是诡异的宁静，所有音符都停止。猛然间，嘴里的美酒变成苦味，他慌忙自杯间抬头，原来同席就餐的都是死人。

劳勃国王坐在正中，肚上有道大裂缝，内脏流上餐桌，无头的艾德公爵陪在他身边。下方的长凳上，尸体们坐得整整齐齐，互相举杯庆贺，灰褐色的腐肉从骨头上软泥似的脱落，蛆虫在空洞的眼眶里爬进爬出。他认得他们，认得每个人：乔里·凯索和胖汤姆，波瑟、凯恩和马房总管胡伦，这一大群人南下君临，却一去不返。密肯和柴尔并肩而坐，一个滴血，一个滴水。本福德·陶哈和他的野兔兵团几乎占据了一整个长桌。此外，磨坊主的老婆，法兰……甚至那个席恩为了拯救布兰而在狼林射杀的野人也在其中。

这里还有别的面孔，那些他从未目睹、只在石雕上见过的面孔。那位身材苗条，头戴碧蓝玫瑰花冠，身穿沾满血污的洁白裙服的姑娘，一脸哀伤，想必就是莱安娜。她哥哥布兰登站在她身旁，他们的父亲瑞卡德公爵则在她身后。墙边，影影绰绰的形体在黑暗中移动，苍白的身影有严酷的长面孔。看到他们，席恩只觉恐惧犹如尖刀刺穿全身。高耸的大门轰然撞开，冰冻的寒风灌进大厅。罗柏踏出暗夜，缓缓进逼；灰风双眼如炬，亦步亦趋。人和狼带了几十处重伤，浑身浴血。

席恩狂叫着醒来，把威克斯吓得魂飞魄散，光着身子逃出房间。不一会儿，卫兵们手执长剑冲进来，他命他们去找学士。当鲁温睡眼惺忪、衣冠不整地赶来时，席恩已灌下一杯葡萄酒，手止住了颤抖，开始为自己的惊慌失措而羞愧。"只是梦，"他喃喃道，"不过只是梦。什么也不代表。"

"什么也不代表。"鲁温严肃地同意，并留下一帖安眠药，席恩等他离开便将其倒进便池。鲁温是学士，可他也是人，没人喜欢他。不错，他想让我安睡，最好是……一睡不醒。他和阿莎有同样的渴望。

他召来凯拉，一脚踢上门，骑到她身上，用这辈子前所未有的狂暴狠狠操这婊子。他完事之后，她不住哭泣，颈子和乳房到处是淤伤和齿印。席恩推她下床，扔去一条毯子，"滚出去！"

但他还是睡不着。

黎明终于来了。他穿好衣服，踱出房门，爬上外城城墙。城垛之间，凛冽的秋风盘旋不休，吹得他脸颊发红，刺痛了他的眼睛。阳光从沉寂的树木之间滤过，下方的森林由灰而绿。向左，他望着高过内墙的塔楼，初升的太阳为它们镀上金色的冠冕。在一片绿海之中，鱼梁木那一撮红叶跃动着火焰的光辉。这是奈德·史塔克的树，他心想，这是史塔克的森林，史塔克的城堡，史塔克的宝剑，史塔克的神灵。这是他们的地盘，不是我的归宿。我是派克的葛雷乔伊，生来便应在盾牌上刻起海怪纹章，在辽阔的盐海中乘风破浪。我该跟阿莎一起离开。

城门楼的铁枪上，头颅无声地凝视。

席恩静静地回望他们，风用幽灵般的小手牵起他的披风。磨坊主人的孩子年纪和布兰、瑞肯相仿，连体形肤色都一样。当臭佬剥去他们的面皮，并将头颅浸过焦油之后，这些奇形怪状的腐败血肉便很容易被别人认作是王子的头颅。人就是这样的傻瓜。我说那是羊头，他们就能找出羊角。

珊莎

敌舰抵达的消息传到城堡之后，人们整个早上都在圣堂里唱诵。歌唱声和马匹的嘶鸣，钢铁的铿锵，巨大青铜城门的铰链声响混杂一起，奏出一曲怪异而骇人的音乐。圣堂里，他们为圣母的慈悲而歌唱，城头上，一片沉寂，人们无声地向战士祈祷。记得茉丹修女曾告诉她，战士和圣母是上帝的两种位态。假如上帝独一无二，他会优先听从哪边的祷告呢？

马林·特兰爵士为乔佛里牵住枣红骏马，助他骑上。男孩和马都穿着镀金锁甲和绯红瓷釉板甲，两套盔甲的头上装饰着匹配的金狮。淡淡的阳光照射在小乔的板甲上，一举一动都映出金色与红色的光芒。外表光鲜亮丽，里面却是空虚，珊莎心想。

小恶魔骑上一匹红色牡马，盔甲比国王的普通，这身装备让他看起来活像一个偷穿父亲衣服的小男孩，但盾牌下挂的战斧却不是小孩的玩意儿。曼登·穆尔爵士骑在他旁边，白甲明亮如冰。提利昂看到她，便掉转马头。"珊莎小姐，"他在马鞍上打招呼，"我姐姐一定邀请你跟其他贵妇人一起去梅葛楼了吧？"

"是的，大人，但乔佛里国王召我来替他送行。之后我还想去圣堂祈祷。"

"真不知你为谁祈祷。"他的嘴古怪地扭了一下——如果这是个微笑，就是她所见过最诡异的微笑。"今天是命运之日。对你、对兰尼斯特家都一样。现在想想，当初真该把你和托曼一起送走。话说回来，梅葛楼里应该还安全，只要——"

"珊莎！"孩子气的喊叫从庭院对面传来，乔佛里看见她了。

"珊莎,过来!"

他招呼我就像招呼狗,她心想。

"看来陛下需要你,"提利昂·兰尼斯特评论,"那我们战斗之后再谈——如果诸神允许的话。"

于是她穿过一队金袍长矛兵走上前,乔佛里不耐烦地打着手势。"听到大家的话么?快开战了!"

"愿诸神慈悲,怜悯我们大家。"

"需要慈悲的是我叔叔,但我一丁点儿都不会给他。"说罢乔佛里拔出剑。剑柄上的圆球是一枚切割成心形的红宝石,嵌在狮口中,剑身有三道深深的血槽。"这是我的新剑'噬心'。"

珊莎记得他曾有一把叫狮牙的剑,后来被艾莉亚抢去,丢进河里。但愿史坦尼斯也如此对待这把"噬心"!"它做工真漂亮,陛下。"

"快吻它,祝福我的剑。"他把剑伸到她面前。"快啊,吻它。"

他一直是个蠢男孩,此刻尤甚!珊莎用唇碰了碰那片金属,自我安慰不管亲多少把剑总比亲乔佛里强。她的动作似乎很令他满意,于是他夸张地还剑入鞘。"等我回来,我要你再吻它,到时候你会尝到我叔叔的鲜血。"

除非御林铁卫先替你把他杀掉。三名白袍骑士与乔佛里和他舅舅同行:马林爵士,曼登爵士,以及奥斯蒙·凯特布莱克爵士。"您会率领骑士冲杀敌人吗?"珊莎满怀希望地问。

"我也这么想,可小恶魔舅舅说史坦尼斯叔叔根本过不了河。没关系,我会亲自指挥'君临三妓',好好料理那些叛徒。"想到这里,乔佛里露出微笑。他肥厚的粉红嘴唇老是往上撅,珊莎以前好喜欢,现在看了却恶心。

"听人家说,我哥哥罗柏总往战况最激烈的地方去,"她不顾一切地说,"当然,他比陛下年长,已经成年了。"

他脸色一沉。"等我对付完叛徒叔叔,就去收拾你哥哥。我会用噬心剑掏出他的心,你等着瞧吧。"说罢他掉转马头,一踢马刺,朝城门奔去。马林爵士和奥斯蒙爵士跟随左右,金袍卫士四人一排列队行进,小恶魔和曼登·穆尔爵士殿后。红堡的卫兵齐声欢呼,送他们出发。等最后一人离开,一阵沉寂突然笼罩了庭院,好似暴风雨前的宁静。

歌声穿越沉寂,吸引着她。于是珊莎走向城堡的圣堂,身后,两个马夫、一个刚下哨的卫兵不约而同地跟上。其他人也纷纷聚拢过去。

珊莎没见过圣堂如此拥挤,也没见过它如此明亮:巨大的七彩光束透过水晶高窗斜射进来,四周燃满蜡烛,火焰如群星一般闪烁。不仅圣母和战士的祭坛沐浴在光辉中,铁匠、老妪、少女和天父的祭坛前也摆满蜡烛,甚至陌客那张似人非人的脸孔下也有若干焰火舞动……他们应该自救,史坦尼斯·拜拉席恩不就是来审判他们的陌客吗?珊莎依次参拜七座祭坛,分别点亮一根蜡烛,然后在长凳上找个位置,坐在一个枯瘦的洗衣老妇和一个年纪与瑞肯相仿的小男孩中间。男孩穿着精纺亚麻布外衣,看来是骑士之子。老妇的手瘦骨嶙峋,长满硬茧,男孩的手则又小又软,但握着它们让她心安。空气闷热凝重,映着水晶与烛光的照耀,混合着熏香和汗水的味道,令她头晕目眩。

这首正在吟唱的圣歌她是知道的;很久很久之前,在临冬城,母亲曾经教过她。于是她加入合唱:

温柔的圣母,慈悲的源泉,
保佑您的儿子穿越鏖战,

止住流矢，抵挡刀剑，
让他们看见美好的明天。
温柔的圣母，妇人的希望，
帮助您的女儿不受苦难，
平息怒火，驯服狂乱，
教导我们彼此宽容相待。

城市彼端，成千上万的人拥入维桑尼亚丘陵上的贝勒大圣堂。他们也在唱歌，声音溢出城外，越过河流，响彻云霄。诸神一定会听到我们的呼声，她心想。

大部分的圣歌珊莎都知道旋律，就算不会的，也尽量跟着一起唱。她跟头发斑白的老仆和忧心忡忡的少妇一起唱，跟女佣和士兵一起唱，跟厨师和司鹰一起唱，跟骑士和仆人一起唱、跟侍从、厨房小弟和奶妈们一起唱。她跟城墙之内与之外的人一起唱，跟整个城市一起唱。她为诸神的慈悲而唱，为生者与死人而唱，为布兰、瑞肯和罗柏而唱，为妹妹艾莉亚和远在长城的私生子哥哥琼恩·雪诺而唱。她为父母双亲而唱，为外公霍斯特公爵和舅舅艾德慕·徒利爵士而唱，为她的朋友珍妮·普尔、酒鬼老王劳勃、茉丹修女、唐托斯爵士、乔里·凯索和鲁温学士而唱。她为今天要战死的英勇骑士和果敢士兵而唱，为那些将悼念他们的孤儿和遗孀而唱，最后，到了末尾，她甚至为小恶魔提利昂和猎狗而唱。他不是真正的骑士，但他救了我，她告诉圣母。求求您，请您保佑他，并平息他胸中的怒火。

但等修士上台，呼唤诸神保佑他们真正的、高贵的国王时，珊莎站了起来。过道里全是人，她用尽全力才能挤过去，她一边用力，一边听见修士祈求铁匠赋予乔佛里的剑盾以神力，祈求战士赐他勇气，祈求天父在危急时刻保护他。愿他剑折盾破，珊莎冷冷地想，一边赶紧出门，愿他六神无主，为世人所唾弃。

除了几个在城门楼边巡逻的卫兵，整个城堡空寂无人。珊莎驻足聆听，听到远处战斗的声音，歌声几乎将它们盖过，但若仔细倾听，其实一直都在：战号的低吟，投石机的甩动和撞击，水花溅起，木头碎裂，燃烧的沥青桶噼啪作响，弩炮射出一码长的铁头箭……这一切之下，是活人濒死的呼号。

这是另一首歌，一首可怕的歌。珊莎拉起兜帽，掩住双耳，匆忙往梅葛楼赶去，太后保证大家在这座城中之城中很安全。她在吊桥边遇到坦妲伯爵夫人和她两个女儿。法丽丝昨天刚从史铎克渥斯堡带着一小队士兵赶到，此刻正好说歹说哄妹妹上桥，但洛丽丝死命扣住她的女仆，泣道："不要，不要，不要。"

"战斗开始了！"坦妲伯爵夫人颤声道。

"不要，不要。"

珊莎无法避开，只好礼貌地向她们致意。"我能帮忙吗？"

坦妲伯爵夫人羞红了脸。"不用了，小姐，谢谢你的好意。请原谅我女儿，她身体不太舒服。"

"不要。"洛丽丝紧抓着她的女仆。那是个苗条漂亮的女孩，短短的黑发，只是脸上的表情恨不得把女主人推进干涸的护城河，落到那些铁刺上。"求求你，求求你，不要。"

珊莎柔声对她道："我们在里面受到重重保护，还有东西吃，有饮料喝，有人弹奏乐曲哦。"

洛丽丝张大嘴巴瞪着她，那双呆滞的棕眼总湿乎乎含着泪。"不要。"

"你非去不可，"姐姐法丽丝尖刻地说，"好了，到此为止吧，雪伊，帮我一把。"她们一人架一个胳膊，半拖半抱地将洛丽丝带过吊桥。珊莎和作母亲的跟在后面。"她病了，"坦妲伯爵夫人说。怀孩子算生病么，珊莎心想，城里众人皆知，洛丽丝怀了孩子。

守门的两个卫兵戴着兰尼斯特的狮盔，身穿深红披风，但珊莎知道他们只是装扮起来的佣兵。还有一个坐在楼梯下——真正的卫兵应该挺直站哨，而不是坐在台阶，长戟横放膝头——好在他看到她们便站起来，开门领她们进去。

太后的舞厅不及城堡大厅的十分之一，也只有首相塔里小厅的一半大，但坐下一百人没问题。空间虽不大，布置却极典雅。每个火炬托架后都有磨平的大银镜，因此光亮成了两倍；墙上镂着精致的木雕，清香的灯芯草覆盖地板。楼座上飘来长笛和提琴轻快的旋律。南墙排列着一排拱窗，却被厚重的天鹅绒幔布遮掩，透不过一丝光线，也隔离了祈祷与战斗的声音。没有差别，珊莎心想，战争已与我们同在。

城里几乎所有贵族仕女都坐在长桌边，还有几位老先生和小男孩。这些女人是妻子，是女儿，是母亲，也是姐妹。她们的男人出发跟史坦尼斯公爵作战，多半一去不回。气氛凝重，人人悲哀。身为乔佛里的未婚妻，珊莎有一个尊贵的座位，就在太后右手。登上高台时，她看到那个站在后墙阴影里的男人。他身穿一件长长的、刚上油的黑锁甲，手握巨剑——那是父亲的"寒冰"！几乎跟他人一样高。剑尖着地，剑柄紧握在瘦长冷硬的指头中，双手交握。珊莎屏住呼吸，心提到嗓子眼。伊林·派恩似乎感觉到她的凝视，瘦长的麻子脸转过来。

"'他'在这儿干什么？"她问奥斯佛利·凯特布莱克，他是太后招募的红袍卫队的新队长。

奥斯佛利咧嘴一笑。"陛下认为今晚会用上他。"

伊林爵士是国王的刽子手，他只有一个用途。她要谁的脑袋？

"全体肃立，向全境守护者，摄政太后，兰尼斯特家族的瑟曦陛下致敬！"御前总管高唱。

瑟曦穿一件雪白的亚麻布裙服，白如御林铁卫的袍子，长长的拖袖露出金绸衬底，浓密的明黄鬈发披在裸露的肩头，纤细的脖子上挂一条钻石和祖母绿的项链。这身白衣让她有种奇特的纯真，除了脸上有些色斑，真的跟少女一样。

"请坐，"太后在高台上就位之后道，"欢迎各位光临。"奥斯佛利·凯特布莱克替她扶住椅子，一名侍童则为珊莎服务。"你看上去脸色不太好，珊莎，"瑟曦说，"初潮还在继续？"

"是的。"

"真是，男人在外面流血，你却在里面流。"太后示意上菜。

"伊林爵士为什么在这儿？"珊莎冲口而出。

太后瞥了一眼沉默的刽子手，"为惩办叛徒，必要时也保护我们。你知道吗？成为刽子手之前，他原本是个骑士。"她拿汤匙指指舞厅尽头，高大的木门已经紧闭，并上了闩。"当它被利斧劈开时，你就会庆幸他在这儿了。"

猎狗在这儿，我才会庆幸，珊莎想。桑铎·克里冈虽然粗暴，却很厉害，她坚信他不会让自己受到任何伤害。"是啊，还有您的卫兵呢，他们也在保护我们。"

"哼，你应该担心的是谁来保护我们不受这些卫兵的伤害！"太后横了奥斯佛利一眼。"上天入地，你找不到贞洁的妓女，也找不到忠诚的佣兵。如果战斗失利，我的卫兵会十万火急地扒下身上红袍，偷走能偷的东西，一走了之。这些仆人，洗衣妇，马夫……统统都一样，他们首先考虑的是自己那副毫无价值的臭皮囊。珊莎，你有没有一点概念，被洗劫的城市是什么样子？不，你什么都不知道，对不对？你对生活的认识全部来自于歌手，而没有一首歌会赞颂苦痛与不公。"

"真正的骑士会保护妇女和儿童。"她一边说，一边觉得这些话好空洞。

"真正的骑士。"太后似乎颇感有趣,"当然啰,你说得对。你干吗不当个乖女孩,好好喝你的汤,等着'星眼'赛米恩和龙骑士伊蒙王子来救你呢?亲爱的,不用怀疑,那个时刻就要到了。"

戴佛斯

　　黑水湾内波涛汹涌,浊浪滔天。

　　黑贝丝号随着满潮前进,变换无常的风将帆吹得咯啦作响。海灵号和玛瑞亚夫人号分居两侧,船与船的间隔不超过二十码。看来儿子们已学会保持战列,戴佛斯为此深感自豪。

　　隆隆的战号穿越海面,啸叫嘶哑深沉,犹如魔鬼的呼唤,船船相传。"收帆,"戴佛斯命令,"降桅。桨手就位。"儿子马索斯传令下去。船员们匆忙跑上岗位,推开舰上站立的士兵——每到此刻,他们总显得碍手碍脚——黑贝丝号的甲板一片忙碌。先前伊姆瑞爵士宣布入河后只准用桨,以免君临城上的弩炮和喷火弩发动攻击,引燃船帆。

　　戴佛斯往东南望去,凝视着怒火号的身影。她的船帆闪着金光,帆布纹饰了拜拉席恩家族的宝冠雄鹿。十六年前,史坦尼斯·拜拉席恩正是站在她的甲板上,率领舰队攻打龙石岛;这一次,他决定随陆军前进,将怒火号和舰队指挥权交给大舅子伊姆瑞爵士,此人在凤息堡下随艾利斯特伯爵与佛罗伦家族一起投效。

　　对怒火号,戴佛斯几乎跟自己的船一般熟悉。它有三百支桨,甲板两边布满弩炮,船头和船尾各放置一座投石机,用来投掷燃烧的沥青桶。她不仅令人望而生畏,而且十分敏捷迅速。然而伊姆瑞爵士却让她的甲板挤满装甲骑士和步兵,白白浪费了她的速度。

　　号声再度响起,怒火号上传出指令。戴佛斯感到消失的指尖一阵麻痒。"下桨,"他叫道,"成列。"一百片桨叶同时入水,桨官轰隆击鼓。鼓声犹如硕大而和缓的心跳,每敲一下,桨动一分,

百人一体，整齐划一。

海灵号和玛瑞亚夫人号也同时展开木翅膀，三舰速度一致，叶刃搅拌黑水。"减速。"戴佛斯高喊。瓦列利安大人银色船壳的坐舰潮头岛之荣光号已驶入海灵号左舷，到达预定位置，傲笑者号跟上来，但老妇人号才刚放桨入水，海马号更慢，降桅还没完成。戴佛斯朝船尾望去。果然，在后面，遥远的南边，剑鱼号一如既往地慢慢吞吞，拖在最后。她有两百支桨和全舰队最大的撞锤，但戴佛斯很怀疑船长的能力。

他听见士兵们隔海遥呼，彼此鼓励。自风息堡出发以来，他们一直闷在舱内，无所事事，早已迫不及待，渴望战斗，并且自信满怀，坚信胜利。在这点上，他们和舰队总司令伊姆瑞·佛罗伦爵士倒是一条心。

三天前，舰队在文德河口抛锚后，司令召集所有船长到怒火号上召开作战会议，以传达部署。戴佛斯和他的儿子们被安排在第二战列，暴露于危险的右翼。"荣誉的位置。"阿拉德叹道，非常满意有机会证明自己的英勇。"危险的位置。"父亲指出。儿子们报以同情的目光，连年轻的马利克亦然。洋葱骑士成了老朽妇人，他能听到他们的想法，父亲骨子里还是个走私者。

呵，至少后者不假，他也不为此遗憾。席渥斯是个荣耀的贵族姓氏，但在心底，他一直都是跳蚤窝的戴佛斯。如今他要回家了，回到这座山丘之上的城市。他对船只、帆桨和海岸的了解在七国上下出类拔萃，也曾在潮湿的甲板上刀刃见红、浴血搏杀，只是今天这种战斗让他觉得自己突然成了青春少女，既紧张又害怕。走私者是决不会吹响号角、升起战旗的。一旦嗅到危险的迹象，他们便会升帆起航，以比风还快的速度逃之夭夭。

倘若我是司令，决不会如此行动。首先，我会挑选数艘快船深入河道，仔细审察，刺探虚实，而非轻率地猛扑而进。他曾向伊姆瑞爵士提过这个建议，舰队总司令客气地道谢，眼神却不那么友好。这个出身微贱的懦夫是谁呀？那双眼睛在问，他就是那个用洋葱换来爵位的人吗？

由于船只总数足足是小鬼国王的四倍，伊姆瑞爵士认为小心谨慎或精巧谋划都不必要。他直接将舰队编成十道战列，各由二十艘战舰组成。头两列负责扫清河道，摧毁乔佛里的小舰队——伊姆瑞爵士和贵族船长们谈笑中称其为"小孩的玩具"。紧随其后的舰只首先将船上大批弓箭手和长矛兵登陆到城下，然后加入河上的战斗。最小和最慢的船放在后面，负责将史坦尼斯的主力部队自南岸运到北岸，他们的行动由萨拉多·桑恩的里斯舰队掩护。队伍末端的里斯舰队奉命留守海湾，以防兰尼斯特军将舰只隐藏在岸边，伺机偷袭舰队后方。

公正地讲，伊姆瑞爵士的激进并非毫无道理。自风息堡而来的航行途中，海风一直不善。起航当天，两艘小船在破船湾触礁沉没，糟糕的开始。随后在塔斯海峡又沉了一艘密尔战舰。进入喉道过程中，舰队遇风暴侵袭，队列溃散，有的船甚至被吹到狭海正中。等到达洋流较和缓的黑水湾，在马赛岬的岸脊遮蔽下重整完毕，整整十二条船不见踪影，更糟的是，他们耽误了太多时间。

史坦尼斯几天前就赶到了河边。风息堡和君临之间是笔直的国王大道，原本就比海路短捷，外加国王的部队几乎全数骑马：将近两万骑士、轻骑兵和自由骑手——蓝礼违心地留给兄长的遗产。他们虽已抵达，但重甲战马和十二尺长枪奈何不了黑水河的辽阔深水与君临城的石砌高墙。史坦尼斯带着诸侯部属在南岸扎营等候，想必沸腾着无奈的怒火，猜疑伊姆瑞爵士将他的舰队带往了何方。

两天前，通过美人鱼礁时，他们遇见五六艘小渔船。渔民们一见大船便分头逃窜，最后还是被一个个抓获，关进船舱。"一小匙胜利，大战前的开胃菜，"伊姆瑞爵士兴高采烈地宣布，"有助

于我们放开肚皮，打扫正餐。"戴佛斯只关心俘虏吐露的君临守备情况。侏儒似乎忙着修筑某种铁索以堵住河口，然而渔民们众说纷纭，弄不清障碍物是否完工。他暗暗希望有铁索横江，如果河道上不去，伊姆瑞爵士便别无选择，必须停下来，做好整顿。

海上众声喧嚣，充斥着吼叫、呼喊、号角、鼓声和笛子的颤音，还有成千的木桨起落击水的声响。"保持阵线。"戴佛斯喊道。一阵海风牵起他老旧的绿披风，他没穿铠甲，只罩了件皮背心，脚边搁着一顶圆盔。在海上，沉重的盔甲不但不能救人于水火，反而会断送性命，对此他坚信不疑。伊姆瑞爵士和其他出身高贵的船长却不这么看，他们在甲板上走来走去，身上的铠甲闪烁着光芒。

此时，老妇人号和海马号已就位，赛提加大人的红蟹号也即将就绪。阿拉德的玛瑞亚夫人号右舷是史坦尼斯从不幸的桑格拉斯伯爵手中夺来的三艘战舰：虔诚号，祈祷号和奉献号，它们甲板上排满弓箭手。连剑鱼号也已驶近，他/她帆桨并用，摇摇摆摆地在洋面挪动。一艘如此多桨的大船本可行得更快，戴佛斯不以为然地想。一定是撞锤的缘故，它实在太大，使它失去了平衡。

现下是南风，但由于舰队换帆用桨，所以行动没受什么影响。他们将跟着潮水长驱直入，但一旦入河，优势便会逆转，兰尼斯特军势必会好好利用河道激流，众所周知，黑水河入海处的水流又强又急。在黑水河里与他们交战真是蠢透了，戴佛斯心想。如果在大海中相遇，他们能从两翼合围，将敌军挤向中央，全部消灭。但在河上，伊姆瑞爵士的船再多再好都无用武之地，一次顶多摆开二十艘，唯恐桨叶交割，互相抵触。

战列之外，戴佛斯远眺耸立于伊耿高丘之上的红堡，黑色的建筑贴近柠檬色的天空，其下便是黑水河口。河对面，黑压压的全是人马，一见船队出现，骚动得像炸了窝的蚂蚁。史坦尼斯肯定没让他们闲着,而是着手建筑小筏,制造飞箭,虽然如此,等待也一定心焦。人群中喇叭吹响,微弱但刺耳,随即被千军万马的呐喊声所淹没。戴佛斯用残废的手指紧握装有指骨的小袋,默默祈祷好运降临。

怒火号主持第一战列,左右是史蒂芬公爵号和海鹿号,两者皆是两百桨的大船。第一战列的其他舰只分列两边,也都是百桨等级:哈拉夫人号、亮鱼号、欢笑君王号、海魔号、荣光角号、珍娜号、三叉戟号、快剑号、雷妮丝公主号、狗鼻号、王权号、信仰号、红鸦号、亚莉珊王后号、猫号、勇敢号和龙祸号,每艘船尾都飘扬着光之王的烈焰红心,红橙黄三色。戴佛斯和他儿子们所在的第二战列后还有一列百桨等级大船,这一列由骑士和贵族船长指挥。再往后,是船身小、速度慢的密尔船,每艘船桨不过八十。更远处的船还张着帆,她们是大型商船和笨重的货船。最后压阵的是萨拉多·桑恩的瓦雷利亚人号,一艘巨型的三百桨战舰,里斯战舰群聚在她周围,她们都有与众不同的彩绘船壳。浮华的"狭海亲王"对奉命殿后不太满意,很明显,伊姆瑞爵士和史坦尼斯一样不信任他。他抱怨得太多,老爱谈论人家欠他的黄金。话虽如此,戴佛斯却深感遗憾。萨拉多·桑恩是个足智多谋的老海盗,手下全是经验丰富的海员,在战斗中个个亡命,放作后卫实在浪费。

啊呜呜呜呜呜呜呜呜呜呜呜呜呜呜呜呜呜呜呜呜呜呜呜

透过汹涌的白沫和齐整的拍打,怒火号前甲板上传来指令:伊姆瑞爵士发出总攻信号。

啊呜呜呜呜呜呜呜呜呜呜呜呜呜呜呜呜呜,啊呜呜呜呜呜呜呜呜呜呜呜呜呜呜呜呜呜呜

剑鱼号终于加入战列,但帆还不及降下。"加速前进。"戴佛斯咆哮。鼓声加急,击桨的速度随即跟上,木叶在水面翻飞,嗨哟——噗咻,嗨哟——噗咻,嗨哟——噗咻。甲板上,步兵们以剑

击盾，弓箭手则飞快搭好弓弦，从腰上的箭袋里抽出羽箭。第一战列挡住了视野，戴佛斯只好在甲板上走来走去以便观察。迄今为止，他没发现铁索的痕迹，河口在面前无遮无拦地张开，好似要将他们尽数吞没。哦，除了……

在漫长的走私生涯里，戴佛斯常对人玩笑说他对君临的河滨比对自己的手背还要熟悉，这不难理解，他可没花半辈子在手背上潜进摸出。黑水河口两岸这两座新砌的石塔对伊姆瑞爵士而言或许毫无意义，但对他来说犹如手上多出两根指头一样。

他举手遮挡西洒的阳光，仔细眺望石塔。它们太小，藏不下多少守卫。北岸那座就建在红堡的悬崖下，与之相对的南岸石塔根基则在水中。他们在岸边挖了一道深沟，他立刻看出，如此一来，石塔便难以攻击：要么涉过深水，要么搭桥而行。史坦尼斯在塔下布置了十字弓兵，只要守卫在堡垒上露头，便能加以射杀。他所做的仅止于此。

塔底旋转咆哮的黑水里，某种事物闪闪发光。那是阳光在钢铁上的反射，戴佛斯一望便知。一条巨型铁索……然而并未升起，以阻止我们入河。这是为什么呢？

他正想仔细揣摩，不料时间不等人。前方战舰传来一阵呼喝，战号再度响起：敌人迎战了！

在王权号和信仰号飞速起落的桨叶之间，戴佛斯瞧见一列稀疏的舰船顺流而下，阳光闪烁在船壳金色的图绘上。对这些船只，他也像自己的船一般了若指掌。当走私者的时候，只要这些帆在地平线上一出现，他便知来船是快还是慢，知道船长是渴望荣誉的青年，还是垂暮之年的老人。由于他判断准确，所以每次都应付自如。

啊呜呜呜呜呜呜呜呜呜呜呜呜呜呜呜呜呜呜呜呜呜

"战号长鸣，'战斗速度，'"戴佛斯高喊。他听见左右两舷的戴尔和阿拉德也同时下令。战鼓狂暴敲打，船桨起起落落，黑贝丝号破浪而前。当他转头望向海灵号时，戴尔给父亲敬了个礼。剑鱼号再度掉队，被两侧小一号的船超过，除它之外，整条战列整齐得像道盾墙。

　　远处看来狭窄的河道，如今却辽阔得像无边的海洋，城市也在眼前愈变愈大。红堡雄踞于伊耿高丘，掌控河口要道。它有钢铁加固的工事、巨型的堡楼和厚实的红墙，好似蹲坐在河流与市街之上的凶残猛兽。堡下的悬崖多石而陡峭，点缀着苔藓与荆棘。舰队必须从城堡下经过，方能入港攻城。

　　第一战列已经入河，敌舰却开始逆流退却。看来他们想诱敌深入，使我军堵在一团，互相牵制，无法伸展队列，进行侧翼包围……别忘了后面还有那条铁索。他在甲板上来回踱步，伸长脖子想看清乔佛里的舰队。"小孩的玩具"包括笨重的神恩号，他认出来，还有陈旧迟缓的伊蒙王子号，丝绸夫人号和它的姐妹舰夫人之耻号、野风号、君临号、白鹿号、长枪号、海花号。可是，狮星号呢？劳勃国王为纪念他所深爱却又失落的少女而造的华美漂亮的莱安娜小姐号呢？劳勃国王之锤号呢？它不仅是王家舰队最大的战船，拥有四百支桨，更是小鬼国王手中唯一能与怒火号抗衡的舰只。照理说，应该由它居中组织防御才对。

　　戴佛斯嗅出陷阱的味道，却看不出敌人有任何埋伏或突袭的迹象，只见史坦尼斯·拜拉席恩庞大的舰队排成整齐的队形，一直连到天边。难道对方打算适时升起铁索，把我军一截为二？这样做好处何在？留在湾外的船照样可把人马运到北岸，虽然进度慢一点，倒更安全。

　　一群摇曳的橘红飞鸟从城堡上展翅俯冲，约有二三十只：这是燃烧的沥青罐，拖着长长的火尾呈抛物线射下河流。河水吞噬了

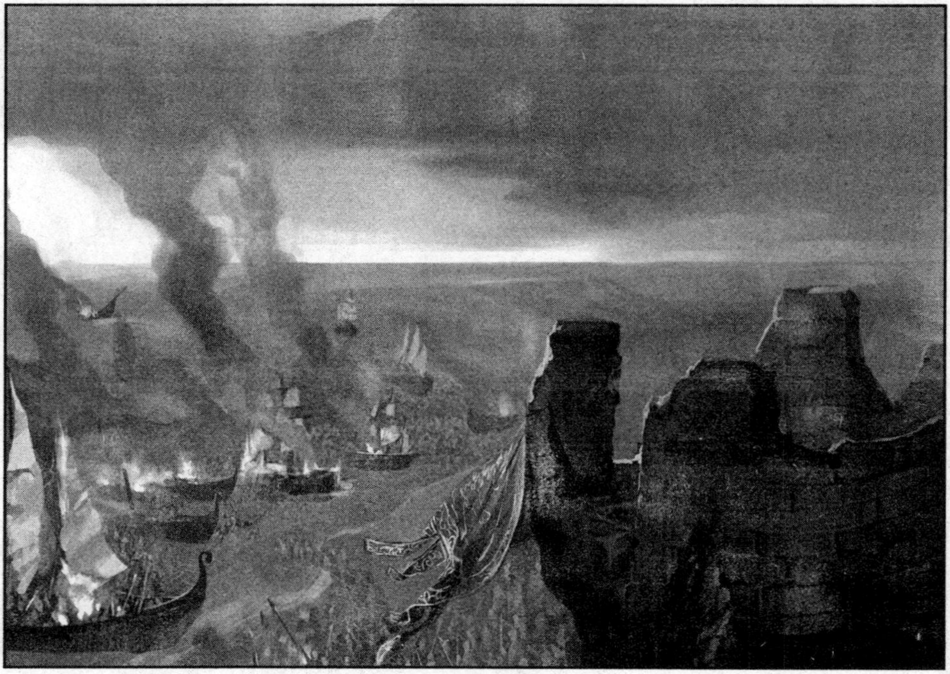

大半飞鸟，也有几只在第一战列船舰的甲板上着陆，炸开，散射火花。亚莉珊王后号上的步兵乱成一团，他还看见龙祸号三处冒烟，也难怪，她最靠近河岸。第二波攻击接踵而至，这次夹杂飞箭，弓箭手从石塔上无数的箭孔中发射。一名士兵翻过猫号的船舷，撞上桨叶，沉入水底。这是今天流的第一滴血，戴佛斯心想，却远远不是最后一滴。

红堡的城垛上高高飘扬着小鬼国王的旗帜：拜拉席恩家族的金底宝冠雄鹿旗，兰尼斯特家族的红底怒吼雄狮旗。沥青火罐不断掷下，勇敢号上焰火弥漫，士兵们尖声惨叫。此时此刻，船舷下的桨手有甲板遮蔽，倒十分安全，挤在上面的步兵却不太走运。正如他所担忧的，右翼被迫承受所有攻击。马上就轮到我们了，他提醒自己，心里忐忑不安。黑贝丝号和北岸间只隔了五艘战舰，正在火罐射程之内。右舷方向，有阿拉德的玛瑞亚夫人号，笨拙的剑鱼号——她现今落得太远，与其说是第二战列，其实更接近第三战列——以及虔诚号，祈祷号和奉献号，她们三个被放在如此危险的位置，真得希望船名所许的神灵赐福了。

第二战列通过双子塔时，戴佛斯抓紧时间仔细观察。只见塔底有个约莫人头大的洞，一条巨型铁链蜿蜒而出，水上只见三个环节，其余都在河底。石塔只有一扇门，且离地二十余尺。北塔顶上，十字弓手正拼命向祈祷号和奉献号发动攻击。奉献号甲板上的弓箭手予以还击，有人被射落，戴佛斯听见惨叫。

"船长阁下。"儿子马索斯来到身边。"请戴上头盔。"戴佛斯双手接过，笼在头上。这项圆盔除去了面甲，他痛恨视线被阻的滋味。

接着，沥青火罐如雨般在船边坠落。其中一罐在玛瑞亚夫人号的甲板上炸裂，阿拉德的船员迅速将火扑灭。左舷，潮头岛之荣光号吹响号角，桨手们拼命击桨，拍出无数水花。一支足有一码长的箭自城上弩炮射出,落在离马索斯不到两尺的地方,深深没入木制甲板,颤个不停。前方,第一战列和敌舰之间已进入弓箭射程,船船之间飞箭往来,好似嘶嘶怪叫的毒蛇。

黑水河南岸,戴佛斯看见士兵们正将粗制木筏拖入水中,大军整队,千旗飘扬。随处可见烈焰红心,渺小漆黑的雄鹿被禁锢在火焰之中,几乎无法辨认。我们理应在宝冠雄鹿旗下作战,他心想,雄鹿是劳勃国王的徽记,整个城市都会欣然接受。陌生的纹章只会引起反感。

看见烈焰红心,他不由得想起梅丽珊卓在风息堡底的阴霾中诞生的影子。至少今天我们在光天化日之下作战,用的是正派人的武器,他告诉自己。红袍女及她的黑暗子孙将与这场战斗毫无瓜葛。史坦尼斯已把她和他的私生侄儿艾德瑞克·风暴一起送回了龙石岛。之前,除后党人士发出微弱抗议外,他的船长和诸侯纷纷坚持不要女人加入这场光荣的战役。不过说归说,史坦尼斯本不打算理会,直到布莱斯·卡伦伯爵的一句话逆转了潮流:"陛下,若巫魔女还跟着咱们,将来人们便会把这场胜利称之为她的胜利,而不是您的。别人会说您靠她的符咒才赢得王冠。"在激烈的争论中,戴佛斯管住了嘴巴,但说心里话,他乐于见她被遣。对梅丽珊卓和她的真主,他只想避而远之。

右舷,奉献号朝河岸驶去,放出跳板,弓箭手随即乱哄哄地涉进浅滩,将弓高举,以保持弓弦干燥。他们冲进悬崖和河水之间狭窄的滩头。城上飞石如雨,跳跃砸落,其间还混杂有弓箭与长矛。然而角度太小,在峭壁的掩护下,这些武器作用不大。

祈祷号在上游二十多码的地方登陆,虔诚号则歪歪斜斜地朝河岸撞去。这时,守军出来了,他们冲下河岸,军马的铁蹄踏过浅滩,溅起水花。骑士们杀进弓箭手中,好似恶狼驱逐小鸡,大多数人还不及搭箭,便又被赶回船上,甚至落入河中。步兵连忙赶到,用长矛和战斧加以抵御,瞬间之后,整个场面便是血肉横飞。戴佛斯认出猎狗的狗头盔。他骑着骏马,通过跳板,杀上祈祷号,肩上的纯白披风迎风飘扬。不管是谁,只要近身,便被不由分说一斧砍翻。

过了城堡,在环形城墙之中,山丘上的君临跃入眼帘。河滨成了一片焦土,兰尼斯特把所有建筑付之一炬,并将各色人等都赶进烂泥门。烧焦的桅杆和沉没的船只堆积在河滩,使船只无法靠近长长的石码头。看来这里无法登陆。烂泥门后,三架巨型投石机露出头来。维桑尼亚丘陵顶,艳阳映在贝勒大圣堂的七座水晶高塔上,璀璨发光。

戴佛斯瞧不清前方的战斗,但能听见作战的声音。两艘战舰相撞,发出撕裂的巨响,他辨不出是哪两条船。顷刻之后,又一声巨大的碰撞回荡在水面,接着是第三声。在船木分解的刺耳尖啸中,他听见怒火号船头投石机深沉的咚——咚声。海鹿号将一艘乔佛里的船迎面劈成两半,狗鼻号却开始起火燃烧,亚莉珊女王号被丝绸夫人号和夫人之耻号夹在中间,动弹不得,她的船员正与登舰的敌人作殊死搏斗。

正前方,敌方君临号穿过信仰号和王权号之间的缝隙,猛扑而来。信仰号右舷的桨手在撞击之前及时收起船桨,但王权号左舷的桨却如火柴棍般被掠过的君临号全数撞断。"放箭。"戴佛斯命令,他的十字弓兵立刻掀起一阵致命的箭雨。他看见君临号的船长倒下,一时却想不起对方的名字。

岸上,巨型投石机的手臂一只、两只、三只,纷纷抬起。数以百计的石头爬上黄色的天空,每块都大如人头。它们坠落下来,或溅起巨大浪花,或击穿橡木甲板,把人活生生打成碎骨、肉泥和肝浆。第一战列的船已全部加入战团。爪钩穿梭,铁撞锤砸过木壳,士兵群聚登船。在流动的浓烟之中,只见箭矢遮天蔽日。人们纷纷死去……所幸到目前为止，他的部下尚无阵亡。

黑贝丝号逆流而上，桨官鼓声雷动，好似她正饥渴地寻找撞锤的第一个牺牲品。亚莉珊女王号已被两艘兰尼斯特战舰捕获，三船由爪钩和绳索连成一体。

"撞角速度！"戴佛斯高呼。

鼓点模糊，成了一片绵长、狂热、无休无止的锤打，黑贝丝起飞了，船首劈开水花，飞沫犹如乳奶。阿拉德发现了同样的机会，他的玛瑞亚夫人号与黑贝丝号并驾齐驱。此刻，第一战列已经散开，各自为战。三艘纠结的战舰就在前方，缠绕着缓缓旋转，甲板上血肉模糊，人们用斧剑互相挥砍。再转过去一点，戴佛斯·席渥斯向战士祷告，让她再转过去一点，把侧舷暴露出来。

战士定然听见了他的祷告。黑贝丝号和玛瑞亚夫人号几乎同时扎进夫人之耻号体内，把她从头到尾撞个稀烂，力道之猛，连隔着三条船的丝绸夫人号上的人也被抛入海中。相撞的刹那，戴佛斯的牙齿猛地闭合，差点咬断舌头。他吐出一口鲜血。下次记得闭紧嘴巴，你这蠢货。在海上讨了四十年生活，这还是他头一遭主动撞击别人的船。回头一看，船上的弓箭手正自由射击。

"后退。"他命令。黑贝丝号倒划船桨，河水迅猛灌进刚才砸出的大洞，夫人之耻号就这样在她面前支离破碎，成群的人落入河中。活人挣扎求生，死人寂默浮沉，而穿重板甲或锁子甲的人不论死活立刻沉入河底，不再动弹。即将淹死的人们的苦苦哀号，一直萦绕在他耳际。

一抹绿光闪过眼帘，飞向前面，落到左舷方向。霎时，一窝翡翠毒蛇嘶嘶叫着在亚莉珊女王号的船尾升起，翻腾，燃烧。恐怖的哭喊从前方传来："野火！"

他脸色大变。燃烧的沥青是一回事，野火的威胁则大不相同。这种邪恶的物质，几乎无法扑灭。哪怕只有一点火星，用斗篷闷，斗篷反而着火；用手掌拍，手掌反而燃烧。"尿在野火上，你那玩意儿就得烤焦。"这是老海员们的名言之一。伊姆瑞爵士已警告过他们可能会碰上这种炼金术士的邪恶物质。所幸世上活着的火术士寥寥无几，这种物质很快便会耗尽，伊姆瑞爵士向人们保证。

戴佛斯下达新指令：战舰掉头，一舷桨手往前划而另一舷往后划。玛瑞亚夫人号也在撤离，没有沾上火苗。烈火以他难以想象的速度吞噬了亚莉珊女王号，随即蔓延到她的捕获者。绿火缠身的人跳进水中，发出非人的惨嚎。君临城上，喷火弩射出死亡，烂泥门内，庞然的投石机掷下巨石。一颗公牛大小的岩石坠落在黑贝丝号和海灵号之间，激得双船摇晃不止，甲板上的人浑身皆湿。另一颗小不了多少的石头直接命中傲笑者号。这条瓦列利安家的战舰像一块从高塔上抛下的孩童玩具般爆炸分裂，溅起的碎片有手臂那么长。

在漫天的黑烟和绿火中，戴佛斯瞥见一群小船顺流而下：其中有渡船、划艇、驳轮、木筏、小帆船和船身腐烂得几乎无法漂浮的货船，混乱不堪。真是绝望的挣扎，凭这一堆浮木怎可扭转战局？只能挡道罢了。显而易见，敌军战线已无法重整。左翼，史蒂芬公爵号，珍娜号和快剑号突破了防守，冲向上游。右翼还在酣战，然而，我军中央部分却在投石机的巨石袭击下土崩瓦解，有的船掉头朝下游避去，有的船靠向左边，大家都在匆忙闪避无情的石雨。怒火号调转方向，企图用船尾投石机还击，不料射程不够，投出的沥青桶只砸在城墙上。王权号失去泰半船桨，信仰号被敌舰撞穿、开始下沉。他率领黑贝丝穿出两船之间，擦过瑟曦太后装饰华丽的镀金游艇——如今艇上满载士兵而非糖果蜜饯。这记碰撞将十几个敌人掀进河中，他们试图游泳，却成了黑贝丝号上弓箭手们的活靶子。

马索斯高声叫喊，警告左舷方向出现的危机：一艘兰尼斯特战舰正挺着撞锤,直扑而来。"右满舵!"戴佛斯大喝。他的部下用桨叶推开游艇,其他人则拼命划水掉头,让船首对准那不顾一切冲来的白鹿号。一时之间,他恐惧不已,生怕动作太慢,只剩被撞沉一途,幸而潮流及时帮助了黑贝丝号,当碰撞最终发生时,只是相互擦击,两船壳摩擦刮割,桨叶齐断。一块参差不齐的木板从头顶飞过,锋利如矛,戴佛斯不由得缩了一下。"登船!"他叫道。爪钩抛出。他抽出长剑,带头翻过栏杆。

白鹿号的船员迎上船舷与他们对峙,但黑贝丝号的步兵如一阵钢铁洪流扫荡过去。戴佛斯穿过混战的人群,寻找敌舰船长,此人却在他靠近之前丧命。他站在船长的尸体旁,突然被人从后用战斧偷袭,幸好头盔挡下这一击,脑袋只是嗡嗡作响,并未碎裂。他晕头转向,下意识地着地翻滚。偷袭者喊叫着发起冲锋。戴佛斯双手握剑往上,抢先刺入来人腹中。

手下一名船员扶他起立,"船长阁下,白鹿号已被我方夺取。"确实如此,戴佛斯抬眼四望。大多数敌人不是已死,便是奄奄一息,还有一些人投降。他摘下头盔,擦擦脸上的血迹,掉头返回自己的船,一路小心翼翼,人们流出的内脏肚肠使甲板黏滑无比。马索斯伸手扶他翻过栏杆。

接下来短短时间,黑贝丝号和白鹿号倒成了暴风雨中心的平静风眼。亚莉珊女王号和丝绸夫人号仍捆在一起,如一团绿色的地狱火,拖带夫人之耻号的残骸,漂向下游。一艘密尔战舰不幸撞上了它们,顷刻间也着了火。猫号正靠在迅速下沉的勇敢号边拯救人员。龙祸号的船长操纵坐船于两个码头间的缝隙处强行登陆,龙骨被撕得粉碎,船员和弓箭手、步兵一起蜂拥上岸,加入攻城队伍。红鸦号也被撞穿,正在缓缓倾斜。海鹿号同时与火势和敌兵搏斗,但她把烈焰红心旗插上了身边乔佛里的忠臣号。怒火号神气的船首被巨石打得不见踪影,正与神恩号接舷对战。他看见瓦列利安大人的潮头岛之荣光号撞开两艘兰尼斯特的快船，掀翻一艘，正向另一艘发射火箭。南岸，骑士们正领着战马陆续登上货船，许多小型战舰载满步兵，已开始渡河。他们格外谨慎地在半沉的船只和漂浮的野火之间挑选路径。史坦尼斯国王的全部舰队已驶入了河流，只有萨拉多·桑恩的里斯船还在湾内。很快我军将掌控整条黑水河。伊姆瑞爵士终于得到渴望的胜利，戴佛斯想，史坦尼斯终于能让军队跨过天堑，然而诸神在上，代价实在是……

"船长阁下！"马索斯碰碰他肩膀。

是剑鱼号。她的两行桨叶起起落落，但风帆始终没降下来。燃烧的沥青点燃索具，火势逐渐蔓延，爬过绳子，登上帆布，长成一个黄焰大瘤。她那笨重的撞锤，形塑成船名所指的鱼类的模样，歪歪斜斜地栽向前方水面。剑鱼号正前方，一艘小船缓缓飘来，在河中缓缓打转，形成一个诱人的目标。这是一艘兰尼斯特的废船，吃水很低，黏稠的绿血从舷板间的隙缝渗漏而出。

见此光景，戴佛斯·席渥斯的心脏停止了跳动。

"不，"他大喊，"不，不不不不不不——！"但在一片吼叫和撕杀声中，除了马索斯，没人听见他的话。至少剑鱼号的船长肯定没听见，他兴奋不已，手中笨拙的剑终于找到了合适目标。顷刻间，剑鱼号提升至战斗速度。戴佛斯抬起残废的手掌紧紧握住装指骨的皮袋。

碰撞、撕裂、分解，剑鱼号把腐朽的废船撞成纷飞的碎片。她像一个熟透的水果般爆裂开来，虽然没有一种水果能发出木头分裂的尖啸。伴随漫天的果肉，绿色的汁液从一千个罐子中流溢而出，好似垂死野兽的肚肠，闪耀绿芒，光彩夺目，在河面上散开……

"后退，"他咆哮，"快离开。赶快离开她，后退，后退！"绳索砍开，戴佛斯感觉到甲板移动，黑贝丝号快速脱离白鹿号，木桨重新入水。

接着,只听一声急促而尖利的低吠,好似什么人凑在耳边喘气。半晌之后,成了怒嚎。脚下的甲板消失不见,黑水扑击脸庞,灌进鼻子和嘴巴。他呛水,淹溺,不知身在何方。在无边的惊恐中,戴佛斯盲目挣扎,直到终于浮出水面。他吐出积水,深吸口气,抓住最近的木板,紧抱不放。

剑鱼号和废船消失不见,焦黑的残躯同他一起漂向下游,溺水的人们死死抓住散落水中的冒烟木板。河面上升起一个五十尺高的绿火恶魔,他旋转着,翩翩起舞。他有十几只手臂,每只都握着长鞭,鞭子一挥,那儿就起火燃烧。黑贝丝号烧了起来,两旁的白鹿号和忠臣号也一样。虔诚号、猫号、勇敢号、王权号、红鸦号、老妇人号、信仰号和怒火号全都烈焰冲天,连君临号和神恩号也未能幸免,恶魔不分敌我地狼吞虎咽。瓦列利安大人华丽的潮头岛之荣光号企图掉头,但恶魔懒洋洋地伸出一根绿手指,扫过她银色的船桨,把它们像蜡烛一样点燃。一时之间,她好似在用两排长长的明亮火炬击水划行,努力挣脱。

流水紧抱住他,裹挟着他,旋转漂流。他咬牙奋力游水,方才避免被一块漂过身边的野火残片触到。我儿子呢?戴佛斯想,但在这一片空前的喧嚣中,根本无法寻找。又一艘满载野火的废船在身后爆炸。整条黑水河似乎从河床开始沸腾,到处是燃烧的桅杆,燃烧的士兵,船只爆裂的碎末纷飞于空气之中。

这样下去,我将被冲进海湾。但不管怎样总比待在这儿强,只要能离开,就可想办法上岸。他是个货真价实的游泳好手,何况萨拉多·桑恩的舰队就在海口,伊姆瑞爵士命令他们留在湾内担任后卫……

这时,激流刚好把他的身子转了个方向,似乎要他仔细瞧瞧下游等待着的残酷命运。

铁索。诸神救我,他们把拦江铁索升起来了。

在河流汇入黑水湾的宽阔海口，铁链紧密地伸展，大约比水面高出两三尺。已有十几艘战舰撞上屏障，湍急的黑水正把其他船只牵引过去。几乎所有船都在燃烧，尚还完好的也无法幸免。透过铁索，戴佛斯看见萨拉多·桑恩舰队的彩绘船壳，但他知道自己永远也到不了那儿。一座由火红的钢铁、炽热的船木和旋转的绿火组成的长墙挡在他们之间。黑水河口成了地狱之门。

提利昂

　　他蹲在城垛上,如石像鬼般一动不动。烂泥门外,隔着曾为渔市和码头的废墟,河流上烈焰熊熊。史坦尼斯的舰队半数起火,乔佛里的绝大多数船只也在燃烧。野火的亲吻使神气的舰船化为葬礼的柴堆,把人变成活火炬。空中满是烟尘、箭矢和尖叫。

　　在下游的船长,不管出身高贵与否,都眼睁睁地看着木筏、驳轮和废船载着致命的绿色水果,顺着黑水河朝他们袭来。密尔舰船上长长的白色大桨像蜈蚣的脚一般疯狂摆动,奋力扭转方向,但无济于事。这些蜈蚣无路可逃。

　　城墙下燃起十几处大火,但沥青罐爆裂的威力与野火对比相形见绌,就好似燃烧的房子里点的蜡烛。它们那橙色和鲜红的光辉,在翡翠色的火祭大典前显得如此渺小。低矮的云层染上河流的颜色,深浅不一的绿覆盖天空。美得诡异,美得可怕,正如书中的龙焰。不知征服者伊耿在怒火燎原一役中凌空飞翔时,是否也有相同的感触。

　　热风掀起绯红披风,抽打到裸露的脸上,但他不想避开。他隐约意识到堡楼里的金袍卫士在欢呼,却无法出声加入。胜利只到手了一半。还不够。

　　又一艘塞满伊里斯国王的烂熟水果的驳轮被饥渴的火焰所吞没。一股翡翠色的喷泉从河面陡然升起,足有三四十尺高,爆炸的亮光使他不得不遮住眼睛。火焰在水面舞动,噼里啪啦,咝咝作响,盖过所有惨叫。河里成百上千满是人,要么被淹,要么着火,要么两者皆有。

你听见他们的惨叫吗，史坦尼斯？你看见他们在燃烧吗？这不仅出自我的计谋，更是由于你的愚蠢。提利昂知道，黑水河南岸沸腾的人群中，史坦尼斯正在观望。他没有哥哥劳勃对战斗的渴望，却有泰温·兰尼斯特公爵之风，习惯坐镇后方，指挥预备队。此刻他可能正在马背上，穿着明亮的甲胄，头戴王冠。那是顶赤金王冠，瓦里斯说过，边缘弄成火焰形状。

"我的船！"乔佛里在城墙过道上嘶哑地叫喊，他跟护卫们一齐挤在城垛后面，战盔上戴了一个代表国王身份的金环。"我的君临号烧起来了！还有瑟曦王后号和忠臣号。看，海花号也在燃烧，在那儿！"他用新剑戳指，绿焰舔食着海花号金色的船体，爬上船桨。船长紧急掉头逆流规避，却逃不过野火的毒手。

她注定难逃一劫，提利昂心知肚明。别无他法。若不主动邀战，史坦尼斯就不会上钩。箭可以瞄准，矛可以挪移，甚至投石机也可以调校，但野火有自己的意愿，一旦出手，非人力所能控制。"没办法，"他告诉外甥，"无论如何，我们的舰队总会完蛋。"

即便在城垛上——他身体太矮，看不到外面，因此让人把他托上去——也只能看见浓烟烈火和一片混战，无法分辨确实的状况，但他脑海里早已操练过千百遍。当史坦尼斯的旗舰一经过红堡下方，他便发出信号，敦促波隆抽打牛群，驱赶它们行动。铁索极其沉重，所以巨大的绞盘转动很慢，同时吱吱嘎嘎发出轰鸣。当闪光的金属透过水面时，叛军的整个舰队应该都过去了。巨链将一环接一环冒出，滴滴答答淌水，有些还沾有亮晶晶的烂泥，直到整个绷紧。史坦尼斯将他的舰队驶进黑水河，却别想再出去。

但是，有些船得以逃脱。水流难以捉摸，野火不如他希望的那么散布均匀。确实，主河道化为一片火海，但不少密尔舰艇逃向南岸，有希望全身而退，还有至少八艘船已在城下登陆。不管顺利登陆还是失事搁浅，结果都一样，他们把人弄到了岸上。更糟的是，在废船起火前,敌军最前两个战列的左翼已突破防御,到达上游。这样估算,史坦尼斯大概还剩三四十艘战舰,一旦他们重拾勇气,足以将整个军团运过河。

那恐怕得花上一点时间——就算再勇敢的人,看到数以千计的袍泽被野火吞噬,也会感到恐慌。哈林说这种物质烧起来非常炽热,血肉将像油脂一样融化。即便如此……

提利昂对自己的人不存幻想。只要势头不妙,他们将即刻崩溃,逃之夭夭,杰斯林·拜瓦特警告过,因此获胜的唯一办法就是确保战斗从头至尾一直占上风。

他看见焦黑的码头废墟中一片黑压压的人影。是再度突击的时候了,他想。军队踉跄上岸时最为脆弱,不能给敌人在北岸集结的时间。

他翻下城垛。"告诉杰斯林大人,河边有敌情,"他对拜瓦特派来的其中一位传令兵说,然后转向另一个,"替我向亚耐德爵士致意,并让他将'君临三妓'西转三十度。"虽不足封锁河面,至少能投得更远。

"母亲答应让我指挥'君临三妓'。"乔佛里说。提利昂恼火地发现国王又将面甲掀了起来。这孩子无疑在厚重的钢甲里闷得够呛……但此刻他最不愿看到的就是一支流矢戳进外甥的眼睛。

他"咣"一声拉下面甲。"别掀起来,陛下,您的安全对大家弥足珍贵。"你不想毁掉这张漂亮脸蛋吧。"如您所愿,'君临三妓'就由您指挥。"暂时还不要紧,往燃烧的舰船上扔东西没什么意义。先前,小乔已叫人把"鹿角民"们扒光衣服绑在下方广场,一个个头钉鹿角。当初御前审判,他发誓要把他们送还史坦尼斯。人没有巨石或沥青桶那么重,肯定投得更远,金袍子们还为此下注,争论那些叛徒会不会直接飞越黑水河。"速战速决,陛下,"他告诉乔佛里,"很快我们又需要投石机来扔石头。野火也有燃尽之时。"

乔佛里高高兴兴地快步离开,马林爵士随侍在旁,奥斯蒙爵士准备跟进时,提利昂扣住他手腕。"无论发生什么,保护他的安全,并让他待在那儿,明白?"

"遵命。"奥斯蒙爵士和蔼地微笑。

提利昂早警告过特兰和凯特布莱克,若国王有个万一,等待他们的是什么下场。除了他俩,还有十二名资深金袍子在阶梯下准备护送乔佛里。我尽全力保护你肮脏的杂种,瑟曦,他苦涩地想,你能同样对待爱拉雅雅吗?

小乔离开不久,一个传令兵气喘吁吁地登上阶梯。"大人,快!"他单膝跪地,"他们在比武场登陆了数百人!带着攻城锤往国王门去了。"

提利昂一边咒骂,一边高低不稳、摇摇晃晃地爬下阶梯。波德瑞克·派恩牵马等在下面。上马后,他二话不说,沿着临河道疾驰,波德和曼登·穆尔爵士拼力跟上。家家门户紧闭,房屋被绿影笼罩,路上人马皆无,提利昂早已下令清空街道,以便守军在各城门间快速调度。即使如此,赶到国王门时,已能听见木头受撞的轰鸣,无疑攻城锤投入了战斗。巨大的铰链吱嘎作响,好似垂死巨人的呻吟。门前广场布满伤兵,但马匹排了几列,其中不少并未带伤,幸存的佣兵和金袍子足以组成一支强大的队伍。"全体整队!"他大喊着跳下马。城门在又一波冲击下摇晃。"这里谁负责?他妈的给我冲出去!"

"不行。"城墙的阴影里冒出一个阴影。身穿烟灰色盔甲的大个子桑铎·克里冈双手扯下头盔,扔到地上。狰狞的狗头盔焦黑变形,右耳已被削掉。猎狗一只眼睛上方正在淌血,流过他旧时的灼伤疤痕,遮住半边脸。

"必须去!"提利昂直视对方。

克里冈呼吸粗浊,"去你妈的。"

一名佣兵走上前。"我们出击过,大人。一共打了三次,伤亡了一半。四处是席卷的野火,马嘶得像人,人叫得像马——"

"你以为我雇你们来参加比武大会?想来杯可口的冰牛奶,外加一碗果莓?啊哈?他妈的快给我上马!你也一样,猎狗。"

克里冈脸上的鲜血闪着红光,眼睛却是惨白。他缓缓拔出长剑。

他在害怕,提利昂震惊地意识到,猎狗在害怕!他转而解释紧迫的形势:"你竖起耳朵听一听,他们把攻城锤抬到了城门口,必须阻止他们——"

"把门打开,让他们进来,然后围起来杀掉。"猎狗将长剑插入地面,倚在剑柄上,身体摇摇晃晃。"我已经损失了一半部下,马匹也所剩不多,不能把整队人都葬送在烈火里。"

身穿釉彩白甲的曼登·穆尔爵士走到提利昂身边,打扮得洁白无瑕。"你必须执行御前首相的命令。"

"去你妈的御前首相,"猎狗半边脸黏糊糊的全是血,另外一半却比牛奶还苍白,"给我拿点喝的!"一名金袍子的军官递上一个杯子。克里冈喝了一口便即吐掉,反手把杯子摔出去。"水?操你妈的水!拿酒来!"

他不行了,提利昂只能面对现实,这伤,这火……他不行了,我得找别人带队。谁上?曼登爵士?他扫视众人,知道这行不通。克里冈的恐惧动摇了军心,若无人出面,人人都会怯阵,可曼登爵士……诚如詹姆所言,是个危险角色,却不能赢得人心。

远处又传来一声巨大的撞击。城墙上方,黑暗的天空泛着翡翠和橙色的光晕。城门能坚持多久?

真是疯了,他想,但发疯总比失败好。失败意味着死亡和耻辱。"很好,我来带领突击。"

若他以为如此便能令猎狗知耻而后勇,那就错了。克里冈只是哈哈大笑:"你?"

提利昂看到众人脸上的怀疑。"是的,我。曼登爵士,由你执掌国王的旗帜。波德,我的头盔。"男孩跑去执行命令。猎狗靠在那柄满是豁口、血迹斑斑的长剑上,睁大苍白的眼睛望着他。曼登爵士扶提利昂重新上马。"全体整队!"他高喊。

他的大红马戴着颈甲和护面,绯红丝幔罩住后半身,底衬一袭锁甲,高高的马鞍镀了金。波德瑞克·派恩递上头盔和盾牌,盾牌由橡木制成,以红色为底,装饰着金狮环绕金手的图案。他策马兜圈,看着场子里的人马。只有少数人响应,未过二十,他们坐在马上,苍白的眼睛与猎狗无异。他轻蔑地看着其他人,那些克里冈麾下的骑士和佣兵。"你们说我是个半人,"他道,"那你们这些'完人'比我多出了什么?"

这话大大羞辱了他们。有位骑士不戴头盔便上马加入,两个佣兵一声不吭地跟进。人越来越多。其间国王门又抖了一下。不一会儿,提利昂的队伍翻了一番。他用言语套住了他们。我上战场,你们就得跟上,否则就是自认不如侏儒。

"我不会高呼乔佛里万岁,"他告诉他们,"也不会高呼凯岩城万岁。史坦尼斯要洗劫的是你们的城市,要撞开的是你们的城门。跟我一起来,宰了这狗杂种!!"提利昂拔出战斧,拨转马头,朝突击口冲去。他认为他们跟了过来,却始终不敢回头。

珊莎

托架后的镜子反射着明亮的火炬为太后的舞厅注满银色的光辉,然而厅中仍有阴影。珊莎从伊林·派恩爵士的眼里看得到——他如磐石一样杵在后门,不吃不喝——从盖尔斯伯爵痛苦的咳嗽和奥斯尼·凯特布莱克的低语中听得出。奥斯尼不时溜进来向瑟曦报告消息。

他头一次从后门进来时,珊莎刚喝完汤。她瞥见他先和弟弟奥斯佛利说了些什么,接着才登上高台,跪在太后的高位边。他浑身马味,脸上有四条结痂的细长抓痕,头发披散,越过颈项,遮住双眼。尽管他话音很轻,珊莎还是忍不住去听。"我军已缠住敌舰队,有些弓箭手上了岸,但猎狗把他们冲得七零八落。太后陛下,您的弟弟正升起锁链,我听到他发出信号。有些跳蚤窝的醉汉想乘机打家劫舍,拜瓦特大人已派金袍卫士去处理。贝勒大圣堂挤满了人,大家都在祈祷。"

"我儿子呢?"

"国王陛下也去过大圣堂,以接受总主教的祝福。眼下他跟首相一起在城墙上,安抚守军,激励士气。"

瑟曦要侍童再拿一杯酒。这是青亭岛的上等金色葡萄酒,带果味的醇酿。太后喝了许多,愈喝愈是美丽。她脸颊绯红,俯视大厅的眼睛里有一种明亮而狂热的神色。一双燃烧着野火的眼睛,珊莎心想。

乐师们在演奏,杂耍艺人变戏法,月童踩着高跷在厅里摇摆走动,嘲笑在场每个人,而唐托斯爵士骑着扫帚马追逐年轻女仆。宾客们大声欢笑,却显得言不由衷,仿佛随时都能化为抽泣。他们人在这里,思绪和心灵却在城墙上。

肉汤之后上了苹果、坚果和葡萄干拌的沙拉。其他任何时候,这都是一道美味,但在今晚,所有食物都添加了名叫恐惧的调料。厅里没胃口的远不止珊莎一人。盖尔斯伯爵咳嗽的时间比吃的时间多,洛丽丝·史铎克渥斯驼背坐着发抖,蓝赛尔爵士手下一名骑士的新娘不可遏抑地哭泣起来。太后命法兰肯学士给她一杯安眠酒,安排她上床睡觉。"眼泪,"女子被带离大厅后,她不屑地对珊莎说,"正如我母亲大人常说的那样,是女人的武器。刀剑则属于男人。这说明了一切,不是吗?"

"但男人必须勇敢,"珊莎道,"要骑马出去面对刀斧,每个人都来杀你……"

"詹姆曾对我说,只有在战场和床上,他才能感觉自己的生命。"她举起酒杯,喝下一大口,面前的沙拉一点没碰。"我宁可面对亿万刀剑,也胜过无助地坐在这里,假装乐意跟这群受惊的母鸡为伴。"

"陛下,是您邀请她们来的。"

"这是当然,身为太后,就得做这种事。将来,你若跟乔佛里结婚,迟早也会明白这个道理。趁现在好好学一学吧。"太后打量坐满长凳的妻子、女儿和母亲们。"这些母鸡本身一钱不值,但和她们同群的公鸡是当下的关键,其中有些还会从战斗中生还,所以我必须为他们的女人提供保护。若我那可恶的侏儒弟弟侥幸成功,她们就会回到丈夫和父亲身边,宣传各种故事,说我如何勇敢、如何坚强、如何激励她们的士气。说我如何坚定不移,从无片刻疑虑。"

"要是城堡陷落呢?"

"你就希望那样,对不对?"瑟曦不等她否认,续道,"如果不被卫兵出卖，我或能在此坚守一时，等待史坦尼斯公爵到来，以登城向他请降，避免最糟的情形。但若他抵达之前，梅葛楼就告陷落，那样的话，我敢说在座诸位都得忍受一点强暴。非常时刻，虐待、奸淫和拷打是谁也管不了的。"

珊莎吓坏了。"这些都是女人啊！手无寸铁，又出身高贵。"

"出身会提供保护，"瑟曦承认，"但没你想象的那么多。虽然她们每个都值一大笔赎金，但经过疯狂的战斗后，士兵们对血肉娇躯往往比钱财更感兴趣。其实她们应该庆幸，有金子当盾牌总比什么都没有好。街上那些女人会受到更粗暴的对待，我们的女仆们也一样，像坦姐小姐的侍女这样的漂亮妞会被玩上一整夜。对了，亲爱的，千万不要以为年老色衰或天生丑陋的就会被放过，灌下几杯烈酒，瞎眼的洗衣妇和臭烘烘的猪圈小妹就跟你一样标致。"

"我？"

"别像只老鼠一样咋咋呼呼，珊莎。你已经是女人了，明白吗？你还是我长子的未婚妻。"太后啜一口酒。"城下换作别人，我还能试试去哄他，但这是史坦尼斯·拜拉席恩，我不如去哄他的马！"她注意到珊莎的表情，轻笑失声。"我吓到你了，亲爱的小姐？"她倾身靠近。"你这小傻瓜，眼泪并不是女人唯一的武器，你两腿之间还有一件，最好学会用它。一旦学成，自有男人主动为你使剑。两种剑都免费。"

珊莎正不知如何回答，两个凯特布莱克又走进厅里。这两个弟弟和奥斯蒙爵士一样，在城堡很得人缘，他们总是面带微笑，俏皮话信手拈来，不论跟骑士、侍从还是马夫、猎人都很合拍，而且最得女仆们的青睐。如今奥斯蒙爵士取代了桑铎·克里冈在乔佛里身边的位置，井边的洗衣妇们聊天时说他跟猎狗一样强壮，但更年轻，反应更快。要真这样，为什么在奥斯蒙爵士当上御林铁卫之前，她从没听过凯特布莱克这个姓呢？

奥斯尼满脸堆笑地跪在太后身边,"火船出动了,太后陛下,整条黑水河沐浴在野火中。一百艘船起火燃烧,或许还不止。"

"我儿子呢?"

"他在烂泥门,跟首相及御林铁卫们一起。陛下,他刚与堡楼上的士兵交谈,并教授他们一些操作十字弓的小技巧,这是真的,大家都认为他是个勇敢的男孩。"

"他要做的是当个活着的男孩。"瑟曦转向他的兄弟奥斯佛利,这一位比较高,也比较严肃,留着一圈茸拉的小黑胡子。"你呢?"

奥斯佛利长长的黑发上戴了一顶钢制半盔,表情阴郁,"陛下,"他平静地说,"小伙子们逮到一个马夫和两个女仆,他们偷了三匹国王的马,想溜出边门。"

"今晚的第一批叛徒,"太后说,"但不是最后一批。交给伊林爵士处置,把头插在枪上,挂在马厩外以儆效尤。"他们走后,她转向珊莎。"你想坐在我儿子身边的话,这又是一课。今晚这种时刻,倘若心慈手软,叛徒就会如雨后蘑菇一样冒出来。让臣民保持忠诚的唯一办法就是确保他们害怕你更胜敌人。"

"我会记住的,陛下。"珊莎说。她向来只听说,要让人民忠诚,爱比恐惧可靠。*我要当上王后,会让他们爱我。*

沙拉之后是蟹爪派,接着是装在空心面包盘里的韭菜胡萝卜烤羊肉。洛丽丝吃得太快,结果吐了出来,洒自己和姐姐一身。盖尔斯伯爵咳嗽了喝酒,喝酒了咳嗽,最后昏睡过去,脸趴进餐盘,手泡在一摊葡萄酒中。太后厌恶地瞪着他。"诸神一定是疯了才让男人的器官长在他这种人身上!我也一定是疯了才会把他救出来。"

奥斯佛利·凯特布莱克突然快步返回,红袍飘飘。"陛下,不少百姓在门外广场聚集,请求到城堡避难。他们不是暴民,而是富商匠人之流。"

"叫他们回家，"太后说，"若是不走，就用十字弓射杀几个。不许出击，任何情况下都不准开门。"

"遵命。"他鞠躬离去。

太后变得阴沉恼怒，"我真恨不得拿剑上战场！"她的声音开始含糊，"小时候，詹姆和我长得太像，连父亲大人也常分不清。有时为了恶作剧，我们会互换衣服，假扮对方一整天。可当詹姆得到他的第一把剑时，我却没有份。'那我呢?'记得当时自己问。我们如此相像，我永远无法理解为何彼此会受到迥异的对待。詹姆练习长剑、枪矛和钉头锤，我却学会微笑、唱歌和讨人欢喜。他成了凯岩城的继承人，我则像马一样被卖给陌生人。新主人想骑就骑，想打就打，若有了新的母马，就把我扔到一边。詹姆抽到一支荣耀和力量的上签，我抽到的则是生育和月经。"

"可您是七大王国的太后呀。"珊莎说。

"在刀剑面前，太后也不过是个女子而已。"

瑟曦一饮而尽，侍童忙过来添酒，但她将玻璃杯翻转，摇摇头。"够了，今晚我得保持清醒。"

最后一道菜是山羊奶酪加烤苹果，肉桂的香气满溢大厅。奥斯尼·凯特布莱克又一次匆忙进来跪在她们之间。"陛下，"他嗫嚅地说，"史坦尼斯的部队在比武场登陆，更多敌人正在渡河。烂泥门遭到攻击，他们还抬了一根攻城锤到国王门。小恶魔已带兵出击。"

"嗯，不错，这招会吓死他们，"太后淡淡地道，"他没带小乔去吧?"

"没有，陛下，国王由我哥保护，正在监督'君临三妓'把'鹿角民'往河里抛。"

"烂泥门不正遭到攻击?神经病，告诉奥斯蒙爵士，这太危险了，立刻撤离，护送国王回城！"

"小恶魔命令——"

"我的话才算数。"瑟曦眯起眼睛,"你老哥要么照办,要么就率下一拨突击队出击,连你也一起去。"

食物清走之后,众宾客纷纷请求去圣堂祈祷,瑟曦慈爱地一一批准。坦妲伯爵夫人和她的女儿们也在其中。一个歌手被带进来,为留下的人弹奏古竖琴,甜蜜的乐声填满大厅。他歌颂琼琪和佛罗理安,歌颂龙骑士伊蒙王子和他对兄嫂之爱,歌颂娜梅莉亚的万船横渡。歌谣虽然美丽,却又充满悲伤,让在场的女人忍不住落泪,珊莎的眼睛也渐渐湿润。

"很好,亲爱的,"太后再度倾身靠近,"抓紧时间练习流泪,会派上用场的,史坦尼斯国王就要到了。"

珊莎不安地动了动。"陛下?"

"噢,饶了我吧,省省这套装模作样的鬼把戏。战况若非绝望,是轮不到侏儒出战的。好了,你也摘下面具,我对你在神木林里那些小小的叛国行径可是了若指掌。"

"神木林?"别看唐托斯爵士,别看,别看,珊莎告诉自己,她不知道,没人知道,唐托斯向我保证过,我的佛罗理安不会让我失望。"我没有叛国,只是去祈祷。"

"哼,为史坦尼斯,还是为你哥哥?够了,你去找你父亲的神还有什么好事?无非就是祈祷我们失败。这不是叛国是什么?"

"我为乔佛里祈祷。"她紧张地坚持。

"为什么?为他对你的爱?"太后从经过的女侍手中拿过一壶甜李子酒,倒满珊莎的杯子。"喝,"她冷冷地下令,"但愿它给你勇气,迎接即将到来的事实。"

珊莎把杯子举到唇边,啜了一小口。酒甜得发腻,非常烈。

"你能做得更好,"瑟曦道,"干了它,珊莎,这是太后的命令。"珊莎差点噎着,但勉强喝完一杯,黏稠甜腻的酒下肚,脑袋开始晕眩。

"再来?"瑟曦问。

"我不行了。求求您。"

太后有些不悦,"好吧……我告诉你,之前你问到伊林爵士时,我撒了谎。想不想听实话,珊莎?想不想知道我叫他来的真正原因?"

她不敢回答,但无所谓,太后根本没理她,便举手招呼。先前珊莎没见伊林爵士回来,但他就那么突然出现了,大步从高台后的阴影里跨出,如猫一样安静,手提出鞘的寒冰。记得父亲每次取人性命后,都会去神木林里将这把剑洗干净,但伊林爵士没那么讲究,现在泛着涟漪的瓦雷利亚钢剑上沾有逐渐凝固的鲜血,红色蜕变为了褐色。"告诉珊莎小姐,我为何让你留在这里。"瑟曦命令。

伊林爵士张开嘴,发出一连串哽住的咯咯声,麻子脸上毫无表情。

"他说,他为我们而来,"太后道,"史坦尼斯也许能攻进都城,夺取王位,但我决不会接受他的审判。我不会让他擒住我们。"

"我们?"

"没错。所以我奉劝你更换祷词,珊莎,祈求另一个结局。我向你保证,兰尼斯特家族若是倒台,史塔克家也不会高兴。"她伸出手,轻轻地将珊莎的头发从脖子上拨开。

提利昂

头盔的眼缝限制了视线，提利昂只能看到正前方，但当他扭头，只见三艘战舰已靠在比武场，还有一艘大船，正在岸边用投石机抛射沥青火桶，以为掩护。

提利昂的人从突击口鱼贯而出。"楔形队列。"他指示。突击队组成矛头，由他担任矛尖。曼登·穆尔爵士在他右手，一身釉彩白甲映着火光，木讷的双眼依旧无神。他胯下战马炭黑，披一身护体白甲，御林铁卫的纯白盾牌绑在手臂。而在左手，提利昂吃惊地发现波德瑞克·派恩提剑跟随。"你太小，"他立即喝道，"回去！"

"我是您的侍从，大人。"

提利昂没时间争论。"那就跟着我，跟紧了！"语毕踢马出发。

大家骑得很近，膝盖抵膝盖，循高墙而行。曼登爵士高举乔佛里的旗帜，红金相间的战旗在风中飘荡，雄鹿与猛狮共舞。队伍绕过堡楼基部，行进速度逐步加快。箭矢从城上疾射而出，石块在头顶旋转翻飞，盲目地撞向地面和河流，粉碎钢铁与血肉。国王门就在前方，敌军蜂拥而上，奋力推动一根巨大的铁头黑橡木攻城锤。船上下来的弓箭手围在他们四周，只要城门楼边有人露面，即刻放箭去射。"长枪准备。"提利昂命令，同时开始冲刺。

地面潮湿滑溜，半是烂泥，半是血水。他的马在一具尸体上绊了一下，蹄子打滑，搅动烂泥，差一点令他在冲到敌人队伍之前便滚落马鞍，幸亏最后人马维持了平衡。城门下的敌军转过身来，匆忙应付这突如其来的冲击。提利昂举起战斧，呐喊道："君临万岁！"众人高声应和。矛头阵形飞射而出，发出钢铁与丝绸的绵长尖啸，滚滚马蹄与犀利剑刃融汇火光。

曼登爵士在最后关头放平长枪，用乔佛里的旗帜刺穿了一个穿镶钉皮甲的敌人胸膛，并将来人提离地面，枪杆随即断裂。提利昂面前是个骑士，外衣上有只花环中的狐狸。他首先想到的是"佛罗伦"，第二个念头是"他没有头盔"。于是他用尽全身力气，加上马的惯性，抡起斧子劈向对方的脸，将他脑袋一分为二。碰撞的冲击令他肩膀麻痹。夏嘎若看见，一定会笑我，他边想边继续前进。

一支矛砰然击中他的盾牌。波德在身边飞驰，砍向每一个经过的敌人。他隐约听见城墙上的人们在欢呼。攻城锤已被遗忘在烂泥地上，簇拥它的人要么逃走，要么转身战斗。提利昂策马撞倒一个弓箭手，从肩头到腋窝齐齐砍下一个长矛兵的胳膊，随后又在一顶剑鱼头盔上擦过一击。奔到攻城锤前，他的大红马人立起来，但曼登爵士的黑马却从身边一跃而过，爵士本人活如包裹白袍的死亡使者，剑到之处，手折头断，盾牌粉碎——不过，能带着完整无损的盾牌过河的敌人甚少就是了。

提利昂最终还是催马越过了攻城锤。敌军正在溃逃。他左顾右盼，就是不见波德瑞克·派恩的踪影。猛然间，一支箭"咔哒"一声撞上面甲，离眼缝仅差一寸。他吃了一惊，险些落马。不能像个木桩似的待在原地，这好比胸甲上画靶子！

他策马在四散的尸体间游行。黑水河下游塞满燃烧的战舰躯壳，片片野火仍在水面漂浮，炽烈的绿焰旋转上升，直至二十尺之高。他们虽驱散了操作攻城锤的敌人，但河岸边处处都有厮杀。敌人从燃烧的舰船中蜂拥上岸，巴隆·史文和蓝赛尔的人正竭力抵抗。"去烂泥门！"他下令。

曼登爵士喊道："烂泥门！"于是他们再次出发。"君临万

岁！"途中他的人此起彼伏地叫嚷，还有人喊"半人万岁！半人万岁！"真不知是谁教他们的。透过加衬垫的厚重钢盔，传来痛苦的嘶叫，火焰饥渴的噼啪声，颤抖的战号，嘹亮的铜喇叭。到处都是火。诸神慈悲，难怪猎狗吓坏了。他怕的是火……

一声巨响回荡在黑水河上，有艘船被一块马大的石头扎扎实实地截为两段。这是我军还是敌军？烟雾弥漫，无法分辨。楔形队列已经散乱，每个人都各自为战。我该回去了，他一边这么想，一边继续往前骑。

手中的战斧越来越沉，身边只剩几个人，其余的要么死去要么逃散。他使劲拽马，迫使它始终向东。这匹大红马跟桑铎·克里冈一样不喜欢火，但好歹容易驾驭。许多敌人狼狈不堪地从河里爬出，身带烧伤，通体浴血，一边不住呛水，多数都快死去。他带着他的小队伍在他们中间穿行，给那些还能站起来的人一个利落的死亡。战争局限于眼缝之前，比他高出一倍的骑士若不拔腿逃窜，就得死于非命。他们变得如此渺小，如此惊恐。"兰尼斯特万岁！"他纵声高呼，大开杀戒，手臂一直到肘成了红色，在河面的光线照耀下泛着血光。他勒马直立，向着天上的群星一振战斧，只听众人狂喊："半人万岁！半人万岁！"提利昂醉了。

这就是战斗狂热吧。詹姆从前经常描述，但他从未想过会亲身体验。时间变得含糊，变得缓慢，终至停顿，过去和将来一齐消失，唯有此情此景、此时此刻，而恐惧、思想，甚至身体都不复存在。"你感觉不到伤口的疼痛，感觉不到铠甲的沉重，感觉不到淌进眼睛的汗水。事实上，你不再感觉，不再思想，不再是你自己，只有战斗，只有对手，一个，下一个，再下一个。他们又累又怕，你则生龙活虎。纵然死亡就在身边，但你何惧他们缓慢的刀剑，轻舞欢歌，放声长笑。"战斗狂热。我只是个半人，陶醉在杀戮中，你们有本事就来杀我吧！

他们确实在试。又一个枪兵向他奔来。提利昂围着来人绕圈疾走，砍掉他的矛头，接着是手和胳膊。一个没了弓的弓箭手抓着箭像匕首一样戳来，大腿却被红马踢中，摔了个四脚朝天，提利昂哈哈大笑。他骑过插在烂泥地里的一面旗帜，上面有史坦尼斯的烈焰红心纹章，便一斧将旗杆砍为两截。一个骑士不知从哪儿冒出来，举起巨剑对着他的盾牌一下又一下猛砍，却不防被人用匕首偷袭，捅进了腋窝下。救他的应该是他的手下，但提利昂根本没看清。

"我投降，爵士，"远处河边另一位骑士大喊，"我投降。骑士先生，我向您投降。这是我的保证，给，给。"那人躺在黑水坑中，扔来一只龙虾护手，以为臣服。提利昂正俯身去拾，又一罐野火在头顶爆炸，绿焰四散，在刹那的强光照映下，他发现坑里不是黑水，而是鲜血，而那手套中有骑士的手。他把它丢回去。"投降。"对方无助而绝望地抽泣。提利昂掉马走开。

一个士兵一手抓住提利昂的马缰，一手拿匕首朝他脸刺来。他拨开刀刃，一斧砍进对方脖背。就在使劲拔斧时，余光扫见白袍一闪，提利昂连忙转头，以为曼登·穆尔爵士又回到身边，不料是另一位白袍骑士。巴隆·史文爵士穿着同样的铠甲，但马饰上有自己的家徽：黑白天鹅互斗的图案。他不像白袍骑士，更像污垢骑士，提利昂麻木地想。巴隆爵士浑身是血，被烟熏黑。他提起钉头锤指向下游，锤头沾满脑浆和骨髓，"大人，您看。"

提利昂拨转马头，朝黑水河下游望去。河面之下湍急漆黑，河面之上翻滚血焰。天空是红、橙和鲜艳的绿。"什么？"他刚发问，便看到了。

全副武装的士兵从一艘撞毁在码头的战舰上鱼贯而下。怎么这么多？从哪儿来的？提利昂眯起眼睛，透过烟雾和火光，视线追随他们直至河心。原来有二十艘战舰堵在一起，或许更多，无法尽数。她们船桨互相交错，船身被绳索纠缠，撞锤相互钉死，坠落的索具

则构成罗网。小船托住大船的残骸，彼此紧紧相连，俨然一座横跨天堑的桥梁，敌人从一个甲板跳到另一个甲板，源源不断穿越黑水河。

史坦尼斯·拜拉席恩手下数百名胆大士兵正在过"桥"，甚至有个愚蠢的骑士想骑马过来，拼命催促惊恐的坐骑跨越船舷和木桨，通过布满鲜血和燃烧绿火的倾斜甲板。我为他们搭了座该死的血桥！他沮丧地想。虽然桥的某些部分缓缓下沉，其余部分则在燃烧，整体吱吱嘎嘎地移动，随时可能分崩离析，却阻止不了敌人的步伐。"他们是勇士，"他对巴隆爵士赞道，"我们去宰了他们。"

他领着大家在摇曳火光和扑面烟灰中穿行，经过河滨的废墟，踏上长长的石码头。巴隆爵士带领手下紧紧跟随。曼登爵士也来会合，他的盾牌已打成一堆烂铁。烟尘与灰烬在空气中弥漫，敌人在冲锋下瓦解，往河流退去。他们争先恐后地入河，将同伴撞进水中。北桥头是一艘半沉的敌舰，船首漆着"龙祸号"三字，龙骨已被提利昂置于码头间的沉船刮破。巴隆爵士还来不及下马，一个佩戴赛提加家族红蟹纹章的长矛兵便将矛尖捅进他的坐骑胸口，将他从马鞍掀下。提利昂从旁一闪而过，向着来人脑袋狠狠劈下，而后想勒马却迟了。他的马跃出码头，飞过碎裂的船舷，落到及膝深的水中，发出一声嘶鸣，溅起一片水花。战斧旋转脱手，提利昂自己则狠狠砸在潮湿的甲板上。

接下来的状况更是疯狂。他的马折了一条腿，恐怖地嘶叫，他好不容易拔出匕首，割了这头可怜牲口的喉咙。血如猩红的喷泉，浸透手臂和胸膛。他再次站起，蹒跚着向栏杆走去，甲板扭曲，满是积水。接下来是无止无尽的战斗。他杀死几个，击伤几个，还有一些人逃跑，可敌人就是源源不绝。他丢了匕首，却抓着一截不知打哪儿来的断矛，反正抓起就刺，一边尖声咒骂。对手从面前奔逃，他则在后面追赶，翻过栏杆跳到另一艘船，再到下一艘。巴隆·史文和曼登·穆尔披着光彩的白甲，如两道白影左右跟随。一群瓦列利安家的长矛兵包围了他们，他们背靠背地战斗，优雅如同舞蹈。

提利昂觉得自己杀起人来笨拙了许多。他趁人转身刺其腰，利用身高抓住人腿，将对方掀进河里。箭在头顶呼啸而过，或从甲胄上弹开，其中一支插入胸甲与肩膀间的缝隙，他却浑然不觉。一个裸体男子从天而落，坠到甲板上，血肉横飞，好似塔顶掉下来的西瓜。鲜血模糊了提利昂头盔的眼缝。接着石雨骤降，砸穿甲板，搅拌肉泥，最后整个桥一阵颤抖，脚下剧烈运动，他翻倒在地。

河水陡然涌进头盔。他赶紧扯掉，一边沿着倾斜的甲板缓缓行进，直到水深及脖子的地方。四周吱嘎作响，犹如巨兽垂死的哀嚎。这些船，他恍惚地想，这些船要散架了。损毁的战舰分散开来，血桥正在瓦解。他刚回过神来，只听"啪"的一声巨响，如雷鸣一般，甲板在身下倾斜，将他滑回水中。

倾斜的幅度如此之大，他得用尽全力拉住一条断绳，一寸一寸艰难地爬回去。眼角余光瞥见先前纠缠一起的某艘船已开始漂流而下，同时缓缓自转，上面的人争先恐后地跳水。有的佩戴着史坦尼斯的烈焰红心标记，有的则是乔佛里的公鹿雄狮纹章，还有其他家族的人，而今这已不重要了。上游和下游都成为一片火海。放眼望去，北方是混战杀场，挣扎奋斗的人海上摇摆着一大簇难以分辨的明亮旗帜，盾墙甫一组建，即告崩溃，无数跨着骏马的骑士杀进拥挤的人群，穿过尘土和泥泞，鲜血与烟雾；在南边，红堡高踞丘顶，弹射出点点火球。这不对！片刻之间，提利昂以为自己疯了，史坦尼斯和城堡如何换了位？他是怎么渡河到北岸的呢？随后才意识到由于甲板的转动，他自己被掉了个头，因此城堡和战场换了方向。战场，什么战场，如果史坦尼斯没有过河，他的大军在和谁作

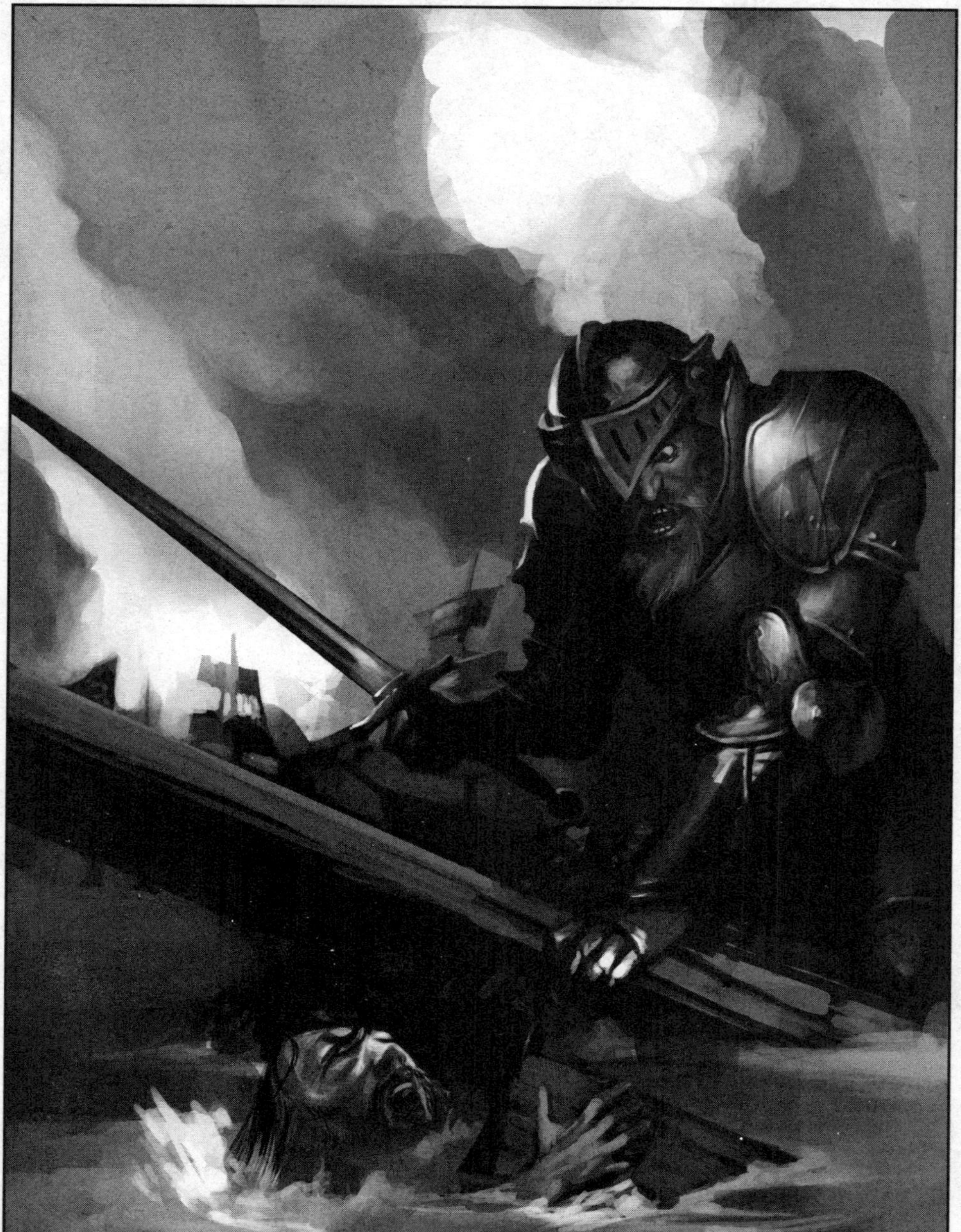

战?提利昂实在疲惫,无法弄清其中意义。肩膀疼得厉害,他伸手去揉,这才发现那支箭,然后想起受伤的事。我得赶紧离开这艘船。下游只有一堵火墙,船只一旦解体,他就会被水流冲去。

一片喧嚣嘈杂中,隐约听见有人喊他。提利昂竭力大声回应,"这儿!这儿,我在这儿,快来救我!"声音出口却变得细小,几乎连自己都听不到。他勉强从倾斜的甲板上站起,挣扎着去够栏杆,不料船身陡然撞上另一战舰,剧烈摇晃,差点掀他再度落水。他的力量上哪儿去了?一定要坚持住啊!

"大人,快抓住我!提利昂大人!"

隔着一片渐渐变宽的黑水,曼登·穆尔爵士站在邻船甲板上,伸出一只手来。他的白甲映着黄色与绿色的光,龙虾护手黏黏的全是血。提利昂顾不得这些,伸手够去,只恨胳膊太短。直到十指在空中相触的一刹那,他才感到一丝不安……曼登爵士出左手,为什么……

是这念头令他退缩,还是看见那把剑后的本能反应?他不知道。说时迟那时快,剑尖从眼下划过,冰凉的碰触,随后是剧痛。他像挨了一记巴掌似的别过头去,扑面而来的冷水是第二记更响亮的巴掌。他胡乱摆臂,寻找可抓的东西,心知一旦下沉,就再也上不来了。一支断桨居然给他抓住,他像不舍的情人一样紧紧抱牢,一点一点往上爬。眼里是水,嘴里是血,脑袋阵阵剧痛。诸神赐予我力量,让我爬上甲板……除了桨,水和甲板,其他东西统统消失。

终于他翻了上去,筋疲力尽地躺平,喘不过气来。绿色与橙色的火球在头顶爆炸,于群星之间留下条纹,好美啊。景色维持了片刻,接着被曼登爵士阻挡。骑士是个白色的铁皮幽灵,阴郁的眼睛在头盔后闪光。提利昂一点力气也使不上,只能像布娃娃般任人宰割。曼登爵士将剑尖抵住他喉头,双手紧握剑柄。

突然骑士向左一个趔趄，撞断栏杆，木头碎裂。随着一声惨叫和水花飞溅，曼登·穆尔爵士消失无踪。两船再度相撞，力道如此之猛，整个甲板都跳将起来。有人跪在他旁边。"詹姆？"他哑着嗓子喊，差点被满口鲜血呛到。除了哥哥，谁会来救他呢？

"别动，大人，您伤得好重。"是个孩子的声音，没道理啊，提利昂心想。这声音好像波德。

珊莎

蓝赛尔·兰尼斯特爵士将战斗失败的消息禀报太后，她懒洋洋地转着手里的空酒杯，"去对我弟弟说，爵士。"她声音漠然，浑如事不关己。

"您弟弟很可能死了。"蓝赛尔爵士手臂受伤，外衣浸满渗出的血。他进入舞厅时，许多宾客吓得惊声尖叫。"据我们推测，船桥解体时，他和曼登爵士都在上面。没人找得到猎狗。天杀的！瑟曦，你为什么让他们把乔佛里带回城堡？国王一走，军心顿时涣散，成百上千的金袍卫士扔下长矛逃跑。黑水河已被船骸、火焰和浮尸封堵，我们本可守住，如果——"

奥斯尼·凯特布莱克从他身边挤过来。"目前河的两岸都在厮杀，陛下。史坦尼斯的大营似乎起了内讧，没人说得准是怎么回事，一片混乱。猎狗不见了，到处都找不到，巴隆爵士撤回城里。河滨被敌人占领，他们重拾攻城锤，继续撞击国王门。蓝赛尔爵士说得没错，您的人纷纷弃守城墙，格杀长官。暴民蜂拥而至，企图打开钢铁门和诸神门，跳蚤窝更是乱成一团糟。"

诸神保佑，珊莎心想，我的祈祷终于成真。乔佛里就快人头落地……而我也会。她慌忙搜寻伊林爵士，但国王的刽子手不见了。我可以感觉到他。他就在附近，我逃不掉，他会砍下我的脑袋。

太后异常冷静，她转向奥斯佛利，"升起吊桥，关上大门。未经我允许，谁也不准出入梅葛楼。"

"去祈祷的那些女人怎么办？"

"她们选择离开我的保护，就让她们去祈祷，或许诸神会保护她们。我儿子呢？"

"陛下在红堡城门楼上指挥十字弓兵。门外有暴民叫城，其中半数是他离开烂泥门时扔下的金袍卫士。"

"马上把他带进梅葛楼。"

"不行！"蓝赛尔恼怒得忘了压低音量。众人听见喊叫都转过头来，"烂泥门的一幕又会重演。让他留在那儿，他是国王——"

"他是我儿子。"瑟曦·兰尼斯特站起来。"堂弟，你也号称是兰尼斯特家的人，用行动来证明吧。奥斯佛利，愣在这儿干吗？我叫你马上出发。"

奥斯佛利·凯特布莱克赶紧跟兄弟一起跑出大厅。许多宾客也逃出去。女人们有的哭泣，有的祈祷，有的只是留在桌边，招呼拿酒。"瑟曦，"蓝赛尔爵士恳求，"你应该很清楚，城堡一旦失守，乔佛里性命难保。让他留在那儿吧，我不会让他离开我身边，我发誓——"

"滚。"瑟曦一掌拍在他的伤口上。蓝赛尔爵士痛苦地叫了一声，险些晕厥，太后则扬长而去，甚至瞥都没瞥珊莎一眼。她忘了我。伊林爵士会杀死我，她却一点都不在意。

"噢，诸神在上，"一位老太太号哭起来，"我们失败了，战斗失败了，她也逃跑了。"几个小孩跟着哭。他们嗅到了恐惧。珊莎发现自己独坐高台。该留在这里，还是去追赶太后，乞求饶命呢？

她不知自己为何要站起来，但就是站了起来。"别怕，"她大声宣布，"太后陛下升起了吊桥，这里已是全城最安全的地方。有壕沟高墙的保护，护城河里还有尖刺……"

"到底发生了什么？"一个略为熟识的女人问，她是某个小领主的妻子。"奥斯尼跟她说了些什么？国王受伤了吗？城市陷落了吗？"

"告诉我们实情。"众人纷纷要求。一个女人问起父亲，另一

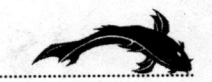

个则询问儿子。

珊莎举手示意安静。"乔佛里回到了城堡，毫发无伤。据我所知，战斗仍在继续，我军打得很英勇，而太后很快会回来。"最后一句是谎话，但她必须安抚大家。她看见两个弄臣站在楼座下，"月童，让大家欢笑起来吧。"

于是月童一个筋斗翻上桌，抓起四只酒杯，开始玩杂耍，不时被杯子砸中脑袋。惶恐而零星的笑声在厅里回荡。珊莎走向蓝赛尔爵士，跪在他身边。太后打在他的伤口上，而今血流不止。"真是疯了，"他喘着粗气，"诸神在上，小恶魔才是对的，他总是对的……"

"帮帮他。"珊莎命令两个仆人。其中一个看了她一眼，便带着酒壶逃跑了，其他仆人跟着他溜出大厅，她无能为力。珊莎和另一个仆人合力扶起受伤的骑士，"带他去法兰肯学士那儿。"蓝赛尔是他们中的一员，但她就是不忍心看他死掉。乔佛里说得没错，我是个软弱的蠢女孩。我该杀死他，而不是帮他。

火炬越烧越短，一两支已经泯灭，大家也懒得去换。瑟曦始终没有回来。唐托斯爵士趁大家注意力都在另一个弄臣身上，偷偷爬上高台。"亲爱的琼琪，回房间去，"他轻声道，"把门锁好，待在里面比较安全。战斗结束后我会来找你。"

有人会来找我，珊莎心想，是你，还是伊林爵士？片刻之间，她发疯似的想乞求唐托斯过来保护自己。他曾经也是骑士，学过剑练过武，并发誓保护弱者。不行，他没有勇气和技艺，我只会连累他一起被杀。

她很想飞奔出门，但还是用尽全副心力控制住自己，缓缓走出太后的舞厅。一到楼梯口，她就真的跑起来了，向上跑过重重阶梯，直到最后气喘吁吁，头晕眼花。有个卫兵在楼梯上跟她撞个满怀，包裹东西的红袍里掉出一只镶珠宝的酒杯和一对银烛台，一路

"噔噔"滚下楼梯。当他断定珊莎不打算抢他的战利品后，便对她不闻不问，急急忙忙去追东西了。

卧房黑如沥青，珊莎将门闩好，摸黑走到窗边。掀开窗帘，她的呼吸哽住了。

南方的天空映着下方熊熊大火，不断变换鲜明的颜色。诡异的绿潮在云层中流动，橙色的光亮在天际蔓延。或红或黄的普通火焰与碧绿翡翠的野火竞相攀比，此消彼长，孕育出无数转瞬即逝的影子。翠绿的黎明转眼化为暮色的黄昏。空气本身也有焦灼的味道，好似炖煳了的肉汤。余烬如群群流萤，在夜空中飞舞。

珊莎从窗边退开，回到安全的床上。睡吧，她告诉自己，醒来后便是新的一天。天空将会变蓝，战争将会结束，自有人来决定我的生死。"淑女。"她轻声呜咽，不知死后是否能与小狼重逢。

身后有东西在动，一只手从黑暗中猛然伸出，扣住她手腕。

珊莎张嘴欲喊，却被另一只手捂住，一阵窒息。手指粗糙多茧，黏黏的全是血。"小小鸟，我就知道你会来。"声音刺耳，带着醉意。

窗外，一束旋转的翡翠长枪射过星空，令房里充满耀眼的绿光。在这一刹那，她看到了他，绿黑身影，脸上的血污暗如沥青，眼睛在强光照射下如狗眼般闪烁。接着光线暗淡，他成了一团巨大的黑影，穿着污渍斑斑的白袍。

"你敢出声，我就杀了你，明白吗？"他放开她的嘴，这才让她缓过气来。床头柜上猎狗放了一壶酒，他长饮一口。"你不问问谁是赢家吗，小小鸟？"

"谁？"她吓得不敢不问。

猎狗哈哈大笑。"我只知道谁是输家。我。"

她从未见他醉得如此厉害。他刚才居然睡我床上！他想干吗？"为什么？"

"我输了全部。"他被烧伤的半边脸上覆了一层干涸的血。"该死的侏儒,多年以前我就该宰了他。"

"他们说他死了。"

"死?不,去他妈的,我不要他死。"他丢开空酒壶。"我要他被烧个够。诸神有眼,烧他!但我是看不到了,我要走。"

"走?"她想挣脱,但他的手像钢铁一般。

"小小鸟就会照着别人念。不错,我要走。"

"你去哪里?"

"离开这里。离开火焰。我会从钢铁门出去,去北方,随便哪儿都好。"

"你出不去,"珊莎说,"太后封锁了梅葛楼,城市的门也都关上了。"

"关不住我。我有白袍。我有这个。"他拍拍剑柄圆球。"拦我就纳命来……除非他身上有火。"他苦涩地笑笑。

"那你到这儿来做什么?"

"小小鸟,记得吗?你答应要唱首歌给我听。"

她不明白他什么意思。此时此地,空中火焰盘旋,成百上千的人正在死去,她怎么能唱歌呢?"我不能唱,"她说,"放手,你吓到我了。"

"什么都能吓到你。看着我,你看着我!"

凝固的血覆盖了他脸上最可怕的伤疤,但他的眼睛瞪得老大、白得吓人、充满恐惧,烧伤的嘴角一次又一次地抽搐。珊沙可以闻得到他身上刺鼻的味道,混合了汗臭、酒臭、呕吐物的恶臭,其中最难以忍受的是呛人的血腥,血,血……

"我可以保护你,"喑哑的声音再度传来,"他们都怕我,再没有人敢欺负你,否则我就杀了他。"他将她拉近,片刻之间,她以为他要吻她。他太强壮,珊莎明白自己无法反抗,于是闭上眼睛，希望一切赶紧过去。但等了很久，什么也没发生。"还是不敢正眼看我，是吗？"她听见他说。他猛然扭转她的手臂，拖她到床边，推在床上。"我要听那首歌。你说你会唱一首佛罗理安与琼琪的歌。"他拔出匕首，抵向她喉咙。"唱，小小鸟，唱，否则我要了你的小命。"

她的喉咙因恐惧而干涸紧绷，她所知道的每一首歌都从脑海里消失。求求你，她想尖叫，我会当个乖女孩，请你不要杀我。她感觉到刀尖旋转，压进咽喉。当她就要闭上眼睛，听天由命时，忽然记起了那首歌，不是佛罗理安与琼琪的那首，但确实是一首歌。她的嗓音又尖又细，不断颤抖：

> 温柔的圣母，慈悲的源泉，
> 保佑您的儿子穿越鏖战，
> 止住流矢，抵挡刀剑，
> 让他们看见美好的明天。
> 温柔的圣母，妇人的希望，
> 帮助您的女儿不受苦难，
> 平息怒火，驯服狂乱，
> 教导我们彼此宽容相待。

她忘记了其他段落，声音也逐渐减弱。她好怕他会杀她。但过了一会儿，猎狗把刀从她咽喉移开，一句话也没有说。

她本能地伸手捧起他的双颊。屋里太暗，她看不见他的面容，但能感觉到黏稠的血，和一种湿湿的不是血的东西。"小小鸟。"他又说，声音粗糙刺耳，如同钢铁刮过岩石。然后他从床上站起来。珊莎听见衣服撕裂，接着是轻轻的脚步，渐行渐远。

良久，她爬下床来，孤身一人。他的袍子掉在地上，紧揉成一团，雪白的羊毛料被血与火所污染。窗外的天空已经暗下来，唯有丝丝绿影仍在群星间徘徊。凉风习习，吹得窗户"砰砰"作响。珊莎好冷。她抖开撕裂的白袍，裹住身子缩在地板，瑟瑟发抖。

她不知自己躺了多久，直到听见钟声从城市彼端传来。那是青铜的低沉轰鸣，一声比一声急促。珊莎正在纳闷，另一口钟也随即加入，接着是第三口……钟声响彻山丘和谷地，街道与塔楼，传遍君临的每一个角落。她撇开袍子，走到窗边。

黎明的第一丝曙光刚从东方显现，红堡的钟也响起来了，汇入自贝勒大圣堂七座水晶高塔上流泻出来的汩汩之音。她忆起劳勃国王驾崩时曾经敲过钟，但这次听起来不一样。这不是悲哀的丧钟，而是欢欣的乐章。她听见街上的人们也在喊叫、欢呼。

给她报信的是唐托斯爵士。他跌跌撞撞走进门，用松垮的胳膊抱起珊莎，胡乱地跳起舞来，一边语无伦次地呼喝。他的话，珊莎一个字也没听清。他跟昨天的猎狗一样醉得厉害，只是情绪充满欢悦。当他终于放下她时，她已头晕眼花，喘不过气。"怎么了？"她紧抓住一根床柱，"发生什么了？快告诉我！"

"结束了！结束了！结束了！城市得救了！史坦尼斯公爵战死了，史坦尼斯公爵逃跑了，没有人知道，没有人在乎。他的军队崩溃了，我们的危机解除了。杀的杀，逃的逃，投降的投降，是的！噢，明亮的旗帜啊！旗帜，琼琪，旗帜！您有酒吗？我们该为今天干一杯。是的！您知道吗？您安全了！"

"到底怎么回事！"珊莎用力摇他。

唐托斯爵士一边大笑，一边双脚轮换着跳，差点摔倒。"当河流还在燃烧时，他们穿过灰烬掩杀而来。河流啊，史坦尼斯正在渡河，却被从后袭击。噢，真想再当上骑士，参加这光荣的战役！据说他的人几乎没作抵抗,有的拔腿就跑,更多的屈膝投降,高呼蓝礼万岁!史坦尼斯听到会作何感想啊?我是听奥斯尼·凯特布莱克说的,他是听奥斯蒙爵士说的,现在巴隆爵士回来了,他的人也这么说,金袍子也这么说。我们得救了,亲爱的!他们沿着玫瑰大道,顺着河岸而来,穿越被史坦尼斯烧焦的土地,灰尘靴边飞扬,甲胄染成灰色,只有——噢!旗帜明亮,金色的玫瑰,金色的狮子,所有的一切:马尔布兰的燃烧之树,罗宛的金树,塔利的健步猎人,雷德温的葡萄,以及奥克赫特伯爵夫人的橡树之叶。所有的西方人,高庭和凯岩城的全部力量!泰温公爵坐镇北岸,指挥右翼,蓝道·塔利统领中军,梅斯·提利尔负责左路,但胜利的关键在于咱们的前锋。他们像长枪穿透南瓜一般击溃史坦尼斯的部队,个个都像咆哮的钢甲恶魔。您知道前锋由谁带领吗?您知道吗?您知道吗?您知道吗?"

"罗柏?"这样的期望太不切实际,但是……

"是蓝礼大人!蓝礼大人全身耀眼绿甲,金鹿角上闪耀火光!他手持长枪,勇不可挡!他一马当先,将古德·莫里根爵士挑落马下,随后又杀了十来个了不得的骑士。蓝礼,蓝礼,蓝礼万岁!噢!明亮的旗帜啊,亲爱的珊莎!噢!真想再当上骑士!"

丹妮莉丝

她吃着早餐,一碗冰凉的虾米柿子汤,伊丽给她带来魁尔斯长袍,象牙色绸缎上用小珍珠缝成图案,清凉通风。"把它拿走,"丹妮说,"去码头不用华服。"

奶人把我当野蛮人,我索性穿给他们看。她穿着褪色的沙丝长裤和草织凉鞋去了马厩,一对小乳房在多斯拉克彩绘背心下自由晃动,奖章腰带上悬一把小弯刀。姬琪为她编了多斯拉克式的辫子,并在末端系上一个银铃。"我没有打过胜仗。"银铃轻响,她对女仆说。

姬琪不这么认为:"您在尘埃之殿烧死巫魔,把他们的灵魂扔回地狱。"

那是卓耿的胜利,不是我的,丹妮想分辩,却没有出口。如果头上多几个铃铛,想必多斯拉克人会更钦佩齐心。于是她从跨上小银马起,就刻意弄出声响,但乔拉爵士和血盟卫们都没在意。外出时,她选择拉卡洛保护她的子民和龙,乔戈和阿戈则同往码头区。

他们将大理石宫殿和芬芳花园抛在身后,穿过城市的贫民区。这里只有朴素的砖瓦房,临街一面连窗户也无。马匹和骆驼尚且稀罕,舆车自不必说。街上多的是儿童、乞丐和骨瘦如柴的沙色狗。肤色白皙的居民穿着灰尘仆仆的亚麻裙站在拱门下目送他们经过。他们知道我是谁,并且不爱我,丹妮从他们的眼神里看得出。

乔拉爵士本想让她坐舆车,安稳地躲在丝幔后面,但她拒绝了。她靠着绸缎垫子坐了太久,老是让牛拉着来去。重新骑上马背,才让她觉得脚踏实地,有了目标。

去码头并非她自愿，而是另一次逃亡。她的人生就是一场漫长的逃亡。打从娘胎起，就没有休止，不曾停下。有多少次，她和韦赛里斯在漆黑的夜晚偷偷溜走，仅仅领先篡夺者的刺客一步之遥？不逃就是死。札罗获悉，俳雅·菩厉把幸存的男巫招集到一起，要对她不利。

丹妮听他说时忍俊不禁："你不是告诉我，男巫们跟那些羸弱的老兵一样可笑，只会夸耀当年之勇，全不顾力量与技能早已离他们而去吗？"

札罗却忧心忡忡，"本来确实如此，但现在起了变化。据说熄灭一百年之久的玻璃蜡烛又在'夜行者'厄拉松的宅子里重新燃烧，鬼草在吉海因花园中生长。人们看见幻影龟在男巫大道的无窗房子之间传递消息，而城里所有老鼠纷纷咬掉自己的尾巴。马索斯·马拉若文的老婆曾经嘲笑一个男巫虫蛀的袍子，可现在她发了疯，什么衣服都不肯穿，因为最新鲜的丝绸都让她感觉有成千只虫子在上面爬。人称'食眼者'的瞎子赛比欣又能视物了，至少他的奴隶们如此发誓。这些情况怎不让人疑惑呢？"他叹口气。"魁尔斯处于非常时期，非常时期对贸易不利。我很难过地奉劝您，彻底地离开魁尔斯，宜早不宜迟。"札罗抚摸她的手指，以示安慰。"但您不会孤单。你在尘埃之殿看到黑暗的景象，札罗的梦境却一片光明。我梦见您喜乐地躺在床上，将我们的孩子抱在胸口。现在还不晚，跟我一起去玉海航行，让美梦成真！给我一个儿子吧，我可爱的天堂之星！"

给你一条龙吧，你真虚伪。"我不会跟你结婚，札罗。"

闻听此言，他的脸沉下来。"那你走吧。"

"我该去哪里？"

"远离此地就好。"

好吧，是时候了。从前她的卡拉萨在红色荒原饱受折磨，需

要时间恢复元气，而今他们精力充沛，已经开始不耐烦了。多斯拉克人不习惯在一地久留，他们是马上民族，不适合居住城市。也许她沉溺于魁尔斯的舒适和美丽，违背了初衷，逗留得太久。在她看来，这座城市的人总是说得多做得少，而且自从不朽之殿在巨大的烟雾与火焰中倾覆以来，之前受的欢迎也开始改变。一夜之间，魁尔斯人忆起龙的危险，便不再竞相献礼。相反，碧玺兄弟会公开呼吁把她驱逐，香料古公会则要将她处死。札罗竭尽全力才制止十三巨子加入他们的行列。

我该去哪里？乔拉爵士建议继续东行，以远离她在七大王国的敌人。她的血盟卫们则希望回到大草原，再度挑战红色荒原也在所不惜。丹妮自己琢磨着在维斯·托罗若定居，以等待小龙茁壮成长。但她心中充满疑虑，每个计划都似乎不大对劲，况且……即便她决定了目的地，要怎么去仍是个棘手的问题。

但有一点她已认清，札罗·赞旺·达梭斯再不会帮她了。所有的挚爱表白，不过为了一己私利，和俳雅·菩厉毫无二致。在他赶她走的那个晚上，丹妮乞求他帮最后一个忙。"不会吧，你想要一支军队？"札罗问，"一罐金子？呃……一艘战舰？"

丹妮涨红了脸。她恨透了乞讨。"是的，我想你给我一艘船。"

札罗的眼睛和他鼻子上的珠宝一样闪亮。"我是个商人，卡丽熙，所以我们别说什么给予，而该谈谈生意。你出一头龙，换我手中最好的十艘船。说出那个可爱的字眼，我们成交。"

"不。"她说。

"唉，"札罗啜泣，"我指的不是这个字。"

"母亲怎可卖掉自己的孩子？"

"有何不可？反正可以再生。魁尔斯的街市上，每天都有母亲售卖孩子。"

"但龙之母不会。"

"二十艘也不会?"

"一百艘也不会。"

他嘴唇下卷,"我没有一百艘船,但您有三条龙。看在我一直以来的慷慨分上,就给我一条吧,您可以留着两条龙,三十艘船。"

三十艘船足够运送一支小部队登陆维斯特洛的海岸。但我连一支小部队也没有。"你总共有多少条船,札罗?"

"不算那艘豪华游艇的话,一共八十三条。"

"你十三巨子的同僚们呢?"

"全部加起来,大概一千艘。"

"香料公会和碧玺兄弟会呢?"

"他们那点船微不足道。"

"我明白,"她说,"我只是想了解清楚。"

"香料商公会一千二三百。兄弟会不超过八百。"

"那么亚夏人,布拉佛斯人,盛夏群岛人,伊班人……所有这些在咸海汪洋中航行的民族,他们各有多少船?全部加起来又是多少?"

"许多许多,"他烦躁起来,"您想说什么?"

"我想为世上仅存的三条活龙之一定个价。"丹妮对他甜甜一笑。"在我看来,全世界三分之一的船是个公平的价码。"

晶莹的泪珠沿着札罗镶满珠宝的鼻子两侧滚落。"我不是警告过您吗?别去尘埃之殿,我就怕发生这种事。男巫的吟唱把您逼疯了,您简直跟马拉若文的老婆没两样。全世界三分之一的船?算了吧,算了吧,我说,算了吧!"

从此以后,丹妮再没见过他。他的管家负责带话,一次比一次冷淡。他停止供应她和她的子民,要她离开他的家。他还要她为了

反复无信而归还所有的礼物。她唯一的安慰是，自己总算没跟他结婚。

不朽之人提到三次背叛……一次为血，一次为财，一次为爱。头一次显然是弥丽·马兹·笃尔，为替族人报仇，她谋害了卓戈卡奥和他们未出世的儿子。俳雅·菩厉和札罗·赞旺·达梭斯是第二、三次吗?她不这么认为。俳雅所为的不是钱，而札罗根本没爱过她。

他们穿过一片灰蒙蒙的石头仓库，街道变得更为冷清。一行人中，阿戈在前，乔戈在后，乔拉·莫尔蒙爵士与她同行。银铃轻响，丹妮的思绪不由自主地回到尘埃之殿，这感觉就像舌头总离不开脱落的牙齿留下的空隙。他们称她为：三之子，死亡之女，谎言杀手，烈火新娘。三……三团火焰，三匹座骑，三次背叛。"龙有三个头，"她叹口气，"你知道那是什么意思，乔拉?"

"女王陛下，坦格利安家族的纹章就是黑底红色的三头火龙。"

"这我知道，但世上根本就没有三头的龙。"

"三个龙头是代表伊耿和他的两个妹妹。"

"维桑尼亚和雷妮斯，"她想起来，"我就是伊耿和雷妮斯的后裔，传承自他们的儿子伊尼斯和孙子杰赫里斯。"

"札罗不是告诉过您，蓝嘴唇只吐得出谎言?您何必在乎男巫们的低声细语呢?您已经知道，他们只想汲取您的生命。"

"或许吧，"她勉强道，"但我看到的景象……"

"一具尸体站立船首，一朵蓝玫瑰，一场血淋淋的盛宴……这能有什么意义，卡丽熙?您说还看到一条布龙，请问这究竟是什么东西?"

"挂在旗杆上的布龙，"丹妮解释，"戏班演戏时常用来代表英雄的对手。"

乔拉爵士皱起眉头。

丹妮无法释怀。"我哥说，他的歌便是冰与火之歌。我敢肯定那是我哥，但不是韦赛里斯，而是雷加。他有一把银弦竖琴。"

乔拉爵士的眉头皱得更紧，纠成了一块儿。"雷加王子有一把这样的竖琴，"他认同，"您看到他了？"

她点头，"一个女人抱着婴儿躺在床上。我哥说那孩子是预言中的王子，替他取名伊耿。"

"伊耿王子是雷加和多恩的伊莉亚之子，当年的王太孙，"乔拉爵士道，"如果他是预言中的王子，那么当兰尼斯特家将他撞死在墙上时，预言也跟着粉碎。"

"我知道他的结局，"丹妮伤感地说，"他们同时害了雷加的女儿，小公主雷妮丝，她也照着伊耿的妹妹取的名。他说龙有三个头，独独缺了维桑尼亚。而且，冰与火之歌又是什么呢？"

"我没听过这首歌。"

"我向男巫们寻求答案，他们却给我一百个新问题。"

街上的人流又逐渐稠密。"让路。"阿戈喊，乔戈则狐疑地嗅着空气。"我闻到了，卡丽熙，"他大声宣布，"毒水。"多斯拉克人不信任海洋和一切与海有关的事物，在他们眼中，只要马不能喝的水就是不洁的东西。他们会明白的，丹妮相信，我曾经勇敢地面对卓戈卡奥和他们的海洋，现在轮到他们面对我的海了。

魁尔斯是世上最大的港口之一，在巨大的天棚遮盖下，码头色彩缤纷、人声鼎沸、百味杂陈。酒馆，仓库和赌场沿街林立，与廉价妓院和敬拜各种奇异神祇的殿庙紧紧相连。小偷、流氓、符咒商人和钱币贩子无所不在。码头区就是个大市场，不分昼夜都在买卖，只要你不过问货源，相同的物品在这里只需市价的零头就能搞到。枯瘦的老妇像骆驼一样躬身，售卖绑在肩头那一个个光滑陶罐里的山羊奶和有味道的水。来自数十国度的水手在店铺之间游荡，

一边喝着香料酒,一边用奇特的口音互相打趣。空气中不仅有盐和炸鱼的香味,还有滚烫沥青和蜂蜜的味道,甚至包含熏香、油料和鲸油的气味。

阿戈拿一块铜板跟一个小童买了一串蜂蜜烤鼠肉,边骑边咬着吃。乔戈弄来一大把肥美的白樱桃。一路上,他们还看到售卖漂亮的青铜匕首、墨鱼干、玛瑙雕饰以及一种浓烈的魔法药剂,据说由处女乳汁和夜影之水配成。市场里甚至还有龙蛋,不过看上去颇可疑,似乎是涂了颜料的岩石。

他们经过十三巨子专属的长长石码头,她看到一箱箱藏红花、乳香和胡椒正从札罗那艘华丽的"朱砂之吻号"上卸载下来。旁边另有人将一桶桶葡萄酒、一包包酸草叶和一捆捆斑马皮沿着跳板运进"蔚蓝新娘号",这艘船今晚就要趁着潮水出航。前方,人们聚集在香料公会的划桨船"日耀号"周围竞买奴隶。众所周知,买奴隶要省钱就得到船边买。日耀号主桅杆上飘扬的旗帜表示她刚从奴隶湾的阿斯塔波城回来。

十三巨子、碧玺兄弟会和香料古公会都不会再帮助丹妮,于是她骑银马越过他们数里长的码头、船坞和仓库,一直走向马蹄形港口的末端,来自盛夏群岛、维斯特洛和九大自由贸易城邦的船被规定在那里停靠。

她在一个赌坑边下马,在一圈大呼小叫的水手中间,一头蛇蜥正将一条大红狗撕成碎片。"阿戈,乔戈,马儿就交给你们,我和乔拉爵士去找那些船长谈谈。"

"遵命,卡丽熙,请您放心。"

真想再听到人讲瓦雷利亚语……甚至通用语,丹妮一边想,一边走近第一艘船。水手、码头工和商人们纷纷给她让路,不知这位银金头发、身穿多斯拉克服饰、旁边还跟了一个骑士的纤瘦女孩是什么来头。尽管天气炎热,乔拉爵士还是穿着锁甲,外罩一件绿色羊毛衣，胸前缝着莫尔蒙家的黑熊。

但无论她的美貌还是他的强壮，对船主们都不起作用。

"你要我载一百个多斯拉克人、他们的马、你自己和这个骑士，再加三条龙？"大货船"挚友号"的船长说罢大笑着走开。当她在"喇叭手号"上告诉里斯人，自己是"风暴降生"丹妮莉丝，七大王国的女王时，对方做个鬼脸："嘿嘿，我是泰温·兰尼斯特公爵，每晚拉的屎里都有黄金。"米尔划船"丝灵号"的货舱主管认为载龙出海太危险，一不小心就可能烧掉船上的索具。"法罗神之腹号"的主人愿意冒险载龙，却不愿搭多斯拉克人，"我不准这些亵渎神灵的野蛮人上船，决不可能。"姐妹船"水银号"和"灰狗号"的船长是两兄弟，似乎很同情丹妮的遭遇，还邀她进舱喝一杯青亭岛的红酒。他们殷勤的姿态一度让丹妮燃起希望，但最后开出的价码却远超她的财力，甚至连札罗也负担不起。"窄底号"和杏眼少女号太小，不合要求，"杀手号"将航向玉海，"马诺罗总督号"则似乎难经风浪。

他们朝下一个码头走去时，乔拉爵士将手悄悄搭在她背心，"陛下，您被人跟踪了。不，别回头。"他领她缓缓走向一个卖黄铜器的摊位。"真是一件杰作，我的女王，"他随手举起一个浅底的大盘子，朗声宣布，"看哪，它在阳光下多么耀眼！"

铜盘被打磨得十分光亮，丹妮可以看清自己的脸……乔拉爵士将角度右挪，身后的情况便随之显现。"棕肤胖子和拄拐杖的老人。你指哪一个？"

"他们俩都在跟踪您，"乔拉爵士说，"我们离开水银号之后，就被他们盯上了。"黄铜上的纹路将两个陌生人的影像怪异地扭曲，其中一人显得又长又瘦，另一个则极其壮实宽阔。"这是我最好的铜器，尊贵的夫人，"商人宣称，"它像太阳一般闪亮！作为致敬，我只收龙之母三十个辉币。"

这盘子三个辉币也不值。"侍卫何在?"丹妮扬言,"这人想抢劫我!"随后她压低声音用通用语对乔拉说,"也许他们对我并无恶意。自古以来,男人看女人,天经地义。"

铜器商不在乎她的悄悄话。"三十?我说三十?不好意思,脑袋犯糊涂呢。真正的价格是二十辉币。"

"你这摊子所有的东西加起来还不值二十辉币。"丹妮一边告诉老板,一边仔细观察。那老人像个维斯特洛人,而那棕肤胖子少说也有二十石重。这两个是长途跋涉为着篡夺者许诺的领主封号而来的杀手?还是男巫的傀儡,打算伺机偷袭?

"十个辉币!卡丽熙,您多么可爱,拿它去作镜子吧。只有如此精致的铜器,方能捕捉到您美丽的神韵。"

"拿它去作夜壶还差不多。扔在地上,我都懒得弯腰去捡,你还要我花钱?"丹妮将盘子塞回他手里,"准是有虫子爬进你的鼻孔,吃掉了你的脑子。"

"八个辉币,"他哀求,"我的太太们会揍我,叫我呆子,但在您面前,我就是个无助的孩子。好啦,八个辉币,我赔本卖给您。"

"我要这乏味的铜器做什么?札罗·赞旺·达梭斯连吃饭都给我提供金盘子。"丹妮转身离开,趁机用眼角余光扫视陌生人。棕肤的人就跟盘子里映出来的那么宽阔,秃头闪闪发光,脸颊光滑得像太监。一把极长的亚拉克弯刀插在沾染汗渍的黄肚兜里,除此而外,只穿了一件小得离谱的镶钉背心。在他如树干粗壮的手臂上,宽广的胸膛前,以及厚实的肚子间到处是横七竖八的旧伤疤,苍白的疤痕映着榛壳般的棕褐色皮肤,十分显眼。

另一个人穿着未经染色的羊毛旅行斗篷,兜帽掀起,长长的白发垂至肩头,如丝般的银白胡须盖住下半边脸。他将身体重心倚在一根和他一般高的硬木拐杖上。只有傻瓜才会在害人前如此明目张胆地盯着被害者看。然而谨慎起见，还是回到乔戈和阿戈身边去比较保险。"老人没武器。"她领乔拉走开，一边用通用语对他说。

铜器商急急忙忙追上来，"五个辉币，五个辉币它就是您的！机会难得啊，错过了可惜！"

乔拉道："硬木杖和钉头锤一样致命。"

"四个！我知道您中意它！"他在他们跟前手舞足蹈，一边将盘子凑上来，一边随着他们往后退。

"他们还在跟？"

"举高一点，"骑士告诉商人。"是的，老人假装关注陶器摊子的东西，而棕肤的家伙目不转睛地盯着您。"

"两个辉币！两个！两个！"商人倒退着跑，气喘吁吁。

"好啦，别让他累死，付钱吧。"丹妮告诉乔拉爵士，一边疑惑该拿这巨大的黄铜盘子怎么办。趁骑士和商人交涉，她扭头过去，打算终止闹剧。真龙血脉岂能被一个老头和一个胖太监在市场里追得团团转！

一个魁尔斯人挡在面前。"龙之母，给您的礼物。"他单膝跪下，呈上一个珠宝盒。

丹妮下意识地接过来。这是一个精雕的木盒，祖母绿的顶盖嵌着碧玉和玉髓。"你太客气了。"她将它打开，里面有一只闪闪发光的绿甲虫，由玛瑙和翡翠雕刻而成。真漂亮，她心想，正好可以帮我们支付旅费。她把手伸进盒子，那人轻声说："我很遗憾。"她几乎没听见。

甲虫嘶叫着展开身躯。

丹妮瞥到一张恶毒的黑脸，像是人脸，带有一条滴毒液的弯曲尾巴……说时迟那时快，盒子从她手中翻飞而出，在空中化为碎片。一阵剧痛令她手指抽搐。她大叫出声，捏住自己的手，铜器商同时尖叫，一个女人也在尖叫，顷刻之间，所有的魁尔斯人都在一

边尖叫一边互相推搡。乔拉爵士挤到她前面,丹妮则踉跄着跪下。嘶嘶声再度传来。那个老人将拐杖在地上杵了杵。这时,只见阿戈飞马踏过鸡蛋商的店铺,一跃而前,乔戈的鞭子噼啪作响,乔拉爵士则拿起刚买的盘子朝跟踪她的太监当头砸下。在场的水手、妓女和商人都在狂呼乱叫,没命逃窜……

"陛下,万分抱歉。"老人单膝跪下。"它已经死了。我没伤到您的手吧?"

她合拢手指,动了动,"我想没有。"

"刚才事情紧急……"他话还没说完,她的血盟卫便扑上来。阿戈踢开拐杖,乔戈抱住老人肩膀,不让他起身,并用匕首抵上他的咽喉。"卡丽熙,我们看见他攻击您,要不要看看他血的颜色?"

"放开他。"丹妮站起身,"看看他拐杖底下,吾血之血。"乔拉爵士被那太监摔了出去,接着亚拉克弯刀和长剑"刷"的一声同时出鞘,她赶紧奔到他们之间。"放下武器!住手!"

"陛下?"莫尔蒙仅将剑尖放低一寸,"这两人意图不轨。"

"他们在保护我。"丹妮使劲甩手,以去掉指头的刺痛感,"对我不利的是个魁尔斯人。"她环顾四周,那人已不见踪影。"他是个遗憾客,给了我一个装蝎尾兽的珠宝盒。正是这位老人将它从我手中打落。"铜器商还在地上打滚,她走过去把他扶起来。"你被蜇到了吗?"

"没有,好心的夫人,"他颤抖着说,"否则我早没命了。但它碰到了我,哎哎哎,它从盒子里摔出来,正好落到我手上。"难怪,他尿了裤子。

她给他一个银币算是补偿,打发他离开,然后转身面对白胡老人,"我欠你一条命。"

"您什么也不欠我,女王陛下。我本名阿斯坦,来此的航海途中,贝沃斯为我起了个绰号叫白胡子。"虽然乔戈已经放手,但老人仍保持跪姿。阿戈捡起拐杖，翻过来，忍不住用多斯拉克语轻声咒骂。他把蝎尾兽的尸体在石头上刮掉，递回给老人。

"谁是贝沃斯？"她问。

高大的棕肤太监把亚拉克弯刀收好，昂首阔步地走上前。"我就是。在弥林的斗技场，大家叫我'壮汉'贝沃斯，因为我从没输过。"他拍拍布满伤疤的肚子。"我杀人之前，都会给对方一次机会，先砍我一下。算一算，你就知道'壮汉'贝沃斯杀了多少人。"

丹妮无需去数，她早已瞥见伤疤有多少。"你何故来此，'壮汉'贝沃斯？"

"我从弥林被卖到科霍尔，接着又被卖给潘托斯那个头发里有香味的胖子。他派'壮汉'贝沃斯渡海过来，并让白胡子服侍他。"

头发里有香味的胖子……"伊利里欧？"她猜测，"伊利里欧总督派你们来的？"

"是，陛下，"白胡老人回答。"不克亲至，总督特请恕罪。他年纪已经不轻，骑不上马，航海旅行又会晕船。"先前他用的是自由贸易城邦的瓦雷利亚方言，如今换为通用语。"如若惊扰，咱俩深切致歉。实话实说，起初我和他都不大确定，本以为您会更有……更有……"

"王家风范？"丹妮笑出声来。她没带龙，衣着更和女王的打扮有天壤之别。"你的通用语说得很好，阿斯坦，你是维斯特洛人吗？"

"是，陛下，我出生于多恩边疆地，年轻时作过史文家族中一名骑士的侍从。"他将手杖高高举起，活像一杆没有旗帜的长枪，"如今我是贝沃斯的侍从。"

"当侍从，你不觉得自己老了点吗？"乔拉爵士挤到丹妮身

边，黄铜盘子别扭地夹在腋下——贝沃斯的铁头让它扭曲得厉害。

"为我的主人效力还不算老，莫尔蒙大人。"

"你认识我？"

"我见识过你的身手。在兰尼斯港，你差点把弑君者打下马；在派克岛，你英勇作战。这些事，你都不记得了吧，莫尔蒙伯爵？"

乔拉爵士皱起眉头。"你看起来很面熟，但兰尼斯港的比武大会有数百人参加，攻打派克更出动了数千名骑士，我想不起你是谁。不过提醒你，我已经不是伯爵，熊岛另属他人，我只是个流浪骑士。"

"你是女王铁卫的首席骑士，"丹妮挽起他的手臂，"我忠实的朋友和优秀的顾问。"她仔细端详阿斯坦的脸。他有一股强烈的威严，一种她倾慕的沉静力量。"起来，白胡子阿斯坦。也欢迎你，壮汉贝沃斯。你们已经认识了乔拉爵士，这两位是阿戈寇和乔戈寇，我的血盟卫。他们跟随我穿越红色荒原，也亲眼目睹龙的诞生。"

"马族小子，"贝沃斯露齿而笑，"贝沃斯在斗技场杀过许多马族小子。他们死的时候铃铛作响。"

阿戈立刻拔刀。"我还没杀过棕色的胖子，贝沃斯将是头一个。"

"收起武器，吾血之血，"丹妮道，"此人前来为我效力。贝沃斯，你必须完全尊重我的子民，否则你的服务将很快结束，到时候你身上的伤疤将比现在更多。"

露齿的笑从巨人那张宽阔的棕脸上消失，取而代之的是疑惑的怒容。看来少有人威胁贝沃斯，别说是个头只有他三分之一的女孩。

丹妮给他一个微笑，以减轻责怪带来的伤害。"告诉我，伊利里欧总督派你们大老远从潘托斯赶来，所为何事？"

"他要龙，"贝沃斯大咧咧地说，"还要那个生龙的女孩。他要你。"

"贝沃斯说的是实话，陛下，"阿斯坦说，"我们奉命找到您，并把您带回潘托斯。七大王国正需要您，篡夺者劳勃已死，国家血流成河。当我们从潘托斯出航时，那片土地已有了四个国王，并且个个都不正义。"

丹妮心花怒放，脸上却不动声色。"我有三头龙，"她说，"还有超过一百人的卡拉萨，以及他们所有的财物和马匹。"

"没问题，"贝沃斯瓮声瓮气地说，"我们照单全收。那个潘托斯胖子为他的银发小女王雇了三条船。"

"正是，陛下，"白胡子阿斯坦说，"大商船'赛杜里昂号'泊于码头末端，划船'夏日之阳号'和'戏谑约索号'则在防洪堤外下锚。"

龙有三个头，丹妮思量。"我将告知子民，立刻做好出发准备，但载我回家的船必须改名。"

"如您所愿，"阿斯坦说，"您喜欢什么名字？"

"瓦格哈尔，"丹妮莉丝告诉他，"米拉西斯，贝勒里恩。用金漆把字涂上船壳，至少三尺高。阿斯坦，我要每个看到她们的人都知道：真龙回来了！"

艾莉亚

头颅浸过焦油,不会很快腐烂。每天早上,当艾莉亚去井边给卢斯·波顿打水时,都从它们下面经过。它们背对广场,因此她从来看不见脸孔,只在心里幻想其中之一是乔佛里的头,幻想他那副漂亮脸蛋浸了焦油的光景。如果我是乌鸦,头一个目标就是他肥厚的笨嘴唇。

这些头颅并不孤单。食腐乌鸦在城门楼上整日盘旋,沙哑地聒噪,为每一颗眼珠而你争我夺,互相嘶喊驱逐,只有当巡城哨兵经过时,方才暂时散开。时而学士的渡鸦也会拍着宽阔的黑翼从鸦巢飞过来加入盛宴。每当这时,普通的乌鸦便拍翅离开,只等它们体型稍大的远亲饱餐之后,方才飞回来清理残渣剩羹。

这些渡鸦可还记得托斯谬学士?艾莉亚疑惑地想,它们会为他悲哀吗?它们日夜对着他啼叫,是否在奇怪他为何不再回答?或许,死人有沟通的秘法,只是活人听不到罢了。

托斯缪被利斧斩首,因为他在赫伦堡陷落当晚放出鸟儿给凯岩城和君临报信;铁匠卢坎的罪名是替兰尼斯特家打造武器;哈拉太太的罪名是组织河安伯爵夫人的仆人们为兰尼斯特家服务;管家被处死则因为他把财宝库的钥匙交给了泰温公爵。大厨保住性命(据说全赖那锅黄鼠狼汤),但"小美人"皮雅和其他跟兰尼斯特士兵相好的女人都被赶到一起,扒去衣服,剃光毛发,扔在中庭的熊坑边上,任凭男人们享用。

这天早晨艾莉亚去井边打水时,三个佛雷家的士兵正在她们身上作乐。她尽量不看,但男人们的淫笑依旧传到耳中。装满水的木桶很重，她转身要把它提回焚王塔，却被埃玛贝尔太太抓住手臂。水从桶边晃出，溅到埃玛贝尔腿上。"你故意的！"女人尖叫。

"你想干吗？"艾莉亚奋力扭动。自他们砍掉哈拉的脑袋之后，埃玛贝尔就有些疯疯癫癫。

"看到没有？"埃玛贝尔指着院子对面的皮雅。"北方人垮台时，这就是你的下场！"

"放手。"她想挣脱，但埃玛贝尔的指头越攥越紧。

"他会垮台的！赫伦堡诅咒所有人。泰温大人打了胜仗，很快将带着大军杀回来，然后就轮到他惩罚叛徒了。别以为他不会知道你干的好事！"老妇人纵声大笑，"我会亲自折磨你。哈拉有把旧扫帚，我一直替你留着，那扫帚棍开裂多刺——"

艾莉亚抡起水桶。水的重量使她失去了准头，没能击中埃玛贝尔的脑袋，但泼出的水溅得老妇人一身，迫使她放手。"别碰我，"艾莉亚大喊，"否则我杀了你。走开！"

湿淋淋的埃玛贝尔太太伸出一根细长的手指，指着艾莉亚外衣前襟上的剥皮人。"别以为胸口有小血人就可以作威作福，没这回事！兰尼斯特会回来的！等着瞧吧，你等着瞧吧！"

四分之三的水溅到地上，艾莉亚不得不返回井边。*如果我把她的话告诉波顿大人，天黑前她的头就会挂在城墙上和哈拉的头做伴*，她一边想一边将水桶拉上来，知道自己不会说。

曾有一次，当城墙上的头还只有现在一半多的时候，詹德利撞见她打量它们，"欣赏自己的杰作？"他问她。

她知道他为卢坎的死而生气，但这样说太不公平。"杀他的是'铁腿'沃顿，"她防卫地说，"一切都是血戏班和波顿大人的手下做的。"

"是谁把他们弄到我们头上来的呢？你和你的黄鼠狼汤。"

艾莉亚捶了他胳膊一拳。"那只是一锅热汤而已。况且，你

也恨亚摩利爵士。""我更恨这帮家伙。亚摩利爵士只是为主子卖命，但血戏班是无耻的佣兵，变色龙！他们中一半人连通用语都不会讲。厄特修士喜欢小男孩，科本操纵黑魔法，你的朋友尖牙还吃人。"

糟糕的是，她无法否认他的话。赫伦堡的粮秣主要靠勇士团征集，卢斯·波顿还命他们在收粮之余将兰尼斯特的残余势力连根拔除。瓦格·赫特把队伍分成四队，自领最大的一队，其余交给信任的部下，以尽可能多地劫掠村落。罗尔杰经常将瓦格大人找叛徒的法子当谈资，这位大人只不过回到从前勇士团打着兰尼斯特的旗帜造访的地方，把那些投靠过他的人统统抓起来。这些人当初大都收了兰尼斯特的钱，因此血戏班带回城的除了一筐筐头颅，还有一袋袋钱币。"猜谜时间！"夏格维愉快地到处大喊，"波顿大人有一只山羊，它把那些给兰尼斯特大人的山羊喂食的人吃光了，请问现在有几只山羊？"

"一只。"问到艾莉亚时，她回答。

"黄鼠狼跟山羊一样聪明呢！"小丑窃笑。

罗尔杰和尖牙跟他们一样坏。每当波顿大人与守军一起进餐，艾莉亚就会在那帮人里面发现他们。尖牙一身臭气，像变质的奶酪，因此勇士团安排他坐在桌子最末端，随他在那儿咕咕哝哝，嘶嘶怪叫，手齿并用地撕肉。艾莉亚走过时，他会朝她嗅，但最让她害怕的是罗尔杰。他坐在"虔诚的"乌斯威克边上，艾莉亚四处走动伺候，感觉他的目光就在自己周身游走。

有时她真后悔当初没跟贾昆·赫加尔一起去狭海对岸。她留着他给的笨硬币，那只是一块比铜板大不了多少的铁片，边缘已经生锈。其中一面有些她不认识的怪异文字，另一面是个男子的头像，几乎完全磨损。他说它很珍贵，但和他的假脸假名字一样，这只是又一个谎言。想到这里她很气愤，便把硬币扔了，但不出一个小时，她开始难过，于是又把硬币找了回来，尽管它一钱不值。

她一边琢磨那枚硬币，一边使劲提水，穿过流石庭院。"娜娜，"有人在喊，"放下水桶，过来帮我。"

艾尔玛·佛雷和她年纪相仿，个子却有些偏矮。他正沿着凹凸不平的石地面使劲滚沙桶，脸涨得通红。艾莉亚过去帮他，他们一起将桶推到墙壁，然后再返回，最后竖立起来。

艾尔玛打开盖子，拽出一件锁甲，沙子"哗哗"流动。"你看它干净了没？"作为卢斯·波顿的侍从，他负责保养主人的锁甲明亮光鲜。

"你得把沙子全抖掉。那儿还有锈斑，看见吗？"她指指，"你最好再来一遍。"

"你来。"艾尔玛求助时会露出一副友善的表情，但之后会记起自己身为侍从，而她不过是个女仆。他老爱吹嘘自己是河渡口领主的亲生儿子——不是侄子，不是私生子，不是孙子，而是亲生的嫡子哟——还和一位公主订了婚。

艾莉亚既不在乎他的宝贝公主，也不喜欢听他发号施令。"大人等着我的水呢。他正在卧房里用水蛭放血。不是普通的黑水蛭哟，这回是又大又白的那种。"

艾尔玛的眼睛瞪得跟煮熟的鸡蛋那么大。他怕极了水蛭，尤其是那种肥大的、吸满血之前像肉冻一样的白水蛭。"我忘了，你太瘦，推不动这么重的桶。"

"我也忘了，你笨得要死。"艾莉亚提起水桶。"你也该放放血。颈泽里有猪那么大的水蛭。"她留下他独自跟他的沙桶做伴。

领主的卧室挤满了人。科本在服侍大人，阴沉的沃顿穿着锁甲衫和手套站在一旁，此外还有十来个佛雷家的人——彼此是亲兄弟、异母兄弟、堂兄弟及表兄弟。卢斯·波顿光着身子躺在床上，四肢内侧和苍白的胸膛爬满水蛭，长长的透明虫子逐渐变为闪亮的粉红。对它们，波顿就和对艾莉亚一样，完全不加理会。

"不能让泰温公爵把我们困在赫伦堡，"艾莉亚注满水盆时，伊尼斯·佛雷爵士正在说话。他是个秃顶驼背的灰大个，长着水汪汪的红眼睛和粗糙的巨手。赫伦堡内，一千五百名佛雷家的士兵归他节制，但他似乎很无能，连自己的兄弟也指挥不大动。"此城太大，要守住需要一整支军队，而一旦被围，我们却养不起一支军队，因为无法储备足够的补给。农田成为灰烬，村庄被狼群占据，收获要么被烧，要么被偷。秋天已临，我军却没有存粮，更没有种子用于播种，只能靠劫掠为生。假如兰尼斯特军加以封锁，一月之内，就只剩老鼠和皮鞋可吃。"

"我不会被困住。"卢斯·波顿的声音之轻，人们只能伸长耳朵才听得见，因此他的房间总是出奇的静。

"那怎么办？"杰瑞·佛雷爵士提问，他是个秃顶的瘦子，一脸痘疮。"莫非顺着被胜利冲昏头脑的艾德慕·徒利的意思，跟泰温公爵正面决战？"

他会打垮他们！艾莉亚心想，他会像在红叉河岸一样打垮他们，你们等着瞧吧。她悄悄站到科本身边，没有引起任何人注意。

"泰温公爵离这儿远着呢，"波顿平静地说，"他在君临有很多事等着处理，短期内不可能进攻赫伦堡。"

伊尼斯爵士固执地摇头，"大人，您对兰尼斯特的了解没我们深。您瞧，史坦尼斯国王也认为泰温公爵远在千里之外，结果遭到灭顶之灾。"

水蛭吸食着床上这名苍白男子的鲜血，他微微一笑。"我和他不一样，爵士先生。"

"就算奔流城召集所有兵力，少狼主也从西境乘胜而回，与艾德慕合军一处，我们的部队仍无法与泰温公爵的大军相提并论。我提醒您，他目前的军队远超当初在绿叉河的数目，高庭加入了乔佛里！"

"我没有忘。"

"我做过泰温公爵的俘虏，"霍斯丁爵士说，他是个高大的方脸汉子，据说在佛雷家中最为强壮，"可不希望再受一次款待。"

哈瑞斯·海伊爵士不住点头，他母亲是佛雷家的人。"连身经百战的史坦尼斯·拜拉席恩尚且败在泰温公爵手下，咱们的小鬼国王与他为敌岂不是以卵击石？"他环顾兄弟与亲戚们寻求支持，他们果真咕哝着同意。

"丑话总得有人站出来说，"霍斯丁道，"罗柏国王必须明白，战争业已失败。"

卢斯·波顿用淡白的眼珠打量他，"陛下与兰尼斯特军多次交锋，从无败绩。"

"但他失去了北境，"霍斯丁·佛雷坚持，"失去了临冬城！他的弟弟们都死了……"

轰的一声，艾莉亚无法呼吸。死了？布兰和瑞肯死了？他什么意思？临冬城怎么了？乔佛里不可能夺取临冬城，不可能，罗柏会打败他。然后她才想起罗柏远征西境，根本不在临冬城，布兰成了残废，瑞肯只有四岁。她竭尽全力才没奔过去大声质问，而是运用西利欧·佛瑞尔教她的方法，像件家具似的笔直挺立。泪水在眼睛里积聚，但她硬生生忍住。这不是真的，这不可能是真的，这只是兰尼斯特的谎言。

"若是史坦尼斯获胜，情况迥然不同。"朗诺尔·河文渴望地说，他是瓦德侯爵的私生子。

"史坦尼斯已经输了，"霍斯丁爵士生硬地说，"愿望不会改变事实。不管罗柏国王高不高兴，都必须与兰尼斯特家讲和，并脱下王冠，屈膝臣服。"

"这个提议，由谁来告诉他呢？"卢斯·波顿微笑，"多事之秋,能有这么多英勇的好兄弟站在我一边,实在是太好了。我会仔细考虑你们的话。"

他的微笑意味着散会,佛雷家的人行礼之后纷纷离去,只留科本、铁腿沃顿和艾莉亚。波顿大人召她上前,"血放够了,娜娜,把水蛭拿掉。"

"我马上去办,大人。"任何事都不能让卢斯·波顿说第二遍。艾莉亚真想问他霍斯丁爵士提到的临冬城的事,但她不敢。我去问艾尔玛,她心想,艾尔玛会告诉我。她小心翼翼地将水蛭从伯爵的身体上摘下来,虫子在指间缓缓蠕动,粉红的身体湿漉漉,因吸血而膨胀。不过是水蛭,她提醒自己,一捏就烂的啦。

"夫人来信。"科本从袖子里抽出一卷羊皮纸。他虽穿着学士的袍子,脖子上却没有颈链,据说是因为涉足死灵术而被学城放逐。

"念。"波顿道。

瓦妲夫人几乎每天都从李河城写信来,内容千篇一律。"我日夜为您祈祷,亲爱的大人,"她写道,"数着日子等您回来与我再度共眠。早日归来吧,我将为您产下许多嫡子,以取代您珍爱的多米利克,继您之后统治恐怖堡。"艾莉亚的脑海中不禁浮现一个圆鼓鼓的粉红婴儿,浑身爬满粉红的水蛭躺在摇篮中。

她递给波顿大人一块湿毛巾,以擦拭他柔软而无毛的身体。"我要写信。"他告诉前学士。

"给瓦妲夫人?"

"给赫曼·陶哈爵士。"

赫曼爵士的信使两天前就到了。陶哈的部队夺回了戴瑞的城堡,经过短暂围城,兰尼斯特驻军便告投降。

"以国王的名义,要他处死俘虏,烧毁城堡,然后跟罗贝特·葛洛佛会合,东进攻打暮谷城。此间土地还很肥沃,几乎未遭战火波及，该让它们也尝尝滋味。葛洛佛没了家堡，陶哈没了儿子，势必急于复仇。"

"我马上去办，然后带过来给您封印，大人。"

艾莉亚很高兴戴瑞家的城堡要被烧毁。她跟乔佛里打架之后，正是被抓去那里，也正是在那里，王后逼父亲杀了珊莎的小狼。那地方活该！其实她先前希望罗贝特·葛洛佛和赫曼·陶哈爵士早些回到赫伦堡，他们走得匆忙，她还来不及决定是否把秘密告诉他们。

"我今天要去打猎。"卢斯·波顿一边说，一边让科本帮他穿上一件夹絮背心。

"安全吗，大人？"科本问，"三天之前，厄特修士的人刚遭狼群袭击。它们直接闯进营地，在离营火不到五码远咬死两匹马。"

"我要猎的正是狼，它们吵得我晚上睡不着。"波顿扣上皮带，调整好长剑和匕首的位置。"据说在我们北境，一度冰原狼结成上百只的群落四处游荡，不怕人，连长毛象也不怕，但那是古代，况且在北方。我很奇怪，南方的寻常狼只怎会如此大胆？"

"糟糕的时代孕育糟糕的东西，大人。"

波顿露齿似笑非笑，"如今有这么糟糕，学士？"

"夏日已尽，国内又有四王争雄。"

"一个国王才糟糕，四个？嘿，"他耸耸肩，"娜娜，我的裘皮斗篷。"她将斗篷递给他。"我回来之前，房间要打扫干净，收拾整齐，"她一面替他系斗篷，他一面说。"对了，把瓦妲夫人的信处理掉。"

"遵命，大人。"

伯爵和学士迅速离开房间，没多看她一眼。他们走后，艾莉亚把信丢进火炉，用拨火棍搅动木柴，激发火焰。她呆呆地看着羊皮纸卷曲变黑,发出阵阵火光。兰尼斯特敢伤害布兰和瑞肯,罗柏定会杀光他们,他决不会屈服,不会,不会,不会!他谁也不怕!缕缕烟尘飘上烟囱,艾莉亚蹲在火堆边,热泪盈眶。如果临冬城真的没有了,这儿就是我的家吗?我还是艾莉亚吗?我是不是永远、永远、永远都只能当女仆娜娜?

接下来的几个小时,她专心收拾领主的套房。她扫掉旧的灯芯草,铺上气味清新的新草,并在壁炉里重新生火,把羽毛床弄蓬松,更换亚麻床单,在小厕所里倒了夜壶,并把它刷洗干净,最后捧一大堆脏衣服给洗衣妇,又从厨房拿来一碗脆秋梨。收拾完套房,她下去半层楼梯,继续整理书房。这是一间通风良好的大房间,规模与许多小城堡的厅堂无异。蜡烛已成残桩,艾莉亚把它们都换好。窗下有张大橡木桌,平日里大人就在这儿写信。她把书籍堆好,放上新蜡烛,并将羽毛笔、墨水和封蜡排列整齐。

文件之间有一大张破破烂烂的羊皮纸。艾莉亚刚要卷起来,却被上面各种斑驳的颜色所吸引:蓝色代表湖泊与河流,红点代表城堡和市镇,绿色代表森林。她不由自主地将它铺开来。地图下华丽的字体写着:三河流域全图。看来这张图画的正是颈泽与黑水河之间的地理。赫伦堡在一个大湖上方,她想起来,奔流城在哪里?……找到了,并不太远……

干完活之后,下午才刚过一半,因此她去了神木林。当波顿大人的侍酒,比在威斯或粉红眼手下轻松多了,唯一的麻烦是必须穿戴整齐,时时梳洗,这让她有些不耐烦。捕猎的队伍没几个小时回不来,因此她有点时间做"针线活"。

她狠狠地劈砍白桦树叶,直到扫帚剑参差的顶端变得又绿又黏。"格雷果爵士,"她喘口气,"邓森,波利佛,'甜嘴'拉夫。"她旋身跃起,脚尖着地,忽左忽右,四面游移,打得松果到处乱飞。"记事本。"她大喝一声,接着又喊"猎狗,伊林爵士,马林爵士,瑟曦太后"。橡树树干耸立在前,她作势突刺,一边低吼:"乔佛里!乔佛里!乔佛里!"阳光叶影在身上洒下点点斑驳,当她终于停下,已是通体大汗,右脚跟还擦破了皮,流出血来,因此她单腿站在心树前,举剑致敬。"Valar morghulis。"她对北方的远古诸神说。她喜欢这串发音。

穿过庭院去澡堂时,艾莉亚瞥到一只渡鸦盘旋降落在鸦巢,不禁疑惑它从哪里来,带来什么消息。说不定是罗柏派来的,专门澄清布兰和瑞肯的事。她咬紧嘴唇如此期望。如果我也有翅膀,就可以自己飞回临冬城去看。如果事情是真的,那我就干脆一直飞,飞过月亮,飞过闪亮的星星,飞去看老奶妈故事里的一切,飞去看龙、海怪和布拉佛斯的泰坦巨人像。再也不要回来。

捕猎的队伍近黄昏时才回来,带回九匹死狼,其中七匹是成年狼,体型很大,一身灰棕,凶猛而强壮,由于临死前的咆哮,它们嘴巴张开露出黄色的牙齿;另有两匹是幼崽。波顿大人下令把它们的皮缝成毯子铺在他床上。"小狼皮软,大人,"他的一名手下指出,"不如做一副暖和的手套。"

波顿抬头瞥瞥城门楼上飘扬的旗帜,"好吧,正如史塔克常提醒我们的:凛冬将至。那就做吧。"他看见艾莉亚望着他,便道,"娜娜,我在林子里受了点风寒,来一壶加热的香料酒,别让它凉掉。我打算独自进晚餐。大麦面包,黄油和野猪肉。"

"我马上去办,大人。"这总是最佳回答。

到厨房时,热派做着燕麦饼,另三个厨子在剔鱼骨,司炉小弟则在火焰上翻转野猪。"大人要晚餐,配上加热的香料葡萄酒,"艾莉亚宣布,"不能凉掉。"听罢此言,一个厨子连忙洗手,取出一个锅子,倒满黏稠芬芳的红酒,然后叫热派边看着火边把香料捣碎了加进去。艾莉亚过去帮忙。

"我自己来,"他沉着脸说,"这点小事不用你教。"

他恨我，不然就是怕我。她退开去，伤心更甚气恼。食物准备好之后，厨子们扣上银罩，并拿厚毛巾包住酒壶保温。暮色降临，城墙上的乌鸦绕着头颅嘀嘀咕咕，活像满朝文武觐见国王。一个卫兵守在焚王塔门口，"这不是黄鼠狼汤吧？"他打趣道。

卢斯·波顿正在火炉边看一本皮革装订的厚书。"多点几支蜡烛，"他边翻书页边下令，"越来越暗了。"

她把餐盘放在他手边，然后遵命去点蜡烛，屋里顷刻间充满摇曳的亮光和丁香的气味。波顿又用手指夹着翻了几页，然后合上，缓缓地将书放进火堆。他目睹火焰将其吞噬，淡白的眼珠映着亮光。干燥的旧皮革"呼"的一声着了火，泛黄的书页一张张卷起来，仿佛有个幽灵正在阅读。"今晚用不着你了。"他说话时一眼都没瞧她。

她该像老鼠一样悄悄离开，却不知怎的留了下来。"大人，"她开口问，"您离开赫伦堡时会带上我吗？"

他转头凝视她，那眼神好像是突然发现晚餐在跟他说话。"我准你问话了吗，娜娜？"

"没有，大人。"她垂下眼。

"那你就不该问，对不对？"

"不该，大人。"

他似乎有些兴致。"念你是初犯，我就回答一次，下不为例。我回北方的时候，打算把赫伦堡交给瓦格大人。你和他一起留下。"

"但我不——"

他打断她，"我没有被仆人质问的习惯，娜娜，要我把你的舌头拔出来吗？"

她知道这种事对他而言，就跟别人打狗一样稀松平常。"不，大人。"

"那就把嘴巴闭上。"

"是,大人。"

"去吧,我原谅你这次无礼。"

艾莉亚离开了,但没有回去睡觉,她走出焚王塔,踏入黑暗的庭院,门口的卫兵点头道:"闻到了吧?暴风雨要来了。"阵阵朔风吹过,插在城墙上那些头颅旁的火炬急速摇曳。去神木林途中,经过号哭塔,她曾在那儿生活,生活在对威斯的恐惧中。赫伦堡陷落后,佛雷家将它占用,她听见一扇窗户内传来许多愤怒的话音,一群人在同时叫嚣,讨论争吵。艾尔玛独坐在门外台阶上。

"怎么回事?"艾莉亚问,他的脸颊闪着泪花。

"我的公主,"他抽泣着,"伊尼斯说我们蒙羞了。父亲大人从李河城派来一只鸟,要我跟别人结婚,否则就去做修士。"

就为一个笨公主,她心想,有什么好哭的。"我弟弟可能死了呢。"她向他吐露。

艾尔玛轻蔑地看了她一眼,"谁在乎女仆的弟弟呀。"

听他这么说,很难不去揍他。"你的公主去死吧!"她大声道,然后趁他抓她之前飞身跑掉。她跑进神木林,在原处找到扫帚剑,提着它来到心树前跪下。红叶沙沙作响,红眼洞穿内心。这是远古诸神的眼睛。"诸神啊,请告诉我该怎么做。"她祈求。良久,一片寂静,唯有风声、水声和枝叶的婆娑。接着,从遥远的地方,从神木林之外,从闹鬼的塔楼之外,从赫伦堡巨大的石墙之外,从世界的某处,传来一声孤寂而悠长的狼嚎。艾莉亚起了鸡皮疙瘩,片刻之间头晕目眩。然后,她朦朦胧胧听见父亲的声音,"当大雪降下,冷风吹起,独行狼死,群聚狼生。"他说。

"可我找不到伴。"她轻声对鱼梁木说。布兰和瑞肯死了,珊莎在兰尼斯特家手中,琼恩去了长城。"我甚至都不是自己,我成了娜娜。"

"你是临冬城的艾莉亚,北境的女儿。你答应过我会变得坚强,别忘了,你体内流着奔狼之血。"

"奔狼之血。"艾莉亚记起来。"我说过,我会变得跟罗柏一样坚强。"她深吸一口气,然后双手举起扫帚棍,往膝盖上一磕。它响亮地断裂,碎片被她扔掉。我是冰原狼,不需要木牙。

当天晚上,她躺在狭窄的稻草床上等待明月升起,一边聆听生者与死人的低语争辩。这是她现在唯一相信的声音。她耳中不但有自己的呼吸,也有狼群的嗥叫,它们已经成群。它们比我在神木林里听到时更接近了,她心想,它们在呼唤我。

最后,她从被子底下溜出来,摸索着套上外衣,光脚走下楼梯。卢斯·波顿是个谨慎的人,焚王塔门口日夜有人把守,她不得不从地窖的窄窗溜出去。庭院寂静无声,巨大的城堡陷入鬼影憧憧的迷梦,唯有寒风在头顶的号哭塔尖啸。

她发现铁匠房炉火已熄,门也关闭上闩,于是像上次一样翻窗进去。詹德利跟另外两个铁匠学徒睡在一起。她在阁楼上蜷伏良久,等待眼睛适应黑暗,确定他就是边上那个。她用一只手捂住他的嘴,捏了他一把。他立刻睁眼,一定没睡熟。"求求你。"她轻声道,一边把手从他的嘴上移开,指指外面。

片刻之间,她以为他不明白,但他随后从被子底下溜出来,光着身子穿过房间,套上一件松垮的粗布上衣,跟在她后面爬下阁楼。熟睡的人们没有动静。"你又要干什么?"詹德利压低声音恼怒地问。

"我要一把剑。"

"我给你说过一百遍,黑拇指把所有刀剑都锁起来了。水蛭大人叫你来拿吗?"

"我自己要。用你的锤子把锁砸开。"

"他们会砍断我的手,"他咕哝道,"或者更糟。"

"跟我一起逃就不会了。"

"逃?他们会杀了你。"

"留下来更糟。波顿大人亲口告诉我,要把赫伦堡交给血戏班。"

詹德利把盖在眼睛上的黑发拨开,"那又怎样?"

她勇敢地直视他,"一旦瓦格·赫特当上城主,会把全城仆人的脚都砍掉以防他们逃跑。铁匠也一样。"

"这只是吓小孩的故事。"他不屑地说。

"不,是真的,我听瓦格大人亲口这么说,"她撒谎。"每个人都会被他砍掉一只脚。似乎是左脚。去厨房叫醒热派——他听你的话——让他准备些面包或燕麦饼之类。反正你负责拿剑,我负责牵马,最后在厉鬼塔后的东墙边门碰面。那里少有人进出。"

"我知道那里,还不是跟其他门一样,有人守卫。"

"那又怎样?好啦,你别忘了剑!"

"我又没说要来。"

"好好。但如果你要来,不会忘记带剑?"

他皱起眉头。"不会,"他最后说,"我想不会。"

艾莉亚原路返回焚王塔,一边悄悄走上蜿蜒的楼梯,一边聆听脚步。在自己的小房间里,她脱光衣服,仔细地着装。她穿上两层内衣,一双温暖的长袜,还有自己最干净的外衣——那是波顿家的制服,胸口上缝着恐怖堡的剥皮人纹章。随后她系紧鞋子,瘦小的肩膀披上一件羊毛斗篷,并在喉咙下打好结。静如影,她再次下楼,中途在领主的书房门口驻足聆听。唯有静默。于是她缓缓推开门。

羊皮纸地图就在桌上,在波顿大人吃剩的晚餐旁边。她将它紧紧卷好,插入腰带。为防詹德利万一不敢来,她把大人留在桌上的匕首也拿走了。

之后她溜进漆黑的马厩,有匹马低嘶了一声。马夫们都睡着了,她用脚尖捅醒一个,对方歪歪扭扭地坐起来,"呃?干嘛?"

"波顿大人要三匹马,上好马鞍和辔头。"

男孩站起身,拍拍头发里的稻草,"干吗?现在?你……要马?"他对着她外衣上的家徽眨眨眼。"大半夜的,他要马做什么?"

"波顿大人没有被仆人质问的习惯。"她双手抱胸。

马童盯着剥皮人不放,他知道那代表的含义。"你要……三匹?"

"一,二,三。打猎用的马,又稳又快的那种。"艾莉亚帮他准备辔头和马鞍,以防惊动其他人。她希望将来不会连累到他,但心里知道这很难。

牵马过城是最困难的部分。只要可能,她便躲在墙内的阴影里,如此城头上走动的卫兵就得垂直往下看才能发现她。他们发现又怎样?我可是大人的贴身侍酒。这是个寒冷阴湿的秋夜,西边吹来的乌云遮住了星星,每阵风都让号哭塔发出凄厉的悲泣。闻起来快下雨了。艾莉亚不知这对他们的逃亡而言是好还是坏。

没人看见她,她也没看见任何人,只有一只灰白相间的猫,沿着神木林的围墙悄悄走动。它停下来朝她吐口水,刹时间唤起她关于红堡、父亲和西利欧·佛瑞尔的记忆。"我想抓就能抓住你,"她轻声对它说,"但我得走了,猫咪。"那只猫嘶了一声,然后跑掉。

厉鬼塔在赫伦堡的五座巨塔中损坏最为严重。它阴沉凄凉地矗立在一座倾颓的圣堂后面——近三百年来,只有老鼠到此祈祷。她就在那里等待詹德利和热派。仿佛过了很久很久,马匹啃食碎石间的杂草,乌云吞没最后一颗星星。艾莉亚百无聊赖地拿出匕首打磨。照着西利欧教她的法子,悠长而平稳地摩擦。这声音令她平静。

　　人还没到,她远远便听见他们的声音。热派呼吸粗浊,还在黑暗中绊了一跤,擦破小腿的皮,随之而来的大声咒骂几乎能吵醒半个赫伦堡。詹德利比较安静,但走动时身上扛的剑互相撞击,叮当作响。"我在这儿。"她站起来,"安静点,否则他们会听到。"

　　男孩们在碎石堆中择路朝她走来。詹德利在斗篷下穿了上好油的锁甲,背挎铁匠的锤子。热派涨红的圆脸在兜帽里若隐若现,他右手摇摇晃晃地拎着一袋面包,左臂夹着一大轮奶酪。"边门有个卫兵,"詹德利平静地说,"我告诉你会有卫兵。"

　　"你们留下来看马,"艾莉亚道,"我去处理。听到信号就赶快跟上。"

　　詹德利点点头。热派说:"你学猫头鹰,我们就过来。"

　　"我不是猫头鹰,"艾莉亚道,"我是狼。我会嗥叫。"

　　她独自一人穿越厉鬼塔的阴影,走得很快,以抵制内心的恐惧,一面幻想西利欧·佛瑞尔、尤伦、贾昆·赫加尔和琼恩·雪诺就在身边。她没带詹德利给的剑,现在还不需要。尖锐锋利的匕首更合适。东墙边门是赫伦堡最小的入口,十分狭窄,厚实的橡木板镶嵌铁钉,与城墙呈斜角,设在防御塔楼下。门边只有一个守卫,但塔楼里一定还有,沿墙巡逻的更多。不管发生什么,静如影。不能让他出声。零星的雨点开始落下,有一滴掉在眉梢,沿着鼻子缓缓流淌。

　　她没有隐藏,而是径直走向卫兵,装作波顿大人有所差遣的样子。他看她走近,十分好奇一个仆人为何在漆黑的夜晚跑来找他。末了,她发现他是个又高又瘦的北方人,裹一件破烂的毛皮斗篷。真糟糕。她也许能瞒过佛雷家或勇士团的人,但恐怖堡的部属跟随卢斯·波顿一辈子,比她更了解他。如果我告诉他,我是艾莉亚·史塔克,命令他让开……不,她不敢。他是北方人,但不是临冬城的人。他是卢斯·波顿的手下。

于是她走到他面前,敞开斗篷,露出胸口的剥皮人。"波顿大人派我过来。"

"这个时候?做什么?"

她看见皮斗篷下钢铁的反光,却不知自己够不够强壮,能不能将匕首尖捅进锁甲。喉咙,一定要刺喉咙,但他太高,我够不到!片刻之间,她不知如何是好;片刻之间,她又成了受惊的小女孩。雨水聚在脸上,感觉像是眼泪。

"他要我发给每个卫兵一枚银币,以示嘉奖。"这句话也不知打哪儿冒出来的。

"你说……银币?"他并不相信她,但心里渴望相信,毕竟银币就是银币。"拿过来吧。"

她把手伸进外衣,掏出贾昆给的硬币。黑暗中,钢铁可以冒充褪色的银子。她递出去……并让它从指间滑落。

那人低声骂了一句,蹲下来在泥地中摸索,脖子凑到她眼前。艾莉亚拔出匕首,划破喉咙,动作流利得像夏日的丝绸。热血一下子涌出,喷满她的手。他想喊叫,却被血哽住。

"Valar morghulis。"他死去时,她轻声念。

当他不再动弹,她捡起了硬币。赫伦堡的高墙之外,传来一声悠长而响亮的狼嗥。她推起门闩,搁到一边,然后打开沉重的橡木门。等热派和詹德利牵马过来,雨势已大。"你杀了他!"热派倒抽一口气。

"当然!"手指上全是黏黏的血,气味令母马紧张不安。没关系,她一边想一边翻上马鞍,雨水会将它们冲得干干净净。

珊莎

王座厅内是一片珠宝、裘皮和亮丽织锦的海洋。领主和贵妇们群聚于大厅后方，站在高窗之下，像码头的渔妇一般互相推挤。

乔佛里的廷臣们今日都极力攀比。贾拉巴·梭尔一身豪华的羽衣，奇异而夸张的服饰让他看来像只急欲腾空的巨鸟。总主教的头每动一下，水晶冠冕便散发出七彩虹光。议事桌边，瑟曦太后身穿带金色条纹的酒红色天鹅绒礼服，熠熠生辉，她身边的瓦里斯穿着淡紫锦袍，时而大呼小叫，时而咯咯窃喜。月童和唐托斯爵士穿着崭新的小丑服，洁净一如春日之晨。连坦妲伯爵夫人母女都换上青绿丝绸与毛皮做的礼服，彼此相得益彰，而盖尔斯伯爵咳嗽用的方巾也换成镶金边的鲜红绸帕。乔佛里国王高坐在所有人之上，那布满剑刃和刺棘的铁王座里。他穿着绯红锦衣，黑披风上嵌有许多红宝石，头戴沉重的金冠。

珊莎穿过一大群骑士、侍从和名流富商，好不容易挤到旁听席前端，这时喇叭声骤然响起：泰温·兰尼斯特公爵驾到。

他骑着战马横穿大厅，直到王座前方才下马。珊莎没见过这般华丽的铠甲：锃亮如火的红钢板嵌有繁复的黄金涡形装饰，巨盔上围了一圈旭日状的钻石，盔顶咆哮的雄狮有红宝石的眼睛，双肩上的母狮扣住一件又长又重的金色披风，它垂下来一直盖住马的臀部。马铠也是镀金，马饰是闪耀的绯红丝绸，其上饰有兰尼斯特家族的雄狮纹章。

凯岩城公爵的形象如此令人敬畏，因此当他的坐骑陡然在铁王座下拉出一堆粪便时，大家都吃了一惊。乔佛里不得不小心翼翼地绕过它去拥抱外公,并称他为君临的救星。见此光景,珊莎连忙捂嘴,以掩饰笑容。

小乔故作诚恳地请求外公代他掌管王国全境,泰温公爵庄严地接受了职务,"吾将不辞辛劳,直到陛下成年为止。"随后侍从们帮他卸下盔甲,由小乔亲手将首相项链为他挂上。泰温公爵在议事桌边太后身旁落座。待到战马牵走,地板亦被清理干净之后,瑟曦点头示意典礼继续进行。

列位英雄逐个通过巨大的橡木门走进大厅,每进一位,黄铜喇叭都响起一阵嘹亮的号声以为致敬。司仪高声宣布他们的姓名与事迹,列席的骑士与夫人们热烈欢呼,活像斗鸡场边的观众。最先进场的是高庭公爵梅斯·提利尔,据说他当年身体魁伟,如今却有些发福,不过俊朗依然。他两个儿子紧随在后:洛拉斯爵士和其兄"勇武的"加兰。三人一律穿着镶紫貂皮边的绿天鹅绒长袍。

国王再次走下王座,向他们致意。这是特有的殊荣。他还为他们每人系上一条软金玫瑰项链,坠子是一块金牌,嵌有红宝石雕刻而成的兰尼斯特雄狮。"玫瑰支撑雄狮,正如高庭的力量支持国家,"乔佛里宣告,"卿等有何请求,但说无妨,吾定当准卿所请。"

开始了!珊莎心想。

"陛下,"洛拉斯爵士道,"臣请求加入您的御林铁卫,以对抗您的敌人,保护您的安全。"

乔佛里扶起百花骑士,在他脸颊印上一吻,"就这么办,兄弟。"

提利尔公爵低头道:"无上之荣光莫过于为陛下效劳。臣愿以此绵薄之躯顾问于陛下之御前会议,肝脑涂地,在所不惜。"

小乔将一只手搭上提利尔公爵的肩膀,并在他起身时吻了他,"准了。"

加兰·提利尔爵士比洛拉斯爵士年长五岁，两人长得十分相似。与更有名气的弟弟相比，加兰比较高大，留了胡子，胸膛更厚，肩膀更宽，虽然相貌也算清秀，却没有洛拉斯爵士那种令人震撼的美。"陛下，"待国王走近后加兰开口，"臣有个待字闺中的妹妹玛格丽，实乃吾家之明珠。陛下明察，她曾嫁与蓝礼·拜拉席恩，但公爵尚未圆房便赴沙场，故而舍妹处子之身未破。玛格丽听闻陛下桩桩丰功伟绩，迷醉于您的智慧、勇气与骑士精神，远在他方便坠入爱河。臣恳请陛下即日将她接来京师，携手联姻，结合两大家族，共铸世代辉煌。"

乔佛里国王故作惊讶："加兰爵士，舍妹之姿七大王国远近驰名，但吾已有婚约在先。君无戏言。"

裙裾婆娑，瑟曦太后站了起来，"陛下，御前会议认为，以吾王万金之躯迎娶已被明正典刑的叛徒之女既为不智亦为不妥，况其兄时至今日尚冥顽不化，不肯降下叛旗，归顺于朝。陛下，为国家福祉，御前会议恳请您痛下决心，取消与珊莎·史塔克之婚约，另立玛格丽小姐为后。"

大厅里列位贵族男女立即像训练有素的狗一般，急切地呐喊起来。"玛格丽，"他们高呼。"我们要玛格丽！""不要叛徒王后！给我们提利尔！给我们提利尔！"乔佛里举起一只手。"身为国王，吾当顺应民意，但母后明鉴，吾之婚约乃立于诸神之前，郑重其事。"

总主教走上前。"陛下，诸神固然看顾婚约，但先王——受神荣宠之劳勃国王——在临冬城许婚之时，史塔克家叛迹未显。今其族事迹败露，恶行滔天，神人共愤，人人得而诛之，自无须念昔日之友盟，守过往之重诺。陛下，吾以诸神之名在此宣布，您的义务已告解除，婚约无效！"

嘈杂的欢呼响彻大厅，阵阵"玛格丽！玛格丽！"的喊叫在她

四周掀起。珊莎倾身向前，紧紧抓住旁听席的木栏杆。虽然她明知接下来会发生什么，却免不了担心乔佛里的说辞——担心他会不顾大局，拒绝解放她。她觉得自己仿佛又回到贝勒大圣堂外的大理石讲坛上，等待她的王子宽恕父亲，结果却听他命伊林·派恩砍下父亲的首级。诸神啊，求求您们，她热切地祈祷，求求您们让他说出来，说出来吧。

泰温公爵紧盯着外孙不放。乔佛里闷闷不乐地望了他一眼，迈步上前，扶起加兰·提利尔爵士。"既然诸神慈悲，吾当自主行为，以遂心愿。爵士先生，迎娶令妹，实乃无上之喜。"他亲吻加兰爵士留胡子的脸颊，欢呼在周围响起。

珊莎感到一阵奇妙的晕眩。我自由了！无数的眼光落在她身上，不能笑！她提醒自己。太后警告过她：不管她心里怎么想，脸上都必须表现出伤心欲绝的神色。"我不许我儿子丢脸，"瑟曦说，"你清楚了吗？"

"是的。嗯……现在我做不了王后了，以后怎么办呢？"

"这事以后决定。目前你得留在朝中，接受我们的监护。"

"我想回家。"

太后不耐烦起来："你还没弄明白吗？没有人能够随心所欲。"

可我已经满足了，珊莎心想。我摆脱了乔佛里。不需要亲吻他，不需要将童贞给他，不需要怀他的孩子。这一切都留给玛格丽·提利尔吧，可怜的女孩。

等喊声渐息，高庭公爵也在议事桌旁就座，他的儿子们则退到高窗下与其他骑士、领主站到一起。黑水河一役的英雄们继续入厅领赏，珊莎努力装出一副失魂落魄的样子。

青亭岛领主派克斯特·雷德温沿着大厅迈步上前，两边是他的孪生子"恐怖爵士"和"流口水爵士"，前者在战斗中受了点腿伤,显得一瘸一拐。在他们之后有身穿雪白上衣的马图斯·罗宛伯爵,胸前用金丝纹着一棵大树;瘦长而秃顶的蓝道·塔利伯爵,背后斜挎一把珠宝剑鞘的巨剑;凯冯·兰尼斯特爵士是个秃顶粗汉,胡子修得很短;亚当·马尔布兰爵士红铜色的长发披在肩头;随后还有西境的几大诸侯莱顿、克雷赫与布拉克斯。

接着是四位出身贫寒,但战功彪炳的人物:独眼的雇佣骑士菲利普·福特在一对一决斗中杀死了布莱斯·卡伦伯爵;自由骑手罗索·布伦冲破数十名佛索威家士兵的包围,活捉绿苹果佛索威家的琼恩爵士,击毙红苹果佛索威家的布赖恩爵士和艾德威爵士,为自己赢得"苹果食客罗索"的称号;威里特,哈瑞斯·史威佛爵士手下一名头发斑白的老兵,在危急关头将主人从垂死的战马下拖出来,并杀退十余敌兵的攻击;嘴上无毛的侍从乔斯敏·派克顿,尚不满十四岁,但在战斗中杀死两名骑士,另击伤一名,俘虏两名。这四人中,威里特是抬进来的,他的伤势实在太重。

凯冯爵士先前已在哥哥泰温公爵旁边落座,等司仪报完各位英雄的事迹,他站起来。"于此国难当头之际,诸位精忠报效,奋不顾身,令陛下深为感叹,决意着力嘉奖。由是,遵照陛下意愿,菲利普·福特爵士即日起受封为福特家族的菲利普伯爵,原卡隆家族领有之土地、权益和税赋转归其所有;罗索·布伦擢升为骑士,一旦海内平息,将于三叉戟河流域授予其土地与城堡;乔斯敏·派克顿受赐一把长剑和一副铠甲,并可在王家马厩任选一匹战马,成年之后,立即成为骑士;最后,赏赐威里斯先生一支银柄长矛,一件新造锁甲,外加一顶带面甲的全盔,此外,其子将入凯岩城为兰尼斯特家族效劳,长子为侍从,次子为侍酒,若此二人忠诚得力,均有机会晋升骑士。陛下有令,首相与重臣均表赞同。"

接下来,王家战舰野风号、伊蒙王子号与河箭号的船长受到嘉奖,同时受奖的还有一些来自于神恩号、长枪号、丝绸夫人号和

羊首号的下层军官。据珊莎所知,他们主要的功绩就是从河上战斗中活了下来——这其实算一桩鲜有人能夸耀的成就。炼金术士公会的火术士哈林和其他众位师傅也受到国王的感谢,哈林本人擢升为伯爵,但珊莎注意到他的头衔和瓦里斯一样只是虚位,并无土地和城堡与之伴随。截至目前,最引人注目的爵禄给了蓝赛尔·兰尼斯特爵士,乔佛里把戴瑞家的土地、城堡和权益转隶于他,因为在三河一带的战争中,戴瑞家血脉已绝,"戴瑞家族无合法之嫡出继承人,唯余一支私生远亲。"

蓝赛尔爵士没有现身受封,据说他的伤或许需要截掉一条胳膊,甚至保不住性命。谣传小恶魔也快死了,因为头上受了狠狠一击。

最后司仪高唱:"培提尔·贝里席伯爵",他便穿着玫瑰和李子色的服装,披风绣满仿声鸟,施施然走进来,微笑着跪在铁王座前。他看上去真得意。珊莎没听说小指头在战斗中有什么英勇事迹,但他似乎也是来受赏的。

凯冯爵士再次起立,"于此动乱频仍的险恶之际,陛下忠诚之顾问培提尔·贝里席以其一贯之操守,为国为民鞠躬尽瘁,堪为标榜,遵照陛下意愿,特予嘉奖:兹昭告天下,加封培提尔·贝里席为公爵,授予历史悠久之赫伦堡及其所有封地税赋,令其择日将居城迁至该地,总督三叉戟河流域,其子嗣将世代继承此等荣耀,万世不辍,凡三叉戟河流域之领主均须奉其族为封君。陛下有令,首相和重臣均表赞同。"

小指头跪在地上,抬眼望着乔佛里国王。"微臣谢陛下厚恩,微臣这就设法弄几个子孙出来。"

乔佛里哈哈大笑,朝堂众人也跟着笑。总督三叉戟河流域,珊莎心想,赫伦堡公爵。她不明白,他干吗这么高兴,难道他看不出来,这些封号和赐予火术士哈林与太监瓦里斯的头衔一样,都是虚位呀！每个人都知道，赫伦堡受了诅咒，况且目前也不在兰尼斯特家手中，而三河诸侯效忠的是奔流城的徒利家和北境之王，他们不可能接受小指头为封君。除非他们战败。除非我的哥哥、舅舅和外公全被推翻、被杀死。这念头令珊莎不安，她告诉自己，别傻了。罗柏战无不胜。必要时，他也会打败贝里席公爵。

那天有六百多骑士受封。他们整晚在贝勒大圣堂守夜，早上赤脚穿过城区到达红堡，以示谦卑。如今他们身穿未经染色的羊毛外衣一个个走上前，接受御林铁卫的册封。册封仪式持续了很久，因为目前只有三名白袍兄弟操作。曼登·穆尔此役战死，猎狗失踪，亚历斯·奥克赫特在多恩保护弥赛菈公主，詹姆·兰尼斯特是罗柏的俘虏，御林铁卫只剩巴隆·史文、马林·特兰和奥斯蒙·凯特布莱克。受封后的骑士起身扣好剑带，站到高窗下，其中许多人在游城时磨破了脚掌，但在珊莎眼中，他们仍然挺拔而骄傲。

新骑士们还没册封完毕，大厅的气氛就变得焦躁不宁，其中乔佛里尤甚。旁听席上有人已经开溜，不幸的是那些站在下方的诸侯显贵，众目睽睽之下，未经国王允许不得离开。其实从小乔在铁王座上坐立不安的样子判断，他倒是乐于批准散会，但今天的事务远没有结束。现在，履行完论功行赏的程序，俘虏们被带了进来。

这群人中也不乏大诸侯和名骑士：闷闷不乐的老爵爷"红蟹"赛提加；"好人"博尼佛爵士；族系比赛提加更悠久的伊斯蒙伯爵；拖着碎裂的膝盖蹒跚上前、不肯接受任何协助的瓦尔纳伯爵；鹰巢堡凶猛的红罗兰爵士；雨林的德莫特爵士；威廉伯爵及其子乔苏拉和埃利斯；琼恩·佛索威爵士；"碎剑"提蒙爵士；潮头岛的私生子奥雷恩；人称"拜金伯爵"的领主史戴蒙；以及其他数百人。

在战斗中投诚的，如今只需向乔佛里宣誓效忠就算了结，但那些为史坦尼斯苦斗到最后的人必须表态，以此决定自己的命运。如

若痛悔叛国罪行,请求饶恕,并保证今后忠心不贰,乔佛里便欢迎其回到国王治下,恢复旧有的土地与权益。不过,仍有一撮人公然反抗。"别以为事情就完了,小鬼,"一个似乎来自于佛罗伦家族的私生子警告,"无论现在还是将来,光之王都守护着史坦尼斯国王。时候一到,任你有多少军队和诡计都无济于事。"

"你的时候已经到了。"乔佛里招呼伊林·派恩爵士将那人拉出去斩首。那人刚被拉走,又一位表情严肃、外衣上有颗烈焰红心的骑士高声呼叫:"史坦尼斯才是真正的国王!怪物坐在铁王座上,它是乱伦产生的孽根!"

"肃静!"凯冯·兰尼斯特爵士吼道。

骑士反而提高音量。"乔佛里就是那黑蛆,啃蚀着王国的心脏!黑暗为其父,死亡为其母!消灭他,否则你们将统统腐化!杀死娼妓太后,灭掉蛆虫国王,除去邪恶的侏儒和搬弄是非的蜘蛛,再点燃虚伪的玫瑰花。拯救你们自己吧!"一个金袍卫士将骑士踢翻在地,但他继续喊叫。"圣火将涤尽一切邪恶!史坦尼斯国王必将归来!"

乔佛里歪歪扭扭地站起来。"我才是国王!杀了他!快杀了他!我命令他们杀了他。"他的手愤怒而狂乱地往下一劈……扫过铁王座无处不在的锐利尖刺,不由得尖声惨叫。鲜血浸透了绯红亮丽的锦衣袖口,将其染为暗红。"妈妈!"他哀号。

躺在地上的人趁大家的注意力都在国王身上,冷不防夺过一名金袍卫士手中的长矛,拄着它站好。"看哪,铁王座拒绝他!"他高喊,"他不是真正的国王!"

瑟曦朝王座奔去,但泰温公爵如岩石一般纹丝不动,只抬起一根手指,马林·特兰爵士便拔剑上前。死亡来得迅速而残酷,金袍卫士们架住骑士的双臂。马林爵士将长剑尖端没入他胸膛,"不是国王!"他临死时再度高呼。

小乔扑进母亲怀中。三名学士急忙上前,簇拥着国王母子走出王座后方的国王门。大家议论纷纷。金袍卫士们拖走尸体,在石地板上留下一道明亮的血迹。贝里席公爵捋着胡须听瓦里斯在耳边低语。是不是该散会了?珊莎疑惑地想。还有二十来个俘虏未曾表态,谁知道他们会宣誓效忠还是放声咒骂?

泰温公爵终于起身。"我们继续,"声音清晰有力,立时压制所有低语。"大人们,想清楚过后,上前来忏悔罪行,恳求原谅。我不许再有闹剧发生。"他走向铁王座,坐到离地三尺的台阶上。

等仪式完全结束,天光已然黯淡。珊莎筋疲力尽地从旁听席走出来,浑身绵软无力。她很好奇乔佛里伤得有多重。据说铁王座对不配坐在上面的人而言是非常危险的,甚至能杀人呢。

回到卧室安全的空间,她连忙用枕头捂脸,以掩饰一声欢喜的尖叫。噢,诸神保佑,他真的说出口了,他在众人面前将我遗弃!一个女仆送来晚餐,她差点要亲吻她。晚餐有热面包、新搅拌的黄油、一碗浓稠的牛肉汤、鸡肉和胡萝卜,还有浸在蜂蜜里的桃子。多么美味!她心想。

天黑之后,她披上斗篷前往神木林。守吊桥的是一身白甲的奥斯蒙·凯特布莱克爵士。珊莎向他问好,努力让自己的声音听来痛苦而可怜。从他瞅她的模样看来,她不确定他是否信服。

月光穿过层层枝叶,唐托斯等在斑驳的叶影下。"干吗愁眉苦脸呀?"珊莎欢快地问候他,"你也在场听见啦。小乔不要我了,他跟我结束了,他……"

他握住她的手。"噢,琼琪,我可怜的琼琪,您不明白。结束?这才要开始呢。"她的心猛地一沉,"你什么意思?"

"太后决不会放你走,决不会。作为人质,你是无价之宝。而乔佛里……亲爱的,他是一国之君,只要想跟你上床,随时都能占有你,唯一的区别在于,如今他在你肚里留下的将不是嫡子,而是

野种。"

"不!"珊莎震惊地说,"他放过我了,他……"

唐托斯在她耳畔印下一个湿湿的吻。"勇敢起来。我发誓要送你回家,就一定会办到。日子已经定好了。"

"什么时候?"珊莎问,"我们什么时候离开?"

"乔佛里的新婚之夜,等婚宴结束我们就走,一切都安排好了。到时候红堡里全是陌生人,其中一半会喝得大醉,另一半人则会去闹乔佛里的新房。这时,您将暂时被遗忘,混乱就是我们的朋友。"

"婚礼一月之内都不会举行。玛格丽·提利尔远在高庭,这才刚派人去接呢!"

"您已经等了这么久,就请再耐心一时,好吗?来,我有东西给您。"唐托斯爵士从口袋里摸出一张类似银色蛛网的东西,捏在粗壮的指头间晃了晃。仔细一看,原来这是细银丝编织的发网,珊莎伸手接过,丝线细致精巧,几乎没有重量。银丝交会的每个节点都嵌有一小粒宝石,黑黝黝的仿佛能吸收月光。"这是什么石头?"

"亚夏的黑紫晶,十分稀罕,其颜色在日光下会变成深紫。"

"真可爱。"珊莎边感叹边想:可我要的是船,不是发网呀。

"比您想象的更可爱,亲爱的孩子,这上面有魔法。您瞧,正义之剑就在您手中,您会为父复仇。"唐托斯倾身靠近,又吻了她。"您会回家。"

席恩

头一批斥候在城下出现时,鲁温学士来找他。"亲王殿下,"他说,"您必须投降。"

席恩盯着面前一盘燕麦饼、蜂蜜和血肠发呆,这是他的早餐。又一个无眠之夜让他浑身酸痛,看见食物只想作呕。"我叔叔还没回话?"

"没有,"学士道,"派克岛令尊那儿也没有消息。"

"再派几只鸟。"

"没有用的。这些鸟还没到达您就——"

"派出去!"他一拳砸在餐盘上,掀开毯子,裸着身体,怒气冲天地从奈德·史塔克的床上爬起来。"你是不是想我死?是不是?鲁温,你给我说实话!"

灰色的小个子面不改色。"我的职责是服务。"

"没错。为谁服务?"

"为国家,"鲁温学士道,"为临冬城。席恩,过去我孜孜不倦地教你计算和书写,历史与战略。若你更勤奋好学,我本想教会你更多。我不敢吹嘘自己有多么爱你,不,但我也无法恨你。再说,就算我恨你,只要你占有临冬城一天,我受誓言的约束就必须给你忠诚的谏言。现在,我建议您开城投降。"

席恩弯腰拾起一件脏斗篷,抖掉上面的灯芯草,披在肩上。火,我要升火,还要干净衣服。威克斯上哪儿去了?我不能脏兮兮地进坟墓。

"您不可能守住,"师傅续道,"倘若令尊大人打算施以援手,救兵早就到了,但他关心的只有颈泽。征服卡林湾之后,他才会挥师北上。"

"你说的有理,"席恩说,"因此只要我占据临冬城,就能钳制罗德利克爵士和史塔克的封臣诸侯们,使他们无力南下夹击我叔叔。"我可不像你想象的那样对战略一无所知,老头。"必要的话,我手中的存粮足以支撑一年围城。"

"不会有什么围城。起初一两天,他们或许会扎营下来加工云梯,捆扎爪钩。一旦准备完毕,您的城墙会在上百个地点被同时突破。您也许可以退到主堡固守一时,但其他地方会在一个小时之内沦陷。与其那样,您还不如打开城门,请求——"

"——他们发发慈悲?他们会给什么慈悲我清楚得很。"

"这不失为一种选择。"

"我是天生的铁种,"席恩提醒对方。"我有自己的选择。他们给过我选择吗?不,不用回答,我已经听够了你的'谏言'。照我的命令去办,放出渡鸦,叫罗伦来见我。还有威克斯,让他把我的盔甲擦拭干净。通知守卫在广场上全体集合。"

片刻之间他以为学士就要抗命,但鲁温最终只僵硬地一鞠躬,"遵命。"

他的队伍小得可怜:寥寥无几的铁民,空旷寂寞的广场。"入夜之前,北方人就要到了,"他告诉他们。"罗德利克爵士带着所有应召的诸侯一起杀来,但我决不临阵脱逃。我夺下了这里,我要守住这里,无论是生是死,我都是临冬城的亲王。然而,我不勉强任何人为我而死,趁罗德利克爵士的主力部队尚未到达,想走的人赶紧撤退,应该有逃命的机会。"他拔出长剑,在地上划了道横线。"想留下来作战的人,请上前。"

无人回话。穿着锁甲、皮衣和镶钉皮甲的众人,纹丝不动,好似石雕。少数几个人交换着眼神。乌兹的脚挪了挪重心。迪克·哈尔洛清清喉咙，吐出一口痰。清风的手指弄乱了安德哈整洁的长发。

席恩觉得自己正是下沉溺毙中的人。干吗吃惊？他凄凉地想。父亲遗弃了我，姐姐、叔叔、连那个狡猾的怪物臭佬，他们统统都抛弃了我。既然如此，我的手下又何必对我忠诚？没什么可说的了，没什么可做的了。我只好站在这雄伟高大的灰城墙下，在这严酷苍白的晴空底下，手握长剑，等着，等着……

头一个越线的是威克斯，他快走三步，垂头站在席恩身旁。或许是因男孩的行为而羞愧，黑罗伦愁容满面地跟了上来。"还有谁？"席恩询问。红拉夫走上前，接着是科蒙，魏拉格，泰莫和他两个兄弟，"病人"乌夫，"偷羊贼"哈拉格，四个哈尔洛和两个波特里，最后是"鲸鱼"肯德。一共十七人。

没动的人包括乌兹，斯提吉，阿莎从深林堡带来的十个人不出意料地无动于衷。"好，你们走吧，"席恩对他们说，"逃到我姐姐那边去。我向你们保证，她一定会热烈欢迎。"

斯提吉至少还知道脸红，其他人则是一言不发地掉头离开。席恩望向留下来的十七个人。"上城墙。假如神灵开眼，得以生还，我将永不忘记诸位。"

其他人走后黑罗伦多待了一会儿，"战事一开，城里的人就会反叛。"

"我知道。你要我怎么做？"

"宰掉，"罗伦说，"统统宰掉。"

席恩摇摇头，"吊绳准备好了吗？"

"好了。您真打算用这个？"

"你有更好的法子？"

"有。请让我拿起斧子上吊桥，放他们来打我。一次来一个、两个、三个都无所谓。只要我一息尚存，谁也别想过去。"

他这是找死，席恩想，并非寻求胜利，他要的只是死后受人歌颂。"我们还是用吊绳。"

"遵命。"罗伦回答，眼里却含着轻蔑。

威克斯为他着装准备战斗。在黑色的外衣和金色的披风下，席恩穿着一件上好油的锁甲衫，其内还套了一层硬皮甲。他全副披挂之后，拿起武器，登上东墙与南墙交会处的瞭望塔，好亲眼见证自己的毁灭。北方人正散开队形，包围城堡。从这里很难判断他们的总人数，不过至少有一千——或许是这个数字的两倍。两千对十七。他们带来投石机和弩炮。虽然他还没看见攻城塔自国王大道隆隆而来，但狼林里的木材取之不尽，需要多少就有多少。

席恩用鲁温学士的密尔透镜察看着对方旗帜。不论转到哪个方向，都能看到赛文家的战斧旗迎风飞扬，还有陶哈家的三树旗，白港的美人鱼旗，间或还有菲林特家和卡史塔克家的徽记，他甚至还看见一两面霍伍德家的驼鹿旗。但没有葛洛佛家的踪影——阿莎消灭了他们，没有恐怖堡的波顿家族，也没有长城边安柏家的部众。不过眼前的部队已经完全足够。不一会儿，克雷·赛文那小子用长竿打着和平的旗帜来到城门前，宣称罗德利克·凯索爵士希望和"变色龙"席恩当面对话。

变色龙！这个称号和胆汁一样苦涩。他记得自己回派克本是要率父亲的长船舰队袭击兰尼斯港的。"我马上出来，"他朝下面嚷道，"就我一个人。"

黑罗伦不赞同。"血债都得血偿，"他劝道，"这些骑士或许跟同辈之间讲什么仁义道德，可我们在他们眼中只是强盗，只怕下手会不顾荣誉信条。"

席恩发火了："我是临冬城的亲王和铁群岛的继承人，不能瞻前顾后，怕东怕西！你别管，去把那女孩找来，照我说的做。"

黑罗伦狠狠地瞪了他一眼。"是，亲王殿下。"

连他也反对我,席恩意识到。临冬城的一砖一瓦都在反抗他。假如我现在就死,一定孤孤零零,被人遗忘。所以我必须活下去,还有什么选择?

他头戴王冠,策马骑出城门楼。一位妇女正在井边汲水,大厨盖奇站在厨房门边,他们空白如板岩的面孔和阴郁沉闷的表情隐藏了无穷的恨意,但席恩还是感觉得到。

吊桥放下,刺骨的寒风叹息着越过河沟,扑面而来。令他浑身颤抖。只是有点冷,不要紧,席恩告诉自己,只是打战,并非发抖,再勇敢的人遇冷也会打战。他渐行渐远,骑进狂风的利齿中,走出闸门,越过吊桥。外墙城门在面前开启,走在城下,他感觉到孩子们正用空洞的眼眶注视他。

罗德利克爵士骑着他的斑点马,在市集广场等他,年轻的克雷·赛文是掌旗官,史塔克的冰原狼在他们头顶飘扬。广场内只有他们两人,然而席恩注意到周围拥挤的房屋顶上站满了弓箭手,左边有矛兵,右边则是长长一列骑士,打着曼德勒家族手握三叉戟的美人鱼旗帜。每个人都要我死。他们中的很多人打小和他一起喝酒,一起赌博,甚至一起嫖妓,但只要他此刻落入敌手,这一切都不能挽救他分毫。

"罗德利克爵士。"席恩勒住缰绳,"今日我们沙场相见,甚为遗憾。"

"我唯一的遗憾就是不能立刻吊死你。"老骑士朝尘土飞扬的地面啐了口唾沫。"变色龙席恩。"

"我生来是派克的葛雷乔伊,"席恩提醒他,"在我出生之日,父亲给我裹的襁褓是金色海怪,不是冰原狼。"

"这十年来,你都是史塔克家的养子。"

"人质和囚犯,我是这么看。"

"艾德公爵若地下有知,早该把你拴在地牢。他不仅没这么做，反而把你和他自己的孩子一视同仁，这些可爱的孩子如今遭你残害。对我而言，这一生永难磨灭的耻辱就是当年曾教授你战斗的技艺。若能时光倒流，我宁愿戳穿你的肚肠，也决不会把剑交到你手中。"

"我是来谈判的，没工夫听你的侮辱。说说条件，老头子，你要我怎样？"

"很简单，就两条。"老人道，"临冬城，你的命。命你部下打开城门，扔下武器，只要能证明和谋杀孩童无关的人可以自由离开，但你必须留下来接受罗柏国王的制裁。等国王归来，你就祈求诸神怜悯吧。"

"罗柏回不了临冬城，"席恩保证，"他会在卡林湾碰得头破血流，一万年来每支北上的军队都落得这个下场。北境是我们的，爵士。"

"三座孤城是你们的，"罗德利克爵士答道，"而这一座很快会被我夺回，变色龙。"

席恩佯作不理。"以下是我的条件：日落之前解散部队。愿意宣誓效忠，承认巴隆·葛雷乔伊为国王，承认我为临冬城亲王的人，他们的权力和财产将得到承认，不受任何伤害；胆敢违抗的人将遭到彻底毁灭。"

年轻的赛文难以置信。"你疯了，葛雷乔伊？"

罗德利克爵士摇头道："他只是自负罢了，小伙子。席恩总是自视过高，只怕本性难改。"老人伸出一根手指指着他，"千万别幻想我要等待罗柏突破颈泽，与我合兵一处后才奈何得了你。我手中有近两千士兵……而若消息非虚，你那边还不到五十人。"

只有十七个。席恩强装笑脸。"我有比士兵更好的王牌。"他握拳过顶，这是与黑罗伦约定的信号。

他身后是临冬城的高墙，罗德利克爵士正对着他们，看得一清二楚。席恩审视他的面孔,当老人拘谨的花白胡须后的下巴开始颤抖时,席恩明白他瞧见了。他并不惊讶,席恩悲哀地想,他只是恐惧。

"懦夫的行为,"罗德利克爵士道,"居然利用孩童……太卑鄙了。"

"噢,我很清楚,"席恩说,"这种滋味我也尝过。您难道忘了?我十岁那年就被活生生地从父亲房里带走,就为了确保他不再叛乱。"

"这不是一回事!"

席恩表情冷漠。"不错,套在我脖子上的并非粗糙的麻绳,但它给我的感觉却分毫未差。它勒我,罗德利克爵士,勒得我好痛。"在此之前他从没这么说过,话一出口,却陡然领悟到这是事实。

"没有人伤害过你。"

"也不会有人伤害贝丝,只要你——"

罗德利克爵士让他说完。"毒蛇!"骑士高喊,白须下的脸因暴怒而通红。"我给你机会拯救部下,然后带着仅存的一点荣誉去死,变色龙!我早该知道和残杀儿童的人之间没什么好说的。"他手按剑柄,"我真该立时将你砍翻在地,就此终止这无穷无尽的谎言与欺骗。以天上诸神之名,我办得到!"

席恩并不害怕一个摇摇晃晃的老头,但附近凝神观望的弓箭手和骑兵队列不是闹着玩的。只要刀剑一现,他活着回城的希望便荡然无存。"你就违约谋杀我吧!你的小贝丝就会被吊绳活活勒死。"

罗德利克爵士的指关节捏成了惨白,良久,他终于放开剑柄。"老实讲,我活得够长了。"

"深有同感,爵士。您接不接受我的条件?"

"我对凯特琳夫人和史塔克家族负有责任。"

"对您自己的家族呢?贝丝可是您最后的血脉。"

老骑士挺直腰板。"我愿用自己来交换女儿。放了她,拿我当人质。临冬城代理城主肯定比一个小孩价值大。"

"对我来说并非如此。"高贵而英勇的举动,老头子,但我不是傻瓜。"我敢打赌,对曼德勒伯爵和兰巴德·陶哈来说也并非如此。"你这身老骨头对他们而言不值一哂。"不,我会留着女孩……并保证她的安全,只要你遵命行事。记住,她的性命取决于你。"

"诸神在上,席恩,你怎忍心做出这种事?你明知我非攻城不可,我宣誓……"

"日落之时,你还在城下磨刀霍霍,我就吊死贝丝。"席恩说,"若继续不退,明天天亮前我处死第二名人质,日落时处死第三名。从今往后,每一个清晨,每一个黄昏,都意味一个人质的死亡,直到你撤军为止。你知道,我手中人质多的是。"他不等对方回答,便掉转笑星的马头,返回城堡。起初他骑得较慢,随即想到身后大群的弓箭手,便忍不住踢马开跑。两个幼小的头颅依然在远处的枪尖守望他,随着距离接近,那剥去脸皮又浸过焦油的面孔越变越大——小贝丝就站在他们之间,颈套绳索,哭泣不止。席恩狠狠夹紧笑星,狂奔入城,马蹄踏在吊桥上"嗒嗒"作响,犹如敲打的鼓点。

他在院子里翻身下马,将缰绳扔给威克斯。"希望能阻止他们轻举妄动,"他告诉黑罗伦,"反正日落之前会有答案。把那女孩带下来吧,送到安全的地方。"在层层的皮革、钢铁和羊毛之下,他已经周身汗湿。"我要葡萄酒,最好来一桶。"

奈德·史塔克的卧室升起了火。席恩坐在壁炉边,倒上一杯从酒窖取出的夏日红,只觉酒液和他的心情一样酸败。他们会进攻,他望着火焰，阴郁地想。罗德利克爵士固然疼爱他的女儿，但毕竟身为代理城主，毕竟是个骑士。今天若换成席恩套着绳子在上，巴隆大王指挥军队在下，只怕进攻的号角早就吹响，他对此毫不怀疑。感谢神灵，罗德利克爵士并非铁种，青绿之地的人乃是用柔弱质材所塑造——但他不确定他们是否柔弱到屈服的程度。

如果他错了，如果老头子不顾一切地发动进攻，临冬城将立刻陷落——席恩对此不抱幻想。他的十七个部下或能干掉三倍、四倍，乃至五倍于己的敌人，但终究寡不敌众。

席恩凝视着映在酒杯边缘的火光，冥想一切的不公。"我和罗柏·史塔克在呓语森林并肩奋战呢。"他低语道。那个晚上，他其实很害怕，却远不如今天这么强烈。和朋友共赴沙场是一回事，在众人的鄙夷中孤独地毁灭是另一回事。发发慈悲吧，他凄凉地想。

空洞的美酒带不来慰藉，于是席恩叫威克斯取出弓箭，陪他去老内院——那是临冬城扩建前的中庭。他站在那里，瞄准靶子一箭又一箭地射，直到肩膀酸痛，手指滴血。他停了一会儿，把箭从靶标上拔出，又开始新一轮射击。我靠这张弓救过布兰的命，他提醒自己，也一定能拯救自己。间或有妇女来井边打水，却无人停留——看见席恩的表情，人人掉头走避。

在他身后，残塔矗立，很久以前，烈火焚尽了它的上层，留下锯齿状的尖端，犹如一顶王冠。太阳移动，高塔的阴影亦步亦趋，逐渐拉长，如一只黑手伸向席恩。日头还没落到墙后，他已完全落入黑手掌握。假如我吊死女孩，北方人会立刻攻城，他边射边想，假如我就此罢休，他们便会把我的威胁当耳边风。他又搭上一支箭。进退两难，无路可走。

"假如您麾下有一百位和您一样出色的弓箭手，或能守住城堡。"一个声音轻轻地说。

他回头一看，鲁温师傅正在身后。"走开，"席恩告诉他，

"我受够了你的谏言。"

"您的生命呢?您觉得自己活够了吗,亲王殿下?"

他抬起弓,"再敢多言,休怪我将你一箭穿心。"

"您不会这么做。"

席恩拉满弓弦,灰色的鹅毛羽翎拉到颊边。"打赌?"

"我是你最后的希望,席恩。"

我没有希望了,他心想,但还是将弓放低一寸:"我不会逃走。"

"我并非建议你逃走。穿上黑衣吧。"

"当守夜人?"席恩缓缓松开弓弦,箭尖指地。

"罗德利克爵士将毕生奉献给史塔克家族,而史塔克家族一直是守夜人军团的盟友,他无法拒绝这个提议。请打开城门,放下武器,公开答应他的条件,您一定能得到穿上黑衣的机会。"

成为守夜人军团的兄弟。那意味着没有王冠,没有儿子,没有老婆……同时也意味着生命,拥有荣誉的生命。奈德·史塔克的弟弟不就选择当守夜人么?琼恩·雪诺也一样。

我的黑衣服很多,只要把上面的海怪纹章撕掉就成,连我的马也是黑的。凭我的能力,足以在守夜人中出人头地——成为首席游骑兵,甚至当上总司令。就让阿莎保有那些鸟不生蛋的岛屿吧,它们跟她一样乏味。如果我去东海望当差,说不定还能指挥自己的船。在长城之外打猎也一定很棒。至于女人嘛,哪个女野人不幻想跟亲王做爱呢?微笑在他脸上缓缓地扩散,穿上黑衣就能洗清"变色龙"的称号,一切重新开始……

"席恩亲王殿下!"突如其来的一声大喊粉碎了他的白日梦。科蒙大步奔过院子。"北方人——"

无边的恐惧让他动弹不得。"进攻了?"

鲁温学士抓住他的手。"趁现在还有时间,赶紧升起和平的旗帜——"

"他们在自相残杀，"科蒙上气不接下气地说，"起初有另一支军队赶到，约莫数百士兵，加入围城的队伍。现在，他们突然打起自己人来！"

"是阿莎?"她最后还是来救他了？

科蒙的头摇得像拨浪鼓。"不是，我敢肯定不是，他们是北方佬，旗帜上有个血人。"

恐怖堡的剥皮人。席恩想起来，臭佬被俘前效命于波顿的私生子。真难以置信，像他这么卑劣的怪物不知用什么办法，竟让波顿家族转变了效忠对象。但与结果相比，这都不重要了，"我要自己看。"席恩说。

鲁温学士紧跟在后。到达城墙时，死人和垂死的马已塞满城门外的市集广场。他看不出战斗的阵线，只有一团混乱交织的旗帜和刀剑，呼喊和尖叫萦绕于秋日的冷气中。罗德利克爵士的部队人数虽多，但恐怖堡的士兵有更坚强的领导，况且是偷袭不备，因此占了上风。他们冲锋、厮杀、再冲锋，调度灵活。在拥挤的房屋间，大队人马每次整队的企图都是徒劳，庞大的兵力被冲散为可怜的碎片。垂死战马发出的可怖嘶叫中，传来铁斧敲击橡木盾的巨响。他发现旅店也在燃烧。

黑罗伦来到身边，静静地站了一会儿。夕阳西垂，给田野和房屋镀上一层红光。一声细微而颤抖的惨叫回荡在城墙之上，一阵绵长的号角在燃烧的房屋背后悠悠奏响。席恩望见一个伤兵拖着身子，痛苦万分地爬过战场，挣扎着前往市集中心的水井，生命之血在污泥尘土中留下一条细长的红线。爬到之前，他便死了。此人穿着皮甲和圆锥形的半盔，但看不到徽章，不知他为谁而战。

乌鸦迎着夜晚的星光，飞向蓝色的土地。"多斯拉克人相信群星是勇敢者的灵魂。"席恩说。很久很久以前，鲁温师傅如此教诲

他。

"多斯拉克人?"

"狭海对岸的马族。"

"啊,是他们,"黑罗伦眉头皱成一团,"野蛮人就信蠢事。"

夜色渐浓,烟雾弥漫,下方的战况愈来愈混沌,只听金铁交击声逐渐减低,呼喝和号声让位于呻吟与哀嚎。最后,一队人马从浓雾中奔出,为首的骑士全身黑甲,头顶的圆盔闪着暗红的光芒,淡红披风在肩头飞舞。此人在城门前勒马,他的一位手下高声叫门。

"你们是敌是友?"黑罗伦朝下吼。

"敌人会送这种大礼吗?"红盔骑士把手一挥,三具尸体扔在大门前。他让人举着火把,在尸体上方挥舞,好让城上守军看清死者的脸。

"是老骑士。"黑罗伦说。

"以及兰巴德·陶哈与克雷·赛文。"年轻的领主单眼中箭,罗德利克爵士则是左臂齐肘而断。鲁温学士发出一声无言的惊叫,从城垛别开头去,跌倒在地,狂呕不休。

"大肥猪曼德勒没胆量,不敢离开白港,否则我把他一起献上。"红盔骑士夸口。我得救了,席恩想,为何心里却如此空虚?这是胜利啊,甜美的胜利,是我日夜祈祷的奇迹。他瞥瞥鲁温学士,刚才只差一步就要投降,穿上黑……

"为我们的盟友打开城门。"或许今夜,我能沉睡安眠,不再噩梦缠身。

恐怖堡的部队跨越护城河,穿过内城门。席恩同黑罗伦和鲁温学士一道去院子里迎接。对方只举着几根淡红旗帜,多数人拿着战斧、巨剑和砍得破烂不堪的盾牌。"你损失了多少人?"红盔骑士下马时席恩问他。

"二三十个吧。"火炬的光芒映在他面甲破损的瓷釉上。他的头盔和颈甲被锻成人脸人肩的形状——剥去皮肤,鲜血淋漓,张开的大口似乎在发出极端痛苦的无声狂啸。

"罗德利克的军队是你的好几倍。"

"是啊,可他以为我们是盟友。一个常人易犯的错误。这老笨蛋朝我伸手时,我一刀把它宰成两半,然后让他看了我的脸。"骑士双手举起头盔,高抬过顶,夹在腋下。

"臭佬!"席恩有些不安。一个仆人怎能拥有如此光鲜的铠甲?

对方哈哈大笑。"那可怜虫早死了。"他踱上一步。"都是那女孩的错,她不跑那么快,他的马便不会折腿,我们就可以成功脱逃。我看见山坡顶上骑兵出现,便把自己的马让给了他。当时我先干完,轮到他,他喜欢趁温热的时候动手,结果我不得不强行将他推开,并把自己的衣服交到他手中——小牛皮靴、天鹅绒上衣、银丝剑带以及黑貂披风。快回恐怖堡,我吩咐他,把能找到的救兵都带来。'快来,骑我的马,它跑得快;这个戴上,这是父亲给我的指环,如此部下们准能相信你受我委托。'他没多问,知道我的话不容置疑。于是我一面看着他被射杀,一面用女孩的污秽为自己制造气味,并穿上他的烂衣服。其实我也知道,他们很可能当即吊死我,但这毕竟是唯一的机会。"他用手背擦擦嘴。"现在嘛,我亲爱的亲王殿下,您不是许给我一个姑娘么?——假如我带来两百援兵的话。呵呵,如今我带来三倍的人手,他们可不是什么新手菜鸟或乡野匹夫,全是父亲留下的精锐部队哪。"

席恩话已出口,现在无法反悔。先给他点甜头尝尝,以后再收拾他。"哈拉格,"他说,"去狗舍,把帕拉带来给……?"

"拉姆斯——"他丰厚的嘴唇带着笑意,那双淡白的眼睛里却一点也无。"——波顿先生。告诉你,我老婆啃手指之前,居然敢叫我雪诺。"他的笑容凝住了。"那么,对我出色的服务,您就打

算赏个狗舍小妹作犒劳,不太公平吧?"

他的声音里有股席恩讨厌的腔调,正如他讨厌周围恐怖堡的士兵看他时那种傲慢无礼的眼神。"我许给你的只有她。"

"她一身狗屎味。事实上,我受够了臭气。我在想,我还是收下那个替您暖床的女人吧。她叫什么来着?凯拉?"

"你疯了?"席恩愤怒地说,"我要把你——"

私生子反手狠狠一掌,厚重钢拳下,颊骨"嘎啦嘎啦"地碎裂。席恩晕了过去,整个世界消失在一片红色的痛苦咆哮中。

不知过了多久,席恩醒来,发现自己躺在广场上。他翻过身,咽下一口鲜血。关城门!他想高喊,但一切都迟了。恐怖堡的人砍倒红拉夫和肯德,鱼贯而入,好似甲胄与利剑的洪流。他的耳朵一片狂响,内心则充满恐怖。黑罗伦拔剑在手,却在四个对手的进逼下节节败退。他见乌夫朝大厅逃窜,途中被十字弓一箭射穿肚皮,钉在地上。鲁温师傅想过来帮他,但一人骑马奔去,手执长矛戳进学士双肩之间,然后掉转马头,踩踏人体。另一人将火炬高举过顶,旋转几圈,朝马厩的茅草屋顶掷去。"留下佛雷家的孩子,"火焰熊熊,私生子声若洪钟地喊,"其他的都烧掉。烧!烧!烧光!"

席恩所见的最后一件事物是他的笑星。马儿踢打着,从燃烧的马厩里冲出,鬃毛着火,惨叫不休,抬腿人立……

提利昂

他梦见开裂的石天花板,闻到鲜血、粪便和烧焦血肉的味道,空中弥漫着辛辣的烟雾,人们在四周呻吟呜咽,时时发出痛苦尖叫。他想动,却发现自己居然尿了床。浓雾熏得他直掉眼泪。我在哭?一定不能让父亲看到。他是堂堂凯岩城的兰尼斯特。狮子,我是一头雄狮,生亦为狮,死亦为狮。但他痛得好厉害,虚弱到呻吟的力气都没有,只能闭起眼睛躺在自己排出的污物里等待。附近有人粗着嗓子反复诅咒诸神。听着这些亵渎的话语,他疑惑自己死期已临。就这样过了一会儿,房间渐渐消失。

之后,他发觉自己身在城外,走在一个没有色彩的世界。乌鸦展开宽阔的黑翅膀,在灰色的天空中飞翔,随着他的移动,它们如片片狂暴的乌云,升腾而起,暂别腐肉盛宴。白蛆在黑的腐肉中钻来钻去。灰色的狼,灰色的静默姐妹,协力为死者脱去血肉。比武场中尸横遍地。太阳如炽热的白硬币,照耀着灰色河流上焦黑的沉船残骸。缕缕黑烟和纯白灰烬从火葬堆中升起。我的杰作,提利昂·兰尼斯特心想,他们死于我的号令。

这个世界起初无声,但过了一会儿,死者们开始说话,轻柔而可怖。他们抽泣呻吟,他们祈死厌生,他们哭喊求助,他们渴望母亲。提利昂没见过自己的母亲,他想要雪伊,但她不在这个世界。于是他在憧憧灰影中独行,满腹思绪……

静默姐妹们把死者的铠甲和衣服扒下来。杀戮抹去了衣甲上所有鲜亮色泽,只余或白或灰的单调装饰,以及凝结的黑血。他看着裸尸被托起手脚,抛进火葬堆中,与同伴们会合。武装和衣料则被扔到一辆由两匹高大黑马牵拉的白木马车内。

好多死人，好多，好多。他们的身体了无生气，他们的脸庞呆滞、僵硬、肿胀、骇人，面目全非。修女们脱下的衣服上绣有漆黑的心，灰暗的狮，枯萎的花，以及苍白如幽灵的鹿。铠甲伤痕累累，千疮百孔，衣衫撕裂毁坏，褴褛不堪。我为何要杀他们？从前是知道的，现今却说不上来。

他向其中一位修女打听，却赫然发现自己没有嘴，平整的皮肤覆盖牙齿，一点缝隙也无。他吓坏了，没有嘴巴怎么活？于是他开始奔跑，奔向不远处的城市。只要进城，远离这些死人，就安全了。他没有死，虽然嘴巴消失，但依旧是个活人。不，不，我是一头雄狮，雄狮，生龙活虎的雄狮。他好不容易跑到城下，城门却对他紧闭。

当他再次醒来，天已黑暗。起初完全混沌，但过了一会儿，床的轮廓在周围模糊浮现。床幔虽已放下，但他可以看出雕花床柱，以及头顶的天鹅绒顶篷。身下是柔顺的羽床，头后是鹅毛枕。我自己的床，我睡在自己的羽床上，这是我自己的卧室。

床幔内很暖和，又有一大堆毛皮和毯子盖着。汗水。我在发烧，他昏乎乎地想。如此虚脱，连抬手的动作，都惹起袭向全身的疼痛，于是他放弃了努力。头好大，像床那么大，重得无法离开枕头。而整个身体都丧失了知觉。我怎么到这儿来的？他努力回忆。战斗的片断零零星星地在脑中闪现。河边的战斗，献上护手的骑士，废船构成的桥……

曼登爵士。他仿佛又看到那双木讷的眼睛，那只伸出的手，还有映在釉彩白甲上的绿火。恐惧如冰冷的激流，贯穿全身，他再度尿了床。如果有嘴，想必自己会狂呼乱叫。不，不，这是梦，他心想，脑袋砰砰直响。救我，谁来救我。詹姆，雪伊，圣母，谁来救我……泰莎……

没人听见。没人过来。他在屎尿和黑暗中再度独眠。这一次，他梦见姐姐站在床前，旁边是一如既往板着脸孔的父亲大人。好一个梦啊，泰温公爵想必远在千里之外的西境，与罗柏·史塔克作战吧。还有其他人来来去去。瓦里斯低头观看，叹了口气，小指头则拿他开玩笑。该死，你这背信弃义的混蛋，提利昂恶狠狠地想，我们送你到苦桥，你却一去不回。有时他听见他们互相交谈，却不懂他们的语言，只有声音在耳边嗡嗡作响，好似被厚毛毡捂住一样。

他想知道战役赢了没有。我们一定赢了，否则我的头早被挂在枪上。既然我还活着，我们一定赢了。他不知哪件事更令他高兴：胜利，还是恢复了些许思考的能力。太棒了，不管多慢，他的头脑正在恢复。这是他唯一的武器。

下次醒来，床幔已被拉开，波德瑞克·派恩拿着蜡烛站在旁边。他看见提利昂睁开双眼，拔腿就跑。不，别走，救我，救救我，他想大喊，但用尽全力也出不了声，只发出一下闷哼。我没有嘴。他抬手摸脸，每个动作都痛苦而笨拙。他的手指在原本该是血肉、嘴唇和牙齿的地方找到一块硬邦邦的东西。亚麻布。他的下半边脸被紧紧包扎，凝结的膏药面具上只留呼吸和进食的孔。

不久，波德再次出现，跟了一个陌生人，一个戴颈链、穿长袍的学士。"大人，您千万别动，"来人喃喃道，"您伤得很重，贸然行动对身体不利。渴吗？"

他好容易笨拙地点点头，学士便将一个弯曲的铜漏斗通过进食孔插入他口中，缓缓灌入一些液体。提利昂别无选择，便吞咽下去，当意识到这是罂粟花奶时，已经太迟。学士将漏斗从嘴边移开，他回到梦中。

这次他梦见自己参加盛宴，在大厅里举行的庆功宴。他坐在高台上，人们举起酒杯向他欢呼，向英雄致敬。随他穿越明月山脉的歌手马瑞里安弹奏木竖琴，歌颂小恶魔的英勇事迹，连父亲也露出嘉许的微笑。歌曲唱完后，詹姆离开座位，令提利昂跪下，然后用金剑在他双肩各一轻触，起身时，他成了骑士，雪伊等着拥他入怀。她拉起他的手，笑闹逗趣，称他为她的兰尼斯特巨人……

他又在黑暗中醒来，面对空旷寒冷的房间。床幔再度放下。有些事不大对劲，发生了什么变化，但他说不出所以然。他孤身一人，推开毯子，想坐起来，但疼痛实在太厉害，很快就得停止行动，一边急促地喘气。脸上的疼最轻微，整个右半身则剧痛无比，而每次举手，胸口便一阵刺痛。我到底怎么了？他努力去想，战斗的场景如梦幻一般。我似乎没受重伤啊……曼登爵士……

记忆令他惊恐，但提利昂牢牢抓住它，面对它，审视它。他想杀我，不错，这不是梦。他想把我劈成两半，若不是波德……波德，波德在哪儿？

他咬牙抓住床幔，使劲一拽。幔帐脱离顶篷，跌落下来，一半压在身上，一边落到草席。稍一用力便令他头晕眼花，房间在周围旋转，光秃的墙和黑暗的阴影，一扇窄窗。他还看到属于自己的一只箱子，一堆乱七八糟的衣服和伤痕累累的铠甲。这不是我的卧室，他意识到，甚至不在首相塔里。有人给他换了地方！他愤怒地喊叫，发出的却是含糊的呻吟。他们把我移到这儿——等死！他一边想，一边放弃挣扎，再次合眼。房间潮湿阴冷，他却浑身发烫。

这次他梦到一个美妙的地方，一个坐落在落日之海滨的舒适小屋。墙壁有些歪斜，布满裂纹，地板则是压实的泥土，但他却很温暖，哪怕他们总是忘记加柴，总是让火熄灭。她爱拿这个取笑我，他记得，我想不到添柴，因为那向来是仆人的任务。"我们没有仆人，"她提醒他，然后我说，"你有我呢，我就是你的仆人，"她接着道，"哼！懒仆人！在凯岩城，你们怎么处置懒仆人呀，大人？"他告诉她，"谁懒惰就亲吻谁。"她咯咯直笑，"才不会呢。他们会挨揍，我敢打赌。"但他坚持，"不，我们亲吻他，就像这样。"他示范给她看。"先吻手指头，一根根挨着吻，然后吻手腕，对，再到手肘内侧，接着吻他们好玩的耳朵，我们的仆人都有好玩的耳朵。别笑！然后我们吻他们的脸蛋，吻他们的鼻子，上面有个小痣，这儿，嗯，就像这个，然后再吻他们可爱的额头，头发，嘴唇，他们的……嗯，嗯……嘴……嗯……"

他们会亲吻几个小时，然后懒洋洋地靠在床上，一整天一整天，什么也不做，听大海的波涛，抚摸彼此的身体。她的身体是他的奇迹，而她似乎也从他的身体中找到乐趣。她常为他唱歌。我爱上一位美如夏日的姑娘，阳光照在她的秀发。"我爱你，提利昂，"夜里入睡前，她在他耳边低语，"我爱你的嘴唇。我爱你的声音，我爱你对我说的话，我爱你给我的温柔。我爱你的脸。"

"我的脸？"

"是的，是的。我还爱你的手，爱它们的抚摸。你的命根子，我爱你的命根子，爱它在我体内的感觉。"

"它也爱你，我的夫人。"

"我爱说你的名字。提利昂·兰尼斯特。它跟我很配。我指的不是兰尼斯特，而是另外一半。提利昂和泰莎。泰莎和提利昂。提利昂。我的提利昂大人……"

谎言，他心想，全是假的，全是为了钱，她是个妓女，詹姆找的妓女，詹姆送的礼物，我的谎言夫人。她的面容渐渐隐去，融化在泪水里，即便如此，他仍能听见她遥远微弱的声音，呼唤着他的名字。"……大人，您听得见吗？大人？提利昂？大人？大人？"

他挣脱罂粟花奶引起的混沌睡眠，看到头顶有一张柔软粉红的脸。他又回到了那间潮湿阴冷的房间，四周是扯下的床幔，这张脸不是她，太圆，且带着一缕棕色胡须。"您渴吗，大人？我给您准备了奶，可口的奶。您别动，不，安静下来，您需要休息。"他潮湿粉红的手一边拿着铜漏斗，一边拿着瓶子。

那人俯身时，提利昂乘机抓住他那由许多金属组成的链子，拼命拉扯。学士惊得松手，罂粟花奶全洒在毯子上。提利昂扭转颈链，直到感觉金属环陷进肥胖的肉脖子。"再也，不要。"他嘶哑地说，嘶哑得不知自己是否真的说出了口，但他一定是说了，因为学士哽咽着答道，"放手，求求您，大人……您得喝下去，否则伤口疼痛……颈链，别，放手吧，不……"

提利昂放手时，那张粉脸已经变紫。学士向后退缩，用力喘气，涨红的脖子现出链条勒出的深深白痕，眼神更是惨白惊慌。提利昂举手，示意除去硬邦邦的面具。他一次又一次地做手势。

"您……您想除掉绷带，是吗？"学士终于道，"可我不……这……这很不明智，大人。您尚未痊愈，太后会……"

提起姐姐，提利昂怒火冲天。那么，你也是她的人？他指指学士，然后捏手成拳。挤压，窒息，一个誓言！除非这呆瓜照他吩咐做。

谢天谢地，他明白了。"我……我会执行大人的命令，一定，一定，但……这不明智，您的伤……"

"快，做。"这次他的声音大了一点。

那人鞠了一躬，离开房间，随即又带着一把有纤细锯齿的细长小刀、一盆水、一堆软布和几个瓶子返回。提利昂努力向上蠕动几寸，靠在枕头上半坐着。学士一边让他保持绝对静止，一边将刀尖伸到他下巴底，稳稳地锯面具。轻轻一划，瑟曦就永远摆脱了我，他心想。刀刃割破僵硬的麻布，正在咽喉上方。

所幸这个粉红柔弱的人不属于姐姐手下比较勇敢的傀儡。没过多久，他的脸颊感觉到凉气。疼痛依旧，但他尽力不理会。学士扔掉带膏药的硬绷带。"别动，让我为您清洗伤口。"他的触碰轻细，水则温柔。伤口，提利昂想起来，那记突然在眼底掠过的银光。"可能有一点刺痛。"学士一边警告，一边用酒精润湿一块有捣碎草药味道的软布，擦拭提利昂的脸。岂止是一点刺痛，软布所经之处如火烫一般，尤其是鼻子，好似被一根燃烧的拨火棍戳刺拧转。他紧抓床单，深深吸气，好容易没有尖叫。学士啧啧称奇，活像只老母鸡。"留着面具比较明智，至少等肌肉长好，大人。不过，现在伤口总算还干净，很好，很好。我们在地窖找到您时，您躺在一堆死人和快死的人中间，伤口又脏又臭，一根肋骨断了，您肯定感觉得到，不知是战锤砸的，还是摔伤造成，很难说。您胳膊中了一箭，就在肩手交接的地方，伤口有坏死的迹象，我一度担心得给您截肢呢！但我们先用沸酒和蛆来治疗，它似乎愈合得很干净……"

"名字，"提利昂喘着粗气抬头，"名字！"

学士眨眨眼。"啊?您是提利昂·兰尼斯特，大人。您是太后的弟弟。您可记得那场战役?有时头部受伤会——"

"你的名字。"他喉咙干燥，舌头似乎忘了如何吐词。

"我是巴拉拔学士。"

"巴拉拔，"提利昂重复，"给我，镜子。"

"大人，"学士说，"我建议……这恐怕，呃，不大明智……因为……您的伤……"

"拿来，"他坚持。嘴唇僵硬疼痛，仿佛挨了一记老拳。"还有喝的，酒，不要罂粟花奶。"

学士红着脸站起来，急急忙忙跑出去，带回一壶淡黄的葡萄酒，以及一面镶金框的小银镜。他坐在床沿，倒了半杯，送到提利昂肿胀的唇边。没有滋味，丝丝液体凉爽地流进腹中。"再来。"杯子空了之后他说。巴拉拔学士又倒一杯。待第二杯喝完，提利昂·兰尼斯特觉得自己坚强到足以面对自己的脸了。

他举起镜子，不知该笑还是该哭。那道剑伤，弯曲而绵长，从左眼下一路划到右侧下巴。四分之三的鼻子不见了，嘴唇也少了

一块，撕裂的皮肉被羊肠线缝到一起，粗糙的线脚横在半愈合的红色肌肤上。"漂亮。"他嘶哑地说，一面将镜子撂到一边。他全记起来了。船桥，曼登·穆尔爵士，左手，剑光。如果我没退缩，那一击会削掉半截脑袋。詹姆常说曼登爵士是御林铁卫中最危险的角色，因为这家伙面无表情，谁也猜不透他心中的打算。我永不该信任他们中的任何一个。他知道马林爵士、柏洛斯爵士，还有后来的奥斯蒙爵士都是姐姐的人，但一直假装以为其他人尚未完全丧失荣誉心。瑟曦一定买通了他，以确保我上战场一去不回。难道不是吗？否则我和曼登爵士无冤无仇，他干吗来害我？提利昂摸着自己的脸，用粗短的手指拨弄伤疤。亲爱的姐姐，又送给我一份礼物。

学士站在床边摆手，活像一只要起飞的鹅。"大人，别，别乱动，那儿可能会留下一道疤……"

"可能？"他不屑的嘲笑伴随着痛苦的抽搐。当然会有一道疤，鼻子也不可能长回来。罢了，他从没让人看顺眼过。"这是我的——教训——不要——再玩——斧头。"嘴唇的伤口很紧，"我们——在哪儿？这是——什么地方？"讲话牵起疼痛，但提利昂沉默得已经太久。

"啊，大人，您在梅葛楼，这是太后的舞厅底下的房间。太后陛下特地将你就近安置，才好时时照顾您。"

她当然会，我敢打赌！"送我回去，"提利昂命令，"我要自己的床，自己的房间。"我要自己的人，自己的学士，如果……还找得到可信赖的人的话。

"您自己的……大人，这不可能。那是首相的房间。"

"我——就是——首相。"努力说话令他疲惫，听到的东西更是困惑。

巴拉拔学士苦着脸道："不，大人，我……您先前受了重伤，濒临死亡，您父亲大人已接过重任。泰温大人，他……"

"在这里?"

"那晚,他拯救了我们大家。百姓们以为蓝礼国王的鬼魂显灵,但聪明人都知道是你父亲和提利尔大人的功劳,还有百花骑士和小指头大人。他们奔袭千里,穿越灰烬,从后掩杀篡夺者史坦尼斯。那是一场伟大的胜利,如今泰温大人搬进了首相塔,辅佐国王陛下拨乱反正,真是诸神保佑。"

"诸神保佑。"提利昂空洞地重复。该死的父亲,该死的小指头,该死的蓝礼的鬼魂!"去找……"去找谁?总不能叫这粉红脸的巴拉拔把雪伊带来吧。他该找谁?他还能信任谁?瓦里斯?波隆?杰斯林爵士?"……我的侍从,"他把话说完,"波德,派恩。"在那座船桥上,是波德这孩子救了我的命。

"男孩?那个古怪的男孩?"

"怪男孩——波德瑞克——派恩——你走——叫他来。"

"遵命,大人。"巴拉拔学士点点头,匆忙离开。提利昂一边等待一边感觉力气从体内一点点渗漏而出。不知自己究竟在这儿睡了多久。瑟曦要我一睡不醒,我偏不顺从。

波德瑞克·派恩走进卧室,胆怯得像只老鼠。"大人?"他蹑手蹑脚地靠近床边。这孩子,在战场上多么英勇,这会儿怎反而战战兢兢?提利昂不明白,"我打算留在您身边,但学士要我走开。"

"让他走——听我说——讲话很辛苦——我要安眠酒——安眠酒——不是罂粟花奶——去找法兰肯——法兰肯——不是巴拉拔——监视他调制——然后带来。"波德偷偷瞥了他的脸,立即移开视线。唉,这不能怪他。"我还要——"提利昂续道,"自己的——护卫——波隆——波隆在哪儿?"

"他当了骑士。"

连皱眉都疼,"找到他——带他来。"

"遵命,大人。我去找波隆。"

提利昂扣住孩子的手腕,"曼登爵士呢?"

男孩打个哆嗦,"不——不是我要杀他,他——他——他——死——"

"他死了?你确定?他死了?"

他怯怯地蹭着脚,"淹死了。"

"很好——什么也别说——关于他——关于我——关于这事——什么也别说。"

侍从离开时,提利昂已经彻底筋疲力尽,于是他躺回去,闭上眼睛。不知是否会再梦见泰莎,不知她还爱不爱我的脸,他苦涩地想。

琼恩

当断掌科林吩咐他去寻柴生火时,琼恩明白他们死期已近。

能重享温暖是不幸中的大幸,哪怕为时不长,他一边从枯木上砍伐枝条一边想。白灵蹲坐着看他,沉静一如往昔。我死以后,他会为我哀嚎吗?就像布兰坠楼时的夏天?琼恩不禁思量。临冬城的毛毛狗会叫么?身在他乡的灰风与娜梅莉亚,他们是否会齐声加入?

月亮从山的这边升起,太阳从山的那头落下,琼恩用打火石和小刀摩擦生火,好容易弄出一缕青烟。火苗摇曳,在刮下的树皮和枯死干燥的松针上蔓延,科林走到他身边。"含羞的新娘,"高大的游骑兵轻声道,"如花的美貌。火的美,真让人击节赞叹。"

他不像是那种会谈论美女和新娘的男人。据琼恩所知,科林把一生都献给守夜人。他爱过女人?结过婚吗?问题难以出口,于是他只默默扇动火苗。当篝火熊熊,他摘下硬邦邦的手套,温暖掌心,不由自主地发出一声轻叹,哪有比这更甜美的亲吻呢?暖意如熔化的黄油,在指尖扩散。

断掌在火边席地盘腿而坐,摇曳的光亮照着他脸上坚毅的线条。从风声峡撤退的五个游骑兵只剩他们两人,终日在霜雪之牙无垠的蓝灰荒野中亡命躲藏。

最初琼恩心存侥幸,希望侍从戴里吉在峡口拦住野人,但猎号沉寂片刻后又二度响起,人人心照不宣:侍从已然丧命。接着,那只老鹰再次出现,它张开雄伟的灰蓝翅膀翱翔在暮霭的天空。石蛇弯弓瞄准,鸟儿却在他放箭前飞出射程。伊班啐口唾沫,低声咒骂狼灵和易形者。

之后这一天,他们至少两次看见那鹰,猎号也一直在身后的群山中回荡。一响高过一响,一声近似一声。等夜幕降临,断掌昐咐伊班带上自己和侍从的马,沿来路向东朝莫尔蒙的营地全速前进。其他人将为他引开追兵。"派琼恩去,"伊班劝阻,"他身手敏捷,不逊于我。"

"琼恩另有任务。"

"他还是个孩子。"

"不,"科林道,"他是守夜人的汉子。"

明月高升,伊班脱离团队,石蛇和他同行一段,再回头掩盖踪迹。三人奔西南而行。

他们日夜兼程,加急赶路,睡卧马鞍,只是饮马时方才稍作休息,之后又继续前进。他们踏过光秃的岩石,穿行阴郁的松林和陈年的积雪,翻越冰脊,跨过无名的浅河。科林和石蛇不时折返去清扫踪迹,但只是白费工夫。他们一直被监视。每个清晨,每个黄昏,老鹰盘旋在山峰之巅,犹如长天中的一个点。

一次,当他们走过雪峰之间的低矮山脊时,影子山猫从巢穴里出来咆哮,离人们不足十码。尽管野兽憔悴而饥饿,但石蛇的母马还是惊慌失措,掀人落马,之后飞速逃窜,等找到它,它已绊在陡坡上,摔断了腿。

那天,白灵饱餐一顿,科林则坚持要大家将马血混进燕麦,以增强体力。味道刺鼻的麦粥呛得琼恩难受,但他勉力为之。上路之前,他们各自从马尸上割下十几条生肉,剩下的都留给了影子山猫。

两人同骑不可想象。石蛇自愿留下,奇袭追兵,他说或能在下地狱前拼掉几个。科林拒绝了。"如果说守夜人中还有谁能独步穿越霜雪之牙,那就是你,兄弟。马儿上不了的山你能上。回拳峰去。把琼恩的见闻以及他见闻的方式告诉莫尔蒙。告诉他,古老的力量已经苏醒,他必须面对巨人、狼灵和更可怕的事物。告诉他,树眼再现。"

他回不去的。琼恩一边看着石蛇消失在大雪覆盖的山脊上,一边想。他如一只渺小的黑甲虫,爬附在起着涟漪的无垠白原中。

自那天起,每个夜晚都更趋凄冷,更趋孤单。白灵不总在身边,但从未离得太远。就算分开,琼恩也能感觉他的存在,对此深感欣慰。断掌是个不苟言笑的人,平日只见他默默骑马,长长的灰辫子缓缓甩动,几个钟头也没一句交流,唯一的声音是马蹄在石上的轻踏和冷风的恸哭。高山之上,风从未宁息。而今他常能无梦入眠:梦不到狼,梦不到兄弟,唯有空虚。诸神的诅咒之地,连造梦也没有空间,他告诉自己。

"你的剑可还锋利,琼恩·雪诺?"透过闪烁的篝火,断掌科林问。

"我的剑乃是瓦雷利亚钢制成,熊老所赐之物。"

"你可还记得发下的誓言?"

"不敢或忘。"那是男子汉永生难泯的誓约。一旦出口,决无反悔。今世的命运由它主宰。

"那么,请和我一起复诵,琼恩·雪诺。"

"是。"高悬的明月之下,两人的声音合为一体,白灵和群山是他们的见证。"长夜将至,我从今开始守望,至死方休。我将不娶妻,不封地,不生子。我将不戴宝冠,不争荣宠。我将尽忠职守,生死于斯。我是黑暗中的利剑,长城上的守卫,抵御寒冷的烈焰,破晓时分的光线,唤醒眠者的号角,守护王国的坚盾!我将生命与荣耀献给守夜人,今夜如此,夜夜皆然。"

诵毕,天地间唯有火苗的噼啪和晚风的微叹。琼恩热切地舒展灼伤的手掌,誓词在脑海中不断回响,他向父亲的无名诸神祷告,请让自己勇敢赴死。快了,马儿到了体力透支的极限。琼恩知道,科林的马甚至连明天也熬不过。

篝火渐衰,暖意褪去。"火焰将灭,"科林说,"倘若长城沦陷,天下的火将全部熄灭。"

琼恩无话可说。他点点头。

"我们要么脱逃,"游骑兵说,"要么被捕。"

"我不怕死。"这只算半句谎话。

"事情不像你想象的这么简单,琼恩。"

他不明白,"您什么意思?"

"等他们追上,你得投降。"

"投降?"他难以置信地眨眨眼。野人不拿这些被他们称为乌鸦的人当俘虏,落到他们手中只有死路一条,除非……"他们只留背誓者,只留曼斯·雷德那样的逃兵。"

"这就是你将扮演的角色。"

"不,"他拼命摇头,"决不!我做不到。"

"你会的。这是命令。"

"命令?可是……"

"记住,我们将生命与荣耀献给守夜人,只为维护王国安泰。你是不是守夜人的汉子?"

"是。可是——"

"没有'可是',琼恩·雪诺。只有是,或者否。"

琼恩挺直身子。"是。"

"那么,听着,一旦被擒,你得主动去讨饶,就像当初那个女野人求你那样。他们会要你当面把黑斗篷砍成碎片,要你以父亲的坟墓之名发誓,永远唾弃和诅咒弟兄们和总司令。不管要你做什么,都不准违抗,统统照办……但在心里,你要记得你是谁,记得你的誓言。与他们一起行军,与他们一起用餐,与他们一起作战,直到时机来临。你的任务是:观察。"

"观察什么?"琼恩道。

"我也不知道,"科林说,"你的狼看见他们在乳河河谷挖掘。在那片偏僻寒冷的荒原上,有什么值得寻找的东西呢?找到了吗?这就是你必须追寻的答案,在重回莫尔蒙司令和兄弟们身边之前,你必须弄清楚。记住,这是我的托付,琼恩·雪诺。"

"我将不负所托。"琼恩勉强应道。"但……您会告诉他们真相,对吗?至少告诉熊老?请您告诉他,我从未背弃自己的誓言。"

断掌科林隔着火焰瞪视他,双眼深不可测。"下次见面,我会告诉他。我发誓。"他朝火堆做个手势。"加点柴,多些温暖与光亮。"

琼恩跑去砍来更多枝条,将每根劈成两半,扔进火中。树木枯死已久,但在火中却重复苏醒,如获新生。根根木条旋转燃烧,放出黄、红、橙三色光芒,犹如一场烈火之舞。

"行,"科林突然说,"上马吧。"

"上马?"篝火之外一片乌黑,寒夜笼罩。"去哪儿?"

"回头。"科林骑上疲累的坐骑。"希望火光引他们往前追。来吧,兄弟。"

琼恩重新戴上手套,拉起兜帽。马儿不愿离开篝火。太阳已没,一轮残月洒下冰冷的银光,照耀在险恶的前路。他不知科林有什么打算,但或许还有机会,对此他衷心盼望。不管有什么理由,我都不要当背誓者。

他们谨慎行进,竭尽人马所能地沉默移动,跟随来时的足迹,直到两山间的隘口,一条覆冰的小溪从中流出。琼恩记得这个地方,日落前曾在这里饮马。

"可惜,水开始结冰,"科林评论,"我本想顺溪走,但冰上会留下痕迹,暴露行踪。现在贴着山崖,前方半里处有个弯道可以隐蔽。"他骑进隘口。琼恩留恋地望了遥远的花火最后一眼,跟上前去。

他们骑得越远,两边的峭壁就压迫得越紧。月光下,溪流如缎带,指引他们直向源头。石岸上全是冰,但在细薄的硬壳下,琼恩听见潺潺水声。

此路曾发生山崩,一块巨大的落石横断中间,但他们的矮小犁马挤了过去。其后山壁愈加紧密陡峭,溪流延伸,直通一座曲折高耸的瀑布。雾气笼罩,如庞然冰兽的喘息,奔涌的流水在月光下发出银白的辉芒。琼恩沮丧地望着瀑布。死路一条。他和科林或许能爬上去,但马儿不行。没有马,他们徒步将撑不久。

"动作快!"断掌指令。骑在小马上的大个子朝瀑布飞驰,穿过水帘,消失无踪。他许久不曾出现,于是琼恩也夹紧坐骑,跟随前去。他的马竭力想逃,如注的冰水用结冻的拳头展开殴打,苦寒的震颤则让他无法呼吸。

接着便通过了。他浑身湿透,不住发抖,但终究是过去了。

石缝极窄,难容通行,但过去之后,道路大开,地面变成柔软的沙地。飞沫在琼恩的胡子上结冰。白灵怒气冲冲地穿过水帘,摇晃身体,抖干毛皮,怀疑地嗅闻四周的黑暗,最后在石壁边抬腿撒尿。科林已下马,琼恩也照办,"原来你知道这地方。""有兄弟给我讲过追踪影子山猫穿越瀑布的故事,那时我比你还年轻。"他卸下马鞍,取走嚼子和缰绳,用手梳理坐骑茸茸的鬃毛。"这条道贯穿山脉核心。等到黎明,倘若他们未察觉,我们就上路。第一班我来值,兄弟。"语毕,科林背靠岩壁,坐在沙地,成为阴郁洞穴中一道模糊的黑影。透过匆匆的流水声,琼恩听见钢铁与皮革摩擦的细微响动,断掌已拔剑在手。

他脱下湿斗篷,但此地又冷又潮,不容他再脱。白灵摊开身体,蜷缩在旁边睡觉,舔了舔他的手套。琼恩感激他的温暖,心里又想起野外的篝火,不知此刻是否熄灭?倘若长城沦陷,天下的火将全部熄灭。月光一度透过奔涌的水帘，在沙地撒下数道苍白式微的条纹，但很快褪去，一切又重归黑暗。

睡意终于袭来，随之而至的竟是噩梦连连。他梦见燃烧的城堡，梦见坟墓里爬出的死人。科林唤醒他时，四周仍一片漆黑。断掌入眠，琼恩将背靠上洞壁，听着水声，等待黎明。

第二天破晓时分，他们各咽下一块半冻的马肉，之后为马上鞍，重披黑斗篷。断掌值班时制作了六支火把，而今从鞍袋里取出干燥的苔藓，浸油后绑上。他点燃第一支，当先进入黑暗，苍白的焰苗指引路途，琼恩牵马跟随。多石的隧道蜿蜒曲折，起初向下，接着又向上，并愈加陡峭狭窄，到头来马儿几乎过不去。出去就甩掉他们了，琼恩边走边想，老鹰总不能看穿岩石吧？我们会摆脱追兵，直奔拳峰，将一切报告熊老。

可经过数小时跋涉，重见天日时，老鹰正恭候他们。它栖息在坡顶一棵枯树上，足足比他们高过百尺。白灵跳过岩石，朝它扑去，鸟儿拍拍翅膀，飞入空中。

科林的视线随着老鹰移动，嘴唇越抿越紧。

"这里地势不错，"他宣布，"上方有遮蔽，后方是密道，他们无法偷袭。你的剑可还锋利，琼恩·雪诺？"

"是的。"他说。

"我们先喂马。可怜的畜生，感谢它们英勇的服务。"

琼恩把最后一把燕麦喂给自己的坐骑，抚摸它柔软的毛鬃，白灵则在岩石间不安地游荡。他狠狠扯下手套，舒活灼伤过的指头。我是守护王国的坚盾！

一声猎号在山间回荡，琼恩听见猎狗的吠叫。"他们片刻即至，"科林说，"把狼管好。"

"白灵，过来。"琼恩唤道。冰原狼勉强跑回他旁边，尾巴在身后高高竖起。

不到半里外的山脊上，野人们纷纷出现。猎狗们跑在最前，这些灰棕的野兽混合了狼的血统，来势汹汹，哮吠不止。白灵咧牙露齿，毛发直立。"放松，"琼恩低语，"别动。"头顶传来扑翅之声，老鹰停在一块突出的岩石上，发出胜利的尖啸。

猎人们小心翼翼地靠拢，以防遭飞箭攻击。琼恩数了一下，共有十四人，外加八条狗。他们巨大的圆盾乃是柳条编成，覆盖人皮，涂上骷髅图案。约有一半人用木头和熟皮制的粗糙头盔遮脸。左右两翼，各有一名射手将箭搭上由木头和兽角做成的短弓，但没释放。其他人装备长矛或大槌，还有一人握着有裂口的石斧。看得出，他们身上那点破烂的护具不是抢来，便是得自于死去的游骑兵。野人既不挖矿也不会冶炼，长城以北，铁匠寥寥可数，锻炉更是稀罕。

科林抽出长剑。传说中，他失去半只右手后，练成了左手剑，威力更甚以往。琼恩和这位高大的游骑兵并肩而立，长爪在手。空气虽寒，汗水却模糊了视线。

他们在洞口十码前停步，带头人单独上前。他的马平缓地攀登崎岖的坡地，模样活像只山羊。随着靠近，琼恩听见咯咯啦啦声——原来人马皆用骸骨护体：牛骨，羊骨，山羊、野牛和麋鹿的残骸，长毛象的巨骨……以及人骨都穿在身上。

"叮当衫。"科林冰冷有礼地朝下喊。

"乌鸦理当称我骸骨之王。"此人的头盔乃是用巨人的头骨制成，双手从上到下，皮革外缝着无数熊爪。

科林嗤之以鼻。"我没见什么大王，只有一条穿鸡骨头的狗，边走边响，招摇现市。"

野人恼怒得发出嘶叫，坐骑也人立起来。真是名副其实，琼恩想，对方那身骨头松散串连，只需一动，便会叮叮当当，响个不休。"是啊，待会儿就听你的骨头作响啦，断掌。我要煮你的肉，拿你的肋骨当锁甲,敲你的牙齿做项链,用你的头骨来喝粥。"

"好,我奉陪到底。"

对这份邀约,叮当衫面露难色。黑衣兄弟据守着山洞狭口,人数起不了作用,顶多只能两人同上。他手下一名女战士牵马挤过来,想必也是个"矛妇"吧。"十四比二,乌鸦,八条狗对一匹狼,"她高叫,"要打要跑,你们都输定了。"

"给他们瞧。"叮当衫下令。

女人从血迹斑斑的口袋里掏出战利品。伊班的秃头圆得像颗蛋,所以她拎着耳朵摇晃。"他很勇敢。"她说。

"但还是没了命,"叮当衫,"你们也一样。"他亮出战斧,在头顶炫耀挥舞。那是上好的钢铁,两面闪着寒光——伊班一向爱护兵器。其他野人围上前,聚到叮当衫身边,高声辱骂。有几个把奚落对象选准琼恩。"小子,你的狼?"一个提着石连枷的瘦弱少年叫道,"太阳落坡前他就成我的斗篷啦。"另一边,一位矛妇掀开粗糙的皮衣,把肥大的白乳房露给琼恩看。"乖儿子,想妈妈了?来,过来,喝一口,宝宝乖。"狗们也不甘示弱,大声喧哗。

"别管他们的嘲讽,"科林给了琼恩一个意味深长的凝视,"记住自己的使命。""赶乌鸦啦,"叮当衫的吼叫压过吵闹。"放箭!"

"不!"琼恩抢在开打前逼自己开口,并急促地趋前两步。"我们投降!"

"他们警告我,杂种是天生的懦夫,"断掌科林在身边冷冷地说,"我总算明白了。滚到你新主人那边去!胆小鬼!"

琼恩满脸通红,缓缓下坡,来到叮当衫马前。野人头目隔着头盔眼洞打量他,"自由民要懦夫何用?"

"他不是懦夫。"一位射手掀开山羊皮头盔,露出满头杂乱红发。"他是临冬城的私生子,是他放了我。让他活命。"

琼恩和耶哥蕊特四目交汇,无言以对。

"我要他死!"骸骨之王坚持,"黑乌鸦是狡猾的鸟。我不信任他。"

头顶的山岩上,老鹰拍拍翅膀,恼怒地尖叫。

"那只鸟讨厌你,琼恩·雪诺,"耶哥蕊特道,"那是有理由的。他原本是个人,却死在你手中。"

"我不知道,"琼恩老老实实地回答,一边努力回忆自己在峡口所杀之人的面容。"你说曼斯会收留我。"

"不错。"耶哥蕊特道。

"曼斯离这儿远着呢,"叮当衫说,"芮温勒,捅他。"

大个子矛妇眯起眼睛:"这乌鸦想加入自由民,就得凭真本事。"

"要我做什么都成。"很难出口,但琼恩还是说了。

叮当衫的骨甲随着狂笑而剧响。"去毙了断掌,杂种。"

"想都别想,"科林说。"转过来!琼恩,受死吧!"

说时迟,那时快,科林的剑已劈至眼前,长爪反射性地上弹格挡,碰撞的力道几乎把它从琼恩手中震飞。他踉跄后退。不管要你做什么,都不准违抗。他将长柄剑双手交握,利落反击,却被高个子游骑兵漫不经心地扫开。两人你来我往,黑斗篷交织一体,青年用快捷灵巧对抗科林左手剑的凶蛮力量。霎时间,断掌的剑无处不在,左左右右,如飞雨迭至,剑随心动,潇洒自如。琼恩只觉手臂逐渐麻木。

即使白灵用牙齿狠狠撕扯游骑兵的小腿,科林还是踏稳了脚步。但在那一瞬间,当他扭身时,露出了破绽。琼恩一剑递出,反手一撩。游骑兵向外让开,似乎这一击未起作用,但紧接着喉头浮现一连串朱红的泪滴,明亮鲜活,犹如红宝石的项链。最后血如泉涌,断掌科林倒了下去。

白灵的口鼻也在滴血，但长柄剑只锋尖有染，在最后的半寸。琼恩把冰原狼赶开，跪下来搂住兄弟。最后一丝光芒正从科林眼中褪去。"……锋利。"他说，伤残的手指举起又落下。他死了。

他知道，琼恩麻木地想，他知道他们会要求我做什么。他突然想起山姆威尔·塔利，想起葛兰和忧郁的艾迪，想起留守黑城堡的派普和陶德。难道我从此就要失去他们，正如我失去了亲兄弟布兰、瑞肯和罗柏？我到底是谁？我到底在做什么？

"扶他起来。"一双粗糙的手在拉他。琼恩没有抗拒。"有名字吗？"

耶哥蕊特替他回话："他叫琼恩·雪诺，是临冬城艾德·史塔克的血脉。"

芮温勒笑道："呵呵，谁想到？断掌科林竟死在贵族老爷的杂种手里！"

"捅他。"叮当衫坚持。老鹰朝他飞去，停在骨盔上，刺耳地呐喊。

"他投降了。"耶哥蕊特提醒他们。

"是啊，还杀了自家兄弟来证明。"一名头戴生锈的铁半盔、相貌平庸的矮个野人说。

叮当衫骑近前来，骨甲响个不停。"那是狼做的下流勾当。断掌的死该算在我头上。"

"呵呵，我们都看到你跃跃欲试呢。"芮温勒嘲笑。

"他是个狼灵，"骸骨之王说，"乌鸦！我不喜欢他。"

"倘若他真是狼灵，"耶哥蕊特说，"就能吓着我们吗？"其他人叫喊着表示同意。透过焦黄的头骨眼洞，叮当衫恶狠狠地瞪视琼恩，但最终不得不让步。好一帮自由民，琼恩心想。

他们在断掌科林倒下的地方用松针、灌木和断枝垒起柴堆，就地焚尸。有的木料还有绿意，所以燃起来和缓而多烟，片片黑羽，高升至明亮的晴空。叮当衫取走几片焦骨,其余人掷色子决定其他东西的归属。得到斗篷的是耶哥蕊特。

"我们回风声峡?"琼恩问她。他不知自己重新面对那片高山时会作何感想,也不知他的马能否坚持。

"不,"她说,"我们身后什么也没有了。"她望他的眼神带着一抹怜伤。"曼斯已率大队人马沿乳河南下,浩浩荡荡朝你的长城进发。"

布兰

漫天尘烬,犹如一场柔软的灰雪。

他踏着干燥的松针和棕色的落叶,来到松木稀疏的树林边缘。开阔场地远端,在人类荒凉的石山里,熊熊火焰盘旋上升,热风迎面扑来,带着浓浓的鲜血和烤肉的味道,令他垂涎欲滴。

这些味道吸引他们前去,别的气息又在警告他们退避。他仔细嗅闻飘来的烟。人,好多人,好多马,还有火、火、火。这是最危险的气息,即便坚硬冰冷的钢铁,即便酸臭的人类爪子和硬皮都比不上。烟雾和灰烬刺痛眼睛,他举目上望,只见一条长翅膀的大蛇张牙舞爪,咆哮着喷出烈焰洪流。他朝它咧牙露齿,但大蛇无动于衷。峭壁之外,冲天大火吞噬繁星。

大火彻夜燃烧,一度发出怒吼和巨响,脚底的土地摇摇欲裂。狗在吠叫、呜咽,马儿在恐惧中厉声尖嘶。暗夜中的哀号惊天动地——那是人类的哀号,惧怕的嚎啕,狂野的呼叫,歇斯底里的大笑和莫可名状的呼唤。人类是最吵闹的动物。他竖起耳朵、仔细聆听,弟弟却对每个声音都报以咆哮。他们整夜游荡林间,无垠的风吹来漫天的尘,散布余烬,遮盖长天。当火势渐衰,他们决定离去。雾的清晨,灰的太阳。

他离开树林,缓慢穿过场地,弟弟跑在身畔。他们追随鲜血和死亡的气息,沉寂地穿过人类用木头、青草和泥巴筑成的洞穴。其中许多烧毁,许多垮塌,只有极少数维持原状。他们见不着也闻不到一个活人。乌鸦遍布尸体,等他兄弟俩走近,便跳进空中尖声叫喊。野狗则在他们跟前落荒而逃。

雄伟的灰壁下，一匹垂死的马大声闹嚷，它想用断腿挣扎站立，却屡屡嘶叫着倒下。弟弟围着它转圈，然后一口撕开它的喉咙，马儿无力地踢打几下，闭上了眼睛。他朝马尸走去，弟弟却一口咬来，衔住他耳朵往后拖，于是他拿前脚环住对方，反咬弟弟的腿。他们在草地、泥土和散落的灰烬之中争斗，为死马而扭打，直到弟弟仰面朝天，卷起尾巴，表示顺服为止。他朝弟弟暴露的喉头咬了最后一小口，然后开始用餐，并让弟弟也参加。吃饱后，他帮弟弟舔掉黑毛上的血。

此时，黑暗角落的呼唤突然传来，喃喃的低语把他往那座什么也看不见的房子拖。冰冷的召唤，带着石头气息，盖过所有扰攘。他挣扎，抗拒那份引力。他厌恶黑暗。他是狼，他是猎人、游侠和杀手，他属于辽阔大森林里的兄弟姐妹，他希望自由自在奔跑于星斗之下。于是他坐下来，仰天长嗥。我不要去，他高喊，我是狼，我不要去。然而黑暗却逐渐笼罩，蒙住眼睛，灌满鼻子，遮掩耳朵，他看不见、听不到、闻不出、跑不动。灰壁消失，死马不见，弟弟无踪，一切都化为黑暗。沉寂、黑暗、冰冷、黑暗、死亡、黑暗……

"布兰，"温柔的耳语传来。"布兰，快醒醒。快醒醒啊，布兰。布兰……"

他闭上第三只眼，睁开其余的两只，老旧的两只，瞎盲的两只。理所当然，在黑暗中人类都是瞎子。但有人紧搂着他，他感觉出胳膊的环绕，体会到依偎的温暖。阿多在不断念叨："阿多，阿多，阿多。"他自己保持沉默。"布兰？"这是梅拉的声音。"你刚才拳打脚踢，发出恐怖的喊叫。看见什么了？"

"是临冬城。"他有些口齿不清地回答。总有一天，当我回来时，将彻底忘记怎么说话。"那是临冬城，整个都在燃烧。马的味道，铁的味道，还有血。梅拉，他们把所有人都害死了。"

他觉出她伸手抚着他的脸,梳理他的头发。"好多汗,"她说,"要喝水吗?"

"喝水。"他同意。于是她把皮袋凑过来,布兰急切吞咽,水从嘴角不断溢出。每次回来,他都虚弱、干渴而饥饿。他还记得垂死的马,鲜血的味道和晨风中烤肉的气息。"我睡了多久?"

"整整三天。"玖健道。不知男孩刚轻手轻脚地赶到,还是一直便在旁边;在这黑暗迟钝的世界里,布兰什么也不能确定。"我们都为你担心。"

"我和夏天在一起。"布兰说。

"太久了,你会饿死自己的本体。梅拉曾为你灌了点水,我们还往你嘴唇涂蜂蜜,但这些远远不够。"

"我吃过,"布兰道,"我们扑杀一头鹿,还赶走想来偷吃的树猫。"那猫体毛棕褐,只有冰原狼一半大,却十分凶猛。他还记得它身上的麝香味道,记得它趴在橡树枝干上低头咆哮。

"吃东西的是狼,"玖健说,"不是你。小心,布兰,请记得自己的身份。"

他怎不记得自己的身份?他太清楚了:小男孩布兰,残废的布兰。倒不如当凶兽布兰。这教他怎不思念夏天,怎不想做狼梦呢?在这阴冷潮湿的漆黑墓窖,他的第三只眼终于睁开。而今他随时能连接夏天,甚至触碰过白灵,并透过他与琼恩对话——不过或许那只是梦吧!他不明白玖健干吗老急着把他拉回来。布兰用双手撑起身子,蠕动坐定。"我得把看见的情形告诉欧莎。她在这里吗?她上哪儿去了?"

女野人出声答道:"我在。大人,这里黑黑的,什么都不方便。"他听见脚跟与石地板的摩擦,便转头看去,一无所获。无妨,闻得出来。转念间,他想起自己没了夏天的鼻子,众人都是一样的味道。"昨晚我尿在那个国王腿上,"欧莎说,"也可能是

早晨,谁知道?我睡着了,刚刚醒。"大家和布兰一样,通常都在睡,这里无事可做,只有睡了吃,吃了睡,间或交流几句……却不敢多说,更不敢大声,只为确保安全。欧莎认为大家最好一句话都别说,但安抚瑞肯谈何容易,阿多的呢喃也无法阻止。"阿多,阿多,阿多。"他总是自言自语,说个不休。

"欧莎,"布兰道,"我看见临冬城在燃烧。"瑞肯轻柔的呼吸从左边传来。

"那只是梦。"欧莎说。

"是狼梦,"布兰道,"我记得那味道。血与火,非比寻常的气息。"

"谁的血?"

"马血,狗血,人血,大家的血。我们得去看看。"

"我可只有这身瘦皮囊,"欧莎道,"若给那乌贼亲王捉住,非被剥皮不可。"

梅拉在黑暗中牵起布兰的手,捏捏他的指头。"你害怕,我去。"

布兰听见手指在皮革中摸索的响动,接着是铁石相击的声音。一次又一次。火花迸出来,被欧莎轻轻地攥住、呵护。一道长白的焰火向上舒展,犹如踮起脚尖的少女。欧莎的脸在火旁浮现,她点燃一根火把。布兰眯眼看去,沥青开始燃烧,给整个世界带来橙色的光芒。瑞肯也醒了,打着呵欠,坐起身子。

影随光动,刹时似乎所有的死人都苏醒过来。莱安娜和布兰登,他俩的父亲瑞卡德·史塔克公爵,瑞卡德的父亲艾德勒公爵,威廉公爵和他的兄弟"躁动的"阿托斯,多诺公爵、伯隆公爵和罗德威公爵,独眼的琼尼尔公爵,巴斯公爵、布兰登公爵和曾与龙骑士决斗的克雷根公爵。他们坐在石椅上,脚边是石制冰原狼。这是尸骨已寒后的安息殿堂,这是属于死者的黑暗大厅,这是仇视生人的恐怖之地。

他们所躲藏的墓穴张开空虚大口,等待着艾德·史塔克公爵,在父亲庄严的花岗石像下,六个亡命者聚在一起,靠微薄的面包、淡水和干肉维生。"不多了,"欧莎眨眼瞧着存粮,低语道,"算啦,我反正都得潜回去偷吃的,否则咱们该拿阿多当点心了。"

"阿多。"阿多朝她露齿而笑。

"上面到底白天还是晚上?"欧莎问,"我已经失去了感觉。"

"是白天,"布兰告诉她,"但烟雾层层,和黑夜没两样。"

"您确定,大人?"

残破的身躯不曾移动,但他看到了一切,两个世界在眼中浮现:一边是手执火把站立的欧莎,以及梅拉、玖健和阿多,在他们身后,两排耸立的花岗岩柱和高大的领主石像朝黑暗中延伸……另一边是临冬城,滚滚浓烟下的灰堡,橡木与钢铁的雄伟大门烧焦坍塌,吊桥锁链断裂、木板散落。护城河里满满的浮尸,成了乌鸦的岛屿。

"确定。"他宣布。

欧莎考虑了一会儿。"那就冒险上去瞧瞧吧,但你们一定要跟紧。梅拉,把布兰的篮子拿来。"

"我们回家?"瑞肯兴奋地问。"我好想骑小马,好想吃苹果蛋糕、黄油和蜂蜜。我想毛毛。我们去找毛毛狗吧!"

"好的,"布兰允诺,"但你得乖一点,别乱说话。"

梅拉把柳条篮绑在阿多背上,抱布兰进去,将他无用的双腿放进洞。此刻,他肚里七上八下,虽然明知地面有什么等着他,却不能稍减恐惧。出发前,布兰望了父亲最后一眼,只觉艾德公爵的眼中饱含悲伤,好似在恳求他们别走。我们必须去,他心想,再不能拖延。

欧莎一手拿橡木长矛，一手举火把，背上挂一把无鞘的剑——那是密肯最后的作品之一，原本放在艾德公爵墓前，用来确保灵魂安息的。铁匠死后，敌人占领了军械库，兵器被统统没收，如今只得事急从权。梅拉拿了瑞卡德公爵的剑，不停抱怨它过于沉重。布兰登则取走同名叔叔的武器，那个他从未谋面的大叔。宝剑在手的感觉很美妙，但他知道派不上用场。

对我来说，剑只是玩具，布兰心想。

他们的脚步声在长长的墓窖中回荡。身后的阴影很快吞没了父亲，身前的阴影则急促后退，现出更多雕像——这些不是服膺国家的地方领主，而是酷寒北境的古老君王，石冠戴在他们额上。"降服王"托伦·史塔克，"春王"艾德温，"饿狼"席恩·史塔克，"焚船者"布兰登和"造船者"布兰登，乔拉和杰诺斯，"恶人"布兰登，"月王"沃顿，"新郎"艾里昂，艾隆，"甜蜜的"班扬和"苦涩的"班扬，"雪胡王"艾德瑞克。这些面容坚毅刚强，不管曾犯下滔天罪恶，还是一生向善，他们个个都是货真价实的史塔克。布兰知道每个人的故事。他向来不怕墓窖的气氛，因为这是他家园的一部分，他本人的一部分。他一直都知道，将来有一天，自己会和他们安息在一起。

如今，他彷徨。如果我上去，还能下来吗？如果我死了，又该葬于何方？

"等等，"他们抵达通往地表的螺旋楼梯前——它的另一端直向地底，更为古老的君王就坐在那里的黑暗王座上——欧莎说，并将火把递给梅拉。"我去探路。"她的脚步渐行逐远，终至完全消失。"阿多。"阿多紧张地说。

布兰上百次告诉自己有多讨厌藏在这黑暗的地方，有多希望重见阳光，骑乘小舞穿越风雨。但当出墓时刻近在眼前，他却害怕起来。身处暗处的安全感令他眷恋，倘若伸手不见五指，敌人又如何能找上门来?石头君主也给他勇气。虽然看不见,但他们一直都在。

他们等了许久,方有声响再度传来。布兰已开始担心欧莎遇到不测。弟弟也不安地动来动去。"我要回家家!"他大声说。阿多把头晃个不停,说:"阿多。"脚步声逐渐增大,又过了一会儿,欧莎终于在光圈内出现。她一脸严肃,"有东西把门堵住了。我推不开。"

"让阿多上,他什么都推得动。"布兰道。

欧莎审视了魁梧的马童一番。"或许吧,来。"

楼梯狭窄,只能单列行走。欧莎带头,阿多随后,他背上的布兰连忙低头以防脑袋撞上天顶。梅拉执火把紧跟,玖健断后,牵着瑞肯。他们顺应石阶,一圈一圈地爬,不断向上。布兰似乎闻到烟味,但宽慰自己那只是火把在燃烧。

墓窖出口的大门乃是铁树制成,老旧而厚重,朝内倾斜,一次只容一人靠近。欧莎推了好几次,纹丝不动。"让阿多试试。"

他们先把布兰抱出来,以免受到波及。梅拉陪他坐在石阶上,一只手保护性地环住他的肩膀。欧莎和阿多换了位。"把门打开,阿多。"布兰说。

高大的马童把两只手掌平放门上,使劲一推,咕哝几声。"阿多?"他一拳砸向木门,门只抖了抖。"阿多。"

"用背顶,"布兰催促,"还有腿。"

于是阿多转过身来,将背贴上大门,开始顶撞。一次,又一次。"阿多!"他将两腿在阶梯上高低错开,弯下腰来,顺着倾斜的门,竭力上顶。木头嘎吱呻吟。"阿多!"他将一只脚再下降一阶,两腿分得更开,紧着身子,直往上突。他面红耳赤,随着力道加强,脖子青筋暴出。"阿多阿多阿多阿多阿多阿多!"上方传来一声沉闷的轰隆,大门突然向外凹去,一束天光照在布兰脸上,令他无法视物。随着又一阵推挤,石头翻滚,通道完全敞开。欧莎二

话不说，端起长矛朝外一戳，接着便冲出去，瑞肯钻过梅拉大腿也跟着跑。阿多用力把门完全拉开，之后才走上地面。黎德姐弟则留下来抱布兰走完最后几步阶梯。

天空灰白，浓烟滚滚。他们站在首堡——或者说首堡残骸——的阴影下。这座建筑半边全坍。院子里随处可见散落的石像鬼。它们和我从同一个地方摔下来，布兰触目惊心地想。雕像们碎得好彻底，他不禁怀疑自己为何能苟活。旁边，有群乌鸦在啄一具被乱石压住的尸体，他面目朝下，布兰认不出是谁。

首堡已有数百年不曾使用，如今成为一具空壳。楼层焚毁，木梁燃尽，墙壁塌陷，可以直接看进房间，甚至看到厕所。在它后面，残塔依旧耸立，它早被烧过，现下竟成为唯一维持原状的部分。漫天烟雾呛得玖健·黎德咳嗽不止。"带我回家！"瑞肯要求，"我要回家家！"阿多边跺脚边转圈。"阿多。"他低声呜咽。他们挤在断垣残壁间，周围是无尽的死亡。

"我们弄出的声音只怕会吵醒睡龙，"欧莎说，"却没有人来。看来城堡真的焚烧毁灭，和布兰的梦一样。我们最好——"身后传来响动，她戛然住嘴，立刻旋身，长矛在手。

两个消瘦的黑影从残塔后浮现，缓缓跑过瓦砾堆。瑞肯开心地叫道："毛毛！"黑冰原狼报之以热情的冲撞。夏天走得较慢，他用脑袋挤挤布兰的胳膊，舔舔主人的脸。

"我们得离开这里，"玖健道，"遍地死尸，很快会引来狼群，以及更危险的东西。"

"没错，得赶快上路，"欧莎同意，"但我们需要食物，城里应该留下不少。大家别分开。梅拉，你端好盾牌断后。"

早晨剩下的时间里，他们绕着城堡仔细转了一圈。雄伟的大理石城墙仍旧健在，虽多处焦黑，但并未垮塌。墙内成了死亡和毁灭的展台。厅门化为焦炭，房椽消失无影，天花板压坠在地。玻璃花园的绿黄窗格全部粉碎,其中的树木、瓜果和鲜花要么断裂夭折,要么无遮无盖。茅草和木料盖的马厩荡然无存,故地只余灰烬、碎屑和马尸。布兰想起小舞,忍不住落泪。藏书塔下出现一个蒸气腾腾的浅池,热水正从塔中裂口喷涌而出。连接钟楼和鸦巢的桥梁垮进下方庭院,钟楼旁鲁温师傅居住的塔楼也不见了。他们看见主堡下方的地窖窄窗内闪烁着阴暗的红光,某座库房的火势也未平息。

在惨不忍睹的烟火废墟中,欧莎轻声叫唤,却始终无人应答。有只狗偎在一具尸体旁,不停地拱,但闻到冰原狼的气味拔腿就跑;其余的狗全死在狗舍里。学士的渡鸦正在尸体上大快朵颐,它们残塔上的近亲也应邀来参加宴会。布兰依稀认出麻脸提姆,他给人当面砍下一斧。圣堂的残壳外,坐着一具烧焦的尸体,它举起双手,握成两个焦黑的硬拳头,好似在殴打靠近的敌人。"诸神慈悲,"欧莎愤怒地低语,"让异鬼抓去犯罪的人!"

"席恩。"布兰抑郁地说。

"不对,你看。"她用长矛指指院子对面。"那是他手下的铁民。这儿也有。还有那边,那是葛雷乔伊的战马,看见吗?那匹浑身是箭的黑马。"她皱紧眉头,在死者之间穿梭。"黑罗伦在这里。"他被乱刀砍死,胡须染成红褐色。"临死还捎带几个,了不起。"欧莎用脚翻过旁边一具尸体,"上面有徽章:小人儿一个,全身血红。"

"是恐怖堡的剥皮人。"布兰说。

夏天狂吼一声,飞奔而去。

"神木林!"梅拉一手执盾,一手拿蛙矛,追赶冰原狼。余人随即跟上,穿过烟尘和落石。林中空气清新,虽然边沿有几棵松木被烧,但深处的润土和绿枝战胜了火焰。"这片树林有力量,"玖健道,似乎窥见了布兰的想法,"不逊烈火的力量。"

黑水池边,心树之下,鲁温师傅匍匐在泥地中。满地湿叶上,有一股弯曲的血迹,标示出爬行的轨道。夏天正在他身边,布兰乍一眼以为他死了,但梅拉伸手摸他脖子时,师傅却发出呻吟。"阿多?"阿多难过地说,"阿多?"

他们小心翼翼地抱起鲁温学士,让他靠坐在树旁。他一直灰眼灰发,袍子也是灰的,但如今鲜血浸染,通通成了暗红。"布兰,"师傅看见高踞在阿多背上的他,轻声唤道。"瑞肯,"他笑了,"诸神慈悲,我就知道……"

"知道?"布兰疑惑地说。

"那双腿,我认得出……衣服虽然吻合,但腿上的肌肉……可怜的孩子……"他边咳边吐血。"你们消失在……森林……这……怎么办到?"

"我们根本没离开,"布兰说,"嗯,我们只走到林地边缘,便折回来。我派冰原狼去制造痕迹,然后大家躲进父亲的坟墓。"

"原来是墓窖。"鲁温哈哈大笑,唇边冒出一连串带血的泡沫。师傅想动,却发出一阵尖锐而痛苦的喘息。

泪水盈满了布兰眼眶。每当有人受伤,人们总来找老学士,可当师傅受伤时,又该去找谁呢?

"我们帮你做担架。"欧莎说。

"不用,"鲁温道,"我快死了,女人。"

"你不能死,"瑞肯恼火地说。"不,你不能死。"他身边的毛毛狗露出牙齿,跟着咆哮。

师傅朝他会心地微笑,"别吵啦,孩子,我活得比你长多了,也该……甘心地死去……"

"阿多,蹲下。"布兰说。于是阿多跪在学士身边。

"听着,"鲁温对欧莎说,"两个王子……是罗柏的继承人。不能……不能走在一起……你听见吗?"

女野人靠住长矛,"是,分开比较安全。但要带他们去哪儿?

依我看,或许去赛文家的……"

鲁温师傅努力摇头,牵起剧烈疼痛。"赛文家那孩子死了。罗德利克爵士,兰巴德·陶哈,霍伍德伯爵夫人……他们统统被杀。深林堡沦陷,卡林湾被夺,很快连托伦方城也保不住。磐石海岸有铁民。而东边……东边是波顿的私生子。"

"那我们该去哪儿?"欧莎问。

"去白港……去找安柏家……我不知道……四处都在打仗……人人攻击友邻……而凛冬将至……好蠢啊,麻木,疯狂,愚蠢……"鲁温师傅伸手抓住布兰前臂,指尖有一种不顾一切的力量。"从今往后,你必须坚强……坚强!"

"我会的。"布兰说,几乎吐不出字句。罗德利克爵士被杀,鲁温师傅垂死,每个人,每个人都……

"好样的,"师傅道,"好孩子。你果然是……你父亲的孩子,布兰。现在快走吧。"欧莎举头凝视鱼梁木,望向雕刻在苍白树干上的红脸。"你留下来陪伴诸神?"

"我求你……"师傅在竭力忍耐,"一口……一点水喝,然后……帮忙……如果你愿意……"

"唉,"她转向梅拉,"把孩子们带走。"

玖健和梅拉牵走瑞肯。阿多随后。他们穿过树林,低枝抽打布兰的脸庞,树叶则抹去他层层泪花。不一会儿,欧莎回到院子与他们会合,再没提起鲁温师傅。"阿多跟布兰一起,当他的双腿。"女野人明快地说,"我来保护瑞肯。"

"我们和布兰同行。"玖健·黎德道。

"啊,我想也是。"欧莎说。"我走东门,顺着国王大道走一段。"

"我们走猎人门。"梅拉道。

"阿多。"阿多说。

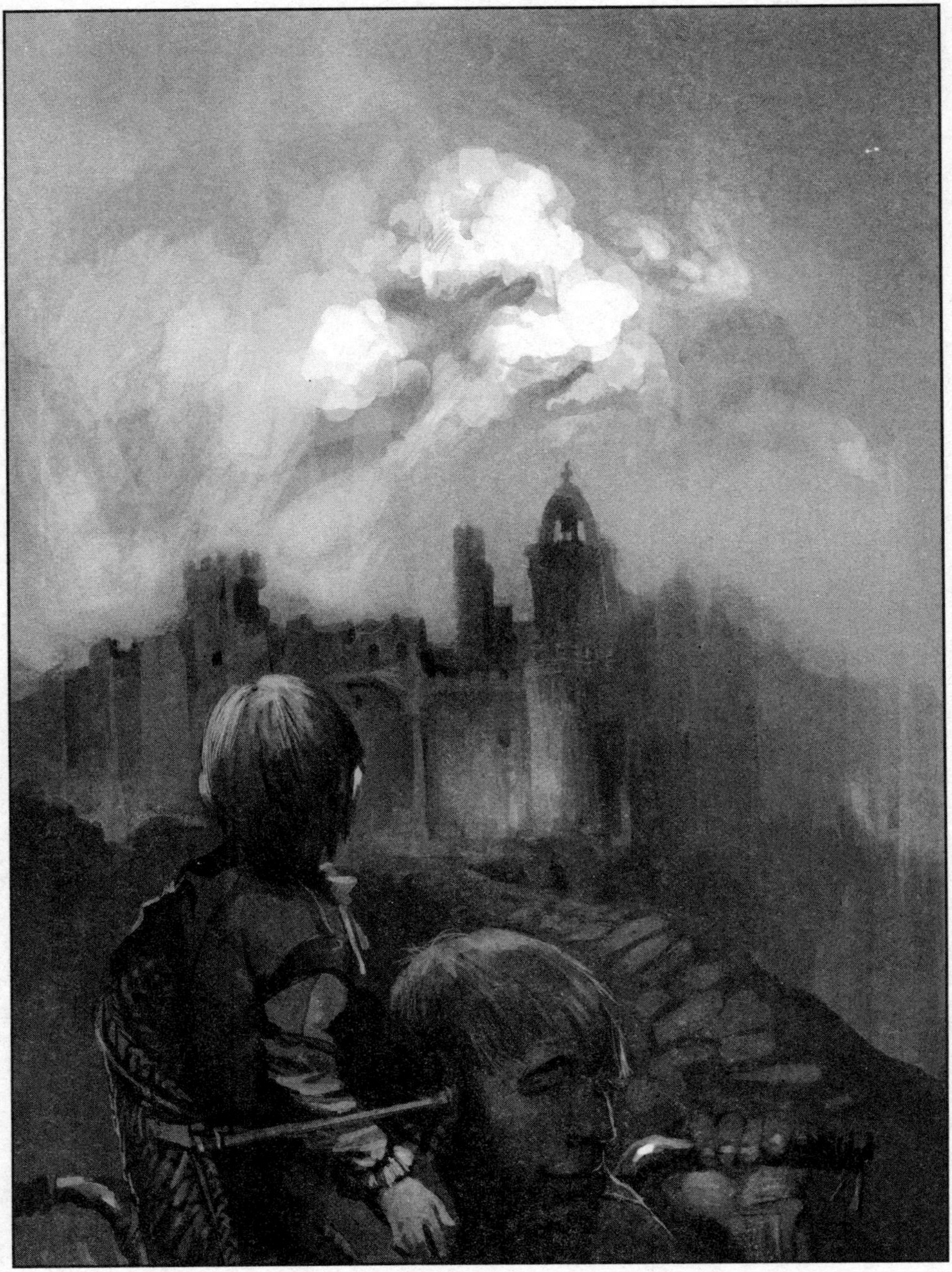

大家去了厨房一趟。欧莎找到好几条虽然烤焦但勉强可食用的面包，甚至还有一只冷掉的烤鸭，她把它分成两半。梅拉掘出一坛蜂蜜和一大袋苹果。准备完毕后，他们互道珍重。瑞肯哭了，抱住阿多的腿不放手，直到欧莎用矛柄轻轻拍他，这才快步跟上。毛毛狗跟着弟弟。布兰目送他们远去，直到冰原狼的尾巴消失在残塔之后。

猎人门的铁闸被高热扭折变形，只能升起一尺，他们不得不一个接一个地从尖刺下挤过去。

"我们去找你父亲大人吗？"穿过城墙之间的吊桥时，布兰问，"去灰水望？"

梅拉看着弟弟，寻求答案。"我们去北方。"玖健宣布。

进入狼林之前，布兰在篮子上回头，朝这座他生活了一辈子的城堡瞥了最后一眼。缕缕清烟继续爬上灰色长空，和清冷的秋日午后临冬城炊烟缭绕的情景并无二致。外墙箭孔有的被熏黑，不少城垛开裂塌落，但从远观之，城堡依旧是那般模样。高墙之后，堡垒和塔楼傲然耸立，一如千百年的沧桑岁月，劫掠和焚烧无法侵袭。好坚强的石头，布兰告诉自己，树木的根扎进地底，那里有冬境之王的宝座，是他们给了它力量。只要他们存在，临冬城便会不朽。它没有死，只是残破，和我一样，他想，我也没有死。

附录

Appendix

附录一　主要家族谱系表

铁王座上的王

乔佛里·拜拉席恩一世，十三岁的男孩，劳勃·拜拉席恩一世国王和兰尼斯特家族的瑟曦王后的长子。

——他的母亲，**瑟曦太后**，全境守护者，摄政太后。

——他的妹妹，**弥赛菈公主**，九岁。

——他的弟弟，**托曼王子**，八岁，铁王座继承人。

——他的叔叔：

——**史坦尼斯·拜拉席恩**，龙石岛公爵，自称国王史坦尼斯一世。

——**蓝礼·拜拉席恩**，风息堡公爵，自称国王蓝礼一世。

——他的舅舅：

——**詹姆·兰尼斯特爵士**，外号"弑君者"，御林铁卫队长，目前被关押于奔流城。

——**提利昂·兰尼斯特**，代理首相。

——提利昂的侍从，**波德瑞克·派恩**。

——提利昂的武士和部属：

——**波隆**，为一佣兵，黑头发，黑心肠。

——多夫之子**夏嘎**，属于石鸦部。

——提魅之子**提魅**，属于灼人部。

——齐克之女**齐拉**，属于黑耳部。

——克罗之子**克劳恩**，属于月人部。

——提利昂的情妇，**雪伊**，从前是个营妓，十八岁。

——他的御前会议：

——派席尔,大学士。
——培提尔·贝里席伯爵,财政大臣,外号"小指头"。
——杰诺斯·史林特伯爵,都城守备队队长。
——瓦里斯伯爵,太监,情报总管,外号"八爪蜘蛛"。
——他的御林铁卫:
——詹姆·兰尼斯特爵士,外号"弑君者",御林铁卫队长,目前被关押于奔流城。
——桑铎·克里冈,外号"猎狗"。
——柏洛斯·布劳恩爵士。
——马林·特兰爵士。
——亚历斯·奥克赫特爵士。
——普列斯顿·格林菲尔爵士。
——曼登·穆尔爵士。
——他的部属及宫廷成员:
——伊林·派恩爵士,御前执法官,刽子手。
——维拉尔,驻君临的兰尼斯特卫队队长。
——蓝赛尔·兰尼斯特爵士,从前是劳勃国王的侍从,最近刚刚受封为骑士。
——提瑞克·兰尼斯特,从前是劳勃国王的侍从。
——艾伦·桑塔加爵士,教头。
——巴隆·史文爵士,石盔城古利安·史文伯爵的次子。
——艾弥珊德·哈佛伯爵夫人,仍在吃奶的女婴。
——唐托斯·霍拉德爵士,外号"红骑士",为一酒鬼。
——贾拉巴·梭尔,一位身遭放逐的盛夏群岛王子。
——月童,国王的小丑兼弄臣。
——坦妲·史铎克渥斯伯爵夫人。
——她的子女:

——法丽丝，长女。

——洛丽丝，幼女，三十三岁的闺女。

——盖尔斯·罗斯比伯爵。

——霍拉斯·雷德温爵士和他的孪生兄弟霍柏·雷德温爵士，青亭岛伯爵之子。

——君临城内的形色人等：

——都城守备队：

——杰诺·史林特，赫伦堡伯爵，都城守备队队长。

——莫洛斯，他的长子和继承人。

——亚拉尔·狄姆，他的副手。

——杰斯林·拜瓦特爵士，烂泥门守卫队长，外号"铁手"。

——火术士哈林，炼金术士公会的智者。

——莎塔雅，一家名妓院的所有者。

——爱拉雅雅，丹晰，玛丽，皆为她手下的妓女。

——托布·莫特，武器大师。

——沙罗利恩，武器大师。

——铁肚子，铁匠。

——罗索·布伦，自由骑手。

——奥斯蒙·凯特布莱克爵士，一名声名狼藉的雇佣骑士。

——他的兄弟，奥斯尼·凯特布莱克和奥斯佛利·凯特布莱克。

——"银舌"西蒙，一名歌手。

乔佛里国王的旗帜是——金底黑色的宝冠雄鹿与兰尼斯特家族红底金色的怒吼雄狮。

狭海中的王

史坦尼斯·拜拉席恩一世，劳勃国王的长弟，前龙石岛公爵，史蒂芬·拜拉席恩公爵和伊斯蒙家族的卡珊娜夫人所生之次子。

——他的夫人，佛罗伦家族的**赛丽丝**。
　　——他们的独生女：
　　　　——**希琳公主**，十岁。
——他的舅舅，**洛马斯·伊斯蒙伯爵**。
　　——他的儿子，**安德鲁·伊斯蒙爵士**。
——他的部属及宫廷成员：
　　——**克礼森学士**，顾问、医师和家教，一位老人。
　　　　——**派洛斯学士**，他年轻的继承人。
　　——**巴尔修士**。
　　——**亚赛尔·佛罗伦爵士**，龙石岛代理城主，赛丽丝王后的叔叔。
　　——**补丁脸**，一弱智的弄臣。
　　——**亚夏的梅丽珊卓夫人**，称为红袍女，光之王拉赫洛的祭司，侍奉圣焰之心。
　　——**戴佛斯·席渥斯爵士**，外号"洋葱骑士"，别号"短指"，黑贝丝号的船长，曾是一名走私者。
　　　　——他的夫人，**玛瑞亚**，木匠之女。
　　　　——他的七个儿子：
　　　　　　——**戴尔**，海灵号船长。
　　　　　　——**阿拉德**，玛瑞亚夫人号船长。
　　　　　　——**马索斯**，黑贝丝号大副。

——马利克，怒火号桨官。
　　——戴冯，史坦尼斯国王的侍从。
　　——史坦尼斯，九岁的男孩。
　　——史蒂芬，六岁的男孩。
——拜兰·法林，史坦尼斯国王的侍从。
——他的部分封臣和骑士：
　　——阿德里安·赛提加，蟹岛伯爵，一名老人。
　　——莫福德·瓦列利安，"潮汐之王"，潮头岛伯爵。
　　——杜兰·巴尔艾蒙，尖角伯爵，十四岁的男孩。
　　——冈瑟·桑格拉斯，妙港伯爵。
　　——赫柏·蓝布顿爵士。
　　——萨拉多·桑恩，来自自由贸易城邦里斯，自称"狭海亲王"。
　　——密尔人摩洛叙，雇佣舰队的司令。

　　史坦尼斯国王的旗帜是光之王的烈焰红心，淡黄底色中央有橙色的火焰环绕着一颗红心，心脏中央绣有拜拉席恩家族黑色的宝冠雄鹿。

在高庭的王

蓝礼·拜拉席恩一世，劳勃的幼弟，前风息堡公爵，史蒂芬·拜拉席恩公爵和伊斯蒙家族的卡珊娜夫人所生之三子。
　　——他的新娘，提利尔家族的玛格丽，十四岁的闺女。
　　——他的舅舅，埃顿·伊斯蒙爵士。
　　　　——他的儿子，伊蒙·伊斯蒙爵士。
　　　　　　——他的儿子，埃林·伊斯蒙爵士。
——他的封臣：
　　——梅斯·提利尔，高庭公爵，御前首相。
　　——蓝道·塔利，角陵伯爵。
　　——马图斯·罗宛，金树城伯爵。
　　——布莱斯·卡伦伯爵，边疆地统领。
　　——席拉·埃洛尔，草厅伯爵。
　　——艾雯·奥克赫特，古橡城伯爵夫人。
　　——艾利斯特·佛罗伦，亮水城伯爵。
　　——塔斯岛的塞尔温伯爵，外号"暮之星"。
　　——雷顿·海塔尔伯爵，旧镇之音，海港之主。
　　——史蒂芬·瓦尔纳伯爵。
——他的彩虹护卫：
　　——洛拉斯爵士，彩虹护卫队长，外号"百花骑士"。
　　——布莱斯·卡伦伯爵，橙衣卫。
　　——古德·莫里根爵士，绿衣卫。
　　——帕门·克连恩爵士，紫衣卫。
　　——罗拔·罗伊斯爵士，红衣卫。

——埃蒙·库伊爵士，黄衣卫。
——塔斯的布蕾妮，蓝衣卫，"暮之星"塞尔温伯爵的女儿，外号"美人布蕾妮"。

——他的部分骑士：

——科塔奈·庞洛斯爵士，风息堡代理城主。
——他的养子，艾德瑞克·风暴，劳勃国王与佛罗伦家族的狄丽娜所生之私生子。
——唐纳尔·史文爵士，石盔城的继承人。
——琼恩·佛索威爵士，来自绿苹果佛索威家。
——布赖恩·佛索威爵士，艾德威·佛索威爵士，坦通·佛索威爵士，来自红苹果佛索威家。
——青池的科棱爵士。
——马克·穆伦道尔爵士。
——红罗兰爵士，来自鹰巢堡。

——他的部属：

——朱纳学士，顾问、医师和家教。

蓝礼国王的旗帜和其兄劳勃国王相同，乃是风息堡拜拉席恩家族的徽章，金色原野上的一头黑色宝冠雄鹿。

北境之王

罗柏·史塔克，临冬城公爵，北境之王，前临冬城公爵艾德·史塔克与徒利家族的凯特琳夫人所生之长子。

——他的冰原狼，灰风。
——他的母亲，徒利家族的凯特琳夫人。
——他的手足：
　　——珊莎公主，十二岁的闺女。
　　　　——她的冰原狼【淑女】，在戴瑞城被杀。
　　——艾莉亚公主，十岁的女孩。
　　　　——她的冰原狼，娜梅莉亚，一年前被赶走。
　　——布兰登王子，小名"布兰"，临冬城和北境的继承人，八岁的男孩。
　　　　——他的冰原狼，夏天。
　　——瑞肯王子，四岁的男孩。
　　　　——他的冰原狼，毛毛狗。
　　——琼恩·雪诺，他的私生子兄弟，目前在守夜人军团服役。
　　　　——他的冰原狼，白灵。
——他的亲戚：
　　——【布兰登·史塔克】，艾德公爵的长兄，被国王伊里斯二世下令杀害。
　　——【莱安娜】，艾德公爵的妹妹，死于多恩山区。
　　——班扬·史塔克，艾德公爵之弟，守夜人军团首席游骑兵，于长城外失踪。
　　——莱莎·艾林，凯特琳夫人之妹，【琼恩·艾林公爵】

的寡妇,目前掌管峡谷地区。
　　——艾德慕·徒利爵士,凯特琳夫人之弟,奔流城继承人。
　　——布林登·徒利爵士,凯特琳夫人之叔,外号"黑鱼"。
——他的侍从,奥利法·佛雷,十八岁。
——他的武士和伙伴:
　　——席恩·葛雷乔伊,艾德公爵养子,派克与铁群岛的继承人。
　　——哈里斯·莫兰,临冬城侍卫队长。
　　　　——杰克斯、昆特、夏德,皆为临冬城侍卫。
　　——文德尔·曼德勒爵士,白港伯爵的次子。
　　——派崔克·梅利斯特,海疆城的继承人。
　　——黛西·莫尔蒙,梅姬·莫尔蒙伯爵夫人的长女,熊岛继承人。
　　——琼恩·安柏,外号"小琼恩"。
　　——罗宾·菲林特,派温·佛雷爵士,卢卡斯·布莱伍德。
——他在奔流城的部属:
　　——韦曼学士,顾问、医师和家教。
　　——戴斯蒙·格瑞尔爵士,奔流城教头。
　　——罗宾·莱格爵士,奔流城侍卫队长。
　　——乌瑟莱斯·韦恩,奔流城总管。
　　——"打油诗人"雷蒙德,一名歌手。
——他在临冬城的部属:
　　——鲁温学士,顾问、医生和家教。
　　——罗德利克·凯索爵士,教头。
　　　　——贝丝·凯索,他的女儿。
　　——瓦德·佛雷,绰号"大瓦德",凯特琳夫人的养子，八岁。
　　——瓦德·佛雷，绰号"小瓦德"，凯特琳夫人的养子，亦为八岁。
——柴尔修士，城堡小圣堂和藏书塔的管理员。
——乔赛斯，马房总管。
　　——他的孪生女儿，班蒂和席拉。
——法兰，兽舍掌管。
　　——他的女儿，帕拉。
——老奶妈，说故事的人，曾任保姆，如今非常年迈。
　　——阿多，她的曾孙，为一弱智的马童。
——盖奇，大厨。
　　——"芜菁"，一厨房小弟。
　　——欧莎，一名在狼林被捕的女野人，如今在厨房服务。
——密肯，铁匠和武器师父。
——稻草头、麻脸提姆、俏皮话、酒肚子，临冬城的新侍卫。
——卡伦、二汤姆，侍卫之子。
　　——他的封臣与军官：
　　　　——（随他在奔流城的人等）
　　　——琼恩·安柏，外号"大琼恩"。
　　　——瑞卡德·卡史塔克，卡霍城伯爵。
　　　——盖伯特·葛洛佛，来自深林堡。
　　　——梅姬·莫尔蒙，熊岛伯爵夫人。
　　　——史提夫伦·佛雷爵士，瓦德·佛雷侯爵的长子，孪河城继承人。
　　　　——他的长子，莱曼·佛雷爵士。
　　　　　——他的儿子，黑瓦德·佛雷。
　　　——马丁·河文，瓦德·佛雷侯爵的私生子。

——杰森·梅利斯特，海疆城伯爵。
——（随卢斯·波顿的军队驻于李河城的人等）
　　——卢斯·波顿，恐怖堡伯爵，目前指挥着北军的大部分兵力。
　　——罗贝特·葛洛佛，深林堡领主。
　　——瓦德·佛雷，河渡口领主，李河城侯爵。
　　——赫曼·陶哈爵士，托伦方城领主。
　　——伊尼斯·佛雷爵士。
——（目前被泰温·兰尼斯特公爵俘虏关押的人等）
　　——美奇·赛文伯爵。
　　——哈利昂·卡史塔克，瑞卡德伯爵仅存之子。
　　——威里斯·曼德勒爵士，白港继承人。
　　——杰瑞·佛雷爵士、霍斯丁·佛雷爵士、丹威尔·佛雷爵士，及他们的私生子兄弟朗诺尔·河文。
——（目前分散于各地的人等）
　　——林曼·戴瑞，八岁的男孩。
　　——希拉·河安，赫伦堡伯爵夫人，被泰温·兰尼斯特公爵所驱逐。
　　——杰诺斯·布雷肯，石篱城伯爵。
　　——泰陀斯·布莱伍德，鸦树城伯爵。
　　——卡列尔·凡斯伯爵。
　　——马柯·派柏爵士。
　　——哈蒙·培吉爵士。
——（留在北境的人等）
　　——威曼·曼德勒，白港伯爵。
　　——霍兰·黎德，灰水望头领，泽地人。
　　　　——他的女儿，梅拉，十五岁的闺女。

——他的儿子，玖健，十三岁的少年。
——唐娜拉·霍伍德伯爵夫人，一名寡妇和悲伤的母亲。
——克雷·赛文，美奇伯爵的继承人，十四岁的少年。
——兰巴德·陶哈，赫曼爵士之弟，托伦方城的代理城主。
　　——他的妻子，霍伍德家族的贝拉夫人。
　　　　——他们的子女：
　　　　　　——布兰登·陶哈，十四岁的少年。
　　　　　　——贝伦·陶哈，十岁的男孩。
——赫曼爵士的子女：
　　——本福德·陶哈，儿子，托伦方城的继承人。
　　——艾妲·陶哈，九岁的女孩。
　　——希贝娜夫人，罗贝特·葛洛佛的妻子，目前管理深林堡。
　　　　——他们的子女：
　　　　　　——儿子加文·葛洛佛，三岁，深林堡的继承人。
　　　　　　——女儿艾娜·葛洛佛，一岁。
　　　　——他们的养子：
　　　　　　——劳伦斯·雪诺，霍伍德伯爵的私生子，将满十二岁。
　　　　　　——"鸦食"莫尔斯和"妓魇"霍瑟，安柏家族的成员，皆为大琼恩的叔父。
——莱珊·菲林特伯爵夫人，罗宾·菲林特之母。
——欧鲁·洛克，老城伯爵，年事已高。

　　北境之王的旗帜数千年来从未变更：代表史塔克家族的冰雪皑皑大地上的灰色冰原奔狼。

海外的女王

丹妮莉丝·坦格利安一世，人称风暴降生，不焚者，龙之母，也是多斯拉克人的卡丽熙。她是国王伊里斯二世和他的夫人与妹妹雷拉王后所生子女中唯一幸存者，十四岁的寡妇。

——她新生的龙，雷哥、韦赛利昂和卓耿。
——她的亲人：
  ——【雷加王子】，铁王座继承人，龙石岛亲王，在三叉戟河一役为劳勃·拜拉席恩所杀。
    ——他的夫人，多恩的【伊莉亚公主】，君临城陷时遇害。
      ——他们的儿女：
        ——【雷妮丝公主】，君临城陷时遇害。
        ——【伊耿王子】，襁褓中的婴儿，君临城陷时遇害。
  ——【韦赛里斯王子】，自称韦赛里斯三世，被人唤作乞丐王，在维斯·多斯拉克死于卓戈卡奥之手。
——她的女王铁卫：
  ——乔拉·莫尔蒙爵士，一名被流放的骑士，曾是熊岛伯爵。
  ——乔戈，寇和血盟卫，使鞭。
  ——阿戈，寇和血盟卫，使弓。
  ——拉卡洛，寇和血盟卫，使刀。
——她的侍女：
  ——伊丽，一名多斯拉克女孩。

——姬琪，一名多斯拉克女孩。

——多莉亚，一名里斯奴隶，曾为妓女。

——三名寻龙者：

——札罗·赞旺·达梭斯，魁尔斯巨商。

——俳雅·菩厉，魁尔斯男巫。

——魁晰，戴面具的亚夏缚影士。

——伊利里欧·摩帕提斯，潘托斯自由贸易城邦总督，他一手安排了丹妮莉丝与卓戈卡奥的婚姻，企图使韦赛里斯借此重夺铁王座。

坦格利安家的旗帜自征服者伊耿的时代流传至今，伊耿并兼六国，树立王朝，用敌人的兵器铸造铁王座。他的旗帜是黑底红色的三头火龙。

艾林家族

艾林家族在战争中没有什么利害关系,由是始终将兵力保存在鹰巢城和艾林谷。他们的家徽是以蓝天为底的一弯白色新月和猎鹰。艾林家族的箴言是"高如荣誉"。

劳勃·艾林,鹰巢城公爵,峡谷守卫者,自称东境守护,一名体弱多病的六岁男孩。

——他的母亲,徒利家族的莱莎夫人,凯特琳夫人之妹,为前首相【琼恩·艾林】的第三任夫人和遗孀。

——他的部属:

——柯蒙学士,顾问、医师和家教。

——马文·贝尔摩爵士,侍卫队长。

——奈斯特·罗伊斯男爵,艾林谷最高总管。

——艾尔拔·罗伊斯爵士,他的儿子。

——米亚·石东,在他手下服务的一名私生女,为国王劳勃之女。

——莫德,一位残暴的狱卒。

——马瑞里安,一名歌手。

——他的封臣和骑士:

——约恩·罗伊斯伯爵,外号"青铜约恩"。

——他的长子,安答·罗伊斯爵士。

——他的次子,罗拔·罗伊斯爵士,在蓝礼国王麾下效命,是彩虹护卫中的红衣卫。

——他的幼子,【威玛·罗伊斯爵士】,在守夜人军团服务，在长城外失踪。

——**林恩·科布瑞爵士**，莱沙夫人的追求者。

——**米歇尔·雷德佛**，他的侍从。

——**安雅·韦伍德伯爵夫人**，一位寡妇。

——**莫顿·韦伍德爵士**，她的长子，莱沙夫人的追求者。

——**唐纳尔·韦伍德爵士**，她的次子，血门骑士。

——**伊恩·杭特**，长弓厅伯爵，一名老人，亦为莱沙夫人的追求者。

佛罗伦家族

亮水城的佛罗伦家族世代效忠于高庭,此次王位继承战争中也站在提利尔一边,为蓝礼国王而战。不过,他们在另一边也埋下伏笔,通过史坦尼斯的王后的关系,亚赛尔·佛罗伦爵士被任命为龙石岛代理城主。佛罗伦家族的家徽是一圈鲜花围绕着狐狸脑袋。

艾利斯特·佛罗伦,亮水城伯爵。
——他的夫人,克连恩家族的**梅拉雅**。
——他们的子女:
——**阿勒肯·佛罗伦**,亮水城继承人。
——**梅丽莎夫人**,嫁与蓝道·塔利伯爵。
——**雷娅夫人**,嫁与雷顿·海塔尔伯爵。
——他的手足:
——**亚赛尔·佛罗伦爵士**,龙石岛代理城主。
——【**莱安·佛罗伦爵士**】,因坠马事故而死。
——他的女儿,**赛丽丝王后**,嫁给史坦尼斯国王。
——他的长子和继承人,**伊姆瑞·佛罗伦爵士**。
——他的次子,**伊伦·佛罗伦爵士**。
——**柯林·佛罗伦爵士**。
——他的女儿,**狄丽娜夫人**,嫁给霍斯曼·诺科斯爵士。
——她的子女:
——**艾德瑞克·风暴**,与劳勃国王所生的私生子。
——与霍斯曼爵士所生之长子,**艾利斯特·**

诺科斯。
　　——与霍斯曼爵士所生之次子，蓝礼·诺科斯。
　　——他的长子，欧麦学士，在古橡城服务。
　　——他的次子，梅瑞尔·佛罗伦，在青亭岛作侍从。
　　——蕾拉妮夫人，嫁给理查德·克连恩爵士。

佛雷家族

佛雷家族强大、富裕、枝叶繁茂,他们虽是徒利家族的封臣,但履行义务却不那么积极。当劳勃·拜拉席恩与雷加·坦格利安在三叉戟河上决战时,佛雷家族袖手旁观,直到战斗分出胜负后方才抵达,从此以后,霍斯特·徒利公爵便称瓦德·佛雷侯爵为"迟到的佛雷侯爵"。七国传说,瓦德·佛雷是唯一能自己生出一支军队的领主。

王位继承战争中,罗柏·史塔克以婚配和收养瓦德·佛雷的孙子为代价,赢得了佛雷家族的支持。

瓦德·佛雷,河渡口领主,李河城侯爵。
　　——他的第一任夫人,罗伊斯家族的【皮雅】。
　　　　——他们的子女:
　　　　　　——**史提夫伦·佛雷爵士**,长子,李河城继承人。
　　　　　　　　——他的第一任夫人,史文家族的【科萝妮】,老死。
　　　　　　　　——他们的子女:
　　　　　　　　　　——**莱曼爵士**,长子。
　　　　　　　　　　——他的长子,**艾德温·佛雷**。
　　　　　　　　　　　　——他的夫人,杭特家族的简茜。
　　　　　　　　　　　　——他们的女儿,**瓦妲·佛雷**,八岁。
　　　　　　　　　　——他的次子,**瓦德·佛雷**,外号"黑瓦德"。
　　　　　　　　　　——他的三子,**培提尔·佛雷**,外

——号"疙瘩脸"。
——他的夫人,卡伦家族的米兰塔。
——他们的女儿,皮雅·佛雷,五岁。
——他的第二任夫人,莱顿家族的【简妮】,死于坠马。
——他们的子女:
——伊耿·佛雷,次子,为一弱智,外号"铃铛响"。
——【玛格娜】,女儿,死于难产。
——他的丈夫,迪冯·凡斯爵士。
——他们的女儿,玛蕊莲·佛雷,未嫁之处女。
——他们的长子,瓦德·凡斯,现为侍从。
——他们的次子,派崔克·凡斯。
——他的第三任夫人,韦伍德家族的【马塞娜】,死于难产。
——他们的子女:
——沃顿·佛雷,三子。
——他的夫人,哈顿家族的狄娜。
——他们的长子,史提夫伦·佛雷,外号"甜心"。
——他们的次女,瓦妲·佛雷,外号"美女瓦妲"。
——他们的三子,布赖恩·佛雷,一名侍从。
——艾蒙·佛雷爵士,次子。
——他的夫人,兰尼斯特家族的吉娜。

——他们的子女：
　　——克里奥·佛雷爵士，长子，在呓语森林一役中被俘。
　　　　——他的夫人，戴瑞家族的简妮。
　　　　——他们的长子，泰温·佛雷，十一岁的侍从。
　　　　——他们的次子，威廉·佛雷，在烙印城当侍酒，九岁。
　　——莱昂诺·佛雷爵士，次子。
　　　　——他的夫人，克雷赫家族的梅珊。
　　——提恩·佛雷，三子，现为侍从，在呓语森林一役中被俘。
　　——瓦德·佛雷，四子，十四岁，在凯岩城担任侍从，外号"红瓦德"。

——伊尼斯·佛雷爵士，三子。
　　——他的夫人，威尔德家族的【泰娜】，死于难产。
　　——他们的子女：
　　　　——伊耿·佛雷，长子，落草为寇，外号"浴血伊耿"。
　　　　——雷加·佛雷，次子。
　　　　　　——他的夫人，毕斯柏里家族的简妮。
　　　　　　——他们的长子，劳勃·佛雷，十三岁的少年。
　　　　　　——他们的次女，瓦妲·佛雷，十岁，外号"白瓦妲"。
　　　　　　——他们的三子，杰诺斯·佛雷，八岁的男孩。

──派娅妮夫人,四女。
　　──她的丈夫,勒斯林·海伊爵士。
　　　　──他们的子女:
　　　　──哈瑞斯·海伊爵士,长子。
　　　　　　──他的儿子,瓦德·海伊,四岁。
　　　　──唐纳尔·海伊爵士,次子。
　　　　──艾林·海伊,一名侍从。

──他的第二任夫人,史文家族的【赛蕊妮】。
　　──他们的子女:
　　　　──杰瑞·佛雷爵士,五子。
　　　　　　──他的夫人,佛雷家族的【亚丽】。
　　　　　　──他们的子女:
　　　　　　　　──泰陀斯·佛雷爵士,长子。
　　　　　　　　──他的夫人,班树家族的佐娜。
　　　　　　　　──他们的女儿,佐妮·佛雷,十四岁的闺女。
　　　　　　　　──他们的儿子,赞奇·佛雷,十二岁的少年,目前在旧镇的圣堂受训。
　　　　　　　　──凯拉,次女。
　　　　　　　　──她的丈夫,高斯·古柏克爵士。
　　　　　　　　──他们的儿子,瓦德·古柏克,九岁的男孩。
　　　　　　　　──他们的女儿,简妮·古柏克,六岁的女孩。
　　　　──卢琛修士,六子,在君临的贝勒大圣堂工作。

——他的第三任夫人，克雷赫家族的【阿梅丽】。
——他们的子女：

——霍斯丁·佛雷爵士，七子。
——他的夫人，哈维克家族的贝娜娜。
——他们的子女：

——阿伍德·佛雷爵士，儿子。
——他的夫人，蕾娅娜·罗伊斯。
——他们的长女，蕾娅娜·佛雷，五岁的女孩。
——他们的双胞胎儿子，安德鲁·佛雷和艾林·佛雷，皆为三岁。

——丽丝妮夫人，八女。
——她的丈夫，卢科斯·瓦尔平伯爵。
——他们的子女：

——爱亚娜·瓦尔平，长女。
——她的丈夫，琼恩·威尔德爵士。
——他们的儿子，理查·威尔德，四岁。
——达蒙·瓦尔平爵士，次子。

——赛蒙·佛雷，九子。
——他的夫人，布拉佛斯的贝罗丝。
——他们的子女：

——亚历山大·佛雷，长子，一名歌手。
——艾茜·佛雷，次女，十七岁的闺女。
——巴达摩·佛雷，三子，十岁的男孩，目前在布拉佛斯商人奥罗·特德丢斯处作养子。

——丹威尔·佛雷爵士，十子。
——他的夫人，河安家族的维纳芙。
——（他们有很多夭折和流产的子女）

——梅里·佛雷，十一子。
　——他的夫人，戴瑞家族的玛丽亚。
　——他们的子女：
　　——阿蕊丽夫人，十六岁的寡妇，小名"阿丽"。
　　　——她的丈夫，蓝叉河的【佩特爵士】。
　　——瓦姐·佛雷，二女，十五岁的闺女，外号"胖子瓦姐"。
　　——玛瑞莎·佛雷，三女，十三岁的闺女。
　　——瓦德·佛雷，四子，八岁的男孩，被凯特琳·史塔克夫人收养在临冬城，外号"小瓦德"。
——【杰曼·佛雷爵士】，十二子，淹死。
　——桑铎·佛雷，长子，十二岁的男孩，现为唐纳尔·韦伍德爵士的侍从。
　——茜丝·佛雷，次女，九岁的女孩，现在安雅·韦伍德伯爵夫人处当养女。
——雷蒙德·佛雷爵士，十三子。
　——他的夫人，毕斯柏里家族的布琳。
　——他们的子女：
　　——劳勃·佛雷，长子，十六岁的少年，现在旧镇的学城受训。
　　——马拉万·佛雷，次子，十五岁的少年，现在里斯的炼金术士处当学徒。
　　——西拉·佛雷和撒拉·佛雷，双胞胎女儿，皆为十四岁的闺女。
　　——瑟曦·佛雷，六岁的女孩，外号"小蜜蜂"。

——他的第四任夫人，布莱伍德家族的【阿莱莎】。

——他们的子女：

 ——罗索·佛雷，十四子，外号"跛子罗索"。
  ——他的夫人，莱佛德家族的【莱昂娅】。
   ——他们的子女：
    ——泰珊·佛雷，长女，七岁的女孩。
    ——瓦妲·佛雷，次女，四岁的女孩。
    ——恩蕃莉·佛雷，三女，二岁的女孩。
 ——杰莫斯·佛雷爵士，十五子。
  ——他的夫人，培吉家族的莎蕾。
  ——他们的子女：
    ——瓦德·佛雷，长子，八岁的男孩，被凯特琳·史塔克夫人收养在临冬城，外号"大瓦德"。
    ——狄肯·佛雷和马图斯·佛雷，次子和三子，双胞胎，皆为五岁的男孩。
 ——惠伦·佛雷爵士，十六子。
  ——他的夫人，培吉家族的索娃。
  ——他们的子女：
    ——霍斯特·佛雷，长子，十二岁的男孩，目前在达蒙·培吉爵士处当养子。
    ——美瑞娜·佛雷，次女，十一岁的女孩，小名"美蕊"。
 ——莫雅夫人，十七女。
  ——她的丈夫，佛列蒙·布拉克斯爵士。
  ——他们的子女：
    ——劳勃·布拉克斯，长子，九岁的男孩，现于凯岩城当侍酒。

　　　　　——瓦德·布拉克斯，次子，六岁的男孩。
　　　　　——琼恩·布拉克斯，三子，三岁的男孩。

——他的第五任夫人，河安家族的【莎娅】。
　　——他们之间没有后代流传。

——他的第六任夫人，罗斯比家族的【蓓珊妮】。
　　——他们的子女：
　　　　　——派温·佛雷爵士，十八子。
　　　　　——本佛雷·佛雷爵士，十九子。
　　　　　　　——他的夫人，佛雷家族的乔安娜，亦为他的表亲。
　　　　　　　　　——他们的子女：
　　　　　　　　　　　——妲拉·佛雷，长女，三岁的女孩，外号"聋子妲拉"。
　　　　　　　　　　　——奥斯蒙·佛雷，次子，两岁的男孩。
　　　　　——威廉学士，二十子，在长弓厅服务。
　　　　　——奥利法·佛雷爵士，二十一子，现为罗柏·史塔克的侍从。
　　　　　——萝丝琳·佛雷，二十二女，十六岁的闺女。

——他的第七任夫人，法林家族的【安娜娜】。
　　　　——他们的子女：
　　　　　　——艾雯·佛雷，二十三女，十四岁的闺女。
　　　　　　——文德尔·佛雷，二十四子，十三岁的男孩，目前收养在海疆城当侍酒。
　　　　　　——科马·佛雷，二十五子，已经许给教会，十一岁的男孩。

——瓦提尔·佛雷，二十六子，十岁的男孩，小名"提尔"。
——艾尔玛·佛雷，二十七子，九岁的男孩，许配给艾莉亚·史塔克，现为卢斯·波顿伯爵的侍从。
——希琳·佛雷，二十八女，六岁的女孩。

——他的第八任夫人，恩佛德家族的**乔苏珊**。
——目前尚未怀孕。

——他的私生子们：
——**瓦德·河文**，外号"杂种瓦德"。
——他的长子，**伊蒙·河文**爵士。
——他的女儿，**瓦妲·河文**。
——**梅瓦学士**，在罗斯比城服务。
——**简妮·河文**，**马丁·河文**，**莱格·河文**，**朗诺尔·河文**，**梅拉萝·河文**等。

葛雷乔伊家族

巴隆·葛雷乔伊，铁群岛大王，曾发起对抗铁王座的叛乱，但因劳勃·拜拉席恩国王和艾德·史塔克公爵的联合镇压而告失败。在这次的王位继承战争中，虽然自己的儿子席恩·葛雷乔伊身为临冬城的养子，也是罗柏·史塔克的支持者和密友之一，但北方人南进河间地期间，巴隆并未施以援手。葛雷乔伊家的标记是一片黑海上的一只金色海怪，他们的族语是"强取胜过苦耕"。

巴隆·葛雷乔伊，铁群岛大王，海盐王与磐岩王，海风之子，派克岛掠夺者之首，泓洋巨怪号船长。
——他的夫人，哈尔洛家族的亚拉妮丝。
　　——他们的子女：
　　　　——【罗德利克】，长子，葛雷乔伊家族叛乱期间战死于海疆城。
　　　　——【马伦】，次子，葛雷乔伊家族叛乱期间战死于派克岛城墙。
　　　　——阿莎，女儿，在子女中排行第三，"黑风号"船长。
　　　　——席恩，幼子，也是他们仅存的儿子，现为艾德·史塔克公爵养子。
——他的兄弟：
　　——攸伦，外号"鸦眼"，"宁静号"船长，为一凶徒、海盗和掠夺者。
　　——维克塔利昂，铁岛舰队总司令，无敌铁种号船长。
　　——伊伦，外号"湿发"，为一侍奉淹神的僧侣。

——他的部属：

　　——达格摩，外号"裂颚"，教头，豪饮号船长。

　　——温达米尔学士，顾问和医者。

　　——海莉亚，派克城总管。

——君王港的人等：

　　——西格林，造船大师。

　　——吉普肯，旅店老板，外号"水獭"。

——他的封臣：

　　——波特利头领，君王港领主。

　　——温奇头领，铁林城领主。

　　——哈尔洛头领，哈尔洛岛领主。

　　——老威克岛的斯通浩斯家族。

　　——老威克岛的卓鼓家族。

　　——大威克岛的古柏勒家族。

　　——老威克岛的古柏勒家族。

　　——梅林头领，大威克岛上的领主。

　　——大威克岛的斯帕家族。

　　——布莱克泰斯头领，黑潮岛领主。

　　——苏克利夫头领，盐崖岛上的领主。

　　——桑德利头领，盐崖岛上的领主。

兰尼斯特家族

凯岩城兰尼斯特家族是铁王座上的乔佛里国王的主要支持者。他们的家徽是鲜红土地上的金色雄狮。兰尼斯特家族箴言是"听我怒吼！"

泰温·兰尼斯特，凯岩城公爵，西境守护，兰尼斯港之盾，御前首相，现率领大军驻于赫伦堡。
—— 他的夫人，【乔安娜】，亦为他的堂妹，生提利昂时死于难产。
  —— 他们的子女：
    —— **瑟曦太后**，劳勃·拜拉席恩一世的未亡人，詹姆的双胞胎姐姐，现为全境守护者兼摄政太后。
    —— **詹姆·兰尼斯特爵士**，东境守护，御林铁卫队长，瑟曦的双胞胎弟弟，外号"弑君者"。
    —— **提利昂**，外号"小恶魔"，一名侏儒。
—— 他的手足：
  —— **凯冯爵士**，他的大弟。
    —— 他的夫人，史威佛家族的多娜。
      —— 多娜之父，哈瑞斯·史威佛爵士。
  —— 他们的儿女：
    —— **蓝赛尔·兰尼斯特爵士**，长子，从前是劳勃国王的侍从，国王死后受封为骑士。
    —— **威廉·兰尼斯特**，马丁的孪生兄弟，现为侍从，在呓语森林一役中被俘。

——马丁·兰尼斯特，威廉的孪生兄弟，亦为侍从。
——珍娜，两岁的女孩。
——吉娜，他的妹妹，嫁给艾蒙·佛雷爵士。
　　——他们的儿子：
　　　　——克里奥·佛雷爵士，长子，在呓语森林一役中被俘。
　　　　——莱昂诺·佛雷爵士，次子。
——提恩·佛雷，三子，现为侍从，在呓语森林一役中被俘。
——瓦德·佛雷，四子，十四岁，在凯岩城担任侍从，外号"红瓦德"。
——【提盖特爵士】，他的二弟，死于天花。
——他的遗孀，马尔布兰家族的达丽莎。
——他们的儿子，提瑞克，国王的侍从。
——【吉利安】，他的幼弟，死于海难。
　　——他的私生女，杰依，十岁。
——史戴佛·兰尼斯特爵士，他的堂哥，故乔安娜夫人的哥哥。
　　——他的女儿，莎琳娜和蜜莉儿。
　　——他的儿子，达冯·兰尼斯特爵士。
——他的顾问，克雷伦学士。
——他的主要封臣、骑士和军官：
　　——亚当·马尔布兰爵士，烙印城继承人，斥候部队司令。
　　——格雷果·克里冈爵士，外号"会走路的魔山"。
　　　　——波利佛、奇斯威克、"甜嘴"拉夫、邓森和记事本，皆为他手下的亲兵。
——里奥·莱佛德伯爵。

——亚摩利·洛奇爵士，征粮队指挥官。

——林斯·莱顿，深穴城伯爵。

——加文·维斯特林，峭岩城伯爵，在呓语森林一役中被俘，现关押于海疆城。

——劳勃·布拉克斯爵士及其弟佛列蒙·布拉克斯爵士。

——佛勒·普莱斯特爵士，镇守金牙城。

——瓦格·霍特，来自自由贸易城邦科霍尔，佣兵团"勇士团"。

马泰尔家族

多恩王国是七大王国中最后对铁王座效忠的国度,血脉、习俗和历史使得多恩人在维斯特洛人中特质明显。这次的王位继承战争,多恩亲王保持沉默,没有参加任何一边。

马泰尔家族的旗帜是一轮红日为一柄金枪所贯穿,他们的族语是"不屈不挠"。

道朗·纳梅洛斯·马泰尔,阳戟城公爵,多恩领亲王。
——他的夫人,自由贸易城邦诺佛斯的**梅拉莉欧**。
　　——他们的子女:
　　　　——**亚莲恩公主**,长女,阳戟城继承人。
　　　　——**昆廷王子**,长子。
　　　　——**崔斯丹王子**,次子。
——他的手足:
　　——他的妹妹,【**伊莉亚公主**】,嫁给雷加·坦格利安王子,君临城陷时遇害。
　　　　——他们的孩子:
　　　　　　——【**雷妮丝公主**】,君临城陷时遇害。
　　　　　　——【**伊耿王子**】,襁褓中的婴儿,君临城陷时遇害。
　　——他的弟弟,**奥柏伦亲王**,外号"红毒蛇"。
——他的部属:
　　——**阿利欧·何塔**,诺佛斯佣兵,侍卫队长。
　　——**卡洛特学士**,顾问、医者与家教。

——他的部分封臣和骑士：

——艾德瑞克·戴恩，星坠城伯爵。

阳戟城的主要封臣包括乔戴恩家族、桑塔加家族、艾利昂家族、托兰家族、伊伦伍德家族、韦尔家族、佛勒家族和戴恩家族。

提利尔家族

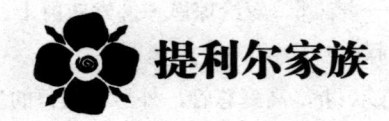

当蓝礼国王迎娶提利尔公爵的女儿之后,高庭及其麾下大部分封臣加入了蓝礼的事业。提利尔家族的家徽是一朵盛开于青翠绿野之上的金玫瑰。他们的族语是"生生不息"。

梅斯·提利尔,蓝礼国王的御前首相,高庭公爵,南境守护,边疆守护者,河湾至高统领。
——他的夫人:旧镇的海塔尔家族的艾勒莉夫人。
　　——他们的子女:
　　　——维拉斯,长子,高庭继承人。
　　　——加兰爵士,次子,外号"勇武的"加兰。
　　　——洛拉斯爵士,幼子,彩虹护卫队长,外号"百花骑士"。
　　　——玛格丽,女儿,十五岁的闺女,许配给蓝礼·拜拉席恩。
——他守寡的母亲:雷德温家族的奥莲娜夫人,外号"荆棘女王"。
——他的妹妹:
　　——米娜,嫁给派克斯特·雷德温,青亭岛伯爵。
　　——他们的子女:
　　　——霍拉斯·雷德温爵士,霍柏爵士的孪生兄弟,外号"恐怖爵士"。
　　　——霍柏·雷德温爵士,霍拉斯爵士的孪生兄弟,外号"流口水爵士"。
　　　——黛丝梅拉·雷德温,十六岁的闺女。

——洁娜，嫁给琼恩·佛索威爵士。
——他的叔叔：
——加尔斯，高庭总管，外号"粗鲁的"加尔斯。
——他的两个私生子：贾尔斯·佛花和盖略特·佛花。
——莫林爵士，旧镇守备队司令。
——葛曼学士，一名学城的学者。
——他的部属：
——洛米斯学士，顾问、医师与家教。
——艾耿·莱维尔，侍卫队长。
——佛提莫·克连恩爵士，教头。
——黄油饼，小丑和弄臣，非常肥胖。

守夜人军团的人们

守夜人发誓守护王国,而不参加国内纷争及王座纠葛。依照传统,当王国发生内战时,他们向每位国王致敬,但不援助任何一边。

在黑城堡

杰奥·莫尔蒙爵士,守夜人军团总司令,外号"熊老"。
——他的事务官兼侍从,**琼恩·雪诺**,临冬城的私生子,外号"雪诺大人"。
——他的白色冰原狼,**白灵**。
——**伊蒙·坦格利安学士**,顾问和医者。
——他的助手,**山姆威尔·塔利**和**克莱达斯**。
——**班扬·史塔克**,守夜人军团首席游骑兵,于长城外失踪。
——**索伦·斯莫伍德**,一名资深游骑兵。
——**贾曼·布克威尔**,一名资深游骑兵。
——**马拉多·洛克爵士**,一名资深游骑兵。
——**奥廷·威勒斯爵士**、**阿拉达·温奇爵士**、**葛兰**、**派普**、**梅沙**、**埃龙**、"姐妹男"**拉克**,皆为游骑兵。
——**奥赛尔·亚威克**,首席工匠。
——**霍德**和**阿贝特**,皆为工匠。
——**波文·马尔锡**,总务长。
——**齐特**,事务官,负责管理猎狗。
——**艾迪森·托勒特**,一名消沉的侍从,外号"忧郁的艾迪"。

——赛勒达修士，为一酗酒的僧侣。
——安德鲁·塔斯爵士，教头。
——黑城堡内的弟兄们：
　　——唐纳·诺伊，武器师傅和铁匠，一只手的残废。
　　——"三指"哈布，大厨。
　　——杰伦、雷斯特和库甘，正在受训的新兵。
　　——康威与葛伦，皆为"浪鸦"——专司为守夜人军团收集招募孤儿、罪犯等。
——尤伦，首席"浪鸦"。
　　——普雷德、凯杰克、渥斯、雷森、奎尔，被招募的新兵。
　　——寇斯、格伦、道柏、库兹、尖牙、罗尔杰、贾昆·赫加尔，发配长城的罪犯。
　　——"绿手"罗米、詹德利、塔柏、热派、阿利，被招募的孤儿。

在东海望

卡特·派克，东海望指挥官。
——索恩·艾里沙爵士，新任东海望教头。
——戴利恩，为一歌手，在东海望任事务官。

在影子塔

丹尼斯·梅利斯特爵士，影子塔指挥官。
　　——科林，一名资深游骑兵，外号"断掌"。
　　——戴里吉，一名老侍从，资深游骑兵。
　　——伊班和石蛇，游骑兵。

附录二　地图

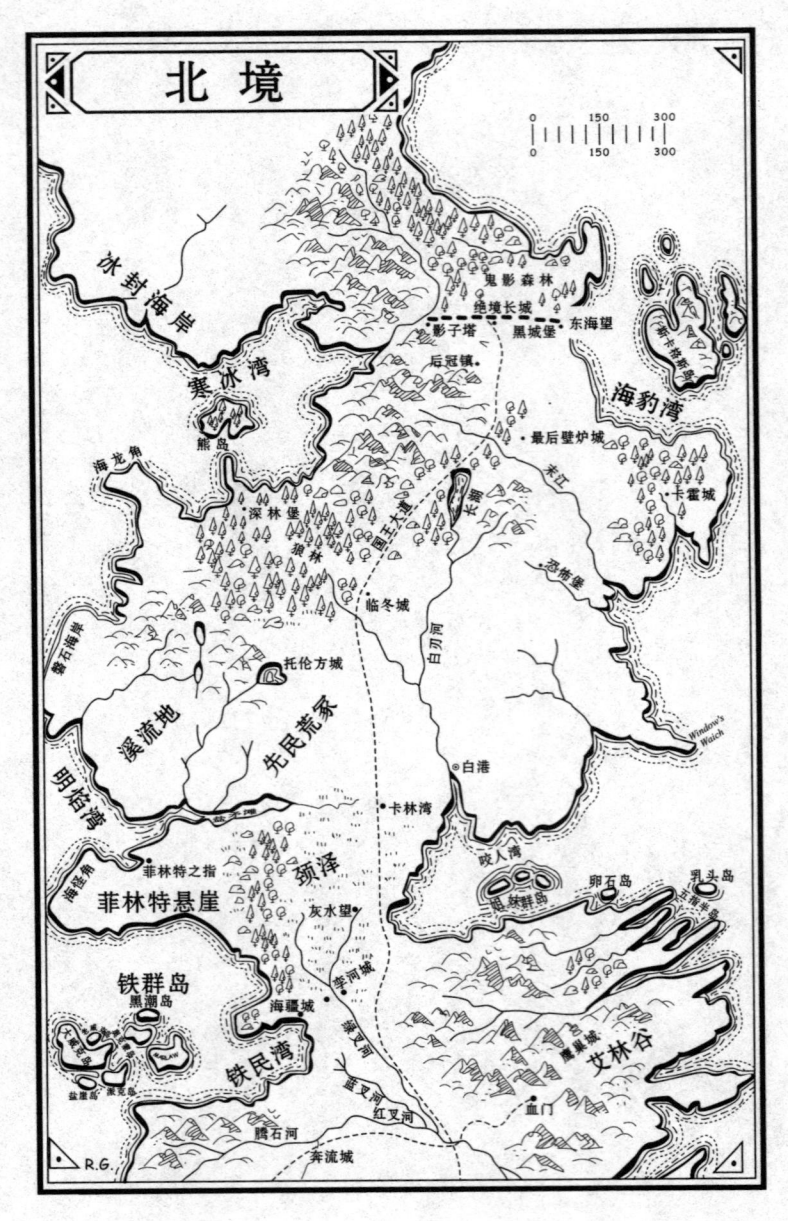

南境
三姐妹岛
五指半岛
卵石岛
乱头岛
李河城
绿叉河
国王大道
长弓厅
心宿城
艾林谷
铁橡城
老锚地
狩石城
海鸥镇
螃蟹湾
雄鹰角
铁群岛
黑潮岛
铁民湾
荒石城
美人市集
蓝叉河
三叉戟河
盐崖岛
派克岛
屈膝之栈
腾石河
仙女群岛
峭岩城
奔流城
哈罗威伯爵的小镇
盐场镇
高尚之心
赫伦堡
橡果厅
蟹爪半岛
女泉城
烙印城
红叉河
红粉城
神眼湖
千面屿
龙石岛
暮谷城
金牙城
河间大道
石圣堂
黑水湾
喉道
尖角
凯切镇
凯岩城
罗斯比城
兰尼斯港
君临
宴火城
黄金大道
马赛岬
银山城
黑水河
河湾地
曼德河
御林
秧鸡厅
红湖
玫瑰大道
文德河
铜门城
塔斯岛
金树城
苦桥
蓝布恩河
暮临厅
古橡城
长桌堡
绿谷城
风息堡
滨海大道
破船湾
果酒厅
白杨滩
盛夏厅
舟徙河
雨林
盾牌列岛
高庭
风怒角
曼德河
亮水城
角陵
夜歌城
多恩边疆地
维尔威
雾林城
绿石堡
伊斯蒙岛
蜂巢城
王家城
多恩海
黑河城
旧镇
伊伦伍德城
断臂角
低语湾
三塔堡
星坠城
托尔城
多恩
神恩城
万斯河
绿血河
狱门堡
阳戟城
沙石城
盐海岸
柠檬林
青亭岛
0 150 300
R.G.

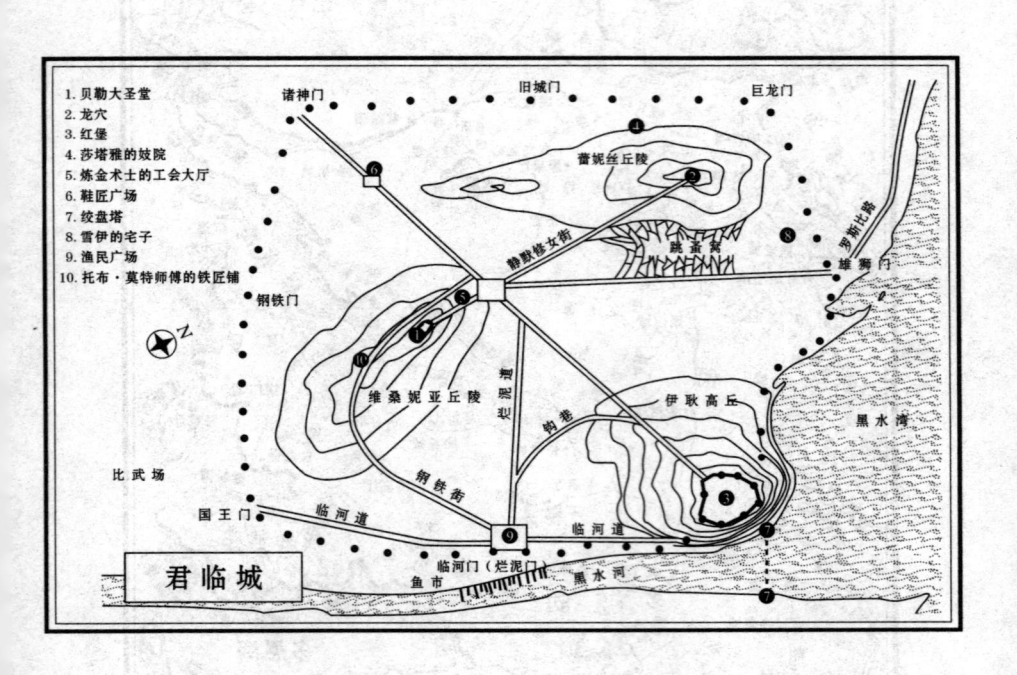

1. 贝勒大圣堂
2. 龙穴
3. 红堡
4. 莎塔雅的妓院
5. 炼金术士的工会大厅
6. 鞋匠广场
7. 绞盘塔
8. 雷伊的宅子
9. 渔民广场
10. 托布·莫特师傅的铁匠铺

诸神门　　旧城门　　巨龙门

雷妮丝丘陵

静默修女街

跳蚤窝

罗斯比路

钢铁门

维桑妮亚丘陵

伊耿高丘

短泥巷

黑水湾

钩巷

钢铁街

维赛门

比武场

国王门　临河道

临河道

临河门（烂泥口）

鱼市　　黑水河

君临城

塞外

永冬之地
（没有地图记录）

守夜人的堡垒

1. 西桥望
2. 影子塔
3. 哨兵楼
4. 灰卫堡
5. 石门寨
6. 霜雪山
7. 冰痕城
8. 长夜堡
9. 深湖居
10. 王后门
11. 黑城堡
12. 橡木盾
13. 水滨寨
14. 黑韶厅
15. 冰晶门
16. 长车楼
17. 烽火台
18. 绿卫堡
19. 东海望

颤抖海

布兰登的馈赠

新赠地
后冠镇

寒冰湾
海豹湾

附录三　度量衡表

本书中所有计量单位皆为英制

1英寸=2.54厘米
1英尺=12英寸=0.3048米
1英码=3英尺=0.9144米
1英里=1760码=1.6093公里
1里格=3英里=4.8279公里

1 英亩=4046.86平方米

1石=6.35公斤